둔황의 사랑

* 이 도서의 국립중앙도서관 출판시도서목록(CIP)은 서지정보유통지원시스템 홈페이지(http://seoji.
nl.go.kr)와 국가자료공동목록시스템(http://www.nl.go.kr/kolisnet)에서 이용하실 수 있습니다.
(CIP제어번호: CIP2016018492)

둔황의
사랑

윤후명 소설

은행나무

차례

다시 비단길에서

다시 비단길에 섰다. 일찍이 중국과 로마로 이어지며 비단을 비롯한 많은 문물의 교류를 도맡아온 길이었다는 비단길, 실크로드. 그 길은 이제 관광 코스로도 개발되어 여러 사람들에게 꽤 널리 알려진 이름의 길이다. 하지만 내가 1982년에 그 길의 중심 유적지인 둔황(敦煌)에 관하여 글을 쓴 뒤 한 시절이 지나가기까지도 우리에게는 낯선, 미지의 이름이었다.

　"거기가 어디 있지요?"

　알 만한 사람만이 갈망의 목을 늘이고 그쪽으로 아득한 눈길을 보냈을 뿐이었다. 그곳에 가보지도 못한 채 나 역시 갈망 속에서 둔황에 관한 이야기를 쓰지 않을 수 없었다. 물론 그때는 '둔황'이 아니라 '돈황'이었듯이 현지의 개념은 도무지 내 손에 잡히지가 않았다. '죽(竹)의 장막' 속의 일에 대해서는 거의 까막눈에 지나지 않았던 시절이었다. 그러나 나는 비단길과 이어지는 나와 우리의 모습을 어떻게든 되살려놓고 싶어서 안달이 났었다. 나라 안에서는 독재정권이 살벌하게 짓누르고 있었고, 나라 밖으로의 길은 족쇄가 채워져 있었다.

거기가 어디인가. 나는 아득하여 종종 지도를 보았다. 둔황은 중국 서역의 오아시스 도시로서, 실크로드에서 가장 융성했던 곳이다. 그리고 그곳에서 천불동으로 대표되는 유적이 발견된 것은 비교적 근래의 일이었다. 그때 동굴 속에서 발견된 유물 가운데 우리 신라의 혜초스님이 쓴 《왕오천축국전》이 들어 있었던 것이다. 나는 그 사실에서 우리가 실크로드를 오가는 고리, 나아가 세계로 이어지는 고리를 보았다. 실로 만만찮은 '꼬투리'였다. 그러니까 그곳은 내가 세계를 받아들이는 한편, 나타내는 통로였다.

그 무렵 나는 막상 실크로드를 붙잡고는 있었으나, 그것은 자료를 통한 접근에 지나지 않았다. 따라서 소설은 그쪽을 바라보며 서울 거리에서 일어나는 일상적인 움직임으로 쓰여져야 했다. 답답한 노릇이었다. 나는 상상 속에서 돈황, 즉 둔황으로, 실크로드로 나아가지 않으면 안 되었다. 그리고 그것은 당연히도 내가 숨 쉬고 있는 이 서울에 이어져 있는 길이기도 했다. 둔황은 역사에 묻힌 유적으로서만이 아니라 오늘날의 서울이기도 한 것이었다. 내 억눌린 삶은 거기에서 새로운 돌파구를 찾았다. 둔황은 멀었고, 따라서 서울도 멀었다. 나는 먼 세계를 가까이 살고 싶었다.

서역 땅이 어디인가. 우리의 덧없는 삶이 과거, 현재를 거쳐 미래로 가고 있음을 확인해두어야겠다는 뜻이 나를 이끌었다고도 할 것이다. 나는 그곳으로 향하지 않으면 안 되었다. 그 뒤로 지금까지 나는 궁극적으로 이 세계를 벗어나본 적이 없다. 이것은 내 자아의 발견이며 또한 확충을 위한 작업이다. 그러니 나는 실크로드로 가야 했다. 비로소 내가 나아갈 자리를 찾기 시작하는 길이기도 했다.

그리고 십 년이 거의 다 지나서야 나는 실크로드를, 둔황의 유적을 직접 찾아갈 수 있었다. 그때만 해도 오늘날처럼 그리 쉬운 여정이 아니었다. 겨우 둔황에 도착한 그날 저녁, 나는 실크로드 호텔 앞 광장에서 내 작품을 있게 해준 연기(緣起)에 몸을 떨며 마냥마냥 바이주(白酒)에 취해갔다. 그 여행을 함께하고 돌아와서 이경철 기자가 신문에 쓴 기사에는 낙타를 타고 그곳 명사산에 오르는 내 사진 밑에 다음과 같은 설명이 붙어 있었다.

문명사회의 절망적 폐허감의 보상심리로서의 문학적 상
상력의 뿌리를 이곳에 둔 그는 돈황에서 막무가내로 술
만 마셔댔다. (《중앙일보》 1991년 8월 17일자)

그랬었다. 나는 그 어떤 감회에 '막무가내'였다. 왜 그랬었는
지는 굳이 부연할 필요도 없겠지만, 북받치는 감정을 견딜 수
없었다. 오랜 세월 동안, 마치 전생의 머언먼 언제부터인가 그
곳을 향해 낙타처럼 걸어왔다는 느낌을 가졌다면 지나치다 할
것인가. 막막한 그리움의 신기루가 바로 옆에 다가와 속삭이
는 소리에 나는 혼몽한 정신을 가누기 힘들었다. 가누려는 의
지도 없었다.
　그 뒤 어느덧 다시 시간이 지났다. 지난해 여름, 나는 다시
실크로드로 향했다. 한국현대소설학회의 학술대회가 중국 시
안에서 열렸는데, 그 발표 가운데 '한국 현대소설에 나타난 돈
황'이라는 주제가 있어서 따라나섰던 것이다. '〈돈황의 사랑〉
은 한국현대소설에서 윤후명이란 작가의 탄생을 선언하는 의
미와 함께 돈황이란 상징적 지점을 향한 자아탐색의 여행을

형상화하는 일군의 소설의 탄생을 예고하는 작품'이라는 발표에 이어 내게도 몇 마디 말할 기회가 주어졌고, 나는 작품을 쓸 당시를 새삼스레 돌아보기도 했다.

시안에서 회의가 끝나고 여행은 란저우, 둔황, 투루판, 우름치로 연결되었다. 희미하게 바래져가는 유적과 유물 들은 그러나 내게는 여전히 감동과 충격을 주었다. 우리들 인간은 그 아래 서서 지금 이 삶을 영위하고 있는 존재가 분명했다. 나는 사막을 바라보며 내가 혹시 잘못 오지는 않았나, 문학의 지평을 확인해보려 애썼다. 내게 앞으로도 가야 할 저 길이 있는 한, 나는 잘못 온 것이 아니었다. 누구나 길을 확인할 수만 있다면, 그것이 아무리 험난하고 막막할지언정 잘못은 없는 것이었다.

시안을 떠나 란저우로 가서 새로 개방된 병령사 석굴사원을 방문할 때부터 예전과는 다른 여정이었다. 그리고 열차를 타고 밤을 도와 덜컹거린 끝에 도착한 가유관의 흙성벽 위에 올라 '이 성 밖에서부터 서역(西域)'이라는 말을 들었을 때, 나는 눈앞에 펼쳐진 광막한 사막이 내게 주는 삶의 의미를 심도 있게 응시하는 자세를 언제까지나 잊지 않으리라 다짐했다. 서역이라는 곳은 내게는 오랫동안 신비와 동경의 대상이었다.

그런 서역을 대신하여 내 앞에 나타난 사막은 광포하고 괴기스러웠다. 그 성 밖 사막 어귀 땡볕 아래에서는 현지인들이 낙타 떼에 손님을 태우려고 무작정 기다리고 있었다. 그것은 결코 "진달래 꽃비 오는 서역 삼만리"(서정주, 〈귀촉도〉)의 그런 서역은 아닌 것이다.

물론 그곳 오아시스 도시들에는 향기로운 모래대추꽃과 달콤한 포도와 큼직한 '하미과'와 그 밖에도 복숭아, 살구, 자두, 토마토, 참외, 수박 등이 있었다. 꽃들은 원추리, 메꽃, 톱풀, 접시꽃, 장구채, 별꽃 등 우리 것들과도 다를 것이 없었다. 우름치 근교의 천지에는 애기똥풀꽃이 샛노랗게 피어 그곳에 어린 서왕모의 전설을 친근하게 해주었다.

모래바람 속에 고비 사막을 달려 도착한 둔황에서 밤을 보내고 맞은 새벽은 여러 발의 총소리에 잠을 깨면서 시작되었다.

탕, 탕, 타앙.

창밖을 내다보니 차량들이 행렬을 지어 달려가고 있었다. 그것이 그쪽 사람들의 장례 의식임은 나중에 안 사실이었다. 그 장례식 때문은 아니겠지만, 한 해에 고작 서너 번밖에 오지 않는다는 비가 웬일로 내리고 있었다. 이윽고 천불동에서 다시 만난 벽화들과 불상들 앞에 선 나는 그저 고마울 따름이었다. 다른 나라 것과는 구별된다는 우리 장구가 그려진 149굴의 벽화와, 새 깃털 모양의 관으로 알 수 있다는 신라 사신이 그려진 237굴의 벽화를 본 것도 수확이었지만, 무엇보다도 나 자신이 마치 영원회귀의 한 표상처럼 그 앞에 서 있는 것이 신기해서 나는 가슴이 저렸다. 그동안 나는 여러 곳을 여행했고, 또 어려운 삶의 고비도 겪을 만큼 겪었는데, 그렇게 그곳에 와 있는 것이었다.

전날 저녁에 〈신용문객잔〉이라는 영화를 찍었다는 '고창고성'의 세트에서 양고기를 뜯어 먹으며 내 길을 확인한 고마움에 얼마쯤 망연해 있었던 순간도 되살아났다. 옛날 《서유기》의 길이자 《왕오천축국전》의 길이 또한 내 길임을, 문학을 향한 구도(求道)와 같은 열정을 되새겨볼 기회였다. 그것은 스스로 이름 붙여 '비단길의 나—자아의 발견과 확충'에 값하는 일이었다.

둔황과 투루판까지는 밤열차의 길이었다. 그곳 베제크리크의 동굴 사원은 오래전부터 꼭 가보리라 벼르던 곳이었으나, 너무도 철저하게 훼손되어 마음만 상했을 뿐이었다. 그 상한 마음에 누군가 뜻밖에도 로우란 포도주를 한 잔 따른다. 로우란이라니! 누란이라니! 내 입에서 갓 배운 위구르 인사말이 저절로 튀어나온다.

"약시무시즈!"

안녕하세요. 공연히 감정이 북받친다. 내가 〈로우란의 사랑〉
을 쓰기 얼마 전에 그곳에서 한 여자의 미라가 발견되었다. 그
녀를 감싸고 있던 비단 천에는 '언제까지나 변치 말자(千世不
變)'는 글자가 적혀 있었다. 나는 그 사실을 쓰지 않으면 안 되
었다. 그런데 그곳에서 만든 포도주가 내 잔에 따라지고 있었
다. 나는 사막과 오아시스에도 언제까지나 변치 않을, 변치 못
할 사랑의 말을 던진다. 그리고 인사한다. 약시무시즈!

사막을 지나며 아직도 내 안에 식지 않은 열정을 확인할 수
있었던 실크로드. 그동안 나의 모습이 밤을 배경으로 차창에
비쳐 왔다.

아울러 둔황 벽화와 옛 무덤 속 벽화에 그려져 있던 앵무새
를 생각한다. 《삼국유사》의 어느 장면이 떠오른다. 신라시대
에 중국에 사신으로 갔던 사람이 앵무새 한 쌍을 가져왔다. 그
런데 그만 암컷이 죽어버려 수컷이 울음을 그치지 않았다. 임
금이 거울을 그 앞에 가져다놓게 하자 수컷은 자기 짝인 줄 알
고 좋아하다가 마침내 아닌 것을 알고 슬피 울다울다 죽어버
렸다. 나는 실크로드의 벽화에 그려진 앵무새에서 언제까지나

변치 않을 사랑의 의미를 발견하고 싶었다. 그것이 나를 인도해갈 비천상(飛天像)의 모습이기도 하리라고 나는 상상의 날개를 편다.

"비단길이 예서 머오?"

그리하여 나는 내 이야기들을 다시 펼친다.

둔황의 사랑

그 무렵, 나는 여전히 그놈의 쇠침대에서 잠이 깼다. 낡았지만 언제나 꿈 없이 잠들 수 있는 침대였다. 한겨울에 냉돌을 어떻게 견딜까 걱정하던 차에 우연히 고물장수의 리어카에서 그것을 발견하고 흥정을 벌였을 때, 그녀는 차라리 그냥 스펀지 삼단 요가 어떻겠느냐고 내 소매를 끌어 잡아당기기조차 했었다. 셋방에 침댄 무슨 침대예요. 그건 침대라고 할 수도 없는 고물이에요. 그녀는 그런 두 가지 뜻으로 눈짓을 했었다. 그러나 남대문 시장에서 두툼한 스펀지를 사다 깔고 그 위에 담요를 덮으니 제법 번듯한 침대가 되었다. 그리고 유난히도 추운 그해 겨울이었지만 그놈의 좁은 쇠침대에 둘이서 껴 붙어난 결과, 냉돌에서 올라오는 끔찍한 냉기를 피하는 데는 그보다 더 안성맞춤이 없다는 사실을 알게 되었다. 난방비를 안 들였으면서도 아침에 침대 속에서 나올 때면 뒤에 남아 있는 온기가 식는 것이 마치 전기계량기가 거저 돌아가는 것처럼 아까웠다. 어쨌든 바깥쪽에서 누가 누워 자든 한 번도 굴러떨어지지 않았다는 것은 불가사의한 일이었다.

눈을 뜨기는 떴으나 간밤에 마신 술로 아직도 골통이 띵했다. 언제부터인가 술을 먹으면 그 기억들이 촌충 토막처럼 끊어져 뇌 속을 빠져나가버리는 것이 예삿일처럼 되었으니 녀석과 어울린 기억이라고 해서 다를 바는 없었다. 하지만 어렴풋한 기억 속에, 노래를 불렀었지, 하는 느낌이 살아 있었다. 그러자 그 장면이 비디오테이프를 느리게 되돌리는 것처럼 다시 눈에 떠올랐다. 애초에 노래 얘기를 먼저 꺼낸 것도 녀석이었다. 녀석은 요사이 생긴 버릇이라면서 술만 먹으면 동네 사람 시끄럽게 노래를 해서 큰일이라는 것이었다. 미쳐도 단단히 미친 모양이라고 자가진단까지 하고 나왔다. 그래도 동네 사람들이 가만히 있으니 다행이라는 내 말에 녀석은 사뭇 하소연조였다.

"가만있을 턱이 없지. 우리 집이 워낙 터줏대감이라 차마 고발은 안 하지만…… 야, 날더러 장갈 못 가서 그런대. 저러다가 미친다는 거야. 하, 장가 못 가믄 술 먹고 노래 부르니? 그러다가 미치니?"

내가 무덤덤하게 나오자 녀석은 더 약이 오르는 모양이었다.

"뭐, 뭐, 뭐, 뭐, 뭐? 내가 예전 그 여자 사귈 때 앨 낳았으믄 걔가 지금쯤 몇 학년인 줄 알기나 아냐?"

녀석은 펄쩍 뛰는 시늉까지 했다. 기억이 말짱한 걸 보면 그때까지만 해도 술은 그닥 취하지 않았었다. 그 포장마차가 유별나게도 포장에 '다푸네집'이라고 페인트로 써놓았던 것도 새삼스레 떠올랐다.

"인마, 그건 걱정할 게 아냐. 태평성대엔 그런 거야. 옛날 신라가 한창 번성할 때 서라벌에 밤새도록 노랫소리가 끊이질 않았다잖어" 하는 내 말에 녀석은 "뭐? 신라시대?" 하고 무슨 뚱딴지같은 소리냐는 듯 한동안 눈만 끔쩍거렸다.

"근데 신라가 왜 망했니?"

녀석은 술잔을 들고 말했다.

"망하긴 왜 망해, 인마. 신라는 삼국을 통일했는데."

나는 시치미를 떼고 퉁바리를 주었다.

"나중에 고려에 망했잖아, 새꺄. 그러니깐 고려 사람들이 노랠 더 부른 모양이지?"

"뙤놈 같은 소리 하네. 그건 인마, 전쟁터에서 부르는 노래 하군 달러."

녀석과 어울리면 나는 술이 갈 데까지 가야 헤어지게끔 되어 있었다. 우리는 서로 질세라 악착같이 마셔댔다. 그러면서도 녀석은 번번이 술이 원수다, 아라비아처럼 술 없는 나라에서 태어났으면 얼마나 편했겠느냐고 혼잣말처럼 중얼거렸다.

"무역업체에 들어가서 가믄 될 거 아냐. 가서 술 끊구 마누라 네 명 꿰차구 살믄 될 거 아냐" 하는 내 말에 녀석은 "거 좋지" 맞장구를 치면서 빤히 내 얼굴을 쳐다보곤 했다. "그런데, 그런데 말이지, 알코올이라는 말이 왜 아라비아말인지 도무지알 수가 없어. 마시지두 못하는 걸 이름은 왜 붙여놨을까? 어때, 알코올? 이름 좋지?"

녀석은 술을 마시고 싶지 않으면서도 알코올이라는 명칭 때문에 도리 없이 마신다는 것처럼 머리를 주억거렸다. 그날도 그런 얘기가 오갔을 때는 이미 둘 다 꽤나 취해 있었다.

"너 또 오늘밤 노래깨나 부르겠다? 베짱이처럼. 아냐, 신라 사람처럼."

나는 그렇게 빈정거렸다.

"베짱이?"

"그래, 인마."

내가 이렇게 대꾸했을 즈음부터 기억의 토막들은 끊어져 달아나지 않았을까. 그러나 역시 이조차 자세히는 더듬을 수 없는 노릇이었다.

"헤, 헤, 헤" 하는 녀석의 웃음소리를 들은 것 같았다.

"새꺄, 베짱이가 향가를 부르니? 향갈? 무식한 녀석."

"향가?"

"그래. 베짱이가 신라 사람 노랠 부르냐구?"

녀석은 의외로 당당하게 말했었다. 그리고 향가를 한 곡 부르겠다는 녀석의 말을 들었다고 여겨질 뿐 기억이 끊어졌다. 다만 "아아 — 신라의 바아암이이요" 하는 현인(玄仁) 노래의 스타카토가 귓가에는 물론 입가에도 남아 있는 것으로 봐서 그 노래를 따라 불렀던 것이 틀림없었다.

학창 시절에 잠깐 동안 극회(劇會) 회원이었다는 인연밖에는 없었으나 어찌된 일인지 녀석과 나는 사회에 나와서도 줄기차게 만났다. 그러는 동안 제 말마따나 연극에 미친 녀석은, 내게 연극을 함께 해보는 게 어떠냐고 진반농반으로 제의해 온 것이 한두 번이 아니었다. 제의라고 하기가 어렵다면 권유라고 해도 좋겠다. 그러나 그것은 권유보다는 농도가 짙었다.

녀석은 만나기만 하면 심심풀이 삼아 그 타령이었다. 하기야 내 표현대로 하면 "연극광하고 연극무광"이 같이 어울린다는 게 이상하긴 이상한 일이었다. 녀석이 내게 요구해 온 것은 희곡을 쓰라는 것이었다. 그 희곡으로 녀석이 연출을 하겠다는 것이었다. 내가 직장을 잃고 노는 것을 보자 이때다 싶었던지 더욱 극성이었다.

"알잖어, 연극은 내가 무슨 중뿔난 연극이니? 나 암것두 모른다는 건 니가 알 텐데?" 하고 나는 그때마다 말했었다. "넌 프로잖어. 난 아마추어 글쟁이야. 인제 무슨 글이라두 써볼까 맘먹은 단계란 말야. 순진한 처녀 꼬시지 마."

나는 정중하게 사절하곤 했다. 물론 정중한 사절의 절차에는 없는 돈에 안주 하나를 더 시키든가 술 반병을 더 부르든가 하는 일이 뒤따랐다.

"순진한 처녀라니까 더 꼬시구 싶은데? 야, 너 증말 숫처녀냐? 너하고 나하고 챔피언 한번 먹자. 히히히."

"미친 새끼."

그런데 어제저녁에는 '다푸네집'에 처음 들어섰을 때부터 녀석이 찰거머리처럼 찰싹 달라붙었다.

"이 집 아줌마 희랍 여자야. 맞춤법이 서툴러서 그렇지. 술을 다 푼다는 다푸네가 아니라 희랍 신화의 다프네야. 다프네."

그러고는 내가 듣든지 말든지 중얼거리더니 갑자기 정색을 했다. 그리스 신화의 다프네는 아름다운 요정으로 아폴로의 구애를 물리치고 도망쳐서 월계수(月桂樹)가 되었다고 했다.

"야, 넌 소도구 신세 언제 면할래?"

안주도 시키지 않고서였다. 오랜만에 들어보는 소도구란 말에 어리둥절하기는 했으나 반가운 구석이 없는 것은 아니었다. 사실 나는 극회에 몇 번 얼굴을 디밀기는 했어도 극회 회원으로 활동한 것은 아무것도 없었다. 녀석이 나를 소도구 신세라고 하는 것은 언젠가 한 번 공연 팸플릿에 내가 소도구 담당으로 되어 있었던 연고였다. 하지만 그것은 나도 모르는 사이에 그리된 일일 뿐이었다. 나를 소도구로 몰아세우며, 녀석은, 실업자가 무엇을 하느냐, 돈은 안 된다마는 그래도 구들장 지고 드러누워 여자 눈치만 보는 것보다는 낫지 않느냐면서 은근히 남의 약점까지 들먹였다. 처음에는 여느 때처럼 그냥 해보는 소리려니 했는데 그게 아니었다. 꼭 써야 한다는 것이었다. 그래서 다음 공연에 무대에 올려야 한다는 것이었다.

"그런 게 어딨어?"

희곡이란 걸 써본 적도 없고 또 연극에 대해서는 백지에 가

깝지 않느냐고 해도 막무가내였다. 나는 녀석이 연출했노라는
연극조차 제대로 본 것이 거의 없었다.

"너 증말 이렇게 나오기냐?"

"뭐가 인마. 재주가 없는 걸 어쩌란 말야. 그 소린 집어치우
고 너 요새 연애한다는 얘기나 듣자."

"어, 어, 어, 어, 이 새끼 봐, 눙치네."

녀석이 어이없다는 표정을 짓고 있는 틈을 타서 화제를 돌
릴 겸 내가 무엇을 먹겠느냐고 닭똥집이며 곰장어, 해삼, 멍게
따위가 얹혀 있는 목판 위로 턱짓을 했으나, 녀석은 관심도 없
다는 투였다.

"아무거나 시켜. 지금 난 중대한 국면을 얘기하구 있는 거
야, 인마. 내가 너하구 손을 잡을라는 건 무슨 니가 잘나서가
아냐. 그렇게 생각한다면 그건 오산시여. 이건 우정의 발로인
즉, 다 너 잘되라구 하는 소리란 말야."

나는 녀석의 말을 듣는 둥 마는 둥하면서 해삼과 멍게를 한
접시씩 시켰다. 음식점에서 무슨 접두사처럼 습관적으로 "아
무거나"를 읊조리다가도 결국 "아무거나"는커녕 까다롭기 짝
이 없는 우리네 식성이지만 나는 녀석의 식성을 내 식성만큼
이나 두루 꿰고 있었다. 녀석은 안주가 나오기도 전에 술잔을

28

홀짝거리면서 다시 "소도구 신세" 운운했다. 녀석의 어처구니 없는 말에 따르면 내가 연극에 어떤 형태로든 참여해야만 과거의 소도구 경력에서 벗어날 수 있다는 것이었다. 그렇지 않으면 죽으나 사나 소도구 아무개일 수밖에 없다는 것이었다. 말하자면 아무개 작(作)이라고 한 번이라도 못 박아놓는 것이 본인이나 후손을 위해서 좋으리라는 것이었다.

"너, 비석에 소도구 아무개라구 파두 좋겠어?"

녀석은 어린애처럼 호들갑을 떨었다.

"정말 너야말로 노는구나. 죽은 담에 인마 소도구믄 어떻구 대도구믄 어때. 그래 넌 비석 걱정하면서 사냐? 장하다 장해. 그리구 난 소도구라는 걸 맡은 적이 없어. 그건 니가 알잖어? 소도구 얼굴이 어떻게 생겨먹었니?"

내가 소도구 일을 안 했다고는 해도 팸플릿에 이름이 난 뒤로 몇몇 친한 급우들로부터 소도구라는 별명을 얻은 것은 사실이었다. 그러나 그것도 따지고 보면 내 체구가 작은 데서 비롯된 별명이지 연극하고는 무관한 것일 터였다.

"소도구 얼굴? 바로 니 얼굴이 소도구 얼굴이다."

"우습지두 않다."

녀석이 무슨 말을 하든 나는 웃으며 고개를 저었다. 하긴 녀석이 굳이 나와 함께 일을 벌여보려는 뜻은 녀석이 강조하듯 우정의 발로임에는 의심의 여지가 없었고, 따라서 돈이 안 되나마 나에게는 고마운 제안이기는 했다. 멋진 연극이 될 수만 있다면 꽁무니를 뺄 성질의 것은 아니었다. 그러나, 어느 편이냐 하면, 녀석이 드러내놓고 우정, 우정, 하는 데는 메스꺼움이 뒤따르는 것을 어찌할 수가 없었다.

안주가 나왔다. 녀석이 목판 위에 가지런히 꽂혀 있는 옷핀을 뽑아 해삼 토막을 눌러 찍었다. 이제 정중하게 거절이 된 셈인가 하고 나는 녀석의 눈치를 살폈다. 그러나 그게 아니었다. 해삼 토막에 초장을 발라 입에 밀어넣고 우물우물 씹던 녀석이 묘한 웃음을 흘렸다.

"마지막으로 묻겠는데, 너 증말 나하고 손 끊을 거야, 어쩔 거야?"

녀석이 웃음을 짐짓 감추고 다그치듯 물었다.

녀석은 내가 쓰려고 들면 쓸 수 있다고 굳게 믿고 있는 것 같았다. 학교 때 창작극의 빈곤이니 치졸성이니 되지도 않는 소리를 몇 마디 지껄였던 게 두고두고 화근이었다.

"천학비재를 통감할 뿐이다."

내가 이렇게 요지부동이자 녀석은 "내가 그럴 줄 알고" 하더니, 해삼 한 토막을 또 찍어 입으로 밀어넣으며 엉뚱하게 "해삼도 예전 해삼하곤 맛이 달라" 하고 말했다. 나는 녀석이 무슨 희떠운 수작을 하는가 멍하니 바라보고만 있었다. 녀석은 꼬독꼬독 소리까지 내며 한동안 해삼 씹는 일에 골몰했다.

"네놈이 꽁무닐 뺄 줄 알고 내가 기가 막힌 소재까지 마련해뒀다. 친구 좋아하는 것두 큰 병이야, 큰 병."

녀석이 말하며 다시 묘한 웃음을 흘렸다.

"소잴?"

"아무렴."

그 순간 나는 쿡 하고 웃음이 터져나오는 것을 가까스로 참았다. 녀석은 회심의 미소를 띠고 말하고 있었지만 녀석이 소재랍시고 주워왔던 것이 과거에도 한두 가지가 아니었기 때문이다.

"넌 맨날 기가 막힌 소재잖어?"

처음에는 극적 요소가 있는 소재를 취재하느니 어쩌느니 하더니 나중에는 온갖 잡동사니 이야기를 다 긁어모았다. 그 그물에는 동서고금이 다 걸려들었다. 그래서 이를테면 흑산도에 유배되어 《자산어보(玆山魚譜)》라는 물고기 생태 이야기를 쓴 조선시대의 정약전(丁若銓)과 물고기 연구의 권위자라는 일황

(日皇) 히로히토가 물고기를 놓고 역사의 당위성에 대해 갑론을박을 한다는, 도대체가 해괴하기 짝이 없는 이야기에서부터 나무꾼과 선녀의 후일담, 외딴섬 세인트헬레나에서 벌이는 나폴레옹의 모노드라마, 고려시대에 원나라로 유학해서 이름까지도 몽골식으로 티무르라고 바꾼 한 줏대 없는 지식인의 행태를 그린 '정(鄭) 티무르에게 간밤에 무슨 일이 일어났나?'라는 제목까지 단 이야기, 인디언들이 백인과 싸우다 죽은 운디드니 전설을 다룬 '아버지의 무릎뼈', 신라의 무슨 왕이 똥자루가 큰 처녀를 왕비로 맞이한 사실에서 얻었다는 '사랑 혹은 똥', 미라에게 삶을 불어넣는 마술사 이야기라는 '목내이(木乃伊) 깨어나다' 등등 밑도 끝도 없었는데, 구태여 공통점을 찾는다면 모두가 역사나 전설에서 얼쩡거린다는 점이었다.

"이건 그런 거하고 달라. 기가 막혀."

녀석은 얼굴이 멍게처럼 상기되어 말했다.

"또 자지 깎으려는 건 아니겠지?"

나는 생각난 김에 아예 들이대고 빈정거렸다.

"뭐? 자지?" 하고 반문하던 녀석도 그만 어이가 없다는 듯 픽 웃음을 터뜨렸다. 얼마 전에 취재했다는 이른바 기막힌 소재 중의 하나를 말하는 것이기 때문이었다. 녀석의 표현에 따르면 그야말로 기가 막힌 소재였다. 그것은 동해안 삼척군의 어떤 바닷가 마을에 지금도 전해진다는 민담이었다. 녀석은 이 소재를 수첩에 깨알같이 적어 가지고 다녔다. 옛날 어느 한 마을에 바닷가에 나가 조개도 캐고 바닷말도 따는 처녀가 있었다. 그러나 처녀의 소쿠리 속은 신통치 않았다. 그러자 바다에서 고기잡이를 하던 마을 총각이 건너편 바다의 작은 바위섬에는 딸 것이 많다면서 처녀를 그곳까지 데려다준다. 총각은 저녁이 되면 다시 데리러 오겠다고 약속한 뒤에 바위섬을 떠난다. 그곳엔 정말 손쉽게 딸 수 있는 것이 많았다. 처녀는 소쿠리를 그득 채웠다. 저녁때가 되었다. 그러나 데리러 오겠다고 약속한 총각은 웬일인지 오지를 않았다. 일에 쫓기다가 그만 깜박 잊어버린 것이었다. 공교롭게도 그날 밤은 거센 폭풍우가 불어닥쳤다. 그제야 총각은 바위섬에 데려다놓은 처녀와 한 약속이 떠올랐지만 어쩔 도리가 없었다. 밤을 지새운 총각은 바람이 자기가 무섭게 바위섬으로 배를 저어 갔다. 그러나 처녀의 모습은 찾을 수가 없었다.

그런데 이런 이야기를 배경으로 오늘날에도 전해지는 민속이 요컨대 기가 막히다는 것이었다. 녀석은 두 눈을 빛냈다. "처녀가 죽은 뒤로 마을 사람들은 새해가 돌아오면 나무로 제

각기 남근을 깎아 당나무에 매달고는 처녀의 넋을 위로한다는
거야."

녀석은 어때, 재미있지, 하는 표정을 짓고 내 반응을 살폈다.
나는 토속적인 이야기에 남근이라는 말이 어쩐지 현학적이어
서 걸맞지 않는다고 느꼈다.

"남근이라니? 자지 말야?"

"그렇지."

녀석은 내 반응이 시원치 않자 사뭇 섭섭한 눈치였다. 하긴
그놈의 자지 형상을 깎아 매달아놓는다는 기묘하다면 기묘한
민속이 그제야 이야기 수집광의 촉수에 걸린 게 이상하긴 했
다. 나는 녀석이 '기가 막히다'고 빨리 맞장구를 치라는 투로
안달하는 꼴에 공연히 심통이 사나워져서 엉뚱한 말만 꺼냈다.

"남근이라는 말은 토속적인 이야기에는 안 어울리잖아? 그
럼 더 유식해지나?"

"남근 숭배란 게 있잖아? 남근 모양을 돌이나 나무로 커다
랗게 만들어놓구 떠받드는 거……"

"있지."

"그러니까 그걸 얘기하는 거야. 남근 숭배……"

녀석은 자신이 낚아온 "기가 막힌" 소재에 대해서는 쓰다 달

다 말이 없이 엉뚱한 꼬투리만 물고 늘어지는 내가 여간 못마 땅하지 않은 모양이었다.

"암튼, 남근 숭배하구 자지 숭배하구 뭐가 다르냐구. 근데 왜 하필이면 어울리지두 않는 어려운 말을 써?"

나는 핀잔을 주었다.

"흥분하지 마. 그래 그래, 자지다, 자지, 인마. 혹시 니 물건에 무슨 콤플렉스라두 있나?"

녀석은 마지못해 내 말을 받아들인다는 투로 대꾸했으나 곧 이어 무슨 변덕이 났는지 "거 좋은데? 제목두 다짜고짜루 '자 지 깎기'라고 붙이는 거야. 쌍, 대담하게 현대인의 심리의 의표 를 찌르는 거야" 어쩌구 하면서 스스로 감탄을 연발했다. 나는 '자지 깎기'가 어떻게 현대인의 심리의 의표를 찌르는지 도무 지 알 수 없어서 어안이 벙벙했지만 녀석이 '자지 깎기'를 무 슨 차이콥스키의 〈호두까기인형〉쯤하고 견주고 있는 것 같아 고소를 금치 못했다. "대담? 거 쓸개 한번 크네." 내가 빈정거 리는데도 녀석은 아랑곳없이 기세등등해 있었다.

"하기야 우리나라 사람들은 한자어를 쓰면 점잖고 의젓하다 는 고정관념에 사로잡혀 있긴 해."

녀석은 '자지 깎기'라는 제목에 스스로의 의표를 찔렸는지

어쨌는지 그렇게 말했다. 녀석은 다혈질의 체질 때문에 나부
대는 것처럼 보이기는 했지만 실은 나름대로 이것저것 해박한
데다가 진지한 면이 없지 않았다. 이어서 녀석은 우리나라 사
람은 왜 자지나 보지라는 말을 해야 할 때 바로 못하는가, 동
방예의지국이어서 그런가, 대신에 음경이니 음부니 하는 말
을 쓰면 그래도 좀 나은가, 글 속에 가끔 나오는 '엑스엑스' 또
는 '곱표곱표'는 무엇인가, 하는 따위의 말을 두서없이 늘어놓
고 나서 국어학자들은 보지라는 말이 남방 계통의 말이라고
밝혀놓았으면서도 왜 자지라는 말의 어원은 밝혀놓지 않는가,
밝히지 못하는가, 보지가 폴리네시안인지 뭔지 하는 바다 건
너 남방 계통의 말이라면 그 말이 들어오기 전까지는 이름이
없었단 말인가, 또 자지와 보지가 따로 떨어진 어원을 가질 수
있는가 어떤가 하는 따위의 의문을 제법 학문적으로 제기하는
것이었다. 그러더니 "나의 소박한 견해로는" 하고 녀석은 문어
투의 말을 앞세우고 나서 "보지가 남방 말이 확실하다면 자지
도 남방 말이 되어야 마땅하리라고 사료돼" 하고 의젓하게 결
론을 내렸다.

"나무로 그렇게 깎아서 매달아놓아야 처녀의 원혼을 달래서
그해 고기잡이가 잘된다는 거야. 풍어제(豊漁祭)지."

그때 나는 무슨 처녀가 자질 그렇게 밝히느냐 하고 농을 던지려다가 그만두었다. 녀석의 기세도 기세려니와 그 기이한 풍습에 깃들어 있는 어부들의 간절한 소망에 생각이 미쳐서였다. 어쨌든 녀석은 그 기이한 풍습을 배경으로 삼아 향토색 물씬한 연극을 만들면 기가 막히지 않겠느냐는 것이었다.

"아닌 게 아니라 기가 맥힌다. 인마, 기이하다구 연극이니? 그게 풍어제라면 그건 차라리 시야. 고대인들이 수렵이나 어로를 할 때 수확이 많게 해달라구 빌었던 게 시 아냐?" 나는 얼버무리고 나서 "오늘날의 진정한 예술 활동이란 그런 엽기적인 것보담 평범한 일상의 자잘한 제반사에 뿌리박아야 되지 않을까 생각돼" 하고 녀석의 진지한 열망에 찬물을 끼얹었다. 그것이 '자지 깎기'였다.

그런데 또다시 녀석이 "기가 막힌" 소재를 가져왔다는 것이니 웃음이 안 나올 수가 없었다. 쓰잘 데 없는 일인 줄 알면서도 나는 녀석이 또 무슨 기상천외한 짓거리를 하는가 싶어 호기심이 발동하는 것도 사실이었다. 녀석이 뒷주머니에서 꾸깃꾸깃 꾸겨진 잡지 기사 몇 장을 꺼냈다. 아트지의 화보에 백상지(白上紙)의 본문 몇 장이 곁들여진 것이었다.

"뭐가 그렇게 거창하냐?"

녀석은 내가 농조로 나오자 얼굴이 더 불쾌해졌다. 녀석은 말없이 그것을 목판 위에 펼쳐놓았다.

"이건 돈황에 관한 기사야."

녀석은 엄숙하게 말했다.

"돈황?"

나는 술잔을 입술에 대고 되받았다.

"응, 중국 발음으론 둔황인데 중국의 서역 쪽에 있는 고대의 불교 유적지지. 굴을 파구 만들어놓은 절이 천 개가 넘는다는 곳이다. 막고굴(莫高窟)이라구두 하지."

그 유적에 대해서는 여러 책에서 단편적으로 읽었던 기억이 있었으나 막연한 것일 뿐이었다. 그래서 나는 해삼뿐만 아니라 멍게두 죄다 양식인가보다라고 혼잣말을 하면서 멍게를 찍어 입에 넣었다. 무슨 말인가 열심히 하려던 녀석은 때아닌 멍게타령에 김이 빠지는 모양이었다.

"양식이구 왜식이구 간에 내 말 좀 들어봐. 이건 아주 중요한 유적이야. 수많은 굴속에 불상이니 벽화니 엄청나거든. 이걸 연구하는 학문이 있을 정도야."

"그게 우리하구 무슨 관계가 있니?"

"내가 얘기하구 싶은 것두 바로 그거야. 아무리 중요한 것일지라두 우리하구 직접 관련이 없으믄 무의미하다는 거지."

녀석의 말에 생기가 돌았다.

"이 유적이 우리하구 무슨 관련이 있으리라고는 생각 안 되는데?"

지구촌(地球村)이라는 말이 있는 만큼 지구 위에 있는 어떤 것일지라도 우리의 삶과 관련을 맺고 있지 않은 것은 없다는 폭넓은 견해를 모르는 바 아니었다. 나는 녀석이 그따위 공소한 소리를 중얼거리려는가 해서 시큰둥하게 반문했다.

"니가 말하는 직접적인 관련이 어느 정도를 말하는지 모르겠다만 내 소박한 견해로는 우리가 그 관련을 캐고 부각시키는 데 따라 양상이 달라지리라구 생각해."

"과연 소박한 견해로구나."

"야, 이 멍게 같은 소도구야. 이건 장난이 아니란 말야."

녀석은 일갈하고 나서 내게 우리 문화에 대해 사명감이 없다느니, 서른도 채 안 된 놈이 퇴영적인 사고방식에 젖어 도무지 발전성이 보이지 않는다느니, 심지어는 암적 존재라느니, 어디서 주워들은 그럴듯하다 싶은 문자들로써 나를 몰아붙였다. 나는 녀석이 고루한 문자들만 동원하여 부아를 내는 꼴이 우습기만 해서 "니 말이 옳다. 넌 남을 꾸짖는 데도 문기(文氣)

가 넘치는구나" 하고 어르고만 있었다.

"들어보란 말야. 이 유적이 우리한테 어떻게 관련을 맺고 있는지, 인마. 혜초(慧超) 있지? 혜초의 《왕오천축국전(往五天竺國傳)》이 여기서 발견되었단 말야."

녀석이 목청을 돋우었다.

"신라의 중 혜초? 혜초가 쓴 《왕오천축국전》이 어떻게 거기서 발견돼?"

"그러니까 하는 얘기지."

녀석이 거봐, 하는 표정을 지었다. 그러나 그 얘기도 어느 책에선가 본 것 같았다.

"이, 이걸 보란 말야."

녀석이 목판 위에 펼쳐져 있는 페이지의 사진을 가리켰다. 실은 처음부터 내내 들여다보았던 페이지였다. 석굴 속이었다. 한가운데에 금니(金泥)를 칠한 듯한 불상이 놓여 있고, 그 주위로는 비구, 보살이 놓여 있고, 좌대 밑으로는 공양자들, 약차(藥叉)와 사자(獅子)의 벽화가 그려져 있었다. 그리고 네 벽에는 천불(千佛), 천장에는 비천(飛天).

"이 옆의 장경동(藏經洞)에서 프랑스의 펠리오라는 사람이 많은 유물을 꺼내 갔는데 그 속에 혜초의 것이 있었다는 거야.

이 굴이 발견된 건 참 우연이라지."

녀석이 그동안 긁어모은 이른바 '소재'에 비하면 그래도 웬만큼 격이 있어서 나는 처음으로 "그래?" 하면서 듣고만 있었다. 그러나 비록 혜초의 《왕오천축국전》이 그 속에서 나왔다고 하더라도 그 사실이 오늘의 나의 삶과 어떤 직접적인 관련을 맺고 있다고는 전혀 실감할 수가 없었다. 서울에서 그 유적지의 거리는 먼 것이었다. 사진 속의 석굴은 새로 보수되고 단장되어 발견 당시 황량한 사막에 버려져 있었다는 탐험자들의 기록이 믿기지 않을 정도였다.

"혜초의 책이 발견되었을 뿐만 아니라, 그는 여기 오래 머물면서 그 여행기를 썼다는 거야."

나는 퍼뜩 연전에 다모관음(多毛觀音) 지현(智賢)스님이 인도 땅을 둘러보고 와서 펴낸 책 《혜초의 길을 따라서》가 떠올랐다. 그러나 책 내용 대신에 어디선가 다모관음이 "인도에서는 살아남는 것이 곧 구도의 길이다. 제 오줌을 먹으며 광막한 뙤약볕 밑을 가야 한다"고 한 말이 머리에 뱅뱅 돌 뿐이어서, 녀석이 펼쳐놓은 페이지의 굴속 사진에서 과장되고 완연히 희화적(戲畵的)인 사자의 모습만을 보며 사자를 타고 다닌 것은 문수보살인가 하는 쪽으로 생각을 굴리고 있었다.

본디 천 개도 넘는다는 석굴들은 현재 600개 남짓 남아 있고 그중 492개에 불상이니 벽화가 보존되어 있으며, 이 석굴들은 형식에 있어서 예배굴(禮拜窟)과 복합굴(複合窟)로 나뉜다고 했다. 예배굴은 승려들이 머무는 승방이 없는 형식이며 복합굴은 승방이 딸린 형식이었다. 이러한 석굴 형식은 애초에 인도에서 기원한 것으로 경주 석굴암의 원류가 된다고 여겨졌다. 녀석의 웅대한 기획에 따르면 돈황을 무대로 펼쳐지는 연극은 혜초가 예배굴에서 선정(禪定)에 들어간 장면으로 막을 올림으로써 장엄미를 돋보이게 할 수 있으리라는 것이었다. 내용은 혜초의 사랑을 다루되 제목을 '돈황의 사랑'이라고 하면 제격이 아니겠느냐는 것이었다.

"어때? 이거야말로……" 하고 녀석이 다시 장황하게 나올 낌새였다. 나는 녀석의 말을 가로막았다.

"혜초가 무슨 사랑을 어떻게 했단 말이니? 그런 건덕지두 찾아볼 수 없잖어?"

그러자 녀석은 안색까지 변했다. 녀석을 끌끌 혀를 차더니 상상력의 빈곤이니 연극적 센스의 결여니 어쩌느니 하면서 삿대질을 했다.

"얌마, 넌 사랑이라믄 어째서 무조건 여관방만 연상하는 거냐? '돈황의 사랑'은 그런 게 아니라니깐. 에로스의 사랑이 아가페의 사랑으로 어떻게 승화하느냐 하는 걸 다루는 거야."

녀석은 사뭇 기세가 등등했다. 혜초가 무슨 사랑을 어떻게 했다는 건덕지가 없다는 것은 추구하고자 하는 본질과는 하등 문젯거리가 안 된다는 것이었다. 이국 여인과의 애절한 사랑이 곁들여져야만 그의 위대한 구도에의 길을 더욱 위대하게 되살릴 수 있다고 녀석은 역설했다.

"이게 바로 진정한 사랑의 승리라는 거야, 인마."

"난 잘 모르겠는데?"

"야, 이 구제불능아, 오늘밤에 가서 가슴에 손을 얹구 생각해봐. '돈황의 사랑'은 결국 자기와의 싸움이 사랑의 본질이라는 걸 여실히 보여주자는 거니까 말야. 설정이 우선 그렇게 맞아떨어지잖냐."

녀석이 말하는 '본질'의 본질이 무엇인지 나는 감을 잡을 수가 없었다. 하기야 언제나 그렇듯이 녀석은 혼자 열을 올리다가는 며칠 못 가서 제풀에 주저앉을 것이니 굳이 맞상대를 하고 있을 필요조차 없었다.

"'돈황의 사랑'보담 '돈환의 사랑'이라구 달구 돈환이 여자 따먹는 얘기나 하는 게 낫지 않을까?"

나는 비아냥거렸다.

"뭐? 돈환? 돈환의 사랑?"

"그래. 스페인 사람 있잖아. 돈주앙이라고도 하지. 돈환은 닥치는 대루 꼬셔서 따먹었다면서? 니 말투를 빌리믄 그런 돈환의 애정 편력을 통해 에로스의 본질을 그리자는 거야."

녀석은 돈황이 돈환으로 바뀐 것에 어리둥절한 모양이었으나 불쾌한 빛이 역력했다. "암튼 집에 가서 좀 진지하게 생각해봐. 돈황이 뭣하다면 둔황도 좋으니까" 하면서 펼쳐놓았던 잡지 기사를 접어 내 호주머니에 찔러넣더니 술병에 술이 꽤 남아 있는데도 술 한 병을 더 달라고 소리쳤다. 그런 다음 녀석은 몇 잔을 연거푸 들이켰다. 술에 취하게 만드는 것은 양보다도 속도였다. 나도 녀석의 보조에 맞추어 연거푸 들이켜다 보니 순식간에 막바지로 치달았다. '다푸네집'의 술을 다 푸자고 외칠 때쯤에는 녀석도 혀가 꼬부라져 있었다.

그녀가 출근 시간에 쫓기면서 밥상을 차리는 소리가 문밖에서 달그락거리며 들려왔다. 나는 주섬주섬 일어나 침대 발치에 걸쳐놓은 윗옷 호주머니의 잡지 기사가 없어지지 않았나 살펴보았다. 어떻게 집으로 돌아왔는지 기억의 화면은 깜깜하게 끊어져 있었으나 그것은 얌전하게 접힌 채 들어 있었다. "'돈황의 사랑'이라…… 작취미성인걸……" 나는 혼잣말을 하며 그것을 빼들고 다시 침대에 벌렁 나자빠졌다.

감숙성의 돈황 현성(縣城)에서 동남쪽으로 50리쯤 떨어진 곳에 모래언덕으로 이루어진 명사산(鳴沙山)이 길게 자리 잡고 있다. 북경에서 4천 킬로미터, 리수로 따져 꼭 1만 리다. 적막하고 웅장한 명사산은 모래언덕이기 때문에 밟으면 모래가 허물어지나 산마루는 날카롭고, 올라가면 윙윙 산이 울리는 소리가 난다. 사막지대 한가운데 자리 잡고 있는 이 명사산 동쪽 기슭에 열 개의 왕조와 1천 년의 세월에 걸쳐 갖가지 양식으로 만들어진 석굴의 무리가 막고굴이다. 천불동(千佛洞)이라고도 불리는 이 막고굴은 처음에는 서역으로부터의 영향을 짙게 나타내다가 점차로 중국화되어 당나라 때는 중국 예술의 정수로 나타난다. 이곳이 처음 탐험된 것은 1905년의 일이었다. 그보다 앞선 1898년, 이곳 석굴을 지키고 있던 왕원록(王圓籙)이라는 도사(道士)가 하루는 필경생을 시켜 문서를 베끼게 하고 있었다. 그런데 이 필경생

이 피우는 담배 연기가 이상하게도 벽 틈으로 스며들어
가는 것이 아닌가. 그는 벽 틈을 살펴보았다. 벽에는 뭔
가 자연스럽지 못한 흔적이 남아 있었다. 그는 즉시 석
굴 속의 벽을 허물어보았다. 그랬더니 그 속에서 많은
옛 문서, 경전, 그림 들이 쏟아져 나왔다. 이 소문이 바
깥으로 안 퍼질 까닭이 없었다. 그래서 중앙아시아로 세
력을 확장하려고 혈안이 되어 있던 열강들에 의해 차례
로 약탈되고 말았다. 1905년에는 소련의 오브루체프대
(隊)가, 이듬해에는 영국의 스타인대가, 그 이듬해에는
프랑스의 펠리오대가 여기에 가담하였다. 뒤에는 일본
의 오다니(大谷)대까지도 가담했다. 이렇게 약탈해간 돈
황 유물을 대상으로 이른바 돈황학이 생기기도 했다. 이
곳에 현재 조각이나 벽화가 보존되어 있는 석굴 492개
는 당(唐)나라 때의 것이 가장 많고 수(隋), 위(魏), 오대
(五代), 서하(西夏), 원(元), 청(淸) 때의 것 등 다양하다.
이곳 석굴의 창건에 대해서는 서기 303년 이전 진(晋)
나라 혜제(惠帝) 때 이룩되었다는 설, 그보다 50년 뒤인
동진(東晉) 영화(永和) 9년에 이룩되었다는 설, 366년
진(秦)나라 건원(建元) 2년에 낙준(樂僔)스님에 의하여

46

이룩되었다는 설 등 세 가지 설이 있는데, 어쨌든 4세기 때의 일이었다. 이 석굴 492개에 안치되어 있는 채색 소상(塑像) 2,415몸(軀)이며, 벽화를 모두 연장해 계산해보면 5미터 높이로 25킬로미터에 이른다. 이곳의 소상들은 흙으로 만든 것으로, 이는 이 언저리의 돌이 왕모래가 섞여 있는 사력질(砂礫質)이기 때문이다. 벽화도 벽에 흙을 바른 뒤 그렸다. 소상은 먼저 나무 뼈대에 새끼를 단단히 묶고 거기에 백토(白土)로 마감하여 색깔과 금박으로 칠한 것들이었다. 이 채색 소상들은, 초기 것들은 석굴과 함께 붕괴되어 남아 있지 않고, 가장 오래된 것이 5세기 중반 북량(北凉) 때의 것으로 알려져 있다. 이 무렵의 소상들은 중국적인 양식에 인도와 서역의 양식이 짙게 가미되어 있는데 이는 그 뒤 북량을 멸망시킨 북위(北魏) 때에 들어와서도 계속된다. 이러한 양식은 6세기에 정통 중국 양식으로 바뀌면서 북제(北齊), 북주(北周)와 수, 당으로 이어진다. 특히 당나라에 와서는 국력의 신장과 더불어 불교 미술이 전성기에 도달해서 많은 걸작들이 만들어진다. 벽화에 있어서도 마찬가지로 처음 북량시대에는 인도, 서역의 영향이 깊지만 수

나라를 거쳐 당나라에 와서는 사실주의의 극치를 보여
주는 현란한 변상도(變相圖)들이 아름답고 신비한 이상
(理想) 세계의 모습을 그리고 있다……

　대충 살펴보고 난 나는 그중의 한 그림에 시선이 머물렀다.
어디선가 눈에 많이 익은 그림이기 때문이었다. 중들이 그린
그림에 사냥 그림은 웬 사냥 그림일까 하고 들여다보던 나는
"이상한데, 이건 고구려 무덤 벽화인 〈수렵도〉하구 너무 같잖
아……" 혼잣말을 중얼거렸다. 서위(西魏)시대 석굴의 천장에
그려져 있다는 그 벽화는 사슴이 뛰는 산골짜기에서 말 탄 무
사가 호랑이를 활로 겨냥하고 있는 그림이었다. 고구려 벽화
에 견주면 말이 멧돼지같이 둔하고 호랑이가 용처럼 두루뭉수
리로 그려져 있었지만 생동감은 결코 뒤떨어지지 않았다.
　"깼어요? 어젯밤엔 웬 술에 그렇게 취했어요? 생각나요?"
　어느 틈에 그녀가 동그란 플라스틱 밥상을 들고 들어왔다.
도대체가 많은 부분이 토막 나 기억상실증에 걸린 듯한 나로
서는 그녀의 말에 또 무슨 몹쓸 일을 저질렀는지 몰라 가슴이
뜨끔했다.
　"뭐가?"

"돈환이니 혜초니 운디드니니 도무지 못 알아먹을 소리만 하구 하구 또 하니까 견딜 수가 있어야죠."

나는 침대에 누운 채로 슬며시 그녀의 얼굴을 외면했다. 늘 녀석의 '소재'를 빈정거리는 주제에 술 취해서 기껏 했다는 소리가 그것을 되풀이한 소리였으니 스스로 돌이켜보아도 한심한 노릇이었다.

"그리구 처녀가 밝힌다는 건 또 뭐예요?"

갈수록 태산이었다.

"나 마실 물이나 좀 줘."

"딴전은."

딴전을 피우려고 해서가 아니라 갈증이 몹시 나는 것이 사실이었다.

"거기 있잖아요, 그 옆에."

침대 머리맡 작은 나무상자 위에 주전자가 놓여 있었다. 나는 몸을 모로 돌리고 주전자를 들어올려 물을 다 비우다시피 들이켰다.

"혹시 나가서 이상한 짓 하는 건 아니죠?"

"이상한 짓이라니?"

"그럼 돈환이니 처녀가 밝힌다느니 하는 건 무슨 말이냔 말예요?"

입맛이 썼다. 생각 같아서는 뭐라고 면박을 주었으면 싶었으나 간밤에 내가 했을 짓거리가 혐오스러워서 꾹 참고 요즘 처녀들 노는 꼴이 다 그렇고 그렇다는 일반론이 아니겠느냐고 흐지부지 얼버무리고 말았다. 그녀도 말은 그렇게 꺼냈지만 새삼스럽게 무슨 의심을 해서는 아님이 분명했다.

"밥 안 먹어요?"

그녀가 다그쳤다.

"생각이 없어. 먹구 출근하라구."

"의사가 굶구 오래요. 국이나 한 그릇 마시죠 뭐."

그녀도 밥상은 거들떠보지 않고 나갈 준비를 서둘렀다. 그녀가 병원에 들르기로 한 날이었다. 나는 속이 메슥거리고 쓰려서 이리 뒤척 저리 뒤척 하고만 있었다.

"운디드닌 또 뭐예요?"

방바닥에 앉아서 스타킹을 신던 그녀가 심심풀이라는 듯 말을 건넸다.

"거 여자 꽤나 귀찮게 구네."

"누가 할 소린지 모르겠군요. 간밤엔 안 듣는다구 아예 목을 매달구 달라붙더니."

간밤이라는 말에는 도무지 맥을 출 수가 없었다. 내가 어떤 행동을 했는지 모르는 마당에 그만한 추궁 정도가 오히려 고마운 지경이었다. 나는 속으로 연신 혀를 차면서 그녀가 빨리 나가주기만을 기다렸다.

"인디언이 아버지라구요? 무슨 소린지 도통……"

그녀가 놀리고 있는 듯도 싶었다. 역시 녀석의 '소재'가 말썽이었다. 녀석은 인디언이 아시아에서 건너간 몽골족의 일파로서 아파치족(族)은 아버지라는 말이 변한 것이라고 전제하고, '아버지의 무릎뼈'는 운디드니에서 몰살한 인디언의 비극을 다뤘으면 한다고 포부를 밝혔던 것이다. 녀석의 정체불명의 아리송한 발상을 내가 왜 술 먹고 그대로 읊어댔는지 실로 울어도 시원찮은 노릇이었다.

"미국 인디언들이 아시아에서 건너갔다는 얘기야. 몽골족이란 얘기지. 아파치족의 이름이 아버지라는 말에서 유래했다는 얘기야."

나는 만사가 귀찮아서 마음대로 생각하라는 듯 내뱉었다.

"그걸 뭘 그렇게 어젠 심각하게 야단이었어요? 인디언 아버지가 죽었다느니 운디드니가 운다느니."

"뭐? 운디드니가 울어?"

"암은요."

"허어."

그녀는 해쭉 웃기까지 했다. 나는 속으로 내가 육갑을 떨었구나 하고 헛구역질까지 올라왔다. 그러나 거기에는 그럴 만한 심각한 사연이 있지 하는 투로 애써 생각에 잠긴 체하고 있었다. 그녀는 그런 나를 쳐다보지도 않았다. 그러면서도 꼬치꼬치 들춰내는 그녀가 얄미운 데다가 또 간밤의 내 행위에 어떤 정당성을 불어넣지 않으면 안 된다는 생각에 나는 입을 열었다.

"운디드니란 말야. 더블유, 오, 유, 엔, 디, 이, 디, 운디드에 케, 엔, 이, 이, 니이란 말야. 다친 무릎이지. 지명이야. 인디언들이 백인들하구 결전을 벌였던 곳이지. 죄 죽었으니 무덤인 셈이지."

나는 녀석이 했던 말을 앵무새처럼 되풀이했다.

"그게 어쨌단 거죠?"

그녀는 아무래도 뚱딴지같은 얘기가 아니냐는 반응이었다. 내가 녀석에게 보였던 반응 또한 그랬었으니 일이 꼬여도 이만저만 꼬인 게 아니었다.

"거 꽤나 깐죽거리구 있네. 서방님 말할 때는 아녀잔 잠자코 있는 거야."

"좋겠쑤우."

그녀는 눈도 깜짝하지 않았다. 나는 이래저래 속이 뒤틀렸다.

"시끄러. 아침부터 말대답이나 듣자구 하는 얘기가 아냐. 이 봐, 아까 인디언들이 몽골족이라구 했지?"

나는 공연히 핏대까지 세워 목소리를 돋우었다. 그러나 여전히 그녀는, 글쎄, 그래서요? 하는 벙벙한 표정이었다.

"그렇게 답답하니깐 술 먹구 자꾸 얘기하게 되는 거야."

"말해보세요, 어서. 어제두 지각했는데."

그녀는 거울을 들여다본다, 밥상에 신문지를 덮어놓는다, 비닐옷장의 지퍼를 올려 닫는다, 하면서 바쁘게 서둘렀다.

"난 지금 몽골족에 대해서 얘기하구 있는 거야. 몽골족이 도대체 누구야? 응? 누구냐구?"

나로서도 어찌된 셈인지 알 길이 없었다.

"인디언이겠죠 뭐."

그녀는 건성으로 대꾸했다. 나는 공연히 부아가 치밀어 그만 자리에서 벌떡 일어났다.

"뭣이? 몽골족이 인디언?"

"왜요? 뭐 틀렸어요?"

"내가 언제 그랬어? 몽골족이 인디언이라구 언제 그랬느냐구?"

"고정하세요. 방금 그랬잖아요."

그녀는 샐쭉 눈까지 흘겼다.

"이 여자 사람 잡네."

나는 손바닥으로 가슴을 치는 시늉을 했다.

"왜 그러슈?"

그럴수록 그녀는 더 여유작작이었다.

"이 사람아, 사람 말을 좀 바루 들어야지. 자, 똑똑히 대답하라구. 몽골족이란 누구냐?"

나는 그녀의 턱을 손등으로 받쳐 얼굴을 내게로 돌려놓고 다그쳤다.

"인디언 아니에요?"

소용없는 일이었다. 애초에 간밤의 일을 들추어냈을 때 끙하고 돌아누워 있느니만 못했다. 나는 맥이 빠졌다.

"들어봐. 어린애들 엉덩이에 푸릇푸릇한 반점 있지? 그게 뭐야? 그게 몽골족에게 나타나는 반점이란 거야. 몽골족은 바로우리야. 우리란 말야. 사람 말을 똑바루 들어야지."

곤혹스럽기 짝이 없었다. 이야기가 이토록 옆길로 빠지리라고는 예기치 못했던 일이었다. 그러나 내친걸음이라 어쩌는 수가 없었다.

"아깐 그런 얘기가 아니었잖아요? 똑바루 안 들은 게 어딨 어요?"

"좋아, 방금 내가 뭐랬지? 몽골족에 대해서 뭐라구 그랬지?"

나는 윽박지르듯 물었다.

"바로 우리들이라구 그랬지요."

"그래 좋아. 잠깐만 기다려. 그럼 우리가 인디언이란 말야?"

그녀는 무슨 속임수에 걸린 게 아닌가 따지는지 눈을 깜작거 렸다. 그러자 내가 언제 그랬느냐고 생뚱하게 뒤집고 나섰다.

"이런 여자 봤나? 몽골족이 인디언이라며?"

"아까 그러잖았어요?"

그녀는 반문하며 종잡을 수 없다는 표정을 지었다.

"그러니깐 똑똑히 들으라는 거야. 난 분명히 인디언이 몽골 족이랬지 몽골족이 인디언이라지는 않았어."

"인디언이 몽골족이랬지, 몽골족이 인디언이랬지는?"

"그래."

나는 입맛을 쩝쩝 다셨다. 이렇게 되고 보니 이러쿵저러쿵 늘어놓은 내가 잘못이란 생각이 들었다. 나는 더 이상 말할 흥미를 잃어버렸다. 물론 처음부터 하고 싶지도 않았던 이야기였다. 녀석의 '소재'니만큼 내용도 내용이려니와 내게는 아무런 관심도 없었던 것이기 때문이었다. 게다가 더 이상 나간다면 '모든 인디언은 몽골족이지만 모든 몽골족이 인디언인 것은 아니다' 운운하면서 무슨 논리학처럼 설명할 길이 까마득해서 나는 그만 입을 다물었다. 운디드니에서 운다는 얼토당토않은 말을 그녀가 다시 꺼내지 않는 것만이 다행이다 싶었다. 그녀는 더 들어봐야 그게 그거라고 나름대로 치부하고 있는 모양이었다.

"저녁에 만날 거죠?"

그녀가 시계를 차면서 물었다. 좀 일찍 퇴근해서 병원에 들렀다 오는 길에 저녁이나 먹자고 했던 기억이 되살아났다.

"그럼."

나는 침대 가에 앉아 담배를 피워 물며 당연하다는 표정을 지어 보였다. 그녀가 방문을 열고 서서 돌아보았다.

"어디서 만나요?"

"글쎄."

나는 말을 멈추고 몇몇 곳을 떠올리다가 언뜻 대답했다.

"다친 무릎에서."

"아직 그 얘기 다 안 끝났어요?"

"왜에, 끝났지."

"지금 바쁘단 말예요."

"같이 사는 건 인생의 무덤이니까 말야. 싸움하면서 죽어가는 거니까 말야. 같이 살구 싶어서 노상 만났던 그 다방."

나는 웃지도 않고 중얼거렸다.

"좋아요. 그럼 그 무릎에서 만나요. 일곱 시가 좋겠죠?"

"좋지."

그녀는 구두를 신느라고 기우뚱거렸다. 잘못 사서 발이 여간 불편하지 않다는 구두였다. 구두를 다 신은 그녀는 방 안에 머리를 삐쭉 들이밀었다. 그러곤 "다친 무릎 좋아하시네, 시간이나 지켜요" 하고 혀를 날름 내밀고는 내빼듯이 사라져버렸다.

그녀가 나간 다음부터의 시간은 늘 뒤죽박죽이었다. 대개 잠을 더 자거나 확실치 못한 앞날에 대한 공상에 빠지거나 하는 것이었지만 실로 한심하기 짝이 없었다. 나는 쇠침대에 다시 벌렁 드러누웠다. 그녀와 쓰잘 데 없는 얘기라도 나눌 때는 좀 나았던 것 같았으나 뒷골이 띵하고 무겁게 잡아당겼다. 정신도 흐릿했다. 나는 억지로 눈을 붙이고 비몽사몽간에 꽤 오랫동안 잠에 빠져들었다. 오후에 접어들었으나 역시 지겹게

긴 시간이 남아 있었다. 아무래도 나들이를 해야 된다면 다방으로 가기 전에 또 녀석을 만나는 수밖에 없었다.

녀석은 매형이 사업장으로 얻어 든 사무실의 한구석을 합판으로 막은 이른바 연습실에서 학생으로 보이는 연극학도들과 둘러앉아 비디오를 보고 있었다. "어, 왔냐? 잠깐만 기다려" 하고 급히 화면으로 얼굴을 돌리는 것으로 봐서 꽤들 열심이었다. 무슨 내용인가 기웃거리자 녀석이 "봉산(鳳山)" 하고 이빨을 드러내며 웃었다. 봉산탈춤이었다. 나는 열심히 화면을 들여다보고 있는 일단의 젊은이들 뒤에 엉거주춤 서서 담배를 피워 물었다.

"그래, 어젠 잘 들어갔냐?"

녀석이 돌아보았다.

"그럼."

"하루 만에 또 나타난 걸 보니 어젯건이 꽤 감동이 컸던 모양인데?"

녀석이 화면과 나를 번갈아 보면서 빙그레 웃었다.

"마누랄 만나기로 했어. 시간이 좀 남아서."

나는 무덤덤하게 말했다.

"정식 결혼도 안 했으면서 마누라니? 아무튼 집에서 노상 만나잖어? 왜, 도망쳤냐?"

"그래. 도망쳤다."

봉산탈춤 비디오테이프는 녀석을 만나는 동안 서너 번 본 적이 있는 것이었다. 서너 번이라고 하는 것은 앞부분을 보다가 만 적도 있고 뒷부분만 본 적도 있기 때문이었다. 어디서 모아들인 연극지망생들인지 화면을 응시하는 눈들은 진지하면서도 당혹스러워 보였다.

붉은 원동에 녹색 소매를 단 더그레에 붉은 바지를 입고 방울을 짤랑이는 취발이가 고개를 갸우뚱거리며 나와 있었다. 주황색 바탕에 희고 검은 반점을 그린 취발이 탈에는 혹이 일곱 개나 돋았다. 노장(老長)과 소무(小巫)와 어울리는 것을 보면 취발이가 소무를 유혹해서 차지하는 마당인 모양이었다. 취발이가 소무에게 다가들 때마다 노장이 취발이를 때린다. 취발이가 노장을 귀신이나 도깨비에 비유하면서 점차로 둘의 싸움은 격해진다. 드디어 취발이가 노장을 쫓아버리고 소무를 차지한다. 소무는 한삼 달린 색동저고리에 붉은 치마를 입고 큰 비녀를 찔렀으며 족두리를 얹었다. 소무의 흰 얼굴 바탕에 붉은 입술이 선정적으로 강조되어 보인다.

"점심은 먹었냐?"

녀석이 돌아보며 기다리게 해서 미안하다는 투로 물었다.

"지금이 몇 신데?"

"어쨌든 잠깐만 기다리라구. 이 아이들, 이거 금방 끝나니까."

녀석의 열정만은 나도 인정할 수밖에 없었다. 탈춤에 관심을 기울인 건 그리 오래지 않다고 알고 있었는데 어느 틈에 공부까지 시키고 있는 모양이었다.

"자, 이 춤을 봅시다."

녀석의 말에 따라 화면을 보니 취발이, 노장, 소무는 사라지고 취발이보다 얼굴이 동그란 먹중이 등장해 있었다.

"먹중 아닙니까?" 하고 누군가가 아는 체하는 물음이 들려왔다.

"그렇지. 이건 먹중이야. 봉산에서 가장 중요한 역할이니까 자세히 보자구. 지금부터 추는 춤이 불림. 불림은 처음에 나와서 장단을 부른다, 청한다는 뜻이 있는 춤사위야."

화면이 멈췄다가 느린 동작으로 움직이기 시작했다. 눈들이 주의 깊게 화면에 쏠렸다.

"이 춤은 봉산탈춤에서 기본이 되는 춤의 하나야. 자, 다리를 벌려놓지?"

먹중이 다리를 어깨 넓이로 벌려 놓으면서 한삼이 늘어진

두 팔을 어깨 높이로 올린다. 두 발은 자연스럽게 앞을 벌린 모습이다.

"이것이 준비 자세. 이어서 따악, 일박이 떨어지면……"

녀석이 여유 있는 자세로 화면을 바라보는 데 비해 '아이들'은 지나칠 만큼 어색하고 긴장한 자세였다. 먹중이 뒤꿈치를 들고 온몸을 위로 솟구칠 듯이 펴면서 허리를 중심으로 몸통을 오른쪽으로 튼다. 왼팔과 오른팔이 호를 그린다. 순간 무릎을 굽혀서 솟구쳤던 몸을 낮추면서 허리와 어깨를 제자리로 당긴다. 양팔은 원을 그리며 비스듬히 앞쪽으로 온다.

"이것이 일박의 사위야. 자, 다음. 따악, 이박이 떨어지면……"

먹중이 좀 전과 비슷한 춤사위를 되풀이한다.

"이박은 약박(弱拍)이므로 약하게 틀지. 무릎을 더 낮춰서 거의 땅에 닿을 듯이 앉어."

굽혔던 무릎을 펴고 처음의 준비 자세로 돌아가는 것이 이박이었다.

"어느 탈춤에서나 불림의 동작에 따라 음악 반주가 나오게 되니까 간단한 것처럼 보여두 중요한 거야. 연극의 큐 같은 거니까."

녀석의 말하고는 달리 '아이들'을 가르치는 일은 쉽게 끝날 것 같지 않았다. 녀석은 대학을 졸업한 지 오 년이 되도록 연출자로서 변변한 활동도 못하면서 그 언저리에서 거의 떠돌아다니다시피 생활하고 있었다. 그런 떠돌이 생활 중에서 나아가는 길이 조금씩 달라졌다고 한다면 손턴 와일더의 〈우리 읍내〉라든가 테네시 윌리엄스의 〈유리 동물원〉 같은 번역극에서 점차로 창작극에 발을 들여놓았고, 드디어는 탈춤에까지 발을 넓히고 있다는 것 정도였다. 대부분의 대학 탈춤반에서 전통 예술의 전승을 꾀한다기보다는 탈춤의 익명성에 의지한 해학과 풍자를 현실 비판의 도구로 이용하는 데 대해서 녀석은 오히려 우려와 반감을 나타냈다. 예전의 탈춤이 양반에 대해 삿대질을 하고 상소리를 했던 것은 양반의 묵인 내지는 비호 아래 행해진 것이기 때문에 본디부터 현실 비판의 도구라기보다는 고도의 화합의 도구였다는 게 녀석의 주장이었다. 그러므로 오늘의 탈춤의 전승, 발전도 긍정의 자세에서 출발해야 산 탈춤이 된다는 것이었다. 여기에서 대학 탈춤반이 뜻하고 있는 바와는 자연히 대립될 수밖에 없었다. 그렇다고 녀석이 탈춤에 본격적으로 달라붙는 것도 아니었다. 아예 어느 탈춤의 전수생으로 들어가보지 그러느냐고 권했을 때 녀석은 웃기만 했을 뿐 별말이 없었다.

"자, 그럼 다시 이 춤, 먹중의 외사위를 보자구. 외사위는 탈의 귀면성(鬼面性), 재담의 운율조하고 어울려 남성적인 활달함으로 장쾌한 운동감을 느끼게 해주는 춤이란 걸 기억하구."

화면에 먹중들이 사자와 함께 나타났다.

"사자 말구 먹중만 봐. 자, 일박."

먹중이 발끝이 위로 향하도록 오른쪽 무릎을 직각으로 올리고 두 팔을 어깨 넓이로 벌리더니 몸통을 오른쪽으로 틀면서 뛴다. 녀석의 설명대로 귀면성이 돋보이게 하려는 듯 탈을 부르르부르르 떤다. 오른손의 한삼을 머리 뒤에서 앞으로 원을 그리듯이 감아 뿌린다. 오른손과 왼손이 대각선을 이룬다. 사자가 오락가락한다.

"다음 이박."

몸통을 본디 위치로 돌리며 올렸던 발을 내려놓는다. 오른손은 등 뒤로, 왼손은 앞으로 온다. 두 팔을 양옆으로 가져오며 중심을 오른쪽 다리에 옮기고 다음 동작을 준비한다.

"사잔 보지 마. 자, 삼박."

발끝이 위로 향하게끔 왼쪽 무릎을 직각으로 올리고 두 팔을 어깨 높이로 올리며 몸통을 왼쪽으로 틀어 뛴다. 탈을 또 부르르 떤다. 한삼이 머리 뒤에서 앞으로 원을 그리듯이 감아 뿌린다. 오른손과 왼손이 대각선을 이룬다.

"마지막 사박."

몸통을 원위치로 돌리며 올렸던 발을 땅에 내린다. 왼손은 등 뒤로, 오른손은 앞으로 온다. 두 팔을 양옆으로 가져오며 중심을 왼쪽 다리에 옮겨 다음 동작에 들어갈 준비를 한다.

"봤지? 삼박과 사박은 일박과 이박의 반대 형태로 되는 거."

멍하니 화면을 응시하던 나는 알 수 없이 서글퍼지는 느낌이었다. 녀석의 열정이 나를 그렇게 만든 것인지도 몰랐다. 녀석이 마치 화면 속에서 탈을 쓰고 느린 동작의 춤사위를 보여주고 있다는 착각이 들었던 것이다. 그러나 그런 때문만도 아니었다. 나는 구석에 놓인 의자에 걸터앉았다. 탈춤이 왜 내게 슬픈 느낌을 주었을까. 전에는 느껴보지 못했던 감정이었다. 탈에는 그릇됨을 물리치고 복을 맞이하는 뜻이 새겨져 있는 것이라던데, 슬퍼서는 안 될 일이었다. 그런데도 탈은 우락부락한 남성 탈이거나 얌전을 뺀 여성 탈이거나 한결같이 슬픈 상이다. 익명성이 슬픈 것일까. 그럴지도 몰랐다. 담배 연기를 허파꽈리 속에 깊숙이 들이마시며 이리저리 생각을 굴리고 있는데 뜻하지 않게 사자가 떠올랐다. 먹중들 사이에서 슬프게 오락가락하는 사자였다. 그렇다. 그런 사자가 둔황의 벽화에도 그려져 있었다.

탈춤을 처음 대했을 때 사자는 하나의 경이(驚異)였다. 우리나라에 살지 않는 동물인 사자가 친근하게 어울릴 수 있다는 것은 내 질서를 혼란시키기에 충분했다. 그 이질성의 놀라운 친화력이 무엇일까, 하는 혼란에 빠졌던 것이라고 할 수 있다. 원숭이에게서는 느낄 수 없는 감정이었다. 녀석의 연습실을 드나들며 귀동냥으로 얻어들은 것이지만, 갈기를 날리는 이 수컷 사자는 봉산, 강령(康翎), 기린(麒麟) 같은 황해도 땅에서 추는 해서(海西)탈춤 말고도 경상도의 수영(水營)들놀음, 통영오광대(統營五光大)에도 등장하고 있었다. 이 밖에 북청(北靑)사자놀이의 사자. 그러나 이놈에 대해서는 몇 마디 덧붙이지 않으면 안 된다. 내가 녀석의 연습실을 드나들면서 사자를 처음 대한 것은 결코 아니었다. 내가 별다른 의식 없이 사자를 보았던 것은 훨씬 오래전으로 거슬러 올라간다. 그것이 북청 사자였다. 일찍 세상을 떠난 아버지를 대신하여 나를 거둔 작은아버지가 태어나서 자란 고장이 바로 북청 땅이었던 것이다. 정확하게는 신북청면 초리(草里)에서 태어난 그는 흥이 많은 편인 데다가 실향민으로서의 향수도 있어서 언젠가 월남한 연희자들에 의해 북청사자놀이가 연희되었을 때 만사 제쳐놓고 나를 데리고 구경을 갔었다. 신바람 나는 일이었다. 사자는 넙죽한 상판에 울긋불긋한 몸뚱이였다. 바지, 저고리에 빨갛고 파랗고 노란 띠를 맨 악사들이 고깔을 쓰고 삘릴리 퉁소를 불고 둥둥 북을 쳤다. 사자가 덩실덩실 춤을 추었다. 여러 사람이 탈을 쓰고 나와 사자 주위를 맴돌았다. 그들이 양반, 상좌, 사당, 꼽추, 무동 들이라는 걸 안 것은 녀석의 연습실에 드나들면서였다. 사자는 재간도 잘 부렸다. 발딱 일어서서 앞발로 발재간을 부렸다. 먹이를 잡아먹는 시늉도 했다. 이윽고 사자는 쓰러졌다가 다시 일어나 여럿이 어울려 한바탕 춤을 추었다. 그러고는 끝났다. 그때 그가 넋 놓고 있던 나를 번쩍 들어올려 사자의 등허리에 올려 태웠다. 나는 기겁을 했다. 그 안에 든 것이 사람인 줄 번연히 알면서도 나는 발을 버둥거리며 몸부림을 쳤다.

"아즈바이, 오래오래 살라구 그러재이요. 헛, 헛, 헛."

높은 항렬자 덕분에 아즈바이가 된 어린 나는 누군가 그런 말을 하는 것을 들었다. 작은아버지는 내 명이 길어지라고 사자의 등허리에 나를 올려 태웠던 것이다. 그러나 그러던 그는 예순도 못 채우고 고혈압으로 세상을 떠났다. 그렇다면 그는 어렸을 때 사자를 한 번도 못 탔던 것일까.

사자가 없는 우리나라의 놀이에 왜 사자가 나오는지 오랫동안 품어왔던 의문을 나는 비로소 녀석에게 털어놓았다.

"헤, 헤, 그건 사자가 아냐." 녀석은 재미있다는 듯 말했다.

"사자가 아니라니? 무슨 소릴 하는 거니?"

"니 눈에는 사자루 보일지 몰라두 그건 사자가 아니라 인간이란 말야. 다만 그런 형상을 차용한 거지. 거기에 놀라운 상징이 있는 거지."

그 안에 사람이 들었다는 사실만 놓고 보더라도 사자가 아니라 인간이란 말은 틀림없는 말이었다. 때로 그렇게 단면적이고 평범한 눈이 모호한 현상에 높은 상징성을 부여하는 모양이었다. 어쨌든 녀석에 따르면 북청사자는 다른 탈춤이나 탈놀이에 나오는 사자와는 달리 주인공 노릇을 한다는 점에서 특징이 있다는 것이었다.

사자가 사자가 아니라 인간이라는 녀석의 말은 녀석으로서는 우스개였는지 몰라도 내게는 적잖은 충격이었다. 진짜 사자가 사람들과 어울려 춤을 출 까닭이 없으니 어찌 보면 지극히 당연한 말이었다. 그럼에도 불구하고 내게는 충격이었다.

녀석이 유치원생 다루듯 그렇게 나오는 터라 나는 심심풀이 삼아 내 의문을 혼자서 풀지 않으면 안 되었다.

사자놀이는 본디 서역(西域) 땅에서 전래된 것이었다. 삼국 시대의 일로서 신라 사람들이 즐기던 오기(五伎), 곧 다섯 놀이 가운데 산예(狻猊)가 그것이다. 오기란 산예를 비롯한 금환(金丸), 월전(月顚), 대면(大面), 속독(束毒)을 말한다. 불행하게도 이것들이 어떤 놀이인지 자세한 기록은 전하지 않으나, 다만 금환은 쇠공을 던지고 받는 놀이이며, 월전은 탈을 쓰고 우스 갯짓을 흉내 내는 놀이이며, 대면 역시 탈놀이이며, 속독은 서 역의 타슈켄트와 사마르칸트 지방에 자리 잡았던 소그드라는 나라에서 전래한 탈춤놀이라고 한다. 그러니까 쇠공을 가지고 노는 금환 말고는 모두가 탈놀이라고 하겠는데, 이것들이 뒷 날 고려 때의 산대잡희(山臺雜戲), 조선 때의 나례잡희(儺禮雜 戲)의 선행 예능이 된다. 말하자면 신라 오기가 나중에 나라 사 람들의 기쁨과 슬픔, 소망과 좌절을 응축한 탈춤을 이루는 기 본기(基本技)가 된 것이다.

조선시대를 거쳐 일제시대로 넘어오는 탈춤 형성 과정에서 나는 금옥(錦玉)이라는 한 여성을 발견할 수 있었다. 그녀는 실 존인물이었다. 그녀는 황해도 지방의 탈춤, 흔히 해서(海西)탈춤이라고 일컬어지는 것 가운데 하나인 강령(康翎)탈춤의 형성에 가장 중요한 몫을 담당했다. 금옥은 해서 감영의 기생으로 춤과 노래에 출중한 자질을 갖추고 있었다. 그러나 한일합방으로 해서 감영이 해체되자, 강령 땅의 갈모로로 거주지를 옮겨 인근 패거리를 모아 춤을 가르치기 시작했다. 이로써 강령탈춤은 본바닥 탈춤의 면모를 얻게 된다. 금옥의 발자취를 더듬어가던 나는 강령탈춤에서 먹중이 된 한 사나이의 이야기를 읽을 수 있었는데, 그것은 다음과 같은 이야기였다.

갈모로로 가는 길

그 사나이는 어디론가 피해 달아나고 있었다. 사람을 죽였기 때문이었다. 그 사나이가 사람을 죽인 동기는 그보다 먼저 사나이의 누이동생이 비상을 먹고 죽은 데 있었다. 그날 밤따라 부엉이는 더 섧게 부우부우 울었다. 누이동생은 숨이 넘어가면서도 한 녀석을 저주했다. 누이동생을 강제로 욕보인 녀석이었다. 녀석에게 당한 일이 제아무리 심한 것이었다 하더라도 죽지만은 말아주었으면 하고 간절히 바랐지만, 허사였다. 누이동생은 부엉이 울음소리를 씻김굿처럼 뒤에 남기고 기어이 눈을 감고 말았다. 그는 이를 악물었다. 그러지 않아도 녀석의 행패를 보고만 있을 수는 없다고 벼르던 차였다. 세상이 바뀌고 일본인이 몰려 들어오자 녀석은 어느 틈에 그 앞잡이가 되어 공공연히 사람들을 욱박지르고 거드름을 피우는가 하면 힘없는 사람의 재산을 빼앗는 데도 이골이 나 있었다. 그리고 그의 누이동생을 집적거렸다.

그는 밤에 몰래 녀석을 기다렸다가 단숨에 찔러 숨을 끊어 버렸다. 녀석을 해치우고 나서도 그는 사람을 죽였다는 자책은커녕 할 일을 했다는 안도의 느낌마저 일었다. 아무런 후회도 없었다. 세상에 홀로 남은 그였으니 누이동생의 한을 풀어 주고 설사 죽게 된들 어떠랴 하는 심정이었다. 달빛이 교교하게 비치는 밤이었다. 달빛의 모서리로 몸을 숨기며 집으로 돌아온 그는 동생의 시신도 거두지 못하고 그길로 집을 등졌던 것이다.

집을 나오면서 그는 언뜻 문틀 위의 벽에 붙은 처용의 형상을 보았다. 아버지가 그려 붙인 것이었다. 사람들은 누이동생이 남의 집 놉을 사는 아버지의 딸자식답지 않게 때깔이 곱다고들 했다. 애초에 그렇게 반반하게 생긴 게 잘못이라고 그는 생각했다. 그렇지 않았더라면 제명에 죽지 못하지는 않았을 것이었다. 그는 그때 난데없이 마음 한구석을 울리는 노랫소리를 듣고 있었다. 우리 애기 착한 애기, 저 집 애기 못도 자고 우리 애긴 잘도 잔다…… 지나간 날들은 단지 그런 노랫소리로밖에는 전해질 수 없는 것인가. 눈을 감고 지난날을 헤아려 보고 있는 그에게는 시간조차도 참척(慘慽)을 당한 것처럼 저주스럽게 느껴졌다. 아이가 어른보다 먼저 죽는 아픔. 오래 살아서 세상의 온갖 궂은일을 볼 대로 다 보아버린 사람일수록 그러한 시간의 참척 때문에 상심하게 되고 그 상심이 거듭해서 마침내 마음의 병은 돌이킬 수 없이 깊어지는 것이리라.

"부우, 부우."

부엉이 우는 소리가 멀리서부터 아득하게 들려왔다. 그는 부엉이가 울 때면 금옥의 모습에 사로잡혀 쉽게 잠을 이룰 수 없었던 여러 해들을 상기했다. 그녀가 차츰 명기로 이름을 퍼뜨리게 되자 부엉이 소리는 더한층 그를 괴롭혔다. 해마다 부엉이 소리는 단오가 가까웠음을 알려주었다. 막상 보리가 패고 봄이 무르익도록 별 감회가 없다가도 그는 몸이 달기 시작했다. 마누라가 일찍 세상을 떠나서가 아니었다. 그가 금옥을 그리는 일은 오랜 세월 동안 익혀온 일이었다.

"부우우, 부우."

부엉이 소리가 쥐들이 갉는 소리에 뒤섞이지도 않고 캄캄한 밤의 어둠 속에 금옥의 모습을 새기면서 또다시 들려왔다. 그렇게 어둠 속에 새겨진 그녀의 모습은 돌에 새겨진 연꽃처럼 영원히 지워질 것 같지 않았다. 어느 해였던가, 그녀가 명기로서 이름이 나면서 처음으로 탈춤패의 우두머리에게 하룻밤 안기었던 때를 그는 분명히 잊지 않고 있었다. 그 단옷날, 흥겹게 춤사위가 저마다의 기량을 뽐내고 탈판을 휘젓고 돌 때도 그날의 으뜸패에게 상으로 금옥이가 내려지리라는 것은 상상조차 하지 못했었다. 그는 아직도 그녀가 처용의 형상 아래서 홀쩍거리고 있는 어린아이로밖에 여겨지지 않았던 것이다. 그러나 그렇게 울 날은 오고야 말았다. 그날 밤 금옥은 중년의 꼭두쇠에게 바쳐졌다. 그것이 말하자면 시간의 참척이었다. 그날의 탈판은 유난히 신명이 났다.

대나무와 광목과 종이로 만든 사자가 나와서 타령과 굿거리장단에 맞추어 깨끼춤과 굿거리춤을 한참 추다가 들어갔다. 뒤이어 붉은색 바탕에 흰색과 금색 반점이 있는 탈에 붉은 원동, 남색 소매, 붉은색 바지를 걸친 원숭이가 나와서 역시 타령과 굿거리장단에 맞추어 깨끼춤과 굿거리춤을 한참 추다가 들어갔다.

붉은색 바탕의 탈을 쓰고 붉은색 원동, 흰 더그레와 바지, 노랑띠를 한 말뚝이가 무대 오른쪽과 왼쪽에서 각각 나왔다. 양손으로 얼굴을 가리고 무대 복판으로 달려와 마주친 그들은 서로 쳐다보고는 짐짓 놀란 체 돌아서서 반대쪽으로 달아났다. 장내를 휘 한 바퀴 돌고는 무대 복판에서 다시 만나 서로 쳐다보고 또 놀란 체 돌아서서 달아났다. 이렇게 서너 차례 되풀이하던 그들은 이윽고 서로 뒷걸음질하며 도도리타령, 굿거리장단에 맞추어 춤추다가 들어갔다. 이윽고 고깔을 쓰고 칡배장삼을 입고 칡띠를 허리에 매고 삼신(麻鞋)을 신은 먹중이 달음질쳐 나와 섰다.

"헤까라, 헤까라!"

드디어 판이 벌어진 것이었다. 이에 앞서서 시작된 길놀이는 마을을 한 바퀴 돈 다음 놀이판에 이르렀는데, 말뚝이를 앞세우고 그 뒤에는 사자, 사자 뒤에는 원숭이, 원숭이 뒤에는 먹중, 먹중 뒤에는 상좌, 상좌 뒤에는 노승, 노승 뒤에는 소무, 소무 뒤에는 취발이, 취발이 뒤에는 양반, 양반 뒤에는 영감, 영감 뒤에는 할미가 늘어섰다. 그 뒤를 재비들이 악기를 들고 뒤따랐다. 탈판에 이른 그들은 먼저 탈고사를 지낸 다음 판을 벌이기 시작했던 것이다.

저녁나절에 벌어진 탈판은 한밤도 겨운 새벽녘 가까워서야 모닥불과 함께 사위었다. 그렇게 사흘 동안 읍내는 언제 밤이 지새는지 모르게 흥청거렸다. 농악 장단의 화랭이춤에 어름사니들의 줄타기, 버나재비들의 쳇바퀴 돌리기와 살판의 땅재주가 흥을 돋우면서부터 아쉽게 지새우는 밤들이었다. 그리하여 금옥이 그해의 5월을 마무리 짓게 되리라고는 정말 꿈에도 상상할 수 없었던 일이었다. 그로부터 그에게는 갑자기 5월이 못 견딜 기휘(忌諱)의 달이 되고 말았다. 일 년 열두 달 가운데 가장 살맛이 났던 달이 그만 체질에 맞지 않게 된 것이었다. 그러나 그럼에도 불구하고 해가 갈수록 그의 몸은 극약을 쓰지 않으면 치유되지 않을 악질에 걸린 것처럼 시달림을 받아가고 있었다. 그 처음 몇 해는 참으로 견디기 힘든 것이었다. 피치 못할 사정으로 어려서 헤어진 이래 곧잘 꿈에 나타나기도 하고 보고 싶다는 생각이 언뜻언뜻 머리를 들었던 것은 사실이지만, 세월이 흐를수록 그토록 간절해지리라고는 미처 생각지 못했던 일이었다.

"이 사람아, 어서 사돈을 맺세나."

그가 아주 어렸을 적 그의 아버지가 이렇게 말할 때마다 그녀의 아버지는 마냥 즐거운 듯 메기처럼 입을 쩍쩍 벌렸다.

"급하긴, 우물에 가서 숭늉 달래지."

"감꼭지 떨어지길 기다릴 텐가."

이렇게 오거니 가거니 하면서 둘은 무엇이 그렇게 기분이 좋은지 연신 입을 다물지 못했다. 사실 그녀의 아버지가 달고 있던 구레나룻은 기쁠 때면 그 기쁨을 돋보이게 했고 슬플 때면 그 슬픔을 돋보이게 하는 효력을 발휘했다. 숱이 많기로 둘째가라면 서러워할 정도였던 그 구레나룻 때문에 아버지를 따라나선 그녀를 보면 커다란 상수리나무를 따라나선 산지기의 어린 딸처럼 보였다. 하지만 그녀가 실제로 신광사(神光寺) 뒷산에 가서 상수리나무 아래 서더라도 그런 광경은 되지 않을 것이었다. 상수리나무가 구레나룻을 기른다는 것은 어려운 일이며 더군다나 메기의 웃음을 지어 보이기는 더욱 어려운 일일 것이었다.

아버지들이 사돈을 맺느니 안 맺느니 하는 말은 어린 그에게는 알아들을 수 없는 말이었다. 그러나 나이를 먹어가면서 그는 어렴풋이나마 그 말뜻에 접근해갈 수 있었다. 아무도 가르쳐주지 않았으나 그는 도롱뇽 알이 점점 또록또록해지듯이 깨달아갔던 것이다.

그러나 그녀의 아버지는 결코 그의 아버지와 사돈을 맺을 수가 없었다. 어느 날 그녀의 아버지가 괴질로 쓰러져 영영 일어나지 못했기 때문이었다. 그의 아버지가 달려갔을 때 이미 그녀의 아버지는 핏기 없는 얼굴로 아무 말도 못하고 숨을 거두는 순간이었다는 것이다. 그녀의 아버지는 어린 산지기 딸을 거느린 상수리나무 같은 모습을 다시는 보여줄 수 없게 되고 말았다. 그녀의 아버지는 그렇게 느닷없이 가버렸다.

"우리 금옥일 좀 돌보아주십사고…… 돌보아주십사고…… 아이고, 이년의 팔자야."

그녀의 어머니가 나중에 그렇게 전한 것밖에는 무슨 말을 할 여지도 없었던가보았다. 그녀의 어머니는 두 눈이 겨우살이 열매처럼 빨갛게 익어 있었는데, 지나치게 울어서 그렇게 되었는지 독기가 뻗쳐 그렇게 되었는지 아무도 알 길이 없었다. 며칠이 지난 뒤 그의 아버지가 할 수 있었던 일은 그녀네 허물어져 가는 초가집 문틀 위 벽에 이상한 머리장식을 한 사람의 형상을 그려 붙인 것뿐이었다.

"역귀가 다신 얼씬거리지 않을 게요."

아버지는 벌써부터 냉기가 돌기 시작하는 그녀네 집을 휘둘러보며 그녀의 어머니를 안심시켰다. 아버지가 그려 붙인 것은 처용의 형상이었다. 남은 모녀에게나마 다른 재앙이 밀어

닥치지 못하도록 막으려는 것이었다. 처용의 형상 밑에 시무룩이 앉은 그녀의 어머니는 그 형상에서 어떤 안도감을 느꼈는지 모르지만 어린 금옥은 겁에 질려 오히려 퀭한 눈초리로 비실비실 피하려고만 들었다. 아버지가 그런 일을 하는 동안 그는 그녀의 집 주변을 어슬렁거리며 공연히 울먹거렸다.

"우리 집에도 하나 붙여두어야겠다."

아버지는 무뚝뚝하게 말했다.

그녀의 아버지가 세상을 떠남으로써 서로가 흔쾌히 맺으려고 하였던 사돈 관계는 맺으려야 맺을 수 없게 되었다. 모든 일이 안타깝고 궁금했지만 그가 캐낼 수 있는 것은 아무것도 없었다. 그녀의 아버지가 세상을 떠나버림으로써 웃음을 머금고 무르익어가던 약속은 마치 꼬리를 잘라놓고 어디론가 도망간 도마뱀처럼 되어버리고 말았던 것이다. 아버지는 웬일인지 다시는 그 이야기를 꺼내지도 않았다. 그러나 그로서는 아버지의 주의를 환기시킬 방법이 없었다.

아버지가 역귀로부터 금옥이네를 지켜주려 한 노력도 모두가 허사였다. 사실 그가 그녀네 집 주변을 어슬렁거리며 느꼈던 그것도 불길한 예감에 지나지 않았다. 들려오는 소문은 나빴다. 그는 역귀가 날뛰면 날뛸수록 예전에 그가 기댔던 약속이 처용의 형상보다도 희미해지고 무력해질 뿐이라는 게 안타까울 따름이었다. 그녀의 아버지가 남겨놓은 것으로 쓸 만한 것은 아무것도 없었다. 오직 메꿩과 오소리와 청살치까지도 잡을 수 없는 올무들뿐이었다. 그러나 뒤에 남은 그녀의 어머니에게나 그녀에게나 그것들은 아무 소용도 닿지 않았다. 올무의 명수였던 그녀의 아버지는 죽으면서 자기 마누라를 그 올무로 옭아놓을 수 있기를 바랐는지도 몰랐다. 그러나 그 올무는 오히려 아버지의 처용으로 하여금 아무 힘도 못 쓰게 옭아버렸다고 해도 좋았다. 그랬기에 그녀의 어머니는 탈상도 하기 전에 남사당패를 따라가버렸을 것이다. 신이 지펴서 산속으로 도를 닦으러 들어갔다는 등의 듣기 좋은 말도 뒤따랐으나 알 만한 사람은 모두 알고 있었다. 그 남사당패는 세상 어딜 가도 구경할 수 없는 버나 재주로 쳇바퀴를 돌려서 그녀 어머니의 얼을 빼버렸다는데, 올무에 옭매인 탓인지 처용도 속수무책이었다.

세월이 심상치 않아 어느 누구의 집이고 몰락을 하자면 눈 깜짝할 새라는 것을 모르는 바 아니었지만 아버지는 두고두고 입맛이 쓴 모양이었다. 그로부터 그녀가 기방에 들어가기까지는 그리 오래 걸리지 않았다. 그녀는 기생이 되기 위해 집을 떠났다. 그는 모두가 뿔뿔이 흩어져 떠나버린 그녀네 집으로 가서 모든 것을 확인하고 또 확인해보았다. 어디선가 구레나룻이 사돈을 삼세그려, 하고 성큼성큼 나타나주기라도 한다면 모든 것은 과거로 고스란히 돌아가줄 것만 같았다. 사라지는 것처럼 맹목적이고 부도덕한 것은 없었다.

세월이 흘러도 금옥의 모습은 그의 뇌리에서 떠나지 않았다. 그 괴로움은 사그라지기는커녕 나무옹이처럼 점점 더 부풀어만 갔다. 그것은 단순히 어른들의 섣부른 약속 때문이라기보다 더 원초적인 무엇이 있었다. 때때로 한 사람의 남자 혹은 한 사람의 여자가 남들이 납득하기 힘든 이유로 상대방에게 홀려서 심신이 병들게 되는 일이 일어나는 것이 사실이라면, 그것이 바로 역신의 짓이리라. 더군다나 세월과 함께 그녀의 아리따운 자태라든가 빼어난 춤 솜씨 따위가 뭇사람들의 입에 오르내릴 때면 그 고통은 눈에 보이지 않는 가시처럼 심장을 찌르는 것으로 변했다. 그리고 그녀가 명기로서 나라로부터 옥관자(玉貫子)까지 받았을 때 그 고통은 절정에 이르러 마침내 체념으로 다스려진 듯도 하였으나 역시 한때뿐이었다.

날이 희부윰히 밝아오고 있었다. 그는 빈집에 숨어들어 밤새도록 착잡한 마음을 가누지 못했다. 달가닥거리던 쥐들도 모두 어디로 갔는지 아무 소리도 들리지 않았다. 그때 그는 갑자기 발가락이 따끔거린다고 느꼈다. 그는 그 따끔거리는 곳을 살펴보았다. 새벽의 희끄무레한 날빛 속에서 그곳에는 오래전에 그랬던 것처럼 작은 상처가 나 있었다. 쥐가 물었음이 분명하다고 생각했다. 아버지와 처용의 모습이 번갈아가며 나타난 꿈결의 뒤쪽에서는 쥐들이 찍찍거렸었다. 놈들은 그러는 사이에 어느 틈에 그의 발가락에까지도 이빨을 들이대고 갉았던 것 같았다. 처음 따끔하다고 느꼈을 때는 설마 쥐가 사람을 물기까지 했으랴 하고 넘겨버렸던 것이다. 오른쪽 새끼발가락의 상처는 피가 맺혀 있었고 부어오르기까지 했다. 쥐가 물어뜯은 게 틀림없었다. 그는 밤새도록 이리 뛰고 저리 뛰며 온통 시끄럽게 굴던 쥐들을 생각했다. 그러나 정확히 언제 물린 것인지는 기억해낼 수가 없었다. 언젠가 모르는 사이에 그렇게 되고 만 것이리라. 기분이 언짢을 뿐 상처가 대단한 것은 아니었다.

어디로 갈 것인가.

새벽공기 속에서 비로소 외양간 냄새가 코로 밀려들었다. 그 외양간은 꽤 오래전부터 사용되지 않았던 모양이었다. 바닥에 흩어져 있는 짚은 흰 곰팡이가 낀 채 썩어 있었고 바람벽은 군데군데 흙이 떨어져 그 속으로 얼룩진 수숫대가 개 갈비처럼 드러나 있었다.

그는 마침내 금옥을 찾아가리라고 결심했다. 그것은 쥐한테 물린 상처를 보면서 일어난 감정이었다. 그는 오랜 세월 그녀를 그리고 있었지만 감영(監營)이 해산되고 그 소속의 관기들도 뿔뿔이 흩어진 가운데 그녀가 강령 땅으로 갔다는 소식을 풍문에 들었을 뿐 막상 찾아볼 엄두도 내지 못하고 있었다. 그런데 쥐한테 물린 상처는 이상하게 짙은 슬픔을 갖게 하였고, 그 슬픔이 문득 금옥을 찾아야겠다는 결심을 하게 만들었던 것이다. 그녀가 그를 알아보리라고 선뜻 말하기도 어려운 일이었다. 또 알아본다고 하더라도 그녀를 의지할 수 있으리라고는 더더구나 바랄 수 없었다. 단지 그는 물에 빠진 사람이 지푸라기 한 올이라도 붙잡으려고 애쓰는 것처럼 그녀의 아리따운 자태를 그리는 것만으로도 구원의 망상에 이르고 있었던 것이다. 그녀와의 사이에 놓여 있던 엄청난 단절이 작은 상처가 준 슬픔 때문에 그렇게 순식간에 메워질 수 있다는 것은 놀라운 일이었다. 한번 그렇게 마음먹자 그는 잠시도 머물러 있을 시간이 없었다.

그는 산길을 택해 부지런히 걸었다. 해가 버꾸같이 떠오르자 그는 더욱 걸음을 빨리했다. 쫓기는 몸이라고는 여겨지지가 않았다. 그는 오랜 고향을 찾아가고 있는 것이었다. 산길을 타고 지름길로 그녀를 찾아가고 있는데도 지나치게 우회해 왔다는 생각마저 들었다. 시장기도 시장기였지만 갈 길은 급하기만 했다.

아마 누이동생과 그 녀석의 주검이 발견되어 한바탕 소란이 벌어졌으리라.

그는 금옥에게 모든 사실을 털어놓고, 그리고 그다음 문제를 결정할 때까지 모든 것을 미룬다는 생각이었다. 그녀가 있는 곳으로 갈 때까지. 그녀에게 모든 것을 털어놓을 때까지는 오직 유예된 시간만이 있을 뿐이었다.

산이스랏나무를 타고 칡덩굴의 새순이 길게 뻗어 있었다. 잔솔 아래는 산새들이 푸득거리며 살고 있었다. 그는 줄기차게 빠르게 걸으면서 자신이 몇십 년, 아니 몇백 년 동안 그렇게 걸어왔던 것처럼 느껴졌다. 졸참나무와 굴참나무는 봄이 이슥하도록 지난해의 갈색 잎사귀를 스적거리고 있었다. 그는 간밤에 울던 부엉이 소리가 생각났다. 낮이 지나고 다시 밤이 되어 부엉이가 울 때까지는 그녀를 만나야만 할 것 같았다. 부엉이가 울 때까지는.

한나절이 겹도록 걸어가자 거기서부터는 들길이 계속되었다. 보리는 벌써 팰 대로 패어 있었고 곳곳의 무논에서는 써레질이 한창이었다. 이제는 그를 알아볼 만한 사람도 없었다. 그는 그래도 주의를 게을리하지 않았다.

"그래, 그쪽은 어디루 가시는 길이우?"

도중에서 같이 가게 된 농사꾼 차림의 두 중늙은이 가운데 하나가 그렇게 물었을 때, 그는 강령탈춤은 요즘 좀 시들한 감이 있다고 엉뚱한 대답을 했다.

"강령으로 가시는 게로구려?"

"그리 한번 들러보려구요."

그는 될 수 있는 대로 그의 행색을 나타내지 않으려고 건성으로 대꾸했다. 그러나 그들은 어느 만큼은 동행길이라는 듯 말동무나 하자는 투였다.

"그렇담 봉산(鳳山)이나 기린(麒麟) 쪽으로 갈 일이지. 강령탈춤이야 본시 점잖은 춤 아닌가."

"아암. 중인들 춤이니까."

중늙은이들은 서로 쳐다보며 바로 그렇다는 듯 고개까지 끄덕거렸다. 그들은 벌써부터 낮술을 걸쳤는지 얼굴들이 말뚝이탈처럼 불콰했다.

"봉산…… 기린…… 다 좋지요. 한데 거기는 진작 다 다녀본 데니까요, 무어."

그는 여전히 그들이 특별한 관심을 쏟지 않도록 세심하게 주의를 기울이고 있었다. 다행히 그들은 별다른 낌새를 눈치채지 못한 듯이 보였다. 그러나 그는 그들의 입에서 은연중에 금옥의 소식을 들을 수 있었으면 하고 바라는 마음이었다.

"이 몸두 한때는 꼭두쇠까지는 못 되었지만서두 그 밑에 곰뱅이쇠루 있으면서 팔도를 누볐시다……"

새끼줄을 감은 낫을 한 손에 든 중늙은이가 지난날을 회상하듯 먼 데로 눈길을 돌리고 넋두리처럼 중얼거렸다.

"얼럴럴럴, 얼쑤."

상대 중늙은이가 덧뵈기 가락으로 받았는데, 거기에는 또 그 이야기냐고 놀리는 투가 담겨 있었다.

"좋았겠습니다."

그는 낫을 든 중늙은이의 비위를 맞춰줄 겸 말을 거들었다.

"암, 좋았다마다. 한데 함경도 사자춤이나 전라도 매구춤, 서울 깨끼춤, 경상도 덧배기춤까지 다 봤지만 역시 우리 황해도 사위춤만 못하더라 이 말이지. 못하구말구."

말을 끝내자 그 자리에 멈춰 선 중늙은이는 문득 오른발을 드는가 싶더니 오른손을 위로 뻗어 왼손과 대각선을 이루었다가 풀어내면서 어느 결에 허리와 무릎을 굽혀 뛰어오르려는 자세를 취했다. 이윽고 건듯 뛰며 얼굴을 흔들더니 반바퀴쯤 옆으로 돌았다. 다시 발을 바꾸어 올리고 반대쪽으로 뿌리며 내렸다.

"이게 우리 사위춤 아닌가."

"봉산에 가깝구먼."

그들은 흥에 겨운 듯하였다.

"그야 봉산이 활달한 맛은 있는 게지. 하지만 사위춤이야 한 사위에서 두 사위루, 두 사위에서 겹사위루 놀아야 제맛일세 그려."

춤을 춘 중늙은이가 다시 길을 재촉하며 아쉬운 듯 말했다. 그는 워낙 허기가 진 데다 먼 길을 걸어서 삭신이 쑤시고 게다가 가끔 생각난 듯 콕콕 쏘아대는 발가락의 통증을 견디기 힘들었다. 그러나 그는 아무 내색 않고 그들과 어울려 내처 걸었다. 그렇게 가는 편이 혼자 외톨이로 가는 편보다 더 안심이 되기도 했다.

한동안은 아무 말도 없었다. 가로질러 있는 산에서 뻐꾸기 우는 소리가 들려왔다.

"강령춤도 이제 볼 만허게 될 걸세. 광천리(廣泉里) 패거리도 밤마다 금옥이헌테 뫼들어 춤들을 배운다니까."

"금옥이라니?"

"옥관자를 하사받은 금옥이 말일세."

그는 정신이 번쩍 들었다. 춤을 춘 중늙은이가 역시 그녀의 소식을 듣고 있었다. 그는 마른침을 삼켰다. 드디어 올 데까지 온 것이로구나 하는 생각이 들자 조바심이 나서 견딜 수가 없었다.

"금옥이란 여자가 춤을 가르칩니까?"

그녀가 강령으로 갔다는 소식밖에는 아무것도 아는 것이 없는 그였다. 그녀에 관한 것이라면 한마디라도 더 듣고 싶은 것이 그의 솔직한 심정이었다.

"춤만이 아니지. 워낙 가무에 출중하니깐 말일세."

춤을 춘 중늙은이가 그녀에 대해 알고 있는 것만으로도 흡족하다는 듯 으쓱대며 대답했다.

"그렇군요."

"강령에 가거들랑 갈모로에 가 금옥이 얼굴이나 보구 가야 할 걸세."

"갈모로요?"

"아암, 강령에서 다리 하나만 건너면 갈모로지."

갈모로라는 말은 그의 마음속에 그 어떤 말보다 깊숙이 들어와 박혔다. 부엉이가 울기 전에 갈모로로 가서 금옥의 모습을 보리라. 그러자 그는 예전에 그의 아버지가 그려 붙인 두장의 처용 형상이 머리에 떠올랐다. 그녀를 다시 만나게 될 인연이 그토록 우회하는 길이었다면 처용의 형상은 그 먼 길을 지켜주기 위해 그날까지 어떤 영험을 가지고 그들을 따라다녔음에 틀림이 없었다. 해주 감영이 해체된 뒤에 금옥은 강령 땅의 갈모로에 자리 잡고 재인 광대들에게 춤과 노래를 가르치며 세월을 보내고 있는 것이었다. 그가 갈모로로 간 것은 그날 밤 부엉이가 울 무렵이었다.

다시 부엉이 우는 계절이 되었다. 탈판에는 언제나와 다름없이 먹중탈에 고깔을 쓰고 칡베장삼을 입고 칡띠를 허리에 매고 삼신을 신은 어느 먹중이 달음질쳐 나와 흥을 돋웠다.

"혜까라, 혜까라!"

모닥불이 그의 탈을 비추었으나 탈은 다른 먹중탈과 다르지 않았다. 아무도 그가 누구인지는 알 길이 없었다.

이와 같은 〈갈모로로 가는 길〉의 이야기를 꾸미게 된 실존 인물인 금옥에 집착하여 탈춤의 형성 과정에 얽힌 애환이랄까, 뭐 그런 것에 대한 이야기에 몰두했던 나는 쇠침대에 누워 마치 내가 기구한 운명으로 먹중이 된 사나이라도 된 듯 나도 모르게 "헤까라, 헤까라"를 외쳤었다.

"아니, 건 또 무슨 소리예요?"

그녀는 잠에서 깨어 요즘 말로 내가 헤까닥하지나 않았나 하는 눈초리로 쳐다보았다. 그러나 나는 이런 이야기로써 내가 속한 한국이라는 땅의 전통 문화 속에 눈길을 돌려보았다는 자만으로 눈을 반짝였을 뿐 아무 말도 하지 못했다. 하기야 심각하게 말을 꺼내보았댔자 그녀의 졸린 눈초리가 헤까라든 헤까닥이든 구별하려고 할지는 의문이기도 했다.

내가 어쭙잖게 사자의 발자취를 좇던 무렵, 서역의 고대 유적 도시 누란(樓蘭)에서 여자 미라가 발견되었다. 그 신문 기사를 본 녀석은 또 어김없이 "목내이, 기막힌 얘기야" 하고 흥분했다. 누란의 중국어 발음은 로우란이었고, 미라의 중국어 표기는 목내이였다. 나는 그런 녀석에게 다짜고짜 면박을 주었다. 중국의 미라가 우리의 삶과 무슨 관련이 있느냐는 것이 면박의 주안점이었다.

"넌 미라라문 환장하는구나. 그저 목내이, 목내이. 목을 내기는 왜 내?"

나는 쏘아주었다.

그러면서도 나는 내가 좇던 사자가 신라의 사자로 거슬러 올라가고 다시 서역의 사자로 거슬러 올라간다는 관점에서 나대로 범상치 않은 어떤 인과(因果)의 실마리를 언뜻 본 느낌이었다. 그러고 보면 이 발상은 그 얼마 전부터 내 안에 자리 잡고 있었다고 해야 한다. 녀석과 어울리는 동안에 내가 그런 느낌을 녀석에게 털어놓지 못한 것은 일찍이 '목내이 깨어나다'를 계획했던 가락도 있어서 녀석이 철딱서니 없이 '극화(劇化)에의 길'을 찾아 나설까봐서였다. 내가 느꼈던 영감(靈感)은 사막을 가는 신라의 사자가 서역에서 천 년을 누워 잠자는 사람을 만난다는 단순한 것이었다. 이 단순한 영감 때문에 나는 미라에 관한 기사를 연일 샅샅이 읽었다. 누란, 로우란은 신강성(新疆省) 타림 분지 동쪽 끝에 자리 잡고 있는 폐허였다. 타림강은 '방황하는 호수'로 알려진 로프노르로 흘러 들어가는 삼각주에 해당한다. 사막지대이기 때문에 강물의 물줄기가 곧잘 바뀌고 그때마다 '방황하는 호수' 로프노르는 위치를 옮긴다. 위나라 때의 서역의 여러 도시국가 중 하나인 로우란이 폐허로 변한 것도 이런 자연환경의 영향이 크다. 로우란이 번성했던 때는 늦어도 서기 330년 무렵이며, 이곳의 집, 절, 무덤 들을 발굴했을 때 간다라의 영향을 받은 많은 유품들과 로만 풍의 철직(綴織), 중국 한나라풍의 구리거울, 구리살촉, 질그릇, 무늬비단 따위가 나왔다. 그런데 이 사막의 폐허에 다시 '보존 상태가 극히 양호한' 미라가 발견되었으며 '누란의 소녀'라고 이름 붙여진 이 미라는 입고 있는 옷도 거의 말짱해서 당시의 복식(服飾) 제도를 살피는 데 매우 중요한 자료가 된다고 신문 기사는 밝히고 있었다. '누란의 소녀'는 인공적으로 말린 이집트의 미라와 달리 사막의 건조한 기후와 풍토의 영향으로 자연적으로 미라가 되었다고 했다. 어쨌든 애초에 내가 쐐기를 박아서 녀석은 '누란의 소녀'를 두고 '목내이' 소리를 제대로 못했다.

그녀와의 약속 시간이 얼마 남지 않았을 때에야 녀석은 '아이들'을 보냈다. 나는 줄곧 먹중과 함께 오락가락하던 슬픈 사자와 둔황 벽화의 사자를 생각하고 있었다. '누란의 소녀'가 발굴되어 느닷없이 서역의 사자를 떠올렸던 때나 둔황 벽화의 사자를 보았을 때도 전혀 아무렇지 않다가 막상 비디오를 보고 난 뒤 비로소 둔황 벽화와 연결된 것은 무슨 조화인지 알 길이 없었다. 그러나 나는 녀석과 단둘이서만 남게 되었어도 입을 열지 않았다.

"우리 껄 하겠다는 애들이 우리 소리, 우리 살을 몰라서 야……"

녀석이 옆에 의자를 끌어와 앉으며 제법 의젓하게 혼잣말을 했다.

"살이라니?"

"몸 말이야. 몸의 움직임, 춤."

나는 잠자코 있었다. 그러자 녀석이 "어젠 꽤 마셨지?" 하고 체머리를 흔들었다.

"다아 니 향가 덕분이지."

간밤에 부린 추태가 못내 쑥쓸해서 내가 혼자 픽 웃자 녀석도 멋모른 채 따라 웃었다.

"건 그렇고, 니 여자 도망쳤다는 건 뭐냐? 하기야 실업자 생활 일 년 반이니 알쪼긴 하다만."

녀석은 설마 하는 눈초리로 나를 살폈다.

"여자가 가출한다는 건 때로 아름다운 모습이잖아." 나는 딴 청을 부리다가 "돈황인지 색골인지 둔황인지 니 혼자 해. 난

도저히 엄두도 못 내"하고 아예 발뺌을 했다.

"왜? 여자 땜에?"

"인마, 도망쳤냐구 한 건 너였어. 그리고 또 너는 실업자 아니냐? 동업자끼리 헐뜯는 이놈의 세태라니."

녀석이 동업자라는 말에 끼룩 웃음을 흘렸다.

"그럼 동업자끼리 잘해보자구. 회살, 아니 극단을 차리는 거야. 젠장 사무실까지 있겠다, 못 차릴 게 뭐야. 극단 '이각수(二角獸).' 니 뿔하고 내 뿔하구 뿔이 두 개란 말야. 그러나 몸은 하나다, 어때?"

"인마, 징그런 소리 하지 마. 나하구 너하구 몸이 하나라니? 돌았니?"

"어쨌든 그런 문제는 뒤로 돌리고, 이각수 어때?"

"이각순 보통 짐승이야. 뿔난 것치구 둘 아닌 게 있어?"

"코뿔소."

"코뿔소? 코뿔소는 살갖이 각화(角化)된 뿔이 앞뒤로 둘이다. 앞뒤로 둘."

"그럼 외뿔 짐승 유니콘이란 단어는 괜히 있나?"

"어디서 듣긴 들었구나."

녀석은 내 말을 듣는 둥 마는 둥 연신 끼룩거리기만 했다.

한참 동안 혼자 좋아하던 녀석이 드디어 담배를 꺼내 자못 진지한 표정을 지었다.

"이각수의 공동 대표로 말하겠는데, 좀 아까 새로운 정보를 입수했단 말야. 놀라운 얘기야."

그러나 나는 코웃음을 쳤다.

"그 돈황, 아니 둔황 유물 말야. 그중에 일본 사람 오다니가 나중에 가져갔다는 거 알지?"

말을 하다 말고 녀석이 그 부분을 내가 알고 있는가 어떤가 살피는 눈치여서 나는 일본 놈도 한몫 꼈더라고 아는 체를 해주었다.

"그래, 그새 공부깨나 했구나. 아주 좋았어. 그런데 그 유물이 우리나라에 있다 이거야."

녀석이 말의 억양을 낮추었다.

"어디에 있단 말야?"

"국립중앙박물관 지하에."

녀석은 우쭐하는 기세가 역력했다.

"그게 왜 거기 있냐?"

"낸들 알어? 일제 때부터 있었던 거라는데."

녀석은 몇몇 '알 만한' 데다 수소문을 했더란 얘기도 곁들였

다. 나는 쉽게 납득이 가지 않았다. 그러나 녀석이 허황된 얘기
는 많이 긁어모아도 그런 종류의 거짓말을 하지 않는다는 사
실은 신뢰하는 편이어서 고개만 갸우뚱거렸다. 이해할 수가
없었다. 탐험대들이 왕도사를 매수하여 유물을 실어 내온 것
은 비난을 받아 마땅했다. 그 일로 왕도사가 처형을 받은 것
도 그럴 만했다. 그러면 일본 탐험대가 가져온 유물이 우리나
라에 있다는 것을 어떻게 해석해야 한단 말인가. 역사는 때로
전혀 엉뚱한 결과를 낳는다는 생각에 앞서 거기에는 어떤 간
교한 이면사(裏面史)가 깃들어 있을 것 같았다. 나는 갈피를 잡
을 수가 없었다. 그것이 우리 땅에 있다는 사실을 환영하는 것
은 소아병적인 사고방식이다. 그와 함께 유물은 우리 땅에 유
린되어 있는 것이다. 일본 놈이 저지른 일을 우리가 뒤처리하
고 있는 게 아닌가. 대영(大英)박물관의 자랑은 약탈의 자랑이
라지 않은가 하는 논조로 대국적인 생각과, 또 그것이 어떤 경
로로 우리 손에 들어온 것은 경하할 만한 일이다. 무엇보다 자
국(自國)의 이익을 생각해야 한다. 그것이 우리 문화의 한 원류
를 보여주는 유물이라는 점에서 더욱 그렇다, 하는 생각이 머
리를 어지럽혔다.

　그러나 이런 혼란 속에서 이상하게도 그동안 그저 막연한

인물, 실체를 알 수 없는 인물로만 여겨졌던 혜초가 문득 몹시 가까운 사람처럼 다가온 것은 부인할 수 없는 일이었다.

그녀와의 약속 시간에 쫓겨 녀석과 헤어지면서, 연극을 해보자는 데 대해 이것저것 연구를 해보겠다고 물러선 것은 그런 까닭에서였다. 극화시킬 자신이 없더라도 이 기회에 나 나름대로 더듬어볼 필요가 있겠다고 나는 느꼈다. 그러나 정확히 말하면 나는 이미 녀석이 구상하는 연극을 염두에 두고 있지 않았다. 나는 사자춤을 추는 혜초를 생각했고, 백수(百獸)의 왕인 사자가 너울너울 춤을 추면서도 그 가죽 속에 고독한 진짜 얼굴을 감추고 있는 모습을 생각했던 것이다. ……그리하여 그 고독한 얼굴의 넋이 벽화 속에 옮겨져서 천몇백 년이 지난 뒤에 고향 땅으로 돌아온다. ……신라의 산예가 서역 땅에서 온 것이라고 밝혀져 있는 만큼 혜초가 서역 땅을 헤매며 사자춤을 접했으리라는 추리는 당연하다고 하겠다. 이렇게 되자 나는 녀석이 돈황이니 막고굴이니 혜초니를 주워섬기지 않았던 아주 오래전부터 그 석굴을, 그 벽화를 보고 싶어서 안달했던 것처럼 느껴졌다.

서역, 그곳이라면 나는 나름대로 또 하나의 기억을 가지고 있었다. 물론 서역하고는 직접적인 연관이 없을지도 모르지만,

그것은 어차피 서역이라는 이상한 세계에 대한 내 체험이라고 하지 않을 수 없는 것이다.

　주간지에 근무할 때였다. 그때를 상기하면 지금도 내 귀에는 한 소녀가 부르는 노랫소리가 들려오는 것만 같다. 그렇다고 결코 잘 부르는 노래는 아니었다. 소녀의 목소리는 가냘프게 떨렸는데, 아직 앳된, 트이지 않은 생목소리였다. 노래를 많이 부르지 않았던 것이 확연한 그 목소리에 오히려 애잔함이 깃들어 있다고나 할까. 꽤나 처연했다. 그러나 잘 부르는 노래가 아니었던 만큼 공연히 가슴을 죄게 하는 구석도 있었다. 틀리게 부르면 안 된다 하는 마음이었을 것이다. 이것은 물론 음정을 두고 하는 말이다. 어쭙잖게 서양 음악식으로 으뜸화음이나 버금화음, 딸림화음 따위를 따져볼 수 있을지는 몰라도 그 노래에 맞게 부르고 틀리게 부르고가 있을 리 없었다. 아무도 그 노래의 본디 모습을 알 수는 없을 것이기 때문이었다. 악보는 전해지지 않고 가사만 남아 있는 노래. 그 노래는 말하자면 죽은 노래이기 때문이었다. 그럼에도 불구하고 나는 소녀의 음정이 한 율(律)도 틀리지 않기를 바라고 있었다. 하기야 이렇게 말하는 것도 전혀 씨가 안 먹힐 이야기라고 해야 할 것이다. 그 노래는 우리 음악의 율려(律呂)가 가다듬어지기 훨씬 전의 옛 노래가 아닌가. 어쩌면 단지 몇 사람의 입에서 맴돌다가 잃게 되었을지도 모를 곡조의 옛 노래가 아닌가. 그러니 율려고 궁상각치우고 뭐고 따질 형편이 못 되었다. 거듭 말하지만 가사만 남아 있는 노래란 혼령이 빠져나간 몸뚱이에 지나지 않는 것이었다. 아니 살이 다 썩어서 물러앉은 옛 사람의 녹슨 뼈, 촉루(髑髏)라고나 해야 할 것이었다. 그럼에도 불구하고 내 귀에는 그 노랫소리가 들려오는 것만 같다.

소녀는 단정히 앞으로 손을 모으고 한 번 깊게 숨을 들이마신 뒤 입을 벌렸다. 무슨 노래일까, 우리는 귀를 기울였다. 할아버지가 가르쳐준 노래라고 했으므로 그 할아버지의 고향인 함경도 〈신고산타령〉일까, 아니면 〈함경도 애원성(哀怨聲)〉일까. 그러나 내 예상은 빗나갔다. 소녀는 남 앞에서 노래한다는 사실에 긴장과 흥분을 감추지 못했으나 그리 어색한 태도는 아니었다. 볼에 발갛게 홍조를 띠고 있었는데, 첫소리가 나올 때, 그 긴장과 흥분을 말해주듯 목청이 바르르 떨렸다. 마치 서투른 갈대피리를 분다는 느낌이었다. 물론 그 서투른 갈대피리 소리는 잠깐 동안이었다. 소녀는 곧 음정의 평형을 되찾았다. 그러나 전반적으로는 역시 가냘프게 떨렸다.

소녀가 노래를 부르기 시작했을 때, 나는 자칫 웃음을 터뜨릴 뻔했다. 소녀 쪽에서는 그렇지도 않은데 내 쪽에서 오히려 뭔가 쑥스럽다고 느꼈던 것도 같다. 아니면 소녀가 노래를 마악 부르려고 이른바 '폼'을 잡는 모습이 턱없이 본격적이었기 때문인지도 모른다. 하지만 웃음이 터져나오려는 순간에 나는 내가 만약 실소(失笑)를 한다면 소녀가 노래를 못 부르고 말 것이라는 생각이 들었다. 그래서 나는 웃음을 감추었다. 하기야 소녀의 노래를 굳이 들어야 할 까닭은 아무 데도 없었다. 시간 여유가 좀 있다는 것으로 소녀의 노래를 듣고자 한 데 지나지 않았다. 나는 본래 말할 때도 상대방의 얼굴을 잘 쳐다보지 않는 버릇이 있는데, 노래 부르는 상대방을 쳐다보는 것에는 더욱 익숙지 못해서 진땀까지 흘려야 했다. 하지만 상대방이 앳된 소녀라서인지 나는 꽤 여러 번 마음놓고 얼굴을 바라볼 수 있었다. 작은 손수건을 머리 뒤로 동여맨 동그란 얼굴은 연둣빛 블라우스 위에 마치 얹혀 있는 것처럼 보였다. 그 얼굴은 자귀나무 꽃빛의 담홍색 홍조로 물들어 있었고, 코에는 땀방울이 송송 배어나와 있었다. 그리고 입을 벌릴 때마다 가지런한 잇바디 사이로 나타나는 발간 혀끝.

나는 그때 옆에 있던 조(趙)기자에게 흘낏 눈길을 주었다.

그는 다소 얼떨떨한 표정이었다. 빨리 회사로 돌아가든가 어디 가서 목이나 좀 축였으면 하는 눈치였다. 사진기자인 그는 나와 함께 오랫동안 같이 취재를 다녀 서로가 엔간히 죽이 맞았다. 그렇지만 소녀의 노래를 듣고자 한 것은 나였다. 조기자는 아무 흥미도 없는 듯했다. 사실 소녀의 노래를 듣고 있을 마음의 여유는 없었다. 그 무렵 몸담고 있던 주간지는 흔한 말로 별 볼일 없는 신문이었다. 성격부터가 애매모호했다. 교양과 오락을 함께 두란다는 거야 어쩔 수 없다 해도 박사학위 논문과 연예인의 수입을 함께 다룬대서야 곤란한 일이었다. 별 볼일 없다고 해도 바쁜 것만은 둘째가라면 서러운 직장이었다. 뭔가 대단한가 싶어 달려든 경영자 쪽의 재정 형편이 실은 말이 아니어서 쓸 사람 제대로 안 쓰고 간신히 구멍만 메우며 꾸려나가는 판이라 별 볼일 있는 주간지보다 오히려 더 바빴다고 해야 할 것이었다. 게다가 일간지 기자와는 달리 주간지 기자는 써야 할 기사의 양이 많기 때문에 각 분야에 대한 전문지식의 필요성도 특별히 요청되고 있었다. 이른바 전문기자를 양성해야 한다는 것이었다. 말이야 맞는 말이었다. 문학이면 문학, 출판이면 출판, 연극이면 연극 따위로 전문지식을 갖추어야만 한다는 데 반대할 사람은 없었다. 원칙이 그래야 되는 것이다. 그러나 워낙 인력이 달렸다. 1인 2역이 아니라, 1인 3역, 4역까지도 떠맡아야 하는 판국이었다. 그러니 무슨 회의 때마다 전문기자, 전문기자 하는 말이 오르내렸지만 도대체가 처음부터 불가능한 일이었다. 어떤 원칙을 세워서 분야별로 전문을 정하지 않은 바도 아니었다. 그러나 불과 한두 주일만 지나면 흐지부지되게 마련이었다. 다루어야 할 분야가 다양하다는 점도 있었다. 그러니까 한 주일 한 주일 능력에 아랑곳없이 이리 뛰고 저리 뛸 뿐이었다. 한 달에 한 번씩 월간지를 만드는 사람들에게 언제 세월이 가는 줄 모른다고 하는 말을 종종 듣는데, 주간지야말로 그랬다. 기획, 청탁, 취재, 기사작성에다가 제작하는 날에는 교정까지 보아야 했다. 이러한 과정이 한 주일마다 닥치므로 마치 톱니바퀴가 돌아가는 것처럼 쉴 새 없이 하루하루가 맞물려 나갔다. 인원이 부족한 데다 시간 여유조차 없었다. 전문이고 뭐고 그 주일에 무언가 맡으면 그 전문기자가 되어야 했다.

그 무렵에 내가 맡고 있었던 기획물이 '단절(斷絶)의 현장(現場)'이란 것이었다. 주간지 기획이란 실은 오래전부터 지겹게 우려먹는 것을 형식만 슬쩍슬쩍 바꿔서 다시 우려먹는 경우가 많았다. 인력에 기동성이 없으니 더했다. 안이한 제작 태도를 버려야 한다고 아우성을 쳐봐야 아무 소용이 없었다. 모두가 하나같이 지면에 글자를 메워넣기에만 급급했다. '단절의 현장'도 따져보면 언젠가 어디선가 비슷한 기획을 한 적이 있던 것이었다. 하지만 우리 주간지로서는 그런 종류의 기획이 처음이라고 자위하면서 연재를 시작하기로 했다. '단절'이라는 낱말에서는 언뜻 알 수 있듯이 그 기획은 우리 세대에 와서 사라져 없어지는 옛것에 대해 한 가지씩 집중적으로 취재해서 쓰는 코너였다. 시대가 급변하므로 우리 생활에서 멀어져 다시 볼 수 없게 되는 것은 하나 둘이 아니었다. '단절'이니 뭐니 한다고 해서 어렵게 생각할 건 없었다. 이를테면 우리네 할머니들이라면 하루도 빠짐없이 사용하던 참빗이라든가 비녀, 할아버지들이 사용하던 갓 같은 것들이 바로 그 대상이었다. 생활에 쓰이는 일용품뿐만이 아니었다. 옛 왕조시대에 특이한 직책을 가졌던 사람들로서 다시는 빛을 못 볼 내시니 상궁도 대상이 되었고, 사라진 옛 풍습도 대상이 되었다. 옛 풍습이라면 아이들의 연날리기에서부터 시골 노인들의 시회(詩會)까지 다양했다. 사라져가는 산골마을 화전민들의 너와집은 좋은 '꺼리'였다. 참나무를 갈라 널쪽을 만들어 기와처럼 덮은 집이 너와집이었다. 강원도에 있을 때, 조기자는 너와집 안에서

텔레비전을 보는 산골 사람들을 신바람이 나서 카메라에 담았었다.

그러나 '단절의 현장' 기획물도 여느 기획물과 같이 열댓 번을 넘기자 점점 맥이 빠지기 시작했다. 때마침 여러 방면에서 불어닥친 한국학(韓國學)의 여파도 있고 해서 처음에는 상당히 열의를 가지고 시작했던 연재였다. 시작하기 전에 여기저기 자료를 조사하고 수소문도 해두었으나, 한 주일에 한 가지씩 꼬박 취재하여 기사로 만들어낸다는 것은 쉬운 일이 아니었다. '단절의 현장'이니만큼 그 자체가 찾아보기 힘든 것인 데서 오는 어려움도 컸다. 쥐꼬리만 한 취재비도 자꾸만 발걸음을 무겁게 했다. 그러나 무엇보다도 타성이 문제였다. 조기자 역시 그런 모양으로, 아침에 취재를 나설 때 가서야 "이번 준 뭔데?" 하고 건성으로 묻게끔 되고 말았다. 연재를 시작하고 나서 신바람이 났던 취재라면 강원도의 그 너와집뿐이었다. 우리는 도토리묵에 막걸리를 마시며 깊은 산골짜기에 찾아와 낯선 밤을 보내는 데 대해 제법 가슴 뿌듯함을 느끼기도 했었다. 하지만 그런 얄팍한 멋도 그때뿐이었다. 아무래도 몇 회 더 끌어 이십 회를 채우고 집어치워야 될 것 같았다.

별 볼일 없는 주간지라도 하더라도 세상에는 별의별 사람들이 많아서 여러 가지 이야기를 몰고 왔다. 기사로 해주었으면 어떻겠느냐는 것이었는데, 대부분 허섭스레기에 지나지 않았다. 듣도 보도 못한 사람의 무슨 사상에 대해 소개를 좀 해주었으면 좋겠다느니, 어떤 상이 잘못 주어졌다느니, 새로운 무엇이 발견되었다느니 하는 것들이었다. 행사 안내장이나 보도자료 따위도 하루만 거들떠보지 않으면 휴지가 돼버릴 정도로 쌓였다. 정보의 홍수라는 말이 실감이 났다. 그런 측면에서 보면 세상 돌아가는 허허실실을 나름대로 속속들이 접하게 되는 재미도 있었다.

5월로 접어든 어느 날이었다. '단절의 현장'은 이럭저럭 두세 번만 더하면 끝낼 단계에 와 있었다. 새해에 들어서면서 '신년 계획'으로 꾸민 것이기 때문에 한 달에 네 번씩, 5월 말이면 이십 회가 되는 것이었다. 그런 어느 날 나는 친구로부터 '단절의 현장'에 한 회 나갈 만한 사람이 있다는 이야기를 들었다. 그 역시 산책길에서 우연히 만난 노인으로 약수터에서 막걸리를 마시다가 알게 되었다고 했다.

"느네 동네는 약수 대신 막걸리가 솟나?"

나는 이야기의 내용에 대해서는 그리 관심이 없었다. 두세 번의 기삿거리는 대충 머릿속에 떠올라 있기도 한 때문이었다.

"약수터 옆에 그런 데가 있어. 너, 약수터 술맛 끝내준다."

그가 사는 동네 뒤쪽에 약수터가 있다는 사실은 나도 알고 있었다. 그에 따르면 그 노인은 지난 이른 봄부터 모습을 보이기 시작했는데, 첫눈에도 어딘가 분위기가 달라 보이더라는 것이었다. 시간만 나면 약수터에 들르는 그는 그로부터 자주 노인을 만나게 되었고, 마침내는 막걸리도 한잔 나누게 되었다고 했다. 건너편 동네에 새로 이사를 온 노인이었다. 그 동네는 대부분이 판잣집이었다. 나중의 이야기로 종합해보면 친척집에 얹혀살고 있는 노인임을 알 수 있었다고 했다. 그런데 노인과 이상스레 친해져서 이런저런 이야기를 나누다가 자기로서는 전혀 알 수 없는 이야기를 들었다는 것이다. 그는 물론 내가 직장에서 그 무렵 '단절의 현장'인지 뭔지를 쫓아다니고 있으며 그 내용이 어떠한 것인지를 어설프게나마 알고 있었다. 하기야 어설픈 구석으로 말하자면 그나 나나 오십보백보였다.

"너 공후라는 거 알지?"

그는 노인 이야기를 한참 늘어놓은 뒤에 느닷없이 물었다.

"쿵후? 중국 무술?"

나는 간혹 길거리의 삼층 건물 유리창에 나붙은 '쿵후'

라는 글자가 떠올랐다. 그 중국 무술을 영어로 표기할 때는 'KUNFU'였는데, 그렇다면 F자 표기를 ㅍ으로 하는 원칙에 따라 정확하게 우리 글 표기는 '쿵푸'가 되지 않을까, 나는 쓰잘데 없는 생각을 하곤 했었다. 이렇게 따지는 것은 누구 말대로 활자로 먹고사는 사람의 비애일지도 몰랐다.

"그딴 게 아냐. 공후, 공후."

"공후?"

귀족의 지위 공(公), 후(候), 백(伯), 자(子), 남(男)이 언뜻 떠올랐다. 그러나 그 순간 나는 그것이 고대의 악기, 바로 그 공후(箜篌)를 말하는 게 아닐까 어림짐작을 했다.

"악기 말야, 공후."

막상 그의 입에서 악기라는 말이 나오자 나는 어리벙벙한 느낌이었다. 그와 나는 악기 같은 것에 대해서는 한 번도 이야기를 나눠본 적이 없었다. 그런데 그 악기도 흔히 어디서나 볼 수 있는 악기가 아니라 고대의 정체 모를 악기였다. 그가 악기라고 말했을 때 나는 '왜 몰라?' 하는 표정을 지었다. 그러나 나는 공후에 대해서 그것이 현악기라는 것 말고는 어떻게 생겼는지조차 알지 못했다. 그런데도 알 만하다는 표정을 지은 것은 고등학교 교과서의 어느 구절엔가 공후를 뜯으며 불렀다

는 〈공후인(箜篌引)〉이라는 노래가 실려 있었다는 기억이 어렴
풋 되살아났기 때문이다. 〈공후인〉은 〈황조가(黃鳥歌)〉와 더불
어 우리 문학사에서 가장 오랜 시가(詩歌)가 되던가.

어쨌든 뜻밖이었다. 하지만 그때까지만 해도 나는 그의 입
에서 고전적인 악기 이름이 나왔다는 사실 그 자체만으로 일
종의 호기심을 느낀 정도였다. 그러나 그다음 이야기를 듣고
난 나는 어쩌면 그럴듯한 기사가 될지도 모른다는 생각이 퍼
뜩 들었다. 그의 말에 따르면 어딘가 분위기가 다르다고 느낀
그 노인은 예전에 만주로 떠돌아다니면서 여러 가지 일을 했
는데 본래 악기를 좋아해서 공후까지 켰다는 것이었다. 노인
과 공후가 그렇게 연결이 되었다. 그는 무심코 그 말을 들었지
만 집에 와서 있는 책 없는 책 다 뒤져보고 나서 공후라는 걸
켤 수 있는 사람이 우리나라에는 이제 없다는 사실을 알았다
고 했다.

"놀랄 일 아냐? 그렇다면 그 노인이야말로 숨어 있는 마지
막 사람이 아니겠냐 말야. 이렇게까지 취재해 왔음 뭐가 있어
야 할 거 아냐?"

그는 호들갑을 떨었다.

"있긴 뭐가 있어, 인마. 그게 사실일지라도 공훈 너무 대중

성이 없어. 쿵푸라면 모르겠지만, 그건 중국 거니까 또……"

나는 공후에 대해서 워낙 자신이 없어서 얼버무릴 수밖에 없었다. 그러나 아닌 게 아니라 '단절의 현장' 맨 마지막 회쯤에 다루어봄 직하다고 생각하고 있었다. 공후가 도무지 생소한 악기이긴 해도 다룰 만한 가치는 충분히 있을 것 같았다. 아니, 어쩌면 그의 말대로 오늘에 와서 공후를 켤 수 있는 사람이 노인뿐이라면, 이십 회를 계속한 기획물의 마무리로서 엉뚱한 만큼 안성맞춤인지도 몰랐다.

물론 친구의 말을 곧이곧대로 받아들일 수는 없었다. 비록 그가 내게 관심을 가져주고 도움을 주려고 하는 것이더라도 그는 어디까지나 내 일에는 바깥사람이었다. 그가 못 미더워서가 아니었다. 그는 매사에 지나치게 진지해서 오히려 부담이 되는 유형의 사람이었다. 하지만 쉽사리 달라붙을 수는 없는 노릇이었다. 아무리 별 볼일 없는 주간지이긴 해도 기사는 기사로서의 당위성, 타당성이 있어야 했다. 나는 친구의 말이 어느 정도 신빙성이 있는가 하는 점을 알아볼 겸해서 우선 공후라는 악기가 도대체 어떤 악기인가를 알아보지 않으면 안 되었다. 겉핥기로나마 드디어 전문기자, 공후의 전문기자가 되어야 하는 것이었다.

나는 자료실에서 아쉬운 대로 몇 권의 책을 뒤지고 국립국악원에 전화도 걸어보았다. 공후란 어떤 악기이며 현재 어떤 위치에 있는가. 그런데 막상 살펴보니 그리 쉽지가 않았다. 그 종류부터 한 가지가 아니었다. 세워놓는 수공후(竪箜篌), 눕혀 놓는 와공후(臥箜篌), 다리가 달리고 봉(鳳)의 대가리로 장식된 봉수공후(鳳首箜篌)에 대공후(大箜篌), 소공후(小箜篌)까지 여러 종류였다. 그것도 책마다 종류가 달랐다. 말이 같은 공후지, 내 얄팍한 지식으로는 이들 여러 가지 공후는 제각기 거문고와 가야금의 차이보다도 더 큰 차이를 가지고 있는 듯했다. 일찍이 서역 지방에서 전해져온 악기라는 공통점은 있었다. 그리고 중국과 일본에서도 사용되었는데 우리나라에서는 고구려와 백제 때 사용되었다고 밝혀져 있었다. 서양의 하프도 같은 줄기에서 갈라져 나간 악기였다. 그런데 현악기로서 그 줄의 수효가 문제였다. 거문고는 여섯 줄, 가야금은 열두 줄이었다. 하지만 이들 공후 무리에 있어서는 책마다 줄의 수효가 제각각으로 적혀 있었다. 수공후는 21현이나 23현이었고, 와공후는 4현에서부터 21현, 봉수공후는 아예 20여 현이었다. 종잡을 수 없는 악기였다. 웬만큼 소리라도 낼 수 있는 악기라곤 하모니카밖에 없는 나로서는 그놈의 전문(專門)기자는커녕 전문(傳聞)기자도 어려운 노릇이었다. 이렇게 되어서는 취재를 하더라도 기사를 만들기에 애를 먹을 것이 뻔했다. 서역에서 왔다는 것뿐, 언제 어떻게 전해진 악기인지조차 불분명했다. 옛날 문헌을 뒤져보아도 언급되어 있는 곳이 거의 없는 악기라고 했다. 다만 《수서(隋書)》라는 중국 역사책에 고구려와 백제 땅에서 연주되었다는 기록이 있을 뿐이라는 것이었다. 나는 아득한 느낌이었다. 도무지 악기의 정체를 밝힐 수가 없었다. 주법(奏法)도 전해지지 않아 이제는 아무도 제 소리를 낼 사람이 없다는 악기였다. 그러면 그럴수록 나는 그 악기에 관심이 쏠렸다. 친구로부터 그 이야기를 들었을 때는 단순히 '꺼리'가 되겠다는 생각뿐이었으나, 나는 점점 정체 모를 그 악기의 현묘한 세계로 끌려들어가는 나 자신을 발견했다. 톱니바퀴같이 맞물려 돌아가는 시간을 쪼개서 며칠 동안 나는 이 책저 책을 뒤적거렸다. 별다른 내용이 발견될 리 없었다. 다만 우리나라에 현재 보관되어 있는 공후는 1937년에 그 무렵 아악사장(雅樂師長)으로 있던 함화진(咸和鎭)이라는 이가 중국의 북경에서 사들인 것이라는 사실을 알 수 있었다. 여기서 더 이상 아무것도 진전되지 않았다. 그와 함께 회사의 취재비처럼 쥐꼬리만 한 내 탐구욕도 자연히 움츠러들고 말았다.

'단절의 현장' 마지막 회로는 상여를 다룰 예정이었다. 이삼십 년 전만 해도 흔히 볼 수 있었던 상여였다. 울긋불긋한 꽃상여를 메고 가는 광경이 눈에 선했다. 앞에서 요령을 흔들며 앞소리를 매기면 상여꾼들이 뒷소리를 받았다. 나는 지방에 아직 남아 있다는 곳집을 취재하여 상여나 그에 딸린 물건들을 어떻게 보관하고 있는가를 취재하고, 기사의 첫머리는 상엿소리를 끌어오리라고 마음먹고 있었다. 이제 가면 언제 오나 한번 가면 그만일세. 북망산천 멀다더니 내 집 앞이 북망일세……

그때 친구의 전화를 받지 않았다면 일은 계획대로 진행되었을 것이다. 그의 전화를 받은 것은 내일은 취재를 가야지 생각하고 있던 날 오후였다.

"어때, 공후? 왜 소식이 없어?"

그의 말을 듣는 순간 나는 잠에서 퍼뜩 깨어나는 느낌이었다. 무엇인가 섬광처럼 머리를 스치고 지나갔다. 그와 함께 이상하게 공후를 다루어야 한다는 생각에 지배되고 말았다.

고조선(古朝鮮) 때의 일이었다. 어느 날 아침 곽리자고(霍里子高)라는 사람이 배를 타러 강변으로 갔을 때, 어디선가 머리를 풀어헤친 백수노인(白首老人)이 와서 강물에 빠져 죽었다.

110

그러자 백수노인의 처가 뒤따라와 공후를 켜며 슬프게 노래 부르다 역시 강물에 빠져 죽고 말았다. 이 광경을 목격한 곽리자고는 집에 돌아와 아내 여옥(麗玉)에게 이 이야기를 들려주었다. 이야기를 들은 여옥은 매우 슬퍼하며 죽은 여자를 대신하여 노래를 지어 불렀다. 이것이 바로 〈공후인〉이었다. 나는 '공후인'에서부터 자세하게 취재 노트에 기록하기 시작했다. 왜 갑자기 상여 대신 공후를 다루어야겠다는 충동을 느꼈는지는 모를 일이었다. 그러나 그 충동은 곧 신념처럼 변하여 나를 사로잡았다. 나는 친구에게 노인이 사는 집까지 알아두었다. 약수터에서 가장 가까운 집이기 때문에 찾기도 쉬우리라는 것이었다. 그리고 오후 내내 공후란 어떤 악기일까 다시 살펴보았다. 그러나 역시, 꼭 다루어야겠다는 신념과는 달리 도무지 감이 잡히지 않았다.

그러던 중 상원사 동종(銅鐘)의 사진을 발견한 것은 우연이었다. 이어서 여러 범종(梵鐘)의 무늬가 나타났다. 비천상(飛天像)이었다. 천녀(天女)가 옷깃을 나부끼며 비스듬히 하늘을 날고 있었는데, 그 가슴에 안고 있는 악기, 그것이 바로 공후였다.

동종의 무늬에서 천녀의 모습을 보는 순간 나는 나도 모르게 아, 이것이로구나, 하고 중얼거렸다. 도무지 막연하던, 뿌연

시야가 환히 밝아왔다. 가슴에 공후를 안고 있는 비천상이 구체적으로 어떻다는 것은 아니었다. 예전에도 자료를 뒤적거리다가 몇 번인가 예사로 보았던 비천상이었다. 솔직히 말해 그전에는 가슴에 안고 있는 그것이 공후인지를 몰랐다. 하늘을 비껴 날고 있는, 종에 새긴 무늬에 지나지 않았다. 그런데 가슴에 안고 있는 악기가 공후인 것을 알아보자, 문득 천녀는 신묘한 공후 소리와 함께 날아 내려오는 것처럼 여겨졌다. 그것은 단순한 종의 무늬가 아니었다. 나는 하늘이 둥근 공명통(共鳴筒)처럼 울려주는 소리를 들을 수 있을 것같이 생각되었다. 그것은 살아 있는 선녀였다. 살아서 숨 쉬는 아름다운 선녀였다. 착각인 줄 알면서도 나는 여자와 밀회하는 것처럼 얼굴이 달아오르고 가슴이 두근거렸다.

노인을 찾아 나선 것은 이튿날 점심 뒤였다. 아침부터 서두를 작정이었으나 사진부의 조기자가 다른 촬영 건으로 오전을 보내야 했기 때문에 미뤄진 것이었다. 전화가 없는 집이어서 될수록 빨리 서두를 필요가 있었다.

"공후라는 악기를 연주했다는 노인인데 악기는 없을 테니까 그냥 인물사진만 찍으라구."

"거 재미없는데, 빌려서 어떻게 안 될까?"

사진기자로서는 그렇게 말하는 것도 무리가 아니었다.

"국립국악원에 보관된 게 있다니까 그럼 조형이 빌려갖구 오라구."

악기는 고사하고 나는 노인이 집에 없으면 어쩌나 하는 걱정부터 앞섰다. 기사가 늦어져 쩔쩔매는 기자에게 흔히 못 쓰면 인쇄할 때 들어가 앉으라던 부장의 말이 떠올랐다. 노인을 만나지 못하고도 인쇄 기계 속에 들어가 납작하게 되지 않으려면 하루 말미로 다른 대상을 취재하여 원고까지 써야 했다. 나는 택시를 타고 가면서 여옥의 노래 〈공후인〉과, 비천상의 공후를 어떻게든 관련지어야만 기사가 살아날 수 있다고 생각했다. 그럼으로써 마치 살아 있는 천녀가 켜는 공후 소리의 생동감을 지금이라도 표현해볼 수 있지 않을까 하는 욕심이었다.

조기자와 나는 판잣집 동네의 비탈을 올라갔다. 친구는 이미 꽤 오래전에 노인을 만나 내가 언제든지 찾아와도 좋다는 허락을 받아두었다고 했다. 노인이, 공후라는 말에 나이에 걸맞지 않게 눈빛을 빛내며 열의를 보이더라고도 했다. 하지만 나로서는 얼마쯤의 석연치 않은 구석이 없는 것이 아니었다. 공후가 아무래도 남성용 악기라기보다는 여성용 악기가 아니겠느냐 하는 점이었다. 여옥도 여성이었고, 몸에 화만(華鬘)을 걸친 천녀도 여성이었다. 공후를 남성이 켰다는 증거는 아무데도 없었다. 공후와 사촌이라고 할 수 있는 하프도 옛 그리스 그림에서부터 여성이 켜고 있었다. 물론 그렇다고 하더라도 남성이 켜지 못하는 악기라는 반증은 되지 않았지만, 노인의 집이 가까워진다고 여겨지자 왠지 허황된 느낌이 들었다. 공후를 켜는 법은 이미 잊어버렸다고 했다. 그런데 공후를 말하고 있는 노인이 나타난 것이었다. 따지고 보면 그렇게 호락호락 넘어갈 문제가 아닌 듯도 싶었다. 어쩌면 특종의 발굴이 될 수도 있는 것이었다. 마지막 회에 갑작스레 공후를 택하게 된 것은 어떤 계시일지도 모른다고 나는 조기자 몰래 심각한 표정을 지어보기도 했다.

친구의 말과는 달리 노인의 집을 찾기란 그렇게 쉬운 일이 아니었다. 친구가 사는 동네와 등성이를 사이에 두고 반대쪽에 있음에도 불구하고 친구네 집을 기준으로 삼았기 때문이었다. 만나는 사람을 붙들고 물어보아도 모른다는 대답뿐이었다.

"야, 이놈의 동네 한번 요란한데."

사진기자 특유의 활동성으로 집 찾는 데는 도사로 정평이 나 있는 조기자도 다닥다닥 붙은 판잣집 동네에서는 수완을 발휘할 수가 없었다.

"가만있어봐. 이따 끝나구 막걸리 한잔하자구. 약수터에 좋은 데가 있다니까. 맛이 기맥히대."

"벌써 목이 탄다, 타."

5월 초의 날씨가 무더웠다. 언덕바지를 오르내리는 동안 등줄기에 땀이 줄줄 흘렀다. 조기자는 아무리 '단절의 현장'이기로서니 이런 판잣집 동네까지 찾아올 건 뭐란 말인가 하고 내심 투덜거리고 있는 듯했다. 평소에는 터놓고 친하다가도 막상을 일을 시작하면 티를 다부지게 내니 알다가도 모를 게 사진기자였다.

노인의 집을 찾은 것은 네 시가 넘어서였다. 그것도 반대쪽, 그러니깐 친구네 동네로부터 거꾸로 찾아온 수확이었다. 약수터에서 가장 가까운 집이라고 했는데 내가 생각하고 있던 길과 다른 방향으로 또 작은 길이 나 있는 것을 몰랐던 것이다. 친구가 말한 대로 지붕이 검은 루핑인 집이었다.

"맞지?"

조기자가 이마의 땀을 닦으며 다짐하듯 물었다.

"틀림없어. 앞집이 빈 병 모으는 집, 보라구."

나는 앞집의 좁은 마당에 쌓여 있는 술병들을 가리키며 집 안으로 들어섰다. 대문이고 담장이고가 없었으므로 집 안이라고 할 것까지도 없었다.

"계십니까?"

방문은 닫혀 있었고 인기척마저 느낄 수가 없었다. 게다가 친구의 믿을 수 없는 정보에 너무 매달리지 않았나 우려되는 바도 없지 않았다.

"여보세요, 안에 누구 안 계십니까?"

나는 거듭 소리쳤다. 아무도 없는 집이라면 그야말로 낭패였다. 노인을 만나지도 못하고 돌아선다면 어디 가서 하소연할 곳도 없었다. 그러나 다행스럽게도 방 안에서 옷차림을 매만지는 듯한 작은 소리가 들렸다. 내가 조기자에게 이제 나올 모양이라는 눈짓을 슬쩍 보내는 사이에 방문이 바깥으로 배시시 열렸다.

"누구세요?"

나는 눈을 의심했다. 조기자 역시 뜻밖이라는 듯 내게로 눈길을 던졌다. 안에서 얼굴을 내민 사람은 노인이 아니었다. 언뜻 보기에 열예닐곱 살쯤 되었을까, 앳된 소녀였다. 소녀는 문 밖으로 나왔으나 본능적인 경계심으로 우리를 잔뜩 살피고 있는 눈치였다.

"노인께서는 안 계시는 모양이지요?"

걱정부터 앞섰다. 그 순간 소녀의 얼굴에 엷은 그림자가 스쳐가는 것을 나는 보았다. 무엇인가 잘못되고 있었다. 나는 공후를 하신 노인이라고 덧붙이려다가 그만두었다. 소녀가 공후를 알 까닭이 없다고 생각했다. 소녀가 머뭇거리며 눈을 깜박거렸다. 나는 소녀를 안심시키기 위해 우리는 신문사에서 왔으며 노인으로부터 좋은 말씀을 듣고자 한다고 설명했다. 그리고 노인과는 어떻게 되느냐고 웃음을 띠고 물었다.

"할아버지요. 할아버진 얼마 전 돌아가셨어요."

너무나 간단한 대답이었다.

"돌아가시다니?"

"갑자기 아프시다고 누워서 못 일어나셨어요."

나는 내 얼굴이 굳어지는 것을 느꼈다. 아무리 노인들의 건강은 알 수가 없다고 하더라도 그럴 수가 있을까 싶었다. 노인의 죽음도 죽음이지만 무엇보다도 일이 문제였다. 무슨 바람이 불어서 갑자기 변덕을 부리는 내 꼴이 스스로도 심상치가 않았다. 친구가 생전에 안 하던 짓거리를 한 것부터도 그랬다. 공후고 나발이고 공연히 한눈을 판 것이 잘못되었다. 일은 버그러진 것이었다. 노인이 살아만 있어서 얼굴 사진이라도 찍을 수 있다면 그럭저럭 억지 기사를 꾸며 넣을 수도 있을 것 같았다. 그러나 모든 것이 끝장이었다. 온몸에서 맥이 쭉 빠졌다. 이제 내일은 밤을 꼬박 새워야만 인쇄 기계 속에 들어가는 것을 면하게 될 것이었다. 나는 노인이 세상을 떠났다는 말을 듣고도 선뜻 발걸음이 돌려지지 않았다. 밑도 끝도 없는 오기와 함께 불현듯 무엇인가 실마리를 얻어가고 싶다는 욕심이 솟았다. 노인이 없는 마당에 아무 짝에도 쓸모없는 오직 지나간 일의 객담에 지나지 않을지라도 지금까지의 과정을 무(無)로 돌릴 수는 없다는 생각이었다. 놓친 고기가 커 보인다는 격으로 잊혀진 주법의 공후를 켰다는 노인을 영영 만나지 못하게 된 아쉬움이 너무나 컸다. 친구로부터 이야기를 들은 즉시 행동에 옮기지 못한 것이 후회가 막급했다. 노인은 생각했던 것보다 훨씬 신비한 사람이었는지도 몰랐다. '단절의 현장'에 국한되지 않더라도 지금 시대, 지금 사회에서는 많은 소중한 옛것들이 멸종하는 짐승들처럼 간단없이 사라지고 있었다. 노인도 그런 가운데 하나였을 것이다. 그럼에도 불구하고 아무도 눈 하나 깜박하지 않았다. 통탄할 일이었다. 나는 알 수 없이 비분강개해서 그동안 미적미적했던 나 자신을 원망했다.

"이거 날 샌 거 아냐?"

조기자가 내게 중얼거렸다. 어서 가자는 뜻이었다. 나는 고개를 끄덕거렸다. 그러면 그럴수록 아쉬움이 더욱 짙어졌다. 여옥의 모습과 비천상의 모습이 머리를 떠나지 않았다. 하지만 이제 와서는 모든 것이 부질없는 일이었다. 범종에 새겨진 천녀는 내게로 날아오다 말고 쇠로 굳어진 것이었다.

"아가씬 혹시 공후라는 거 얘기 못 들었나?"

나는 마지못해 발걸음을 돌리면서 소녀에게 물었다. 아무 기대도 하지 않고 던진 말이었다. 그런데 뜻밖의 반응이 나타났다.

"알아요. 할아버지가 얘기해주셨어요."

나는 소녀에게로 몸을 돌렸다. 놀랄 수밖에 없었다. 도대체 노인은 공후와 어떤 인연이 있었길래 어린 소녀에게까지 이야기를 들려주었단 말인가. 궁금하기 짝이 없었다. 비록 회사 일은 이미 글렀지만 소녀의 이야기를 듣고 가지 않으면 안 된다고 여겨졌다.

"그래, 어떤 얘기지? 우린 사실 그 얘길 좀 들을라구 왔던 거야."

나는 소녀가 위축되지 않도록 조심스럽게 주문했다. 무슨 실마리가 풀리는가 싶기도 했다. 소녀는 처음에 방문을 열고 나올 때처럼 잠깐 망설이는 듯하더니 그다음에는 수월하게 입을 열었다. 나는 소녀에게로 귀를 기울였다. 열예닐곱 살 먹은 소녀가 내게 공후 이야기를 들려준다는 사실 자체가 현실의 일이 아닌 듯했다. 옛날에 강가에 어떤 사람이 살았다…… 열심히 귀를 기울이고 있던 나는, 그러나 곧 실망하고 말았다. 소녀의 이야기는 옛날 고조선시대의 그 〈공후인〉 노래, 그 이야기에 지나지 않았다. 이야기하기 좋아하는 노인이 그런 투로 들려준 것임이 분명했다. 하지만 나는 내 취재 노트에 그대로 수록되어 있는 그 이야기를 끝까지 다 들었다. 어쨌든 그 노인은 이상한 노인이었다. 고령으로 세상을 마칠 만한 나이의 노인이라도 〈공후인〉을 안다는 것은 쉽지 않은 일이었다. 소녀가 공후를 안다는 것은 놀랄 만한 일이 아니었다. 소녀는 오로지 옛날이야기를 듣고 있었던 것이었다. 하지만 노인은 달랐다. 나는 노인에 대해 새삼스럽게 존경의 마음을 금할 수가 없었다. 소녀에게서 들은 바에 따르면 노인의 고향은 함경도 어느 산골이며 거의 평생을 떠돌이 생활로 보냈다. 그리고 심심할 때면 옛날 노래 부르기를 좋아했다. 이런 이야기 끝에 소녀는 자기도 옛날 노래를 좋아하게 되어서 국악학교 같은 데 들어가 소리를 배우는 게 소원이라고 스스럼없이 밝히기도 했다. 처음의 인상과는 달리 꽤 숙성한 소녀라는 걸 알 수 있었다. 그 밖에도 나는 소녀에게서 몇 가지 이야기를 더 들었다. 자기네는 갑자기 사업이 망해서 이곳으로 옮겨 왔다는 것, 아버지와 어머니가 어떤 일을 나간다는 것, 중학교를 마쳤지만 고등학교에 진학을 못했다는 것 등등이었다. 소녀로부터 노인에 대한 이야기를 더 들을 수 없는 것은 안타까운 일이었으나 역시 그 이상은 무리라고 생각되었다. 헤어질 때쯤 되어서야 나는 왠지 소녀가 노래를 하고 싶어 한다고 여겨져서 할아버지한테 배운 노래가 있으면 한 곡 불러보라고 넌지시 청했다. 이미 모든 일은 어차피 다음 날로 미뤄져 있었다. 소녀는 우리 노래를 공부하고 싶다고 했었다. 그런 소녀답게 소녀는 선뜻 할아버지가 흥얼거리던 노래를 자기가 좀 바꾸어본 것이라고 설명을 달고 그럴싸하게 '폼'까지 잡았던 것이다. 그리고 자귀나무 꽃빛의 홍조로 두 볼을 물들인 소녀에게서 떨리는 그 노랫소리가 새어나왔다.

건너지 말라고 하였더니

님은 물을 건너가셨네.

물에 빠져 죽으니

앞날을 어찌하리오.

무심코 듣고 있던 나는 깜짝 놀랐다. 갈대처럼 떨리는 소녀의 목청에만 귀를 기울인 탓이었을까. 아니면 우리 가락 가운데서도 도무지 들어보지 못한 가락인 탓이었을까. 나는 "님은 물을 건너가셨네"라고 하는 중간 부분에서도 전혀 알아차리지 못했었다. 있을 수 없는 일이었다. 그것은 가사만 남아 전하는 〈공후인〉 노래였다. 이럴 수가 있단 말인가. 나는 노래를 마친 소녀의 얼굴을 뚫어져라 쳐다보았다. 홀린 게 아니라 누군가 나를 조롱하고 있는 것이었다. 그런데도 소녀는 생글생글 웃음마저 머금고 있었다. 정신이 어지러웠다. 모든 것이 가짜고 사기라는 생각이 들었다. 소녀가 터무니없이 〈공후인〉을 부르는 지경이니 가짜나 사기를 떠나서 아예 미친 것이었다. 노인에 대한 존경심은 순식간에 분노로 뒤바뀌었다. 하기야 소녀는 분명히 노인이 흥얼거리던 것을 자기가 좀 바꾸었다고 설명하기는 했다. 그러나 받아들일 수 없는 일이었다. 나는 굴욕과 배반감으로 나도 모르게 얼굴에 경련까지 일었다. 노인은 그 방면에 약간의 지식을 가지고 있는 편집광이었으리라고 판단되었다. 별 볼일 없는 주간지라도 일을 하다 보면 별의별 희한한 일을 다 겪게 마련이었다. 언젠가는 자기가 하는 대로 벼농사를 지으면 쌀을 두 배나 생산할 수 있다고 주장하던 중년 사내도 있었다. 나는 그만 어처구니가 없어서 소녀를 뒤에 두고 말없이 돌아서고 말았다. 노인의 죽음으로 취재를 못하게 된 상황이 오히려 고맙기 짝이 없었다. 그날의 헛걸음 덕분에 이튿날 나는 꼬박 밤을 새워야 했다. 그래서 다행히 인쇄 기계 속에 들어가 오징어포처럼 납작 눌리는 신세는 면했다. 나중에 친구에게서 그 판잣집 동네가 모두 헐렸다는 이야기를 들었으나 생각할수록 어이가 없어서 들은 체도 안 했다. 그리고 톱니바퀴같이 맞물려 돌아가는 나날의 시간 속에서 그 일도 가뭇없이 잊어버리고 말았다.

그런 어느 날 저녁이었다. 일을 끝내고 동료들과 이른바 '간단히 한잔'을 기울이던 나는 그날따라 유난히 피곤해서 일찌감치 자리를 빠져나왔다. 내가 술자리를 먼저 빠져나오는 일은 극히 드물었다. 나는 집으로 가는 버스가 서는 세종문화회관 쪽으로 걸어갔다. 시간은 아직 꽤 이른 편이었고 가로등 위에 달빛이 흐릿하게 하늘을 밝히고 있었다. 그 무렵은 정국이 어수선한 데다가 회사도 날로 더 별 볼일 없는 길로 곤두박질을 치고 있었다. 나는 막연히 내 앞날에 대해 이것저것 생각을 거듭하고 있었으나 뾰족한 수가 전혀 보이지 않았다. 빌어먹을, 사람은 보통 일생에 세 번의 기회를 맞는다는데 한 번의 기회도 맞지 못했으니 어찌된 노릇이람. 한심할 뿐이었다. 버스 정거장 앞에서 집으로 가는 버스를 타려고 한참 동안 왔다 갔다 했지만 버스는 좀처럼 눈에 띄지 않았다. 몇 시쯤 되었을까. 나는 세종문화회관의 전자시계 앞으로 걸음을 옮겼다.

그때였다. 세종문화회관의 벽면에 돋을새김으로 조각되어 있는 비천상이 보였다. 누구의 작품인지는 몰라도 범종의 그 것을 응용한 것이었다. 세종문화회관이 완공되었을 때, 그 벽면의 조각을 비천상으로 했다는 보도를 분명히 본 것도 같았다. 나는 걸음을 멈추었다. 그리고 하늘에서 날아 내려오는 비천상의 천녀를 보았다고 생각했다. 아주 먼 곳에 있는 것도 같았고 아주 가까이에 있는 것도 같았다. 살아 있는 천녀였다. 천녀가 옷깃을 바람에 날리며 가슴에 안은 공후를 맑게 튕기는 소리가 들리는 듯했다. 피리소리와 생황소리도 났다. 나는 그 자리에 한동안 말없이 서 있었다. 그러자 멀고 먼 하늘로부터 천녀의 노랫소리가 들려왔다. 인간의 목청도 아니었고 그렇다고 해서 인간의 목청이 아니라고 할 수도 없었다. 그 목청은 가냘프게 떨렸는데 그때 나는 그것이 어디선가 들은 노랫소리라고 어렴풋이 생각했다. 공후 소리가 점점 커지면서 노랫소리도 높아졌다. 무슨 노래일까. 나는 귀를 기울였다.

〈공후인〉의 슬픈 노래였다. 한자로 남아 있는 고시(古詩) '공무도하(公無渡河) 공경도하(公竟渡河) 타하이사(墮河而死) 장내공하(將奈公河)'의 풀이가 귓가에 맴돌았다. 건너가시지 말라고 하였어도 그대는 물을 건너가셨네. 빠져서 목숨을 잃으니 앞일을 어찌하오. 순간적인 일이었다. 노래는 끝나고 공후소리도 멎었다. 가볍게 튕겨지던 천녀의 손끝은 달빛 속에 묻혀버렸다. 그런데도 그 노랫소리는 여전히 내 귓속을 맴돌았다. 그 노랫소리는 분명히 그 소녀의 노랫소리였다. 이 세상에서 내게 〈공후인〉의 노랫소리를 들려준 사람은 소녀밖에 없었으므로 당연한 일인지도 몰랐다. 나는 귓속에 맴도는 그 노래를 입 밖에 내어보려고 입을 우물거렸다. 하지만 귓속에 생생하게 맴돌고 있는 그 노랫소리를 나는 도저히 입으로 옮길 수가 없었다. 안타까운 일이었다. 그대로 잡힐 듯한 음률을 내 입으로 옮겨 소리를 낼 수가 없었다. 벙어리가 된 느낌이었다. 나는 붕어처럼 몇 번 입을 뻐끔거리기만 했을 뿐이었다. 그것은 가장 쉽고도 또렷한 노래였다. 그런데도 왜 옮겨 부를 수 없는 것일까. 아무리 안간힘을 써서 입술을 달싹거려도 소용이 없었다. 그 순간 나는 어렴풋이 깨달았다. 내 귓속을 낭랑하게 맴돌고 있는 그 노래는 현실의 노래가 아니라 심금(心琴)의 어떤 노래였다. 한 소녀의 노랫소리로 맴돌고 있을지언정 결코 한 소녀의 노랫소리가 아닌 노랫소리. 그것은 소녀의 노랫소리의 혼(魂)을 차용한 옛사람들의 노랫소리였다. 곽리자고의 아내인 여옥의 〈공후인〉. 범종의 여운 속에 깊이 그리고 멀리 깃들어 있는 비천(飛天)의 〈공후인〉. 모든 옛사람들의 이별의 애끓는 노랫소리. 그렇다면 나는 어느 순간에 나도 모르게 내 심금의 공후를 스스로 켜면서 그 모든 〈공후인〉보다도 깊이 그리고 멀리 노래를 부르고 있었던 게 아니었을까.

이런 일이 있기는 했어도, 내 서역 체험은 공후가 서역에서 온 악기라는 정도에 지나지 않는 것이었다. 그러나 그로부터 나는 서역 땅에 남다른 눈길을 보내게 되었다.

'다친 무릎'에 먼저 가서 앉아 있던 나는 그녀가 오자마사 함께 밖으로 나왔다. 그녀는 아침하고는 달리 몹시 초췌해 보였다. 종일 굶었을 것이다. 게다가 불편한 구두 때문인지 눈에 띌 정도로 걸음걸이가 어기적거렸다. 몸이 많이 불편한지 어떤지 내가 걱정스럽게 묻자 그녀는 "좀" 하고 한동안 사이를 두다가 "괜찮아요" 했다. 힐끗 웃어 보일 때 나는 시들어가는 꽃빛을 보았다.

"배고픈 건?"

"것두 인젠 모르겠는걸요."

우리는 예전 언젠가처럼 신호등을 기다렸다가 횡단보도를 건넜다.

"집에서 나오는 길이에요?"

그녀가 물었다.

"응."

거리는 어느새 조금씩 어두워지고 있었다. 그러나 오랜만에 맞이한 이틀 동안의 이른바 황금연휴를 앞두고 보다 큰 즐거움을 꿈꾸며 술렁이고 있었다. 나는 걸어가면서 남들에게는 눈에 잘 띄지 않을지 몰라도 내 눈에는 거슬릴 정도로 지나치게 어기적거리는 그녀의 거동에 신경이 날카롭게 도드라졌다. 나로서는 이틀 동안의 황금연휴가 아무 실감이 나지 않았지만, 그 이틀 동안의 황금연휴를 믿고 병원 신세를 졌던 여자와 살고 있는 것이었다.

"별일은 없었겠지?"

자궁근종을 앓았던 그녀가 결코 온전한 건강을 유지하고 있으리라고는 믿기 어려웠다. 나는 어쩌면 그로 인해 그녀가 시름시름 앓으며 회사를 못 나가게 되는 사태를 연상하고 은연

중 겁을 집어먹고 있는 것은 아닐까 하고 생각했다.

"별일이라뇨?"

시든 나팔꽃 같은 얼굴이 나를 쳐다보았다.

"아니, 뭐, 그냥…… 무슨 일이 없었느냐구. 병원에서."

나는 그 얼굴을 외면하며 중얼거렸다.

"없었어요."

굶고 시달려서 몸만 축 처져 있다 뿐이지 그녀는 명랑성을 잃지 않고 있었다. 같은 여자들이 많더라고 그녀는 덧붙이기도 했다.

"보호잘 데려오라잖아요."

그것이 별일이라는 듯 그녀는 새삼스럽게 말했다. 그래서 어떻게 했느냐고 나는 물었다.

"출장 갔다구 그랬어요. 그냥 형식적 절차니깐."

날빛이 안개처럼 어둠에 밀려가고 있었다. 길목을 꺾어 들었다.

"그리군 아무 일두 없었어요. 난 누워 있기만 했어요."

그녀의 말이 안개처럼 어둠 속에 스며들고 있었다.

"다행이야. 다시는……" 내 목소리는 안개처럼 사라지는 그녀의 목소리를 뒤쫓아가려고 하다가 행방을 잃고 말았다. 나는 입을 다물었다. 그녀는 하루 종일 몸을 혹사하고도, 반짝 불이 들어오는 전등알처럼 작은 환희에 차 있었다. 그것은 안쓰러운 것이었다. 나는 참담한 마음으로 어느 음식점 앞에 걸음을 멈추었다.

"이 집 괜찮지?"

그녀도 이미 알고 있었을 것이었다. 그녀의 시선이 입구 쪽으로 향했다가 부드럽게 내게로 돌아왔다.

"이 집 여전하군요."

"응."

병원에서 나오는 길에 외식을 하자는 발상에 그녀는 물 먹은 화초처럼 생기를 내었었다. 내 용돈이나 마찬가지로 그 비용도 아침마다 종종걸음을 해야 하는 그녀의 몫이었다. 그러나 그녀는 즐거워했다.

육류라면 꽤나 즐기는 편인 그녀의 식성에 맞추어 동거를 시작하기 전에도 몇 번인가 드나들었던 음식점이었다. 간판이나 입구의 장식이나 모두 예전 그대로였다.

"이층으로 올라가실까요?"

입구 쪽에 서 있던 남자 종업원이 손으로 계단을 가리키자 대기하고 서 있던 여자 종업원이 앞장을 섰다. 그녀와 나는 어떤 사건의 전말을 들으러 가는 것처럼 묵묵히 뒤를 따랐다.

"들어오세요."

작은 식탁이 놓여 있는 아담한 방이었다. 의자에 앉아서 숨을 돌리는 사이에 여종업원이 물컵과 물수건을 가져다 식탁 위에 놓았다. 그녀가 물수건을 펼쳐서 손을 닦았다.

"무얼 하시겠어요?"

여종업원이 물었다. "무얼 할까?" 나는 그녀에게 눈길을 주다가 "고길 좀 하고. 그리구 소주 한 병" 하고 주문했다. 이미 그 집에 들어온 이상 그녀에게 무얼 시킬지는 묻지 않아도 그만이었다. 나는 돌아서 나가는 여종업원의 등 뒤로 "콜라도 한 병" 하고 곁들였다. 그녀는 그제야 피로와 허기가 한꺼번에 밀려오는지 의자의 등반에 몸을 기대고 나른한 눈매로 쳐다보고만 있었다. 신문사가 문을 닫고 난 뒤로 시내에서 마주 앉기는 처음이었다.

동거 전의 일들이 생각났다. 양쪽 집에서 모두 우리 사이를 반대했다. 그녀와의 관계는 늘 비현실적으로만 느껴졌었다. 함께 살기 바로 직전까지도 그랬었다. 나는 아무런 결정도 못 내리고 그녀의 주위를 맴돌았다. 나는 그녀로부터 마지막까지 도망치려 했음에 틀림없었다. 그러나 무엇인가가, 그럴듯하

130

게 표현하자면 운명이라는 것이 나를 그러지 못하게 했다. 동거하기 전 나는 마지막으로 일주일 동안 그녀에게서 잠적했었다. 그러나 나는 별수 없이 그녀에게 되돌아왔다.

그때 나는 느닷없이 바람이라도 쐬러 나가자는 제안을 했고, 한강으로 나가 놀잇배를 탔다. 나는 시종일관 그녀의 어디가 어떻게 달라졌는지 조심스럽게 살폈다. 그러나 그녀는 무표정했다. 놀잇배의 뱃전에 기대앉은 그녀는 불쑥 봉은사는 어디쯤일까 하고 질문을 던져왔을 뿐이었다. 나는 강 건너편 숲이 우거진 쪽으로 눈길을 주었다. 아마 저기쯤이 아닐까 하면서도 대뜸 정확하게 손가락을 들어 가리킬 자신은 없었다. 강변에 늘어선 고층 아파트의 행렬이 영동대교로 끊어지고, 거기 숲이 우거져 있었다. 나는 봉은사의 연꽃이라든가 사천왕을 머리에 떠올리며, 우리의 만남이 기묘한 순례 같다는 생각을 했다.

"저쪽 수풀 뒤 어딜 거야."

나는 건성으로 말했다. 그녀도 대체로 그러려니 하고 있는 듯했다. 그녀는 지난주에 내가 일주일 동안이나 잠적했던 일에 대해 아무 말도 꺼내지 않고 있었다. 그녀를 사귄 이래 그녀가 내 거취에 대해 그토록 무관심한 반응을 보인 적은 없었

다. 아마도 뾰로통해 있는 거겠지 하고 나는 지레짐작을 하고
있었다. 하지만 그녀가 그 일에 대해 도통 알고 싶어 하지 않
는다면 그야말로 이상한 노릇이었다. 그러나 그녀는 웬일인지
입을 다물고 있었다. 어디 아프기라도 했느냐고 묻기는 했었
다. 별 볼일 없는 내 직장은 직장대로 발칵 뒤집혀 있었다. 나
는 아프지는 않았다고 대답했으나 막상 무엇을 했는지에 대해
서는 굳이 말하고 싶지가 않았다. 내가 신문사도 빼먹고 혼자
절에 갔었다면 곧이들을 것 같지도 않았다. 그 돌발적인 행동
은 나 스스로에게도 아무런 설득력을 갖지 못한 일이었다. 응,
그냥 무슨 일이 좀 있었어. 나는 얼버무릴 수밖에 없었다.

　"전에 학교 때, 봉은사엘 가느라고 배를 타고 건너 모래사장
을 한참이나 걸었었는데……"

　그녀는 혼잣말로 중얼거리며 주변을 휘둘러보았다. 그동안
의 변모가 도무지 생소하기만 해서 학교 때 이곳을 거쳐 봉은
사로 갔었다는 기억 자체가 믿을 수 없는 것처럼 여겨지는 모
양이었다. 그녀의 그런 태도와는 아랑곳없이 나는, 학교 때라
면 그것은 남학생하고 동행이었다, 하는 생각이 언뜻 머리를
스쳐간다고 의식했다. 그러자 그녀가 나와 함께 이리저리 돌
아다니면서 옛날을 회상하고 있었던 것은 아닐까, 엉뚱한 의

혹마저 뒤따랐다. 세검정의 소림사(少林寺)는 우리가 자주 다닌 절이었다. 그렇다고 소림사에 특별히 무슨 볼일이 있었던 것은 아니다. 법회(法會)에 참석한다거나 부처에 배례를 한다거나 하는 일도 우리의 몫이 아니었다. 그런 측면이라고 하면 소림사로 가는 세검정 큰길가에서 우리가 자주 나눈 대화는 오히려 예수 쪽이었다. 그렇게 된 데는 그녀가 신학교에 다녔다는 사실이 무엇보다도 큰 구실을 했다고 보여지는데, 내가 횡설수설 늘어놓으면 그녀는 듣는다는 식이었다. 나는 에르네스트 르낭의《예수의 생애》라든가 볼트만의 신학(神學)에서부터 우치무라 간조(內村鑑三)며 함석헌(咸錫憲)의 무교회주의에 이르기까지 이야기했다. 하지만 내 마음에 예수에 대해서거나 교회에 대해서 확고한 생각이 자리 잡고 있었던 것은 아니었다. 비록 한가한 시간을 보내기 위해 산책을 하는 길이라고는 해도 그녀가 절에 대해서 혹시 가질지 모를 거리감을 덜어주려는 배려에서 택한 이야기에 지나지 않았다. 역시 기묘한 순례였다.

우리가 좀 더 가까워지기 전, 그 두 해 동안 나는 뻔질나게 그녀의 셋방에 드나들었다. 소림사에 들렀다 오는 길에는 허름한 길가 술집에서 막걸리나 소주를 마시는 경우도 많았다. 그런 저녁때면 흔히 나는 오래전에 그곳에 셋방을 얻으려고 혼자 돌아다니던 기억이 새로워지곤 했다. 그러므로 그녀가 그곳에 셋방을 얻어 혼자 살고 있다는 사실에서 내가 일찍이 못 이루었던 꿈의 실현을 보고 있었는지도 모른다. 그것을 꿈이라고까지 할 수 있을 것인가. 그 꿈이란 단순히 집을 떠나 혼자 살려는 욕망에 지나지 않았다. 그러나 그 무렵에는 그 욕망이야말로 장래에 무엇이 되고 싶다든가 돈을 벌고 싶다든가 하는 모든 욕망에 앞서서 꼭 이루어져야만 하는 절박한 것이었다. 나는 아무런 대책도 없이 우선 한 칸의 방을 얻을 수 있기만을 간절히 바랐었다. 애초부터 실현 가능성이 아예 없었던 출분 계획이었다. 내가 왜 세검정을 대상지로 택했는지는 지금도 정말 모를 일이다.

내가 자하문 고개를 넘어 세검정을 찾았던 것은 고등학교 졸업반의 학생 때였다. 게다가 세검정은 초행이었다. 그때만 해도 그곳은 서울에서 꽤 외딴 동네에 들었다. 그날은 가랑비가 하루 종일 안개처럼 흐르다 멈췄다 하는 날씨였는데, 그렇다고 음산하지는 않았다. 그곳 분지는 안개비에 몽롱하게 가라앉아 있었다. 나중에 어디선가 배운 대로 표현하자면 이른바 산수운연(山水雲煙)의 경계를 몽롱하고 침중하게 나타낸다는 선염법(渲染法)에 의한 한 폭의 동양화처럼 보였다. 집에서 나와 그곳에 틀어박힌다는 상상이 실제의 일처럼 내 앞에 다가와 나는 망연자실, 남모르는 환희에 몸이 떨렸던 것도 같다. 버스가 자하문을 오른쪽으로 바라보며 고갯마루에 올라서자, 아마도 느티나무인가, 황록색에 붉은빛을 띤 가을 잎사귀들이 무리져 날리는, 어쩌면 비현실의 세계 같기도 한 마을이 한눈에 들어왔던 것이다. 내 머릿속에 세검정이라는 동네가 두고두고 특별한 의미가 있는 것처럼 인식된 까닭이 바로 이때의 느낌 때문임을 부인할 길이 없다. 마을의 깊고 가라앉은 분위기에도 불구하고 마을을 감싸고 있는 산들이 도끼로 찍어놓은 주름처럼 보이는 것도 인상이 깊었다. 지금, 세검정 깊숙이 분지 아래로 내려가서 뒤돌아 인왕산의 옆모습을 바라보아도 겸재(謙齋)가 그린 〈인왕제색도(仁王霽色圖)〉의 그 준법(皴法)을 엿볼 수 있는 것이다. 버스는 비교적 좁은 길을 한달음에 달려 내려가서는 개울을 건너기 전에 멈추어 섰다. 나뭇잎이 우수수 날리고 나무 밑으로는 물방울이 뚝뚝 떨어져 왠지 비장한 감정을 불러일으켰다. 버스에서 내려 나무 아래에 선 나는 나도 모르게 모자의 챙에 손을 가져갔다. 마음을 가다듬었을까. 나는 졸업반 학생으로서 마지막 방학이 시작될 때까지

한 달 남짓밖에 남겨놓고 있지 않았으나, 교복에 교모를 착용하고 있었다. 과연 이곳에 살 곳을 마련하려고 온 것이며, 그것은 가능할 것인가, 나는 사방을 둘러보았다. 빗물에 씻겨내린 집들을 자하문 고개에서 내려다보았을 때보다 한결 맑아 보였다. 집들이 밝게 드러나자 그제야 나는 막막한 생각에 가슴이 답답하고 막혀 왔다. 결론부터 말하면, 그 일은 실현되지 않았다. 당연한 일이었다. 이유야 어찌되었든 사춘기에 집을 나오려고 몸부림치다가 뜻을 이루지 못하는 고통이야말로 큰 것이다. 그 일은 훨씬 뒤에야 다른 방법으로 실현되었지만, 그때는 불행하게도 자립할 능력이 갖추어졌던 때였다. 집을 떠나려던 시도는 귀찮게 도지는 병증처럼 몇 번 더 되풀이되긴 했다. 한번은 양봉(養蜂)을 한다는 청년을 술집에서 처음 만나 그를 따라나시려고도 했었다. 청년은 술에 취해 혀 꼬부라신 소리로 말했었다. 우리나라의 꽃은 제주도의 유채꽃에서부터 피기 시작하여 4월이면 아카시아꽃이, 5월이면 밤꽃이 북쪽으로 올라오면서 피어난다. 그러나 싸리꽃만은 그와 달라서 7월 하순에 강원도에서 먼저 피어난다. 그는 그 꽃들을 따라다니며 사노라고 했다. 나는 그 말에 왠지 가슴이 미어지는 듯한 아픔을 느끼며 따라가게 해달라고 매달렸다. 그러나 약속한 날, 그는 만나기로 한 장소에 나오지 않았다. 제법 단단히 마음먹고 배낭까지 꾸려 나섰던 나는 애꿎게 근교의 야산에서 하룻밤을 지새우고 집으로 터덜터덜 기어들어가야만 했다. 그리고 다시 미수에 그친 격렬비열도(格列飛列島)행. 풍랑으로 배를 못 타고 나는 이틀 동안 선창가를 헤매기만 하다가 돌아오고야 말았다.

> **격렬비열도** 몡 충청남도 태안군 서부에 있는 열도. 동쪽
> 에는 석도(石島)와 접하며, 충남에서 가장 멀리 떨어져
> 있음. 주민은 주로 어업에 종사함. 등대가 있음.

나는 이와 같은 지식만을 가지고 있었다. 계속되는 풍랑 속에 나는 이틀째 한 여자를 만났을 뿐이었다. 그녀는 무작정 가출이냐고 묻는 나에게 "뭐 가출이라고까지 말할 건 없어요. 일박 이 일로 끝나곤 하는 가출이라면 괜찮겠군요" 하고 대수롭지 않게 대답했었다. 멀리서부터 하역 작업을 하는 인부들의 외침소리, 한없이 뽑을 듯하다가 갑자기 뚝 그치는 무적(霧笛)소리, 닻을 끌어올리는 소리 따위가 한데 어울려 몽롱한 아우성을 지르고 있었다. 그 아우성은 어두운 세상 저편에서만 맴도는 것처럼 느껴져, 아무런 현실감도 전해주지 않았다.

터무니없는 큰 창고와 창고 사이로 망망한 바다로 열린 길이 있었다. 그리고 거기에 낡은 돛단배 하나가 동력선들 사이에 마닐라 삼나무 밧줄로 비끄러매어져 있었다. 아직 돛폭을 접지 않아서 몇 번이고 누덕누덕 기운 것이 바람을 받아 부풀었다 누그러졌다 하고 있었다. 만약 이 세상에서 그 돛폭보다 더 떨어지고 기워진 것이 있다면 그것은 아마 내 마음이리라. 그녀는 생각보다 긴 혀를 가지고 있었다. 딱따구리의 혀. 나는 딱따구리라는 새가 부리로 나무의 벌레집을 쪼고 나서 기이하게 길고 끈적끈적한 혓바닥을 집어넣어 벌레를 핥아낸다는 사실을 상기했다. 그리고 아침, 뱃고동 소리가 길게 들려오는 것을 어렴풋이 들으며 나는 잠에서 깨어났다. 머리가 휑하니 비어 있는 느낌이었다. 나는 그녀가 있어야 할 자리를 돌아보았다. 그녀는 자리에 없었다. 그녀는 어디로 간 것일까. 먼저 일어나 아마 아침 공기를 쐬고 있을지도 모른다고 나는 생각했다. 나는 머리맡의 담배를 손으로 더듬어 불을 붙여 물고 멍하니 천장을 응시하고 있었다. 담배 연기가 천장을 향해 이리저리 흩어졌다. 바람이 많은 지방이로군. 그래서 방 안까지 기어들어온 바람이 담배 연기를 날리고 있군. 그 순간 나는 벌떡 일어나 무슨 이유에선지 안절부절못하고 좁은 방 안을 수인(囚人)

처럼 왔다갔다했다. 나는 아무도 없는 곳에 갇혀 있었다. 누가 나를 가두어놓고 가버렸는지 알 수가 없었다. 나는 싸늘한 느낌 때문에 몸서리치다가 바삐 윗도리를 걸치고 도망치듯 여관 방을 빠져나왔다.

세검정을 다시 찾은 것은 고등학교를 마친 지 거의 십 년이 지나서였다. 그동안에도 물론 자두밭이다, 배밭이다, 유원지다, 하고 몇 번인가 자하문 고개를 넘어다녔지만 가벼운 마음으로 한나절씩 보내곤 했을 뿐이었다.

그녀와 함께 소림사를 산책하면서 우리가 예수에 관한 이야기만 주로 나누었던 것은 아니다. 예수에 관한 내 밑천이 짧기도 했으려니와 그녀가 관심을 갖는 대상이 예수보다는 예술임을 간파한 때문이었다. 나는 다시 짧은 밑천을 동원해서 이것저것 주절거리지 않을 수 없었다. 내가 입을 다물고 있으면 오랫동안 침묵이 계속되곤 했으므로 무슨 소리든 그렇게 주절거려야만 했다. 그래서 나는 니코스 카잔차키스의 《희랍인 조르바》나 헤르만 헤세의 《데미안》 같은 작품을 들먹거린 적도 있었다. 그리고 소림사의 학승으로부터 선(禪)에 대한 피상적인 지식을 얻어듣기도 했다. 그녀가 "선은 기도인가?" 하고 물었을 때, 학승은 자못 심각한 표정을 지었다. "기도하고는 다릅니다. 화두(話頭)와 싸워서 철저한 무념무상에 이르는 것이지요." 학승은 간단명료하게 설명했으나 그 뜻은 나로서는 아리송했다. 그보다 나는 중국 무술에 더 관심이 쏠렸다. 세검정의 소림사와 중국의 소림사가 전혀 무관한 절임은 두말할 나위도 없지만 소림사를 앞세운 별의별 무술 영화가 다 나와 관심을 자극했던 것이다. 그냥 〈소림사〉는 물론 〈소림사 본인방(本人房)〉이니 〈소림사 목인방(木人房)〉이니 〈소림사 18동인(銅人)〉이니, 하다못해 〈소림사 주방장(廚房長)〉까지 나오는 판국이라 전혀 무관한 세검정의 소림사라고 해도 공연히 그에 대한 어떤 생각이 떠오르지 않았다고 한다면 그것은 거짓말이었다. 물론 지금도 그것을 구체적으로 무엇이라고 꼬집어 말하기는 어렵다. 무술에 조예가 없는 데다가 영화관에도 거의 발걸음을 않는 나로서는 소림사 무술이 어떤 특징을 가지고 있으며 어떤 체계로 이루어져 있는지 가늠하기조차 어려웠다. 다만 텔레비전에서 본 미국 드라마 〈쿵후〉에서 역시 소림사 권법(拳法), 곧 쿵푸를 전수받은 케인이라는 떠돌이 청년이 악당들을 물리치는 묘기 같은 것이려니 파악하는 정도였다. 세검정의 소림사 학승으로부터 주워들은 바에 따르면, 본디 중국의 소림사는 달마(達磨)가 구 년 동안 벽을 마주하고 참선한 곳으로서, 하남성(河南省) 등봉현(登封縣) 숭산(嵩山)에 자리 잡고 있는 임제종(臨濟宗)의 절이다. 당나라, 송나라의 비석이나 동위(東魏)의 삼존불(三尊佛) 같은 유물이 있으며 원나라의 초조암(初祖庵)이라는 면모도 간직하고 있었다. 그러나 어쨌든 소림사는 달마에 의해서 선종(禪宗)이 처음으로 중국 땅에 뿌리를 내린 뜻깊은 절이라고 했다. 나는 그가 잠깐 설명을 멈춘 틈을 타서 그 절이 어째서 무술의 본산이 되었는지 알고 싶다고 질문을 던졌다. 그는 순간 당혹스런 표정을 지었다. "이 절을 중국의 소림사와 연관시키는 것은 아닙니다만 아무래도 우리나라 불교는 중국 불교의 영향을 받은 것 아닙니까" 하고 나는 그를 안심시키듯 웃으면서 덧붙였다. 그와 함께 마라난타니 순도니 아도니 하는 이름이 어렴풋이 떠올랐다. 내 말에 그는 "글쎄, 그건 그렇지요" 하고 자신이 없는지 한동안 망설이다가 자기로서는 아마도 달마대사가 선을 수행하는 승려들의 체력을 향상시키기 위해 마련한 단련 방법이 후세에 발전했으리라고 본다고 설명했다. 그리고 후세의 발전이란 명나라가 망하고 오랑캐족이라고 일컬어졌던 여진족의 청나라가 들어서자 명나라를 회복하려는 우국지사들이 소림사를 본거지로 모여 은밀히 무술을 익힌 것이 계기가 되었으리라는 견해였다. 막상 설명은 그렇게 했지만 그는 그따위 문제에 집착하는 내 수준이 한심해 보이는 모양이었다. 그는 우연히 마주칠 때마다 내게 선에 대해 가르쳐주려고 애쓰는 기색이 역력했다. 달마 이래 선종은 혜가(慧可), 승찬(僧璨), 도선(道信), 홍인(弘忍), 혜능(慧能)으로 이어지며, 이 혜능의 뒤로 선종 오가(五家)가 비롯되오. 위앙종(潙仰宗), 조동종(曹洞宗), 임제종(臨濟宗), 운문종(雲門宗), 법안종(法眼宗)…… 그는 열심히 말했다.

놀잇배는 영동대교의 교각이며 난간이 사각으로 올려다보이는 곳에 닻을 내리고 있었다. 이른바 '비철'이라 물에 떠 있는 배는 몇 척 안 되었다. 나는 닻을 내릴 때부터 저쪽 배에서 들려오는 방자한 웃음소리에 꽤나 신경이 거슬렸다. 중년 부인들이 흔히 음담패설을 서로 던지면서 터트리는 웃음소리였다. 배를 저어 와서 닻을 던져넣은 주인 사내는 놀잇배의 옆구리에 달고 왔던 작은 보트를 타고 어느 틈에 물가의 수상가옥으로 돌아가, 그의 그녀에게 무슨 말인가 건네고 있었다. 여자가 냄비를 들고 어디론가 가고 있는 것으로 보아 우리가 시킨 매운탕을 딴 집에서 요리해 오려는 모양이었다. 매운탕은 잡고기 매운탕이었다. 메기나 쏘가리 한 가지 고기로만 끓이는 매운탕보다 모래무지, 누치, 붕어 따위를 되는 대로 넣은 잡고기 매운탕이 그녀의 입에 맞을 듯해서였다. 거기에다 내가 마실 소주 한 병과 그녀가 마실 맥주 한 병. 그녀는 내가 주문하는 대로 맡겨놓을 뿐 아무래도 좋다는 태도였다. 그녀가 아무래도 어딘가 딴 사람으로 변한 것처럼 느껴지는 까닭은 무엇일까. 말없이 잠적했다가 돌아온 내 탓일까. 주인 사내가 고물쪽으로 닻을 던져넣을 때도 "닻을 던지는군, 닻" 하고 말했지만 그녀는 관심을 보이지 않았다. 그러고 보니 내가 어린애처럼 닻에 어떤 의미를 부여하고 있었다는 느낌이 짙었다. 닻은 보이지 않는 깊은 물속에 근거를 마련해둔다. 그런 닻이 내게도 필요하다고 나는 생각해왔던 것임에 틀림없었다. 순간 그녀와의 결합이 그런 닻이 될 수만 있다면, 하는 희망에 사로잡혔음을 부인할 수 없다.

"햇볕이 너무 강한가?"

직사광선에 눈이 부셨다. 나는 일어나 사방을 네모지게 통째로 막게 되어 있는 휘장의 한쪽을 잡아내렸다. 얼굴에 비치는 햇볕이라도 막기 위해서였다.

"저쪽은 아주 내렸는데요?"

멀찍이 흩어져 있는 서너 척의 배 가운데 하나는 정말 초록색 비닐 휘장을 아예 뱃전까지 내리덮고 있었다.

"아냐, 저건."

새삼스럽게 당황한 목소리가 튀어나왔다. 그 배의 휘장이 내려지기 전에 나는 그 안에 타고 있는 두 남녀를 언뜻 보았던 게 생각났다. 두 남녀는 지금 벌거벗고 있는 것일까. 가까운 배의 중년 여인들은 여전히 웃고 떠들며 술판을 벌이고 있었다. 그녀들의 키득거리는 소리 뒤로, 성수대교 너머 멀리 영동 지구의 아파트들이 신기루처럼 떠 있었다. 영동대교 위로 차량들이 밀리면서 멈춰 선 버스 안 승객들의 얼굴이 강 아래쪽을 내려다보고 있었다.

어렸을 때 동생과 나는 냇가에 가서 멱을 감으며 팔매질을 하곤 했었다. 하나, 둘, 셋, 넷…… 돌은 수면 위를 날렵하게 튕기며 우리를 즐겁게 했다. 어느 날이던가. 그날도 우리는 멱을 감고 나서 젖은 몸을 말리는 동안 팔매질을 하려고 했다. 그때 건너편 기슭으로 한 여자가 걸어 내려왔다. 머리를 길게 늘어뜨린 여자는 울적한 듯 고개를 숙이고 한 손에 든 수숫대로 허공을 휘젓고 있었다. 우리는 돌을 던지지 못한 채 벗은 옷을 바위틈에 숨겼다. 젊다기보다 아직 어린 여자였다. 그 여자는 순간 냇물가에 다가오더니 망설임 없이 치마를 걷고 엉거주춤하게 앉았다. 그때 치마 속에 아무것도 입고 있지 않았음을 우리는 보았고, 또 알았다. 동생과 나는 숨을 죽이고 바라보고만 있었다. "누굴까?" 하고 동생이 내 귀에 대고 속삭였다. "가만 있어, 인마. 내가 알아, 새꺄?" 하고 나는 동생의 입을 틀어막으며 눈을 부라렸지만 그녀가 같은 반 아이네 집에 있는 누나라는 걸 알았다. 그 집에는 그런 누나들이 득시글거렸다. 이윽고 여자는 수숫대를 헤집으며 고통스러운 표정을 지었다. 몹쓸 병이 옮은 것이었다. 땡볕이 그녀의 허벅지 사이로 눈부시게 쏟아졌다. 그때 동생이 "퉤퉤, 부스럼딱지 긁고 있잖아. 기계충이 옮았나봐" 하고 침을 뱉었다. "가만있어, 이 새꺄. 기계충이 왜 거기 옮니? 니 대가리에나 옮지." 내가 윽박질렀음에도 불구하고 동생은 어느새 벌떡 일어나 돌을 집어들고 수면을 향해 튕겼다. 여자는 후닥닥 일어나 치마를 내리고 이쪽을 원망스럽게 쏘아보았다. 우리는 벌거벗은 채로 옷을 챙겨들고 수수밭 속으로 도망쳐 들어갔다. 동생은 그때까지 퉤퉤 침을 뱉고 있었다.

동생이 있었더라면 휘장을 내리친 배를 향해서도 돌팔매질을 하리라는 생각이 들었다. 배 안의 남녀는 어떻게 엉켜 있는 것일까. 개처럼 엉켜 있는 것일까, 개구리처럼 엉켜 있는 것일까, 달팽이처럼 엉켜 있는 것일까. 아니, 흙빛으로 엉켜 있는 것일까, 장밋빛으로 엉켜 있는 것일까. 그리고 여자들의 키들 거림.

그 전 주에 문득 서울을 떠날 마음이 솟은 것은 예전의 병증 이 다시 도진 때문인지도 몰랐다. 우연히 봉은사에 다녀와서 나는 아무도 몰래 그 일을 실행할 마음을 굳혔다. 그렇다고 해 서 봉은사에서 어떤 계기를 얻었다고 하기는 어려웠다. 나는 커다란 연잎이 솟아 있는 연못을 보았고, 눈을 부릅뜬 사천왕 을 보았다. 구체적인 계획이 있을 리 없었다. 다시 서울을 떠남 으로써 새로운 삶을 찾고 싶다는 소망이 강렬하게 나를 비끄 러매었다. 그것은 마치 고등학교 졸업반 시절에 집을 벗어나 고 싶었던 욕망과도 같았다. 나는 나 자신을 떠나고 싶었다. 그 것만이 진정한 이유였다. 사실 나는 상당히 오래전부터 매사 에 진력이 나서 견딜 수가 없었다. 별 볼일 없는 직장과 나의 장래는 지나치게 불투명했다. 처음에 나는 봉은사의 묘전이 보고 싶었다. 어디선가, 조선시대에 고양이를 먹여살리기 위해 왕이 하사했다는 묘전이 봉은사에도 있었다는 이야기를 들은 적이 있었다.

세조(世祖) 임금이 강원도의 오대산으로 불공을 드리러 갔 다. 상원사의 법당을 들어서려는데 난데없이 고양이 한 마리가 뛰쳐나왔다. 이상하게 여겨 법당 안을 뒤져보니 자객이 숨어 있었다. 그래서 세조는 그의 목숨을 구해준 고양이를 공양하라고 밭을 하사했다.

절 앞까지 구멍가게가 문을 열고 있는 곳에서 옛 묘전을 찾기란 애초부터 무리한 일이었다. 그러자 세검정 소림사의 학승이 들려준 또 한 마리의 고양이 이야기가 떠올랐다. 나는 연못에 떠 있는 연꽃잎을 바라보며 잠시 그 생각에 젖었다.

"옛날 중국의 남천(南泉)선사는 고양이를 놓고 제자들이 서로 다투는 광경을 보고 그 고양이를 베어 죽였소. 밖에 나갔다 돌아온 조주(趙州)에게 스승 남천은 그 이야기를 들려주었소. 그 이야기를 듣고 난 조주는 아무 대꾸도 없이 신발을 벗어 머리에 이고 걸어 나갔지요. 이것이 무슨 뜻이겠소?" 소림사의 학승은 설명하기에 앞서서 물었다. "그렇소, 남천스님은 출가자인 승려들이 고양이 한 마리에 얽매여 있는 것을 보고 모든 집착을 끊어야 한다는 뜻으로 고양이를 죽였으며, 조주 역시 속세의 가치를 가지고 옳고 그름을 다투는 것이 존재할 수 없음을 보여주려 한 행동이었소."

그러나 내가 이 이야기 때문에 속세니 집착이니 그것을 끊어야 한다느니 하는 경지에 이른 것은 아니었다. 나는 새로운 삶이 무엇인지에 대해서 아무런 확신도 없이 다만 따분하게 계속되는 생활에 환멸을 느꼈을 뿐이었다. 그녀가 나를 그렇게 만들었던가. 그렇지 않았다. 나는 얼마 전까지만 해도 그녀를 만나는 일이 무엇보다도 큰 기쁨이었다. 그럼에도 불구하고 나는 그녀로부터 떠나지 않으면 안 되었다. 사랑하기 때문에 떠난다는 유행가 같은 이유도 붙일 수 없었다. 나는 오직 떠나고 싶었을 뿐이었다. 이 불가사의하고 부도덕한 일을 내가 어떻게 설명할 수 있을까.

주인 사내가 다시 보트를 저어 와 매운탕과 소주와 맥주가 놓인 쟁반을 올려놓고 돌아갔다. 나는 뱃전에 매달려 있는 병따개로 병마개를 땄다. 그녀는 바라보고만 있었다. 냄비 속에는 강변에 끌어올려 뒤집어놓은 보트같이 민물고기 몇 마리가 배를 희뜩 뒤집고 떠 있었다. 나는 괴로워하고 있는가, 하고 스스로에게 물었다. 아니었다.

"우리 말놀이나 할까? 우스개 얘기 말야."

나는 술잔을 들면서 드디어 제안했다. 그녀의 눈빛이 반짝 빛났다. 내가 결국 이별을 선언하리라는 사실을 그녀가 모르고 있다는 생각이 들었다. 서글프면서도 안심이 되었다. 이별을 선언하리라 생각했지만 나는 말로써 툭 까놓고 "이젠 헤어지자" 어쩌고 구차하게 결말을 짓고 싶지는 않았다. 이를테면 섣부르게 주워들은 대로 저 불립문자(不立文字), 직지인심(直指人心)의 묘의(妙意)로써 헤어지고 싶었다. 가소로운 일이었다.

"예수께서 이 세상에 오셔서 십자가를 지신 까닭이 뭐지?"

"예수께서?"

"응."

나는 왠지 비참해져서 말놀이 따위를 제안한 일이 후회되었지만 이미 내친걸음이었다. 그녀의 얼굴이 웃음을 머금듯 하면서 내게로 돌아왔다.

"뜰 앞의 잣나무."

그녀의 목소리는 그 어느 때보다도 낭랑했다. 나는 그만 어안이 벙벙해졌다. 뜰 앞의 잣나무. 그 말은 일찍이 달마가 서쪽에서 왜 왔느냐는 물음에 조주선사가 한 대답과 같았기 때문이었다. 달마가 서쪽에서 왜 왔느냐는 물음은 불교의 근본 원리가 무엇이냐, 도(道)란 무엇이냐는 물음과도 통한다고 했다. 나는 그런 물음을 말놀이로 던졌을 때 아무리 말놀이라도 그녀에게서 예수의 가르침대로 "시험하지 말라"는 투의 대답이 나오지 않을까 지레짐작하고 있었던 것이다.

"말놀이치곤 너무하잖어?"

나는 웃음을 띠고 될 수 있는 대로 부드럽게 항의했다. 그러나 그녀는 웃지 않았다.

"한꺼번에 백 문제를 내면 바로 말할게요."

"아하."

이렇게 되면 완전히 낭패였다. 그녀의 말은 역시 어떤 선사의 말을 차용한 것이었다. 이제 말놀이고 불립문자고 직지인심이고 모두가 쓰잘 데 없는 것이었다. 우리는 세검정의 소림사를 드나들면서도 선에 대해 서로 의견을 교환한 적이 없었다. 그녀가 언제 선사들의 어록을 읽었는지도 알 수 없었다. 그러자 이렇게 말놀이를 하다가는 결코 헤어지자는 의미를 전달할 수가 없을 것 같았다. 나는 우리가 소림사에 드나들었던 일을 회상했다. 나는 늘 떠남을 염두에 두고 그녀를 만나왔었다. 도무지 이해할 수 없었다. 나는 늘 모든 것에서 떠남을 획책하면서도 늘 좌절해왔다. 나는 그녀에게서조차도 떠날 수 없는 것이었다. 어쩌면 떠남과 만남이 원심력과 구심력처럼 팽팽히 맞서고 있는 까닭인지도 모른다. 이제 나는 당분간 떠남을 의식적으로 획책하지는 않으리라.

소림사가 떠올랐다. 다음 순간 소림사는 어디에 있는가 하는 물음이 떠올랐다.

소림사는 어디에 있는가.

우리나라의 세검정에 있는가, 중국의 숭산 기슭에 있는가. 대답이 떠오르지 않았다. 소림사는 세검정에도 숭산에도 있지 않다.

그러면 어디에 있는가.

바로 내 마음속에 있는 것이었다. 다만 나는 그 마음이 어디에 있는지 모를 뿐인 것이다. 나는 맥이 빠져서 그녀와 더 이상 말놀이 따위를 할 엄두도 못 내고 매운탕 냄비만 뒤적였다. 모래무지 한 마리를 건져 올린 나는 대가리 쪽으로부터 통째입에 집어넣고 우적우적 씹었다. 그런 얼마 뒤 우리는 아무런 확신도 없이 전격적으로 동거에 들어갔다.

그런 판국에 곧이어 그놈의 알량한 주간지마저 문을 닫고 보니 속수무책이었다. 사회를 탓하기 전에 나 자신이 우선 무기력해져서 만사휴의였다. 그나마 그녀가 셋방이라도 유지하고 있는 게 다행이었다. 언제나 소음으로 다글다글 볶는 동네였다. 경적소리, 물소리, 싸움박질 소리, 개 짖는 소리, 여자들의 악다구니 소리, 찬송가 소리, 확성기 소리…… 그런 동네에 있으면서도 그 뒷방만은 그런대로 격리된 듯 제법 조용했다. 산동네의 집이어서 뒤쪽 창문으로 내다보면 훤한 저녁노을도

볼 수 있었고 건너편 산 아래로 자전거를 타고 달려가는 사람도 볼 수 있었다. 그러나 같은 값에 그런 만큼 다른 결점이 컸다. 그녀는 복덕방을 돌아다니면서 한 집 한 집 볼 때마다 점점 높아지는 해발고도에 눈물을 찔끔거렸었다. 아궁이에 불길이 영 들지 않는 방이었다. 추위가 닥치자 쇠침대를 들여놓고 방 안에 연탄난로를 피울 때까지의 심란함이야 이루 말할 수가 없었다.

가스버너 위에 철판이 놓여 달구어지고 소주와 콜라의 병마개가 따졌다. 그녀가 납작납작하게 썰어진 고기를 말없이 철판 위에 올려놓는 동안 나는 또 말없이 술잔에 술을 따랐다. 무슨 의식 같았다.

"회복실에 누워 있는데 들어오는 사람만도 셋이나 되던걸요."

나는 그녀의 컵에 콜라를 따랐다.

"끔찍해."

그녀가 익어가는 고기를 젓가락으로 눌렀다. 환풍기 돌아가는 소리가 들려왔다. 컵의 안쪽 유리에 벌레알처럼 투명하게 달라붙어 있던 콜라의 기포가 뽀그르르뽀그르르 위로 솟았다.

"의사 얼굴두 못 봤어요. 이제 의사가 오려나 기다리구 있는 참인데 벌써 끝난 거라잖아요."

고기가 몇 점 뒤집혔다. 그녀가 콜라를 들이켜는 데 보조를
맞춰 나는 소주를 들이켰다.

"다음 언제 연휴 때는 석굴암엘 가자구."

갑자기 석굴암은 웬 튀어나왔을까. 나는 말해놓고도 스스로
놀랐다. 그러나 그녀는 아무 대꾸가 없었다. 석굴암을 경주의
석굴암이 아니라 음식점 이름쯤으로 들었는지도 모른다고 나
는 생각했다.

"마취가 너무 깊었나봐요. 옆엣사람 얘길 들으니 깔쭉거리
며 긁어내는 소리까지 다 들리드라는데."

그녀가 젓가락으로 고기를 집어들었다. 배가 고프다 못해
쓰리기까지 하다고 말했다.

"부지런히 들라구. 나야 뭐, 술 먹으니까."

"안주랑 해서 마셔요."

"천천히 먹지."

나는 술잔에 찰찰 넘치게 술을 따랐다. 그녀는 씹는 일에 열
중하고 있었다.

"고긴 야채랑 해서 같이 먹어야 소화가 잘된다구 그래."

중학교 졸업을 앞둔 수학여행 때 석굴암의 해돋이를 보려고

토함산에 올랐었다. 그날 구름에 가려 해돋이를 못 보게 되자 잠까지 설치고 허위허위 올라온 일이 원망스럽기만 했다. 돌 부처의 흐린 얼굴이 제대로 눈에 들어올 리 없었다. 선녀의 옷 자락 같다는 십일면 관음보살의 옷자락도, 천을 짜듯 돌을 짜 (織石) 올렸다는 석굴의 홍예(虹霓)도 눈에 들어올 리 없었다. 석굴암이 튀어나온 것은 둔황 석굴의 연상작용 때문이었을까.

"찬 콜라를 이렇게 마셔서 어떨지 모르겠네. 한 병 더 시킬 까봐요."

"어떨라구."

출입구 옆의 벽에 있는 벨을 누름과 거의 동시에 들어온 여 종업원에게 그녀는 콜라 한 병을 추가시켰다.

"낮엔 뭐 했어요?"

"잤어."

나는 마늘을 철판 위에 쏟아부었다.

"내내?"

"응. 그놈의 쇠침대, 본전을 뽑구두 남았지."

"잠만 자믄 오히려 몸에 해롭다는데. 잠은 잘수록 는다는데."

"불을 줄일까? 벌써 타잖어?"

나는 허리를 굽혀 불꽃을 들여다보며 조심스럽게 불꽃을 줄였다. 술기운이 온몸에 퍼져 있음이 감지되었다. 천장의 환풍구로 연기가 몰려 빨려들어가고 있었다. 우리는 한동안 말없이 먹고 마셨다.

"뭐 더 주문하실 거 없으세요?"

콜라를 들고 온 여종업원이 물었다.

"아직 꽤 있는데…… 먹어보구요."

내가 말했다. 그녀는 목이 마른지 단숨에 다시 콜라 한 컵을 비우고 있었다. 여종업원이 물러가고 난 다음에도 우리는 한동안 말없이 먹고 마셨다. 말하지 않더라도 그 자리는 어디까지나 그녀를 위한 자리였다.

"잠자면서 꿈을 꿨어."

나는 술잔을 다시 채웠다. 꿈을 꿨다는 건 만들어낸 이야기였다.

"낮잠에 꾸는 꿈이 뭐."

그녀는 꿈을 많이 믿었다. 꿈에 돼지를 보면 돈, 죽은 사람을 보면 복(福), 달이 뜨면 태몽을 꾸었다고도 했다.

"그놈의 쇠침대에선 꿈을 잘 꿔."

그놈의 쇠침대라는 말에 그녀는 웃음을 지었다. 상추에 쌈을 싸던 손이 동작을 멈추었다.

"왜요? 그 쇠침대가 어때서요? 무슨 악몽에라두 시달렸어요?"

나는 오랫동안 꿈을 꾸지 않았다. 현실에서 이루어졌으면 하는 소망의 꿈이 사라지면 잠 속에서의 꿈도 사라지는 모양이라고 나는 생각해왔다. 그녀가 상추에 싼 쌈을 내게로 내밀었다.

"이렇게 해서 먹어봐요. 상추는 잠이 잘 오는 약도 된대요."

"아니, 난."

"그럼 악몽두 안 꿀 거예요."

그녀의 팔이 앞으로 쭉 뻗쳐 왔다. 나는 어린아이처럼 쑥스럽게 입을 벌리고 받아먹었다. 그러고 나서 그녀는 "맛있죠?" 하고 동의를 구했다. 나는 짐짓 얼굴을 찡그려보았다.

"어떤 꿈을 꿨어요?"

"그놈의 쇠침대에서는" 하고 나는 입을 열었으나, 입안의 쌈을 마저 삼킬 때까지 말을 잇지 못했다.

"별놈의 꿈도 다 꿔."

"어머, 그래요? 무슨 꿈을 그렇게 꾸죠?"

그녀는 돈, 건강, 행운에 대한 여러 가지 꿈을 상상하는 듯 눈을 깜박였다.

"낮엔, 춤추는 꿈이었어."

나는 빙그레 웃었다. 예상했던 대로 그녀가 쫑긋 귀를 세웠다.

"춤이라고요?"

"응."

그녀는 재미있다는 듯 후후 하고 소리까지 냈다.

"자긴 춤이라곤…… 디스코두 못 추잖아요? 근데 춤을 춰요?"

"출 줄 알면 뭐 하러 꿈을 꿔. 못 추니까 꿈에서나 춰야지."

"악몽이군요."

그녀는 고기를 씹느라고 우물거리면서도 시종 웃음을 지우지 않았다. 나는 그녀가 나중에 집에 가서 편안히 잠들 때까지 오늘만은 웃음을 잃지 않기를 간절히 바라고 있음을 알았다.

"디스코예요?"

그녀의 물음에는 소녀 같은 호기심이 깃들어 있었다.

"아니."

"그럼?"

"그 비슷한 거지."

"말해봐요. 비슷한 게 뭐예요?"

"사자춤이었어. 갈기를 날리면서 추는 사자춤. 그러니까 내가 춘 게 아니지. 사자가 춘 거야. 난 구경을 하구 있었지."

다른 재미있는 춤 이야기를 꾸며낼 것을, 하고 나는 언뜻 후회했다. 그러나 실은 아까부터 달리 꾸며댈 이야기가 떠오르지 않았다.

"사자란 놈이 글쎄 나만 보고 달려들잖어. 춤을 추는 놈이 말야."

"사잘 보믄 무슨 꿈일까? 암튼 길한 꿈이에요, 그건."

그녀는 그렇게 단정했다.

"사자는 영 춤을 멈추지 않았어. 대가릴 들입다 흔들면서 죽어라구 추는 거야. 내가 달려들어서 고삐를 낚아챘지만 허사였어. 그래도 길한 꿈일까?"

나는 고삐를 낚아채는 시늉을 해보였다.

"그렇겠죠. 근데 사자의 고삐를요? 사자가 고삘 꿨어요?"

"그럼 나쁜가?"

"몰라요. 그렇진 않을 테죠."

그녀가 바싹 탄 고기를 귀퉁이로 옮겨놓으며 사자춤이 도대체 무슨 꿈일까, 풀이에 잠기는 눈치였다.

"꽉 낚아채려고 해두 손아귀에 도무지 힘이 들어가지 않는 거야. 아무리 애써두 손이 곱아서."

나는 손바닥을 폈다 오므렸다 했다.

"그래서요?"

"요놈을 어떻게 멈추게 하나 걱정하다가 잠이 깼지."

그녀는 꿈에서 사자를 본 적이 없었던 모양이었다. 한 번이라도 꿈에 본 적이 있었다면 입을 다물고만 있을 성미가 아니었다.

"그건 개꿈이에요."

그녀가 피식 웃었다.

"사자꿈이래두."

"사자꿈의 개꿈."

그녀가 나머지 고기를 쟁반째 철판 위에 붓고 가스 불꽃을 올렸다. 나는 고무처럼 까맣게 탄 마늘쪽을 집었다.

"꼭 지금까지두 춤추고 있을 것 같아."

"추라죠, 뭐."

방 안이 고기 굽는 냄새와 철판의 열기로 가득 찼다.

"요즘은 꿈도 안 꾸고…… 언젠가 서로 같은 침대에서 자면서 다른 꿈을 꾼다는 게 괜히 이상하고 서먹서먹해지기도 하더라니까요."

나는 멍하니 그녀를 바라보았다. 아지랑이처럼 피어오르는 기름증기에 상기된 몽롱한 얼굴이었다.

"올 겨울에는 고 좁은 침대에서 셋이서 자야 했잖았어요?"

그녀가 농병아리처럼 쿡쿡 소리 내어 웃었다.

"쓸데없는 소리. 거기서 어떻게 셋이 자? 그리구 올 겨울두 우린 둘인걸."

슬레이트 지붕 위에서 지겹게 더위의 사물(四物)놀이를 하던 여름 해도 어느 사이엔가 기울고 이미 가을로 접어들어 있었다. 나는 그녀가 웃음을 잃고 가을같이 스산한 마음을 갖지 않기를 바랐다. 그녀가 철판 위에서 눈길을 거두었다.

"더 먹지 왜. 안 먹어?"

나는 강요하다시피 말했다.

"맛은 있는데 그전같이 안 먹혀요. 그래도 나만 먹었는데. 이거 싫음 밥이라도 좀 시킬까요?"

"아니, 난 술 먹으면 잘 안 먹으니까. 먹을 테면 시키라구."

"아뇨, 아뇨, 됐어요."

그녀는 도리질을 치며 물김치 그릇을 들어 한 모금 마셨다. 술을 더 마시고 싶었지만 술병은 동난 지 오래였다.

"언제 석굴암엘 한번 가자구."

나는 기어코 다시 말했다.

"갑자기 석굴암엔 왜요?"

그녀의 눈빛이 다시 생기를 되찾았다.

"왜긴, 경주 구경을 하자는 거지. 경주 구경 못 가봤지?"

"그래요. 못 가봤어요."

"난 한 번 가봤지만 어렸을 때라 뭐가 뭔지 몰랐거든. 다음 연휴 때 같이 가자구."

문이 젖혀지며 여종업원이 들어왔다.

"불을 꺼드릴까요?" 그렇게 물은 그녀는 대답을 하기도 전에 가스를 막아 불을 껐다. 하기야 그녀는 아까부터 나무젓가락을 들었다 놓았다 하는 터였다.

"이거 싸가지구 가게 비닐봉지 하나만 주세요."

그녀를 올려다보며 말했다.

"계산서두 드릴까요?"

그녀의 얼굴이 내게로 돌아왔다. 내가 여종업원을 향해 고개를 끄덕하자 여종업원은 말없이 나갔다.

"아예 먹구 가잖구."

그녀는 고개를 저으며 컵 바닥에 남아 있는 콜라를 말끔히 마시고 휴지로 입술을 닦았다.

"어느 날보다도 포식한 거 같아요. 이렇게 굶었다 먹으면 배탈 나는데…… 이젠 집에 가서 쉬어야지요. 빨리 쉬고 싶어요."

여종업원이 와서 비닐봉지와 계산서를 식탁 위에 밀어놓았다. 나는 계산서 쪽지를 집어 꼼꼼하게 들여다보고는 그녀에게 건네주었다. 그녀는 한참 들여다보고 나서 "이 집 싸군요" 하고 만족한 듯 말했다. 그러나 나는 꼼꼼히 들여다보는 시늉만 했을 뿐이어서 액수가 얼마인지는 전혀 알 수 없었다. 그녀는 등심 몇 점을 비닐봉지에 하나하나 집어 담았다. 나는 자리에서 일어났다. 복도로 나온 나는 그녀가 나올 때까지 아래층으로 내려가는 계단 어귀에 서서 한동안 기다렸다.

"오늘은 참 기인 하루예요."

그녀가 계단을 내려가면서 말했다. 정말 그랬다. 그러나 그 긴 하루가 어쩐지 현실 같지가 않아서 나는 확인이라도 하려는 듯이 그녀의 얼굴을 새삼스럽게 쳐다보았다.

동네의 언덕 아래서 택시를 내릴 때까지도 그런 비현실감은 가시지 않았다. 그녀는 택시 안에서 졸았다. 택시가 멎고 그 반동으로 그녀가 몸을 앞쪽으로 휘뚝하면서 "벌써 다 왔어요?" 하고 두리번거렸을 때에야 겨우 긴 하루를 지냈다는 실감이 전해져 왔다. 확실히 그곳은 낯익은 현실의 동네였던 것이다. 그녀는 '다친 무릎'에서 나왔을 때처럼 여전히 어기적거렸다. 나는 그녀의 겨드랑이에 손을 넣어 가볍게 부축해주었다. "괜찮아요. 괜찮아요." 말은 그렇게 했지만 그녀는 상당히 의지가 되는 듯싶었다. 외등에 비친 그림자가 올라가기 싫다는 듯 길게 언덕 밑 뒤로 뻗쳤다. 나는 우리가 긴 여행에서 돌아오는 사람들이라고 생각했다. 어딜까? 역시 현실 바깥의 곳일까? 외등이 달린 전신주를 지나자 그림자가 선뜻 앞장을 섰다.

"하루하루가 이렇게 길면 지겨울까요?"

그녀가 내게 몸무게를 주면서 말했다.

"사랑이 없는 사람한테는 그렇겠지."

"그럴까요……"

그녀의 말이 그림자가 하는 말처럼 아득하게 들려왔다. 지친 말투였다.

열쇠를 넣어 방문을 열고 방에 들어서자 그녀는 옷도 벗는 둥 마는 둥 침대에 몸을 던졌다.

"하루가 길기두 해요……"

나는 멎어 있는 사발시계를 들어 태엽을 감았다. 그녀의 손을 들어 손목시계의 시각을 보았다. 열한 시였다. 사발시계의 바늘을 맞추고 뒤돌아섰을 때 그녀는 어느새 잠들어 있었다.

갑자기 사위가 고즈넉해졌다. 하늘을 떠가는 비행기 소리일까. 우웅우웅 멀어졌다가 가까워졌다 하면서 방 안을 울렸다. 지금도 저렇게 외로운 기관 소리를 내며 어둠 속을 떠가고 있을 것 같았다.

나는 침대 모서리에 엉덩이를 붙이고 앉아 담배를 꺼내 물었다. 긴 하루였다. 그녀에게뿐만이 아니라 내게도 긴 하루였다. 아주 먼 길을 걸어왔다는 피로감이 화톳불처럼 잦아들었다. 알 수 없는 회한으로 나는 가슴이 설렜다. 먼 길을 걸어왔으므로 이젠 쉬어야 한다. 먼 길, 긴 긴 하루였다. 모든 일이 과거가 되었다. 잠들어야 한다. 그러나 나는 그럴 수가 없었다. 나는 아득한 길로 눈을 들었다. 멀고 먼 서역 삼만 리. 그러자 사자춤이 떠올랐다. 뭐? 사자춤 꿈을 꾸었다고? 나는 빙긋이 웃었다. 이어서 입술 사이로 나도 모르게 킬킬킬킬 웃음소리가 새어나왔다. 킬킬킬킬. 그 순간 소리가 너무 커서 나는 놀랐다. 소리를 목구멍 속으로 눌렀다. 컥컥거리고 나서야 겨우 멈추었다. 그녀는 전등불 빛을 온통 환히 받으며 마냥 잠에 빠져 있었다. 긴 하루였다. 장막(長幕)의 무대였다. 나는 전등 스위치를 껐다. 주위가 어두워지고 그와 함께 창문으로 빛이 하얗게 쏟아져 들어왔다. 달빛이었다. "웬 달빛이……" 나는 소리 내어 중얼거렸다. 달빛이 침대 모서리에 걸쳐서 꺾어지면서 그녀의 아픈 발을 비추었다. 발바닥이 희끄무레 떠올랐다. "수술할 때 양말만이라두 신을라구요." 아침에 흰 양말을 챙겨 넣으며 그녀는 말했었다. 그 발을 달빛에 잠근 채 슈미즈 바람으로 잠들어 있다. 달빛 때문일까. 그녀의 몸은 쇠침대와 함께 마술에서처럼 공중으로 떠오르고 있는 듯이 보였다. 어느 순간 쇠침대를 치워버리면 홀로 공중에 떠 있을 것만 같았다. 아니, 찰랑이는 달빛에 발목까지 잠기며 어디로 혼자 가고 있는 것은 아닐까. 나는 필터까지 타들어간 담배를 재떨이에 비벼 끄고 방 안을 서성거렸다. 길이 열 자, 너비 아홉 자의 방, 책꽂이 위의 유리컵에는 가느다란 스위트피 한 줄기가 시들어가며 꽂혀 있었다. 쇠막대를 넣어 조립한, 작은 간이탈의실 같은 비닐 옷장. 그리고 방구석에 놓인 찬장 속에 들어 있을 양파 몇 개. 창틀 가장자리로는 여름 내내 노래기가 기어다녔다. 놈들은, 건드리지도 않았는데, 어느 날 아침에 무심코 문짝 밑 홈을 보면 도르르 말린 채 죽어 있곤 했다. 목이 말랐다. 나는 찬장 위의 물주전자를 집어들고 주둥이에 입을 대고 들이켰다. 갑자기 방 안의 달빛이 설핏했다. 구름에 가린 모양이었다. 나는 창문 가까이 가서 바라보았다. 구름이 백동(白銅) 쟁반 같은 달을 스쳐가고 있었다. 쟁반에 모래 쓸리는 소리가 들렸는가, 나는 귀를 의심했다.

석굴암에 가고 싶다는 바람은 짙은 열망이었다. 하지만 그런 기회는 오지 않을 듯했다. 설혹 그런 기회가 온다고 하더라도 석굴암에는 새로 전실(前室)이 생겨 그 안까지 들어갈 수 없음을 나는 알고 있었다. 나는 언덕 아래쪽을 내려다보았다. 달빛이 희부옇게 내리비쳐 사막과 같았다. 긴 하루가 지나고 막이 내린 뒤에서 달이 사막을 가고 있었다. 멀고 먼 서역 삼만 리. 사막의 석굴들도 달빛에 젖고 있었다. 녀석에게서 말을 들었을 때 나는 별다른 감흥이 없었다. 혜초가 오도송(悟道頌)을 읊었으며《왕오천축국전》을 쓴 곳이라 해도 내게는 무관한 것처럼 느껴지기만 했었다. 우리 예술과 문화에 심대한 영향을 끼친 한 줄기 원류로서의 서역 문물을 이 땅에 실어다준 창참(倉站) 구실을 했다 하더라도 하잘것없는 이취(異趣)의 대상으로밖에 여겨지지 않았었다. 그것은 오후에 집을 나설 때까지도 여전했다. 그녀에게 사자의 꿈을 둘러댔을 때까지만 해도 정도의 차이는 있을지언정 그랬었다. 그러나 나는 알았다. 비록 쇠침대에 누워 사자춤을 꾸지는 않았다손 치더라도 나는 오랜 세월 춤추는 사자에 대한 꿈을 꾸어왔던 것이었다. 그랬다. 그것은 아마도 내 명을 길게 해줄 그 북청사자만이 아닐 것이었다. 그것은 신라 산예의 사자이기도 할 것이며 둔황 벽화의 사자이기도 할 것이었다.

사자가 햇덩이 같은 얼굴을 위아래로 흔들며 길군악 소리에 맞춰 둥싯둥싯 나온다. 앞발을 쩍 벌리고 좌우로 얼굴을 갸웃거리다가 이리 기우뚱 저리 기우뚱 판을 휩쓴다. 둥, 둥, 둥, 둥, 둥, 둥, 갈기가 흔들리며 몸이 떨린다. 이리 뛰고 저리 뛴다. 지칠 때까지, 지칠 때까지, 이리 뛰고 저리 뛴다.

둥, 둥, 둥, 둥, 둥, 둥.

다시 하늘이 눈(雪)빛에 반사된 것처럼 밝아왔다. 침대 위의 그녀는 꼼짝도 않고 잠들어 있었다. 밀랍으로 빚어 만들어놓은 등신대의 인형처럼 희읍스름한 윤곽만이 어둠 속에 떠올랐다. 이제 달빛은 방 안을 가득 채웠다. 죽은 듯 잠들어 있는 그녀는 달빛에 절어 영원히 미라가 되리라. 그리고 말해지리라. "묻혀 있던 달빛 속에서 20세기 옷차림 그대로의 여인 미라 발굴. 발굴에 참가한 고고학자들과 인체 과학자 및 빛에너지 과학자들은 달빛이 농축되어 부패 현상을 막은 결과 이처럼 완벽한 미라가 된 것으로 보고 있다. '서울의 소녀'라고 이름 붙여진 이 미라는……" 나는 침대 옆으로 바싹 다가갔다. 그리고 그녀를 내려다보았다. '서울의 소녀'가 아픈 발로 사막을 걷고 있었다. 한동안 내려다보던 나는 한쪽 무릎을 굽혀 방바닥에 대고 꿇어앉아 가만히 그녀의 발에 입술을 댔다. 발가락이 움직였는가. 그렇지 않은 듯했다. 그러나 내가 무릎을 펴고 일어나려 했을 때 그녀가 갑자기 몸을 돌렸다. 그녀에게 내가 한 행동을 들켰는지 조바심이 났다. 소년처럼 가슴이 뛰었다. "목이 마르군." 나는 목청을 돋우어 말하고 찬장께로 가서 주전자를 더듬어 들었다. 물은 삼분의 일쯤 차 있었다. "물도 한 방울 없어 젠장." 그녀는 역시 아무 반응이 없었다. 나는 방문을 열고 밖으로 나갔다. 방문 밖이 바로 차양을 잇달아 만든 부엌이었다. 말이 부엌이지 한데나 다름없었다. 시멘트 바닥을 맨발로 딛고 수도꼭지를 틀어 주전자에 소리 내어 물을 채웠다. 그러고 나서 주둥이에 입을 대고 마시는 시늉을 했을 뿐, 물은 마시지 않았다. 나는 주전자를 개수대 옆에 내려놓았다.

잤어. 내내? 응. 꿈을 꿨지. 춤을 추는 꿈이었어.

달밤이다. 먼 달빛의 사막으로 사자 한 마리가 가고 있었다. 무거운 몸뚱어리를 이끌고 사구(砂丘)를 소리 없이 오르내린다. 매우 느린 걸음이다. 쉬르르쉬르르. 둔황 명사산의 모래가 미끄러지는 소리인가. 사자는 아랑곳없이 네 발만 차례차례 떼어놓는다. 발자국도 모래에 묻힌다. 달이 더 환안히 밝자, 달빛이 아교에 이긴 은니(銀泥)처럼 온몸에 끈끈하게 입힌다. 막막한 지평선 끝까지 불빛 한 점 반짝이지 않는다. 사막의 한복판에 사자의 그림자만 느릿느릿 느릿느릿 움직이고 있다. 세상은 정밀(靜謐)하게 정체되어 있다. 움직이는 그림자도 정체되어 있는 것만 같다. 그래도 사자는 쉬지 않고 걷고 있다. 달빛의 은니가 낡은 시계의 은도금처럼 벗겨지고 있었다. 아득한 시간이 사막처럼 드러나고 그 가운데서도 사자는 하염없이 걷고 있다. 시간의 사막 역시 끝 간 데가 없다. 사자는 발밑만 내려다보며 걸음을 옮겨놓을 뿐이다.

로우란을 지났는가.

둔황을 지났는가.

가도 가도 끝없는 허공을 사자는 묵묵히 걷고 있다. 발을 옮길 때마다 모래 소리가 들린다. 달빛에 쓸리는 모래 소리인가. 시간에 쓸리는 모래 소리인가. 아니면 서역 삼만 리를 아득히 울어온 공후 소리인가. 그때 누군가가 중얼거린다.

아이야, 사내애였다면 혜초처럼 먼 곳으로 법(法)을 구하러 떠났다 치렴. 계집애였다면 사막 속에 곱게 단장하고 있다고 치렴. 그렇다고들 치렴.

사자가 걸음을 멈추었다. 무슨 일일까. 그러자 사자가 난데없이 내게 물었다.

"봉산이 예서 머오? 강령이 예서 머오? 기린이 예서 머오?"

깜짝 놀란 나는 머리를 내젓기만 했다. 그와 함께 사자가 고개를 들고 화등잔 같은 눈을 크게 떴다.

"이기 뉘기요? 북청 아즈바이 앙이오?"

사자는 말을 마치자마자 어느 결에 가죽을 훌훌 벗어 던졌다.

"참말 긴 하루였소. 이리 오래 춤추기두 아마 처음이지비?"

목구멍에 모래가 잔뜩 엉겨 붙은 쉰 목소리였다. 그러나 나는 그 목소리가 누구의 목소리인지 짐작할 수 있었다.

그것은 내 목소리였다.

로우란의 사랑

그 방에서의 동거 생활은 지지부진한 가운데 하루하루가 지나가고 있었다. 그런 가운데서도 나는 중국의 유적지 둔황과 로우란에 대한 어떤 생각에 줄곧 사로잡혀 있었다.

　눅눅하게 습기가 차고, 채광이 되지 않는 그 방에서의 동거 생활은, 그러나 뜻이 같을 것임에도 불구하고 왠지 동서(同棲) 생활이라고 하는 편이 좀 더 적확한 표현인 듯싶었다. 우리는 함께 거주하고 있었다기보다 함께 서식하고 있었다. 우리는 그 어두운 방에 아예 틀어박히다시피 하고 지냈다. 우리들은 나날이 창백한 얼굴이 되어 우리들만의 음험한 세계에 빠져들었다. 그렇다고 해서, 흔히 상상할 수 있듯이, 육체의 유희에 탐닉했던 것도 아니었다. 그 무렵 우리는 그 결코 넓지 않은 방에서도 마치 서로 스쳐 지나가듯이 살고 있었다. 육체의 유희는 한 시절 폭염처럼 지나간 것이었다. 그것은 이제 사전에 잠자고 있는, 성에 관한 낱말처럼 머릿속의 갈피에서 잠자고 있었다.

무엇인가 의미 있는 일을 해야지 하면서도 그 봄은 무의미하게 지나갔다. 그리고 어느덧 여름이 시작되고 있었다. 그렇지만 우리는 그 방을 떠나지를 못했다. 생활에 대한 강박관념 때문만도 아니었다. 그러나 결국 그 방에서 단 하루라도 뛰쳐나가자고 제안했다.

갑자기 하늘이 높아진 날이 며칠 계속되었다. 계절을 뛰어넘어 가을이 오려는가. 그러나 이상 기후일 뿐이었다.

"사라호 때는 부산에 있었는데."

나는 바닷가로 떠나면서 뚱딴지같은 말을 했다.

"사라호?"

"응, 태풍. 굉장했지."

나는 내가 엄청난 역사적 사건을 겪은 사람임을 알아주어야 한다는 듯 과장스럽게 말했다. 실제로 사라호 태풍은 굉장했다. 추석이 아니면 그 무렵이었다. 그것이 사라라는 미국 여자 이름을 가진 태풍인지는 물론 훨씬 나중에야 알았지만, 기왓

장이 날아가고 전신주가 넘어지는 걸 방 안에 틀어박혀 겁먹은 눈초리로 살피던 나는, 바람이 웬만큼 멎었다 싶기 바쁘게 바깥으로 달려나갔었다. 이제까지 보아온 낯익은 동네인데도 전혀 새로운 풍경이었다. 큰길로 나가자 땅들이 군데군데 깊이 파이고 뿌리째 뽑힌 플라타너스 나무가 벌렁 나자빠져 있는 모습이 눈에 들어왔다. 집들의 창유리가 유난히 번들거려서 또한 빈집들 같았다. 비바람은 멈췄는데 개울은 흙탕물이 넘쳐흐르고 있었다. 불구경, 물구경, 싸움 구경만큼 신나는 구경은 없다지만, 나는 그때 처음이자 마지막으로 신나는 물 구경을 한 것이었다. 수많은 사람들이 물 양쪽에서 상기된 얼굴로 물 구경을 하고 있었다. 아니, 구경에서 한 발짝 더 나아가 물과 승강이까지 벌이고 있었다. 끝에 갈고리를 단 긴 막대로 떠내려오는 것들을 건져 올리는 사람들도 많았다. 집의 문짝이며 기둥, 심지어는 지붕까지 둥둥 떠내려왔다. 돼지를 건져 올렸다는 사람도 있었다. 홍수로 떠내려오는 사람은 먼저 뱀 때문에 견딜 수가 없다고 어른들은 말했다. 물에 떠내려오는 뱀들이 온통 엉겨붙기 때문이라는 것이었다. 그날 나는 실제로 그런 광경을 목격하지는 못했지만, 나중에 난데없이 뱀에 온몸을 친친 휘감긴 사람이 몸서리치며 물에 떠내려오는 꿈을 꾸고 한밤에 홀로 그야말로 몸서리를 치곤 해야 했다. 뱀들은 사람 몸의 구멍이란 구멍에는 죄다 파고들었다. 그 사람을 바라보는 동안 나는 어느새 그 사람이 되고는 했다. 끔찍한 일이었다.

여행을 제안해 바닷가로 가면서 왜 태풍을 떠올렸는가. 하늘은 쾌청했고 햇볕은 쨍쨍 내리쬤다. 그러나 나는 그 여행에서 비바람이 몰아치고 파도가 드높은 날을 은근히 기대하고 있었다. 은근히가 아니었다. 매우 강렬했다.

아직 본격적인 피서철은 시작되지 않은 때였다. 각급 학교들의 방학도 멀었고, 회사들의 여름휴가도 그랬다. 해수욕장 개장을 알리는 신문 보도에는 성급히 바다를 찾은 사람들만 이제 겨우 점, 점, 점, 점, 점, 점으로 나타나 있었다. 그러나 신문은 바닷가 모래밭을 뒤지며 피서객들이 흘리고 간 동전을 줍는 일로 "짭짤한 재미"를 보고 있는 사람들이 벌써 등장했다는 보도를 내보내고 있었다. 그 바닷가 모래밭에서는 사람들이 저팔계처럼 쇠스랑을 들고 나와 모래를 긁고 있었다. 그러면 잃어버린 동전들이 긁혀 나온다고 했다. 그 수량이 솔찮아서 "신종 기업"이라 불린다고도 했다. 동전뿐 아니라 여러 가지 다른 쇠붙이 종류, 이를테면 반지나 시계 따위도 심심찮게 나온다는 것이다.

그 보도를 보면서 나는 문득 오래전에 한 여자와 바닷가에 갔던 때가 떠올랐다. 사춘기를 벗어난 무렵이었다. 순수한 사랑이란 것이 가령 육체관계를 채 맺지 못한 사랑이라고 말하는 사람들에게는, 그때 우리 관계야말로 순수한 사랑이었다. 플라토닉 러브란 어떤 것인가. 성(性)이란 완전히 배제되는가 하는 물음이 없었던 것은 아니었다. 그로부터 멀지 않은 플라토닉 러브라는 것도 결국 성에 대한 목마른 갈구의 한 설익은 표현양태라고 나름대로 깨닫게 되었고, 또 플라톤의 선생인 저 소크라테스라는 철인이 악처(惡妻)에 시달리면서 동성애에 빠져들었다는 서글픈 현실을 배우게도 되었는데, 나는 그때까지만 해도 목마른, 참담한 성애에의 갈구를 모른 척 숨기는 기술이 사랑이라고 믿고 있었다. 사랑하는 여자에게 어떻게 감히 짐승 같은 짓을 할 수 있단 말인가.

그렇게 사랑하는 사이로 우리는 바닷가를 거닐었다. 그때는 마악 피서철이 지나 있었다. 그해에 들어서는 처음으로 간 바닷가였다. 그렇다고 해서 각자가 여름 바닷가에 다녀오지 않은 것은 아니었다. 우리는 제각기 다른 친구들과 어울려 바닷가로 가곤 했고, 또 그런 이야기들로 웃음꽃을 피우기도 했다.

그럴 때면 나는 그녀가 비키니 수영복을 입고 바닷가를 뛰노는 모습이 눈에 어른거렸다. 그러면서도 우리는 함께 해수욕을 하러 가자고는, 웬일인지 아무도 제안하지 않았다. 그녀가 그런 제안을 하지 않은 까닭이 무엇인지는 알 수 없는 일이지만, 나는 그런 제안이 그녀에게 옷을 벗어 보이라는 말로 들릴까봐 금기로 여기고 있었음에 틀림없었다. 어떤 경우에건 옷을 벗는다는 것은 사랑에 대한 견딜 수 없는 모독이었다. 바닷가를 거닐던 우리는 낮은 모래톱 위에 나란히 앉아 먼 수평선을 말없이 바라보고 있었다. 만남을, 사랑을, 행복을 생각하며 가슴 가득한 열락에 들떠서 깊은 해연(海淵)을 응시하는 눈길이었을 것이다.

이것이……

사랑이라는 말이 머리에 맴돌자 공연히 눈시울이 뜨거워졌다. 바닷가의 모래알처럼 많은 사람들 가운데 어찌하여 유독 그녀와 만나게 된 것일까. 숙명이니 섭리니 하는 낱말들은 정말 그럴듯했다. 나는 숨이 가쁘고 가슴이 답답해서 오히려 막막한 외로움에 휩싸인 느낌이기도 했다. 푸른 바다는 심연에서부터 설레는 사랑의 표상이었다.

드디어 사랑을 배우는가.

그때였다. 몇 명의 청소년이 모래밭을 뒤지며 가까이 다가오고 있는 것이 보였다. 그들은 막대기로 모래밭을 쿡쿡 쑤시거나 허리를 굽혀 무엇인가 집어들어 살피거나 하면서 걸어오고 있었다. 한눈에 보아도 불량기가 있는 패들이었다. 그러나 나는 아무것도 개의할 바가 없었다. 우리는 그들에게 꼬투리를 잡힐 무엇이 하나도 없었다. 우리는 단지 모래톱에 앉아 바다를 바라보고 있었던 것뿐이 아닌가. 나는 그들에게 잠깐 눈길을 주었다가 다시 바다로 얼굴을 향했다. 우리는 여전히 아무 말이 없었다. 그들이 가까이 다가왔을 때, 나는 그들이 모래밭에서 무엇인가 줍기 위해 살피고 다닌다는 것을 언뜻 알았다. 바로 피서객들이 남기고 간 유실물을 줍는 것이었다. 그러나 그들은 그것만이 유일한 목적은 아닌 듯 잠시도 쉬지 않고 서로 시시덕거렸다. 나는 그들을 의식하고 얼마쯤 어색하게 몸을 꼿꼿이 세우고 있었다. 그녀는 미동도 하지 않았다. 그들이 앞으로 지나갔다. 그때 그중의 하나가 모래밭을 뒤지는 시늉을 하며 우리가 듣게끔 중얼거렸다. "어디 공알 빠진 것 없나." 어떻게든 받아들일 방법이 없는 말이었다. 나는 얼굴을 굳힌 채 눈치채지 못하게 재빨리 그녀의 기색을 살폈으나 그녀는 그 말을 아예 듣지도 않은 듯 태연자약했다. 정말 못 들었는지도 모를 일이었다. 아니면 공알이라는 게 음핵인지 뭔지 하는 그것임을 그녀가 모르고 있는지도 몰랐다. 그렇다면 나야말로 공연히 못된 생각에 안절부절못하고 있는 것에 지나지 않았다. 나는 대중잡지에 끼어 있는, 찢으면서 읽도록 되어 있는 색종이 페이지들에서 읽어 이미 다 알고 있었다. 이른바 '여성 성기의 구조' 따위야 기초 상식이었다. 나는 그 추악한 성의 세계에 대해 상상할 것은 다 해본, 악의 화신이었다. 그러니까 새하얀 얼굴에 까만 눈동자로 바다를 바라보며 진정한 사랑만을 생각하고 있는 그녀의 성스럽고 순결한 모습 옆에서 공알이든 음핵이든 하여튼 그런 등속의 속된 상상을 했던 나는 더럽기 짝이 없는 놈이었다. 그리고 우리는 다시 만나지 않았다.

눅눅한 방에서 떠나온 것만이 행복한 듯 그녀는 태풍에 대해서는 아무 느낌도 없는 모양이었다. 서울에서 내처 살아온 사람들은 태풍에 대한 감각이 무딜 수밖에 없다. 서울에서 태풍이란 고작 일기예보에 등장했다가 그냥 사라지거나 집 몇 채와 논밭 몇 정보가 유실됐으며 인명 피해 몇 명 등으로 먼 소식처럼 들려올 뿐인 것이다. 그런 데다가 난데없이 이십몇 년 전의 사라호 태풍이라니. 그녀가 관심을 보일 리 만무했다. 더

군다나 우린 아직은 여름이 꽤나 남아 있는 바닷가로 가는 것
이었다. 해수욕을 할 수 있을까요. 그녀는 태풍이 무슨 말이냐
는 듯 말했다. 아무렴. 나는 시원스레 대답했다. 해녀들은 겨울
에도 해수욕을 한다, 나는 생각했다. 지금같이 물개처럼 매끈
하게 잠수복을 입은 차림이 아닌, 허술한 헝겊 수영복을 입고
도 겨울 바다에 들어가는 해녀들을 오래전에 본 적이 있었다.
그리고 또 나 개인의 경험으로 말하면 4·19가 일어나던 그해
바로 4·19날에 부산 광안리에서 첫 해수욕을 했던 것이다. 그
때 중학생이었던 나는 몇 명의 친구들과 물에 들어갔다가 입
술이 파래지고 소름이 도돌도돌 돋은 몸으로 그래도 몇 번인
가 다시 들어가 파도를 탔다. 아직은 물에 들어가는 사람이
라곤 없는 이른 계절이었으니, 그렇다면 그해 4·19인지, 무슨
일이 일어나고 있었는지 알았던 것은 아니다. 나중에 안 일이
었다. 그런데, 그날은 생전 처음으로 물에 빠져 죽은 사람을 본
날이기도 했다. 그것은 내가 물에 들어가 자맥질을 하는 동안
앞의 조그만 바위섬에서 밀려온 시체였다. 나는 바닷물의 냉
기에 오들오들 떨면서 불알이 바짝 오그라든 채, 친구들과 함
께 사람들이 모여 있는 곳으로 갔었다. 누군가가 와서 위에 덮
여 있는 거적을 들췄다. 끔찍했다. 시체는 머리가 잘려 없어지

고 몸뚱이뿐이었다. 그런 데다가 물에 퉁퉁 불어서, 성별도 나이도 쉽게 짐작할 수가 없었다. 지금도 그때의 광경을 떠올리면 시체의 허벅지 위로 물에 불은 지렁이처럼 불거져 있던 시퍼런 핏줄이 유난히 뚜렷하게 기억된다. 그러나 내가 그날을 무슨 개인적인 기념일처럼 오래도록 기억하고 있는 것은 역시 그날이 4·19라는 역사적인 기념일이라는 데 있다고 하겠다. 그렇지 않다면 어느 봄날에 어처구니없이 이른 해수욕을 했다, 죽은 사람을 보았다, 하는 정도로만 기억되었을 것이다. 그러나 나중에 4·19의 성취로 인해 그날을 잊어버릴 수 없는 날이 되고 말았다. 나는 그 날짜와 바다와 죽은 사람을 동시에 확실히 기억하게 되었다. 그때 어린 나는 저 목 잘린 시체가 떠 있던 그 바닷물에서 내가 자맥질을 했구나 하면서 배 속이 메슥메슥했고 바닷속에서는 괴기스러운 공포의 분위기가 감돌아 서둘러 집으로 돌아왔다. 그 뒤로 나는 4·19라면 우선 그날의 바다와 죽은 사람이 떠올랐다. 시체의 부패 상태로 미루어 죽은 사람은 4·19와는 아무 관계가 없을 것이라고 쉽게 추측된다. 그러나 문제는, 내게는 4·19와 그 죽은 사람이 마치 불가분의 관계에 있는 것처럼 여겨지게 되었다는 데 있다. 그래서 그날의 일은 누군가 4·19에 목이 잘려 죽었다고 내 머리에 자리 잡고 만 것이었다. 4·19와 그 목 잘린 사람과 관계가 없다고 하는 것은 내 이성이었다. 하지만 사물을 좋아하거나 싫어하는 일에 이성이 별 영향력이 없음을 증명이라도 하듯이 내 감성은 그날의 일을 한사코 하나의 맥락으로 받아들였다. 4·19에 바다에서는 누군가가 목이 잘려 죽었다. 그리고 나는 그 목 잘린 시체와 함께 헤엄을 쳤다.

그 목 잘린 사람의 머리는 어디로 갔을까. 어두운 바다 밑에서 눈알을 굴리며 몸뚱이가 없어서 난 움직이지 못해 하고 탄식하고 있을까. 괴기스러운 것을 극도로 무서워해서, 공연히 〈드라큘라〉 같은 영화를 보고는 몇 날 며칠을 제대로 밤잠도 못 자곤 했던 나건만, 그 사람의 머리에 대해서는 또 그런 괴기스러운 망상에 사로잡히곤 했었다. 실제로 그 머리가 바닷속에 들어갔다면 눈앞이고 뭐고 해삼이나 문어가 붙어 말끔히 빨아먹었을 것이다. 그리고 빈 해골바가지 속에는 새끼 문어가 들어와 웅크리고 단잠을 자고 있을지도 모른다. 그럴 것이다.

어쨌든 몸을 바닷물에 담글 기회는 없으리라고 나는 생각했다. 그러니까 "해수욕을 할 수 있을까요" 하고 묻는 그녀의 말에 "아무렴" 하고 대답한 것은 건성으로 한 것이었다. 그런 태도에는 단지 부정적인 분위기를 만들고 싶지 않다는 심리가 작용하고 있었던 것 같다. 그 밖에는 그 눅눅한 방에서처럼 별다른 대화가 없었다. 도중에 대관령 휴게소에선가 종이컵에 따라 파는 커피를 한 잔씩 사서 마셨는데, 커피를 싫어하는 나로서는 얼결에 뜨거운 커피를 사 든 내가 퍽 의아스럽게 느껴졌다. 그러고는 아흔아홉 구비라는 대관령 고개를 넘어갔다. 어찌 보면 우리는 아무 관계가 없는 사람들로서 우연히 옆자리에 앉은 남녀 같기도 했다. 심지어 그런 긴장마저도 없었다.

바다는 차분히 가라앉아 있었다. 젊은 몸뚱이들이 뛰놀 때의 바다는 덩달아 벌떡거리는 듯이 보이곤 했었다. 이름난 해수욕장이긴 해도 신문에서 보았던 대로 아직은 일렀다. 모래밭에는 듬성듬성 사람들이 무리지어 있기는 했으나 이미 해가 설핏한 탓일까, 물에 들어가 있는 사람은 한눈에 헤아릴 수 있을 정도였다. 우리는 솔숲 사이로 바다를 내다보며 숙박업소와 음식점 들이 늘어서 있는 길을 걸어 올라갔다.

"어디루 들어갈까? 배고파? 먼저 숙소 정할까?"

나는 왠지 무연해져서 물었다.

"글쎄, 좋을 대루."

새로운 사물에 대해서 유난히 신기한 눈길을 보내는 그녀는 역시 솔숲 사이로 바다를 주의 깊게 바라보는 눈길이었다. 거기에는 무엇인가 놓쳐서는 안 된다는 의지가 깃들어 있었다.

어서 오세요, 식사됩니다. 수조 속에 홍어인지 가오린지가 플레어스커트를 벌릴 듯 너울거렸다. 나는 올바른 삶의 방법을 가르친다는 철학을 대학에서 얼마 동안 배우고서도 홍어와 가오리를 구분할 만한 지혜는 못 배웠다. 우리가 삶의 목표인 사랑을 완성시키는 데 플라톤과 아리스토텔레스의 차이점을 구별할 필요가 있다면 홍어와 가오리의 차이점을 구별할 필요도 있는 것이겠다.

"숙솔 먼저 정하자구. 그래야 편하겠지."

나는 혼잣말처럼 중얼거렸다.

그녀와 나의 동서 생활이 결혼까지 이어진다는 보장은 없었다. 아니 오히려 그래서는 안 된다는 게 내 입장이었다. 그것은 본래 그녀의 돈으로 얻은 셋방이었다. 그 방으로 기어들면서 나는 "한번 살아보는 거지. 서로 여러 가지 도움도 될 테고"라고 넉살 좋게 말했었다. 여러 가지 도움이란 도대체 무슨 도움을 말했던 것일까. 그때나 지금이나 나는 이기주의를 버릴 수 없는 사람으로서, 우리가 동서 생활을 하게 된 데는 무엇보다도 내 이기주의가 가장 큰 몫으로 작용을 했다고 고백할 수밖에 없다. 그러니까 어느 시기에 가서 우리는 헤어져 저대로의 길을 가야만 한다는 게 내 대전제였다. 그래서 한방에서 살면서 내가 가장 용의주도하게 견지해온 것은 결코 그녀와 동화되거나 유착되어서는 안 된다는 것이었다. 내가 그녀를 싫어했는가. 그렇지는 않았다. 언젠가는 헤어져 저대로의 길을 가도록 노력하되 그것이 안 되면 또한 평생토록 그렇게 동서생활을 계속한다. 그렇다면 이것이 도대체 무슨 어처구니없는 것이란 말인가. 나는 갈피를 잡을 수 없는 생활을 계속하고 있었다. 갈피를 잡는다는 것, 확연히 정리되어 드러난다는 것이 두려웠다.

그녀와의 만남을 생각할 때 나는 그녀와 함께 처음으로 어머니를 찾아갔던 날이 떠오른다. 그때 어머니는 그녀를 흘깃 한번 쳐다보았을 뿐, 쓰다 달다 말이 없었다. 음침한 날씨 탓인지 방 안은 현실(玄室)처럼 어둡게 가라앉아 있었다. 그러나 날씨 탓만은 아님을 나는 알고 있었다. 집을 사고팔고 하는 동안 솔찮게 이사를 다녔지만 어머니가 들어앉은 방은 언제나 그랬다. 어머니는 날이 어두워지고 나서도 좀체 불을 켜지 않은 채 어둠을 응시하며 앉아 있곤 했다. 하지만 어머니가 주검 자체라는 느낌은 조금도 들지 않았고, 일종의 순장물(殉葬物)이라는 느낌뿐이었다. 나는 종종 그와 같은 분위기에 진저리를 쳤다. 어머니가 지키고 있는 어둠이 살아 있는 짐승처럼 꿈틀거렸기 때문이었다. 어떻게 보면 어머니는 주문이라도 외워 어둠 속에 떠돌아다니는 기운에 혼을 불어넣는 것만 같았다. 내 옆에 다소곳이 앉은 그녀는 어머니의 기세에 눌려 거북하게 몸을 움츠리고만 있었다. 나는, 그녀가 며느리가 된다 한들 어머니 쪽에서 새삼스럽게 알량한 시어머니 노릇을 하려고 들지도 않을 터에 무슨 말을 할까보냐고, 몇 마디만 오가면 자리에서 일어날 궁리만 하고 있었다. 나는 이제 어머니의 저 꿈틀거리는 어둠으로부터 영원히 헤어난다고 생각했다. 나는 만지작거리고 있던 선물 꾸러미를 앞으로 내밀었다.

"건 뭐냐?"

어머니는 그제야 내게 눈길을 주었다. 나는 마련해간 선물이 어머니의 심사를 사납게 하더라도 얼마든지 감수할 용의가 있었다. 어쩌면 나는 어머니와의 더욱 확고한 이별을 위해 그 선물을 장만했던 것이기 때문이다.

"간 담에 끌러보세요."

나는 별것 아니라는 듯 말했지만 실은 그 어느 때보다도 긴장되었다. 엉뚱한 짓을 함으로써 보상받으려는 내 심리는 얼마나 병들어 있었던 것일까.

그것은 내가 그녀에게 어머니를 만나러 가자는 제안을 하기 바로 전까지 고아(孤兒)를 자처하고 있었던 데서도 엿볼 수 있다. 어느 편이냐 하면 나는 고아로 자처하는 편이 그렇지 않은 편보다 한결 마음이 놓였던 것이다.

어머니에 대한 내 생각은 어느 것 하나 뚜렷하지 못했다. 뒤죽박죽이었다.

어머니는 때로는 전족(纏足)을 해서 뒤뚱거리는 모습으로 떠오르기도 했고 혹은 단단한 갑주(甲胄) 속에 몸을 감춘 딱정벌레의 모습으로 떠오르기도 했다. 그래서 나는 어머니와 얼굴을 정면으로 바라보기를 꺼렸다. 어머니 편에서도 마찬가지 감정이었을 것으로 여겨진다.

나를 대하는 어머니의 태도는 언제나 냉랭하기만 했다. 그것이 내 마음을 멍들게 했지만, 그보다 더 이전에 나는 일찍이 홀로된 어머니에 대한 연민과 한(恨)의 두 젖줄을 빨면서 자라왔던 것이다. 그래서 나는 야릇한 보복 심리에 빠졌음에 틀림없었다. 내가 선물을 싸들고 어머니를 찾아가게 되리라고는 스스로도 예측하지 못했던 일이었다. 평소에 어머니에게 가져왔던 헤어날 길 없는 곤혹감을 돌이켜볼 때 아리송하기 짝이 없었다.

고아라고 하던 내가 어머니를 만나러 가야 한다고 잡아끌다시피 했을 때 그녀는 겁을 집어먹었는지 앞질러 수다를 떨었다.

"엄만 몇 살이셔? 젊으셔?"

나는 그런 쓰잘 데 없는 질문에는 대답조차 하지 않았다.

"그건 뭐야요? 옷감?"

그녀는 내가 옆구리에 끼고 있는 선물 꾸러미의 내용이 여간 궁금하지 않은 모양이었다. 하지만 나는 이상하게도 미리 말하고 싶지가 않았다.

"아무튼 우린 인사만 하구 나오믄 되는 거야."

나는 퉁명스럽게 말하고 집으로 향하는 골목길로 접어들었다. 내 행동의 저의를 밝힌다는 것은 그리 쉽지 않았다. 물론 명료한 의식이 개입돼 있지 않다고는 하지만 지겹도록 짓눌려 온 감정이 품고 있는 교활한 앙갚음 같은 것이 혀를 날름거리며 숨어 있었던 것이다. 어머니가 나를 낳음으로써 우리가 만났던 것이라면, 나는 그에 버금가는 것으로써만 헤어짐을 공고히 할 수 있으리라는 논리가 가능했다. 나는 누가 선물 꾸러미를 채어가기라도 할세라 옆구리에 꾹 눌러 낀 채, 미로인 양 요리조리 꼬부라지는 좁은 골목길을 더듬어 올라갔다. 이사한 뒤로 부동산 경기가 갑자기 침체되는 바람에 꽤 오래 눌러 살고 있는 집이었다. 미로는 점점 오르막이 되면서 겨우 사람 하나가 가까스로 지날 만큼 좁아지고 있었다. 그 기다랗고 좁은 골목길은 마치 뱀이 거꾸로 기어내려오는 느낌을 주었다. 마지막에는 뱀의 꼬리처럼 가늘어져서 사라지리라. 그 골목길을 오르내릴 때면 늘 그런 느낌에 사로잡히곤 했었다. 이리저리 나돌다가 돈이 궁색해 기어들 때면 더욱 그랬다. 그때마다 어머니는 싸늘한 눈초리로 너도 이젠 혼자 힘으로 벌어먹을 나이가 되지 않았느냐고 말했다. 사실이었다. 그때 나는 책 외판사원을 하다가 주간지 기자로 취직이 되어 있었다. 한때 나는 내 몸에 겨우 세 군데밖에 칼자국이 없다는 사실에 심한 열등감을 가지고 있었다. 그런 열등감만이 안식처가 될 수 있었던 것이다. 내가 외판사원이 되어 책을 팔아 오면서 혼자 힘으로 벌어먹을 나이가 되었음을 보여준 여러 해 동안에도 나는 내 몸에 단지 세 군데밖에 칼자국이 없음을 부끄러워하던 당시의 못난 내 모습이 그리웠던 것은 이상한 일이었다.

골목길의 어귀에서부터 뱀의 아가리로 기어드는 듯한 섬뜩한 느낌을 가졌던 까닭은 골목길이 꾸불꾸불하면서 좁아지기 때문만은 결코 아니었다. 그보다도 내게 끼쳐 오던 섬뜩한 기운, 그것을 말하지 않을 수 없다. 나는 뱀을 직접 만져본 적이 없기 때문에 뱀의 피가 얼마나 차갑게 몸뚱어리 속을 돌고 있는지 알지 못한다. 하지만 내가 골목길로 접어들면서 느끼는 섬뜩함은 뱀의 그것이었다. 나는 잔뜩 움츠리고 "이놈의 뱀, 이놈의 뱀!" 하고 나도 모르게 끊임없이 뇌까리며 집까지 올라가야만 했다. 집을 뛰쳐나왔을 때마다 웬만한 일이 아니고서는 그곳을 찾아간다는 것을 꿈에도 생각하기 싫었다. 사실 "이놈의 뱀!" 하고 내뱉어야만 했던 감정은 꽤 오랫동안 나를 짓눌러왔던 것이었다. 나는 집요하게 그 감정에 시달려왔다. 그러나 시달려왔을 뿐이지 결코 익숙해지지는 않았다. 그에 관해서라면 나는 영원히 길들여지지 않는 짐승이었다. 매일같이 그 집을 드나들 때도 나는 한 번도 빠짐없이 나를 엄습하는 섬뜩함에 깜짝 놀라며 휘말려들곤 했다. 그러나 내가 고등학교를 졸업할 때까지만 해도 여러 번의 가출을 기도했다 해서 이상할 건 없으리라. 어머니는 내가 추위와 굶주림에 견디지 못하여 두 어깨를 축 늘어뜨린 채 집으로 기어들었을 때마다, 네까짓 게 가면 어딜 가 하는 눈초리로 쏘아보았다.

"개밥에 도토리 같은 녀석!"

그 말의 뜻보다는 목소리가 한층 싸늘했다. 집 매매 관계로 드나들던 김씨가 있을 때면 어머니는 냉랭하다 못해 표독스럽

기까지 했다. 내 가출 사실보다도 내가 가출함으로써 내 존재
가 특별히 드러나게 된다는 데 더 신경을 쓰고 있는지도 몰랐
다. 그렇다고 해서 김씨가 나를 거북하게 여기고 있었다고는
말할 수 없다. 그는 늘 나를 향해 부드러움을 그려넣은 가면을
쓴 듯 부드러운 얼굴을 보여주었다. 그래서 나는 그가 어둠 속
에서도 나를 향해 그 부드러운 얼굴을 하고 있다고 생각하면
무섭기조차 했다. 내가 학업에 싫증을 느끼고 차츰 밤거리에
서 맴돌기 시작했을 때도 그는 여전히 부드러운 얼굴이었다.
학교에서 비행 학생으로 적발되어 보호자를 호출했던 날, 그
는 거동이 불편한 어머니 대신 삼촌이라는 명칭을 붙이고 학
교에 다녀온 적이 있었다. 그날 저녁도 그는 여전히 부드러운
얼굴이었다. 그는 앞에 나를 앉혀놓고 몇 번 헛기침만 계속하
던 끝에 불쑥 말했다.

"글쎄, 인생이란 이끼 낀 연못에 개구리 퐁당 뛰어드는 소리
같은 걸 테니까. 일본 사람이 쓴 하이쿠를 보면⋯⋯"

나는 그의 말을 알아들을 수가 없었다. 인생이란 그처럼 허
무맹랑한 것이니 아무렇게나 살아도 제 좋을 대로라는 뜻인
지, 아니면 그 반대의 뜻인지조차 알 수가 없었다. 다만 일본
사람은 무슨 일본 사람이며 하이쿠는 도대체 또 뭐란 말인가

하고 막연한 반발심만 솟구쳐 올랐다. 나중에 나는 김씨가 한 말이 일본의 이름난 하이쿠 시인 마쓰오 바쇼(芭蕉)의 구절에서 따온 것임을 알고 묘한 감회에 빠졌었다. 옛 연못에 개구리 퐁당 뛰어드는 소리.

다른 나라 이야기가 나왔으니 말이지 그는 어머니와 말할 때면 내가 알아들을 수 없게 중국어로 말하는 때가 많았다. 그럴 때의 나는 참으로 서글프기 짝이 없는 유복자(遺腹子)였다.

언젠가 술 먹은 힘을 빌려 항변한 적이 있었다.

"왜, 왜들 딴 나라 말을 쓰는 거죠?"

그러자 어머니가 내 말을 가로막았다.

"취했으면 그만 들어가 자."

어머니의 목소리는 날카로운 쇳소리를 내었다. 모처럼 만의 내 항변은 그 소리에 그만 기가 꺾이고 말았다. 김씨는 거 재미있다는 듯이 나를 보고 있었으나 어머니는 그 어느 때보다도 차가운 얼굴이었다. 나는 김씨와 어머니의 서로 판이한 두 모습에 질려 쫓기다시피 내 방으로 들어와버리고 말았다. 뒤에 내 비행은 날로 지능적이 되었는데, 내가 나쁜 짓을 하고 있다고 느껴질 때마다 나는 어머니와 김씨의 모습을 떠올리고 더한층 악을 쓰곤 했다.

내가 마지막으로 집을 뛰쳐나온 것은 그로부터 얼마 뒤였다. 집을 나오면서 나는 시(詩)와 아버지를 찾아 나서는 길이라는 환상에 오랫동안 사로잡혔다. 시와 아버지? 나는 픽 웃으면서도 그 환상을 지울 수가 없었다. 아버지는 일제 때 중국 땅에서 세상을 떠났다고 들어 알고 있었으나, 사실 나는 아버지의 존재에 대해 아무 관심도 없었다. 그러나 내가 나중에 정말 시를 쓰게 되었을 때 〈북만(北滿) 견골(肩骨) 노래〉라는 것의 끝머리에 "그 잊힌 벌판 깊은 땅속에/잊히지 않으려고 묻어놓은/어버이 어깨뼈 한쪽 아직 지저귀리라"고 쓴 것은 그런 사연의 발로가 아니었을까. 어쨌든 이렇게 집을 나왔으나 나는 다시 집을 찾지 않을 수 없었다. 그녀를 만났던 것이다. 그녀는 새처럼 작은 몸매를 가지고 있었다. 그래서 그녀를 처음 만난 순간 나는 '참새는 작아도 새끼만 잘 깐다'는 속담이 떠올랐고, 궁리 끝에 다시 집을 찾아야 한다는 결론을 얻었다. 어떤 식으로든 내가 자립하게 되었음을 자랑하고 싶었다.

그날 오래간만에 찾아간 집은 예전보다 더한 적의(敵意)를 품고 있는 듯하였다. 나는 숨을 죽이고 대문에 달라붙어 지그시 밀어보았다. 대문은 안으로 빗장이 질러져 있었다. 나는 입술을 깨물고 잠시 망설였다. 대문이 잠겨 있으리라는 예상은 미리부터 한 것이었다. 그러나 막상 확인을 하고 나자 사지에 맥이 풀렸다. 낡은 대문의 기둥에는 전기와 수도의 수용가 번호표라든가 이삿짐센터의 전화번호표 등이 아무렇게 붙어 있었고 골목 아래쪽을 향해 백묵으로 화살표가 그려져 있기도 했다. 나는 마치 거기에서 중대한 의미를 찾으려는 것처럼 차례차례로 한참씩 들여다보았다.

이윽고 나는 다시 대문 앞으로 다가가서 조심스럽게 오른쪽 틈서리로 손을 밀어넣었다. 여태껏 그것을 잊어버리고 있었던 것처럼 여겨지기도 했다. 손끝에 끈이 닿았다. 빗장을 끌어당기게 되어 있는 끈이었다. 봉합 수술로 아문 자리에서 실을 뽑아내듯이 긴장하여 잡아당겼다. 달가닥. 빗장은 작게 소리 내며 벗겨졌다. 예전에도 끈을 잡아당길 때 혹시 빗장이 의외로 큰 소리를 내면서 덜컹 벗겨지지 않을까 가슴을 죄었던 기억이 추위에 시린 손가락처럼 생생하게 아려왔다. 어머니와 어떤 방식으로 마주칠 것인가. 금방이라도 어디선가 "무엇 때문에 나타났단 말이냐!" 하는 냉정한 목소리가 들려올 것만 같았다. 방 안에서 누군가가 내다보고 있을지도 모른다는 생각이 언뜻 들었다. 나는 방 안에서 직접 내다보이지 않을 만한 곳으로 살금살금 발걸음을 옮겼다. 모든 일에 소심해서, 밤에 무슨 일을 할라치면 종잇장 하나 넘기는 데도 신경이 곤두서곤 했던 나는 살금살금 행동함으로써만 질서를 유지하려 했다. 지나치게 눈치를 살피게끔 되어, 사로잡힌 동물이 겁먹은 눈초리로 꼬리를 살에 끼우고 뒤로 물러서듯이 행동하는 것도 내 버릇이었다. 그러한 내가 밤거리로 뛰쳐나갔다고 해서 별로 놀랄 것은 없다. 평소에 얌전하던 남자가 예비군복이라도 걸치면 개인이 아닌 집단으로 변신하여 우악스런 행동을 거침없이 하듯 밤의 어둠은 나로 하여금 개인이 아닌 집단으로 변신케 하는 힘을 가지게 했다. 그런 의미에서 세계의 절반이 항상 어둠이라는 사실은 용기 있는 사람에게나 겁쟁이에게나 은총이라 할 것이다. 밤에 종잇장 하나 넘기는 소리도 낼 수 없었던 까닭을 단순한 소심증으로만 돌릴 수는 없다. 나는 내 어머니가 옛 시대의 망령을 마술사처럼 항아리에 집어넣어 영원한 잠을 재워두었는지도 모른다는 생각을 어렴풋이 해왔었고, 따라서 내가 일으키는 어떤 소리가 그 망령의 잠을 깨워서는 안 된다고 여기고 있었던 것이다. 어렸을 때는 누구나 자기보다 나이 든 사람이 어떻게 추억을 간직하고 있는지에 대해 궁금증을 갖는 법이다. 나는 어머니가 돌아가신 아버지에 대한 추억을 어떤 식으로 처리해두었는지 알 길이 없었다. 어찌 보면 어머니가 아버지를 만나 나를 가지게 된 엄연한 사실조차 아예 없었던 게 아닐까 여겨질 정도로 추억은 아무 데서도 단서를 보이지 않았다. 그 추억이 때로는 공룡 같은 거대한 몸집으로, 때로 딱정벌레 같은 딱딱하고 작은 몸집으로 자유자재로 변하면서 어떻게든 모습을 드러내려고 안간힘을 쓰면 어머니는 그때마다 능소능대한 어떤 올가미를 써서 꼼짝 못하게 묶어두는지도 몰랐다. 그런 생각으로 어머니의 표정을 살폈지만 어머니는 천연덕스럽기만 했다. 하지만 어머니가 과거를 깡그리 머릿속에서 지워버렸다고는 믿기 어려운 일이었다. 간혹 어머니가 무심결에 흘리는 말이 그것을 입증해주었다. 어머니는 아주 미세한 부분까지 과거를 기억하고 있었다.

"중국 사람들 월병(月餠)은 더 달아야 해."

언젠가 내가 중국집에서 사가지고 간 달떡 한쪽을 먹어본 어머니는 분명히 과거를 회상하고 있었다. 그러므로 어머니가 구미호처럼 감쪽같은 표정을 짓고 있다고 여겨지는 순간마다 나는 이를테면 치마 뒤를 쳐들어 그 아홉 개 꼬리를 확인해보고 싶다거나 심하면 밤에 어머니가 김씨와 동침할 때 어떤 모양이 되는지 알고 싶다는 충동을 받았던 것이다.

그 언젠가도 나는 우선 몸을 숨기고 동정을 살피려는 도둑처럼 집 옆으로 돌아갔었다. 바로 그때 무엇인가 내 앞을 휙 지나쳤고, 고양이 소리가 야옹 들렸다. 순간 나는 어머니와 맞닥뜨렸다. 어머니는 방금 굽혔던 몸을 일으켜 세우고 있는 참이었다.

"다리가…… 많이 불편하세요?"

나는 인사 대신에 어머니의 보조 의족(義足) 쪽으로 눈길을 던지며 불쑥 물었다. 그런 동안 당황했던 어머니가 다시 평상을 되찾아간다는 것을 알 수 있었다.

"너…… 왔구나. 고양이가 놀랐어."

어머니는 내 물음에는 대꾸하지 않고 아무 감정도 섞이지 않은 억양으로 말했다. 그 말투는 의식적인 냉랭함을 애써 깃들이게 하려 했음에도 불구하고 웬일인지 나약해져버린 것 같았다. 나는 불과 얼마 동안에 어머니가 늙어버린 것은 아닐까 살펴보려는 듯이 어머니를 물끄러미 바라보았다. 어머니는 달라진 데라곤 당연히 한 군데도 없었다. 그런데 왜 눈초리에 맴돌던 표독스런 기운은 사라졌단 말인가. 나는 언뜻, 어머니가 방도 아닌 마당 모서리에서 자신의 의족을 들여다보며 회한에 젖어 있었던 모습을 내가 보아버렸다고 판단한 것일지도 모른다는 생각이 들었다. 그래서 짐짓 무력해 보이려고 가장하는 것처럼 보였다.

"방으로 들어가자."

어머니는 다리를 전다는 표시를 되도록 덜 내려고 애쓰며 발걸음을 옮겨놓았다.

"아, 아니에요."

나는 그럴 필요가 없다는 시늉을 했다.

"아니라니?"

어머니는 의아스럽다는 듯 나를 찬찬히 훑어보았다.

"아니에요."

나는 다시 한 번 완강하게 말했다. 어머니의 입가에 엷은 미소가 스쳤다고 생각되었다.

"아무도 없어!"

"그게 아니에요."

"그럼?"

"급한 일이 생겨서…… 돈이 필요해요."

나는 어머니가 어떻게 나오든지 내친걸음이다 싶었다.

"돈?"

어머니는 그랬었구나 하고 쓸쓸한 기색을 나타냈으나 이내 무엇인가 체념하는 듯이 보일락 말락 머리를 수그렸다. 그랬을 뿐, 내가 예상했던 '모자란 녀석, 또 무슨 일을 저질렀구나' 하는 말은 나오지 않았다. 그런 어머니가 툭하면 '개밥에 도토리'를 강조하던 어머니와 같은 사람이라고는 쉽게 믿기지 않았다. 그만큼 어머니는 달라 보였다. 나는 직장 때문에 외국어 학원에 등록하는 데 돈이 필요하다고 거짓말을 둘러댔다. 어머니는 잠자코 듣고만 있었다. 거짓말이건 어쨌건 문제가 아니라는 투였다. 아니, 어쩌면 거짓말을 하는 거지 하고 내 속을 환히 들여다보고 있는 것이나 아닐까 의혹스럽기도 했다. 그럴수록 나는 더욱 열심히 필요성을 강조했다. 한참을 듣고 있던 어머니는 천천히 고개를 돌리며 알았노라는 표정을 지었다.

"지금 가진 건 없구…… 이걸……"

어머니는 더 이상 말하지 않았다. 어머니는 손가락에 끼었던 금반지를 돌려 빼내고 있었다. 그때 내가 기쁨을 느꼈는지 슬픔을 느꼈는지 정확하게 표현할 수는 없다.

"두 돈짜리다."

그 음성은 멀리 홈통을 타고 들려오는 소리 같았다. 나는 마치 빙의(憑依)를 받는 사람처럼 몽롱한 정신이었다. 두 돈짜리의 순금이 다른 방법으로 치환된다면, 어머니를 속여서 얼마만큼의 경비를 마련했다는 데서 오는 희열과 아무런 경멸도 보이지 않고 어머니가 순순히 반지를 빼주었다는 데서 오는 당혹이 뒤섞인 합금(合金)이 되리라. 그때처럼 내가 착잡한 마음이 들었던 적은 없었다. 어머니가 그토록 순순히 내 뜻에 따른다는 사실이 심상치 않았다. 나는 그 반지의 주술이 어떤 내용의 것인지 도저히 간파할 수가 없었다.

나는 어수선한 기분으로 집을 나왔다. 거리에는 이미 땅거미가 내리고 있었다.

내가 어머니에게 새 선물을 계획한 것도 그런 맥락에서 이해하지 않으면 안 된다. 어머니의 보조 의족은 나에게는 항상 불가해한 것이었다. 나는 어머니가 그것을 떼어놓는 것을 한 번도 보지 못했다. 물론 한여름에 무심코 드러내놓은 다리에서, 그것이 정강이께까지라는 것을 보기는 했지만, 어머니는 그에 관한 한 지나친 결벽증을 가지고 있는 듯이 보였다. 밤에는 도대체 어떻게 하고 잠이 드는지 의문이었다. 나는 김씨를 대할 때면 그 질문을 던지고 싶어 안달이 날 지경이었다. 김씨가 어머니에게 보이고 있는 감정이 단순한 동정인지 어떤지 나는 몰랐다. 다만 그는 가정을 가졌으면서도 꾸준히 어머니를 떠나지 않고 있었다. 그는 어머니의 수족이기도 했다. 그래서 어머니는 한쪽 발은 고무다리로, 또 한쪽 발은 김씨의 것으로 세상에 설 수 있는 듯이 보였다.

이러한 상관관계에 의해서, 일본군의 난동으로 입은 상처가 더 이상 썩어들어가는 것을 막기 위해 자르게 됐다는 한쪽 다리와, 이야기 끝마다 일본의 예를 들어야 직성이 풀리는 김씨가 풍기는 분위기는 이율배반적인 침울함 바로 그것이었다. 사실 어머니에 대한 증오가 깊어가면 갈수록 내가 정신대(挺身隊)의 망령에 홀리게 되었음도 그런 까닭에서였다. 나는 급기야 어머니가 정신대에 자원했다가 구사일생으로 돌아왔다고 생각했던 것이다. 많은 꽃다운 여자들이 목숨마저 잃었으므로 다리 하나를 잃었다는 사실에 특별히 비극적인 의미를 부여할 필요는 없었다. 나는 가끔 나도 모르게 그런 생각을 하면서 악의(惡意)에 빠진 소년처럼 비참한 상상을 즐겼다.

어머니는 가까운 친척들의 내왕을 허락하지 않았다. 불편한 다리 탓도 있었지만 웬만한 일이 아니면 집 안에 꼼짝 않고 틀어박혀서 하루 종일 도사리고만 있었다. 오로지 김씨만이 세상과 통하는 유일한 연도(羨道)였다. 어머니는 김씨의 제보에 의해서만 집을 샀다 팔았다 했는데, 김씨가 어머니와 함께 밤을 지내지 않는다면 그저 충실한 하수인으로 보였을 것이다. 고양이가 병들어 죽거나 늙어서 집을 나가면 고양이 새끼를 구해 오는 일도 김씨의 일이었다. 그렇다고 어머니가 김씨에게 특별한 요구를 하고 있는 것 같지는 않았다. 어머니가 어느 날 김씨와 다툰 뒤 울음을 보이지만 않았더라면 나는 어머니의 속셈을 끝내 종잡을 수 없었을 것이다. 그날 저녁따라 일찌감치 자리에 누워 있던 나는 어머니와 김씨가 다투는 소리에 귀가 쫑긋했다. 처음에는 이웃집에서 들려오는 소리 같았다. 도란도란 들리는가 싶더니 어느새 커다랗게 집 안을 울렸다. 무슨 내용인지는 알 수 없었지만 서로가 그 일이 잘못되었다고 우겼다. 나는 조마조마해서 숨을 죽이고 전등까지 꺼버렸다. 그때 나는 어머니가 나뿐만 아니라 김씨에 대해서도 경우에 따라서는 찬바람이 휙휙 일도록 쌀쌀맞다는 것을 알았다. 한참 뒤 김씨가 방문을 우당탕 열고 나오는 소리가 들렸다.

"다시는 오나 봐라."

그는 씨근덕거리면서 내질렀다. 그가 어지간히 화가 나 있는 듯싶었지만 나는 부드럽게 웃음 짓던 얼굴밖에 상상할 수가 없었다.

"맘대로 하란 말이에요."

어머니는 매도하듯 대꾸했다. 김씨는 신발장을 열고 구두를 꺼내 신는 모양이었다. 어머니와 김씨 사이에 놓여 있는 팽팽

한 긴장이 내게까지 전달돼 왔다.

이윽고 김씨는 대문께로 뚜벅뚜벅 걸어나갔다. 그때였다. 어머니가 뛰어나와 그 뒤를 따랐다. 하지만 그때는 이미 대문이 소리를 내며 닫힌 뒤였다. 그날 밤 나는 안방에서 새어나오는 흐느낌 소리를 들었다. 그가 다시는 오지 않으리라고 생각되자 나는 알 수 없는 허전함을 맛보았다. 그러나 그가 다시 오지 않으리라는 추측은 빗나갔다. 그는 하루도 못 넘기고 다시 찾아왔던 것이다.

그녀와 내가 방 안에 들어섰을 때도 어머니는 고양이와 함께 있었다. 나는 그녀를 어머니에게 소개시키고 나서 선물 꾸러미를 내밀었다.

"건 뭐냐?"

가고 나면 끌러보라는 내 말에 아랑곳도 하지 않고 어머니는 선물 꾸러미를 끌어당겼다. 그리고 그 자리에서 포장을 뜯어냈다.

"아니, 이건?"

선물 꾸러미를 펼친 어머니는 너무나 뜻밖인지 한참 동안 넋을 잃고 있었다. 어머니의 얼굴에 뱀의 비늘 같은 경련이 한 차례 지나갔다.

"어머니 다니던 가게에 가서 똑같은 걸루 주문했어요."

나는 아무것도 아니지 않느냐는 투로 시치미를 뗐다.

"엉뚱한 녀석."

어머니는 그녀가 있든 말든 그렇게 신음하듯 말했다. 그러더니 마침 지나가는 고양이를 한 손으로 붙잡아 목덜미를 가볍게 주물렀다. 나는 어머니의 기분이 상했다 하더라도 개의치 않을 배짱이었다. 어머니로부터 떠나가는 일을 확인하는 요식 행위니까 어머니 쪽에서 어떻게 받아들여도 운명에 지나지 않는다고 생각했다. 고양이를 만지작거리는 어머니의 손길이 차츰 탐욕스럽게 악력(握力)을 가하고 있었다. 고양이는 괴로운 듯 목을 빼내려고 애를 썼다.

"어차피 이런 때가 오길 나는 기다리고 있었어."

어머니의 손에서 고양이가 빠져나갔다.

"너무 오래 달구 있어서 지겨웠던 참인데 잘됐지 뭐냐."

어머니는 담담하게 말하면서 돌아앉아 뜻밖에도 부착하고 있던 고무다리를 끄르기 시작했다. 그것은 허벅다리 그 위로 붙잡아 매어져 있었다. 나는 정말 그런 광경을 보기 위해서 음모를 꾸민 것은 아니었다. 하필이면 이 자리에서 그럴 건 무엇인가. 나는 그녀 쪽으로 눈길을 던지며 못마땅하더라도 잠시

만 견뎌보라는 신호를 보냈다. 다시 되돌아앉은 어머니의 손에는 고무다리가 들려 있었다. 그것은 방금 톱질돼 내놓은 것 같았다. 어머니는 창백한 안색이었으나, 기꺼이 순장된 과부와 같이 이미 세상의 영욕을 초월한 듯이 보였다.

"오랫동안 난 이걸 내 몸에 지녀왔다. 새걸 가져왔으니 이제 이건 너한테 주마. 언젠가는 그렇게 될 거였으니까."

"뭘 말이에요?"

나는 얼떨떨하게 말했다.

"사실이지 난 니가 집을 나갔을 때는 미워할 게 없어져서 늘 맘이 비어 있었다. 니 아버지가 세상을 떠나자 난 줄곧 누군가 미워해야만 직성이 풀렸으니까. 그런데 막상 너밖에는 미워할 사람도 없었던 거야. 믿을 게 없어진 셈이지."

어머니는 넋두리처럼 늘어놓았다.

그 말을 듣고 있던 나는 갑자기 큼직한 망치가 머리에 와닿는 듯했다.

"그이가 위독하다는 전갈을 받고 나는 멀고 먼 곳까지 단숨에 갔었다. 얼마나 애타게 기다리던 소식이었는데, 그게 그랬으니…… 장가구(張家口)라는 곳이었지…… 그땐 여름이 시작되고 있었다. 장가구, 장자커우……"

어머니의 목소리는 높낮이가 고르지 못했다. 어머니는 자제력을 발휘하려는 듯 숨을 몰아쉬었다.

"대륙 깊숙이 자리 잡은 차하르(蔡哈爾)의 성도(省都)였지. 유명한 만리장성의 관문이기도 해. 거기서 영하(寧夏)를 거쳐 양주(涼州)를 지나면 천산의 남로(南路)로 접어든다. 감숙회랑(甘肅回廊)을 통해 멀고 먼 서역 지방에 이르지."

어머니는 단숨에 주문 외듯 줄줄이 엮어나갔다. 실제로 그 얼굴은 신이 지핀 듯 보였는데, 멀고 멀다는 말 때문일까, 어머니의 얼굴 자체도 아득히 먼 데 있다는 착각을 불러일으켰다. 그리고 나는 나대로 "아, 서역" 하면서 신음에 가까운 소리를 내었다.

"거기엘…… 가셨더란 말이지요?"

나는 여러 지명이 한꺼번에 나오는 통에 정신이 산란했지만 서역이란 말만은 똑똑히 기억할 수 있었다. 그것은 어머니의 입에서도 몇 번 나왔던 말이었던 것이다. 어머니의 눈에서는 인광같이 푸른빛이 요기를 띠고 번쩍였다.

"아니, 난 장가구까지만 갔었지. 거기서 서역까지는 부산에서 서울 거리의 일곱 배가 넘어."

"멀고 먼 곳이군요."

"그래."

"그래서요?"

"장가구의 연락처까지 갔을 때 네 아버지 소식을 들었어. 돌아가셨다고…… 취(曲)라는 여자가 말해주었어."

어머니는 갑자기 숨이 차는 모양으로 헉헉거렸다. 내 머리에는 아무것도 제대로 들어와 박히지 않았다.

"무슨 말씀인지 통 모르겠군요."

나는 머리를 절레절레 흔들었다.

"모르겠는 건 나두 마찬가지야. 모든 걸 자세히 알기만 했어두 내가 네 아버질 그렇게 원망하지두 않았을 게구, 또 너도…… 네 아버진 날 그렇게 기다리다가 장가구를 떠났으니까. 그땐 이미 죽은 사람이나 다름이 없었다는 게야."

"그런데 왜 먼 길을 떠났나요?"

"건 아무도 몰라. 취란 여자 말에 의하면 곧 죽어도 길을 떠나지 않으면 안 된다구 그랬다는 게야."

"취가 누군데요?"

"네 아버지의 아내 행세를 한 여자야. 돈을 받고, 그렇게 해서 부부로 가장했대. 중국에선 흔한 일이었지. 아버지가 위독하다는 전보를 친 것도 그 여자였어. 아버지는 정말 위독하셨다는 게야. 그런데두 막무가내로 길을 떠났대. 서역 땅으로."

"서역에는 뭣 때문인가요?"

"거기서부턴 나두 알 길이 없지."

어머니는 후우 하고 깊은 한숨을 쉬었다. 나는 역마살이 끼어서가 아니었겠느냐고 말하려다가 그만두었다. 아버지가 그토록 아픈 몸을 이끌고 길을 떠나야 했다면 피치 못할 사정이 있었으리라고 생각된 때문이었다.

"다만…… 이걸 열어보도록 해…… 취로부터 받은 유일한 유품인데…… 장가구를 떠나 몹쓸 놈들의 총질에 다리 하날 잃어버리면서두 어떻게 그걸 간수해왔는지 모르겠다."

어머니는 말했다. 나는 영문을 알 수가 없었다. 어머니는 빙그레 웃음까지 지어 보였다.

"가운데 뼈가 있음 직한데 뚜껑이 있다."

"뚜껑이요?"

나는 그것을 받아들고 조심스레 살펴보았다. 과연 한가운데에 병마개 모양의 뚜껑이 있었다. 뼈의 절단면처럼 생긴 것이었다. 나는 엄지와 검지를 그 위에 갖다 대고 가볍게 누르며 왼쪽으로 돌려보았다. 쉽게 돌아갔다. 그 속에서 나온 것은 뜻밖에도 작은 두루마리였다. 나는 어떤 비적(秘跡)을 행하는 무격(巫覡)의 제자라도 된 양 온몸이 덜덜 떨렸다.

"이게 뭐지요?"

"펼쳐봐."

어머니도 격앙된 목소리였다. 그녀는 아까부터 아무 소리도 입 밖에 내지 못하고 한 귀퉁이에 작게 웅크리고 이 모든 의식(儀式)을 겁먹은 눈초리로 지켜보고만 있었다.

두루마리를 펼치자 글자가 나타났다.

"네 아버지의 필적이야. 첫머리를 봐."

"이것이……"

"응, 난 그걸 몇 번이나 읽었는지 몰라. 오랫동안…… 가장 안전한 데 숨겨가지구…… 그냥 그때그때의 감회를 적은 거지만 그걸 읽을 때마다 마음이 가라앉았어. 그 뒤를 보렴."

"네."

어머니는 눈을 지그시 감고 두루마리의 글자들을 외워 내려갔다. 어머니가 외고 있는 부분은 이를테면 머리말이었다. 어머니는 한참 동안을 외워 내려갔다. 처음 대하는 나로서도 비장한 감회를 읽을 수 있는 듯하였다. 중간 부분에서 아까 어머니가 말한 지명들이 등장하고 있었다. 어머니는 그 부분을 기억해서 말했던 것이리라.

"……장부(丈夫) 태어나 어찌 하늘에 부끄러운 짓을 하리요. 삼위태백(三危太伯)은 우뚝하여 만고에 변함이 없으니 뜻을 향하여 가는 이 몸 풍찬노숙(風餐露宿)에 더욱 굳세리라."

아버지의 뜻이 무엇인지는 밝혀져 있지 않았다. 나는 숙연해지는 마음을 붙잡고 어머니를 바라보았다. 어머니는 소녀같이 해맑은 얼굴이었다. 나는 가슴이 꽉 막혀 왔다. 바로 그 순간을 위해 내가 그렇게 어머니를 적대시하였고, 어머니 또한 그래왔다고 느껴졌다. 모든 것을 깨달은 느낌이었다. 나는 얼마나 어머니를 그리워해왔으며 또한 어머니는 얼마나 나를 받아들이기를 원해왔던 것일까.

"아버지는 일본군에서 도망치신 거야."

"일본군…… 도망…… 서역 땅……"

나는 말을 더듬었다. 일본군에 징용당해 중국으로 끌려간 많은 한국인들이 있었다. 그리고 도망친 사람들도 꽤 있었다는 사실을 나는 알고 있었다. 나중에 안 바로는 그들 대부분은 독립군에 가담했는데, 일부는 러시아 혁명군이 되기도 했다는 것이었다.

어느 틈에 어머니는 내가 선물한 의족을 다리에 부착시키고 있었다. 나는 멍하니 앉아서 방금 어떠한 일이 일어났던가 되새겨보려고 가늠하고 있었지만 갈피를 잡을 수가 없었다. 이윽고 어머니가 웃음을 띠고 그녀에게 말을 건넸다.

"언제부터 우리 앨 알았지, 응?"

그 말은 들은 그녀는 갑자기 무엇이 부끄러운지 그녀답지 않게 몸을 배배 꼬며 얼굴이 빨갛게 되었다.

그리고 얼마나 시간이 흘렀던가. 우리는 마침내 바다로 온 것이었다. 우리는 숙박업소와 음식점들이 몰려 있는 곳에서 벗어나 얼마쯤 더 걸어 올라갔다. 어떤 곳을 찾는다는 서로의 의사 교환도 없이 우리는 멀리 떨어져 있는 한 건물을 보고 있었던 것이다. 둘 다 눈이 어지간히 나빴지만, 그 이층 건물이 여관이라는 사실은 분명해 보였던 모양이었다. 길 저쪽으로 바다에 바짝 다가붙은 집이었다. 이미 솔숲은 끝나 있었고 바닷가로 휘어 돌아가는 길은 갑자기 전형적인 시골길처럼 변해 있었다. 바다가 한결 가까워졌다. 바닷가로 올라온 큰 고래가 잔 이빨을 드러내듯이 파도가 희게 드러나고 있었다. 그 여관은 이상하게 동떨어져 있었다. 그렇다고 해서 특별히 시설을 잘 갖추고, 다른 여관하고는 급이 다르다는 투로 동떨어져 있는 것도 아니었다. 건물은 겉부터 낡을 대로 낡아 있었고 간판조차 칠이 희뜩희뜩 벗어져 있었다. 그런데도 우리는 그 집으로 향해 갔다. 밤이면 바닷소리로 베개를 삼을 만큼 바다가 가깝다라는 것이 내가 그 집으로 향해 가는 까닭이라고 생각했다. 낡고 시설이 형편없어 보였지만, 만약 저 집에서 손님을 받지 않는다면 낭패다 하는 생각까지 들었다. 그녀가 아무런 저항감도 보이지 않는 것은 나와 같은 생각이기 때문이라고 나는 믿었다. 그때 나는 여관 한 모퉁이에 전혀 어울리지 않게 파밭이 있는 것을 보았다. 몇 대궁 솟아 있는 파에는 플라타너스 열매 같은 파꽃이 피어 있었다. 실상 그것을 파밭이라고 하는 것은 과장이다. 누군가가 몇 뿌리 심어 먹으려고 놔두었던 것이 마침내는 꽃까지 피었다고 보아야 했다. 파꽃은 봄에 피는데…… 하면서 백록색의 꽃을 살펴보았다. 파는 씨를 받을 목적이 아니면 꽃이 피기 전에 캐 먹는 것이 보통이기 때문에 꽃을 본다는 것은 어려운 일이었다.

파꽃을 보는 것과 함께 나는 그녀와의 동서 생활에 대해 다시금 생각이 미쳤다. 그녀는 파라면 아예 머리를 내저었다. 어쩌다 둘이서 설렁탕집에 들러 한 그릇씩 시켜 먹을 때도 파가 미리 넣어져 있을라치면 젓가락으로 일일이 건져내야만 했다. 설렁탕을 좋아한다면서 파를 안 넣어 먹다니. 그것은 냉면을 좋아한다면서 식초와 겨자를 안 넣어 먹는 것과 같다고 말해도 소용이 없었다. 그녀의 파는 모두 내 뚝배기로 옮겨졌다. 그녀가 파를 싫어하게 된 것은 먹으면 잠이 오기 때문이라고 했다. 그만 꼼짝을 못한다는 것이었다. 양파 한 알을 썰고도 눈시울이 무거워지는 그녀였다.

"북(北) 호텔 같군요."

이층으로 올라가는 나무 층계는 삐걱거렸다. 나는 그녀가 언젠가 읽은 문고판의 소설책《북 호텔》을 연상하는 게 당연하다는 느낌이 들었다. 그녀는 낡고 스산한 호텔을 연상하고 있는 것이었다. 이층을 목조로 증축한 듯한 여관은 모든 시설이 엉망이었다. 우리는 방 안에 들어가서도 앉지 못하고 서성거렸다. 방바닥은 모래가 서걱거리며 밟혔다. 왜 이렇게 손을 안 보느냐는 물음에 종업원 아이는 재개발 사업으로 곧 헐리게 된다고 퉁명스럽게 대답했다. 그래서 이미 버려지다시피 한 집이었다.

"오히려 잘됐지 뭐예요. 다신 못 와볼 집이니까."

그녀는 오히려 흡족한 표정이었다.

"자, 어서 나가자구. 뭘 먹어야지."

나는 여행 가방을 한쪽으로 밀어놓았다. 막상 방을 구해 들었으나, 뭘 먹기 위해서가 아니더라도 그 방에서 벗어나고 싶은 심정이었다.

우리는 여관에서 나와 온 길을 되돌아갔다. 벌써 하늘에는 저녁 기운이 감돌고 있었다. 무엇 때문에 우리는 바닷가로 오게 되었을까. 을씨년스러운 여관방을 보는 순간 나는 생각했었다. 언젠가 우리는 헤어지지 않으면 안 된다. 그러기 위해서는 어떤 계기가 필요하다. 우리는 동화되지 못하고 지나치게 오랫동안 의미 없는 동서 생활을 계속해왔다. 그 생활은 마치 늪에 빠진 생활 같았다. 우리는 더 이상 한 발짝도 나아갈 수 없다고 느끼고 있으면서도 먼저 말을 못 꺼내고 있는 것뿐이었다. 그 방에 들어섰던 순간 나는 이제 마지막이다 하고 암울하게 깨달았다. 우리는 서울로 돌아가는 그때부터 기억상실증 환자처럼 과거를 잊고, 이 세상에서 한 번도 만나지 않았던 사람들처럼 얼굴을 돌리고 살아가게 될 것이었다. 나는 입술을 꼭 깨물었다. 하지만 헤어지고 나서 무엇을, 어떻게 한다는 계획은 없었다. 다만 헤어짐을 우리들의 새로운 출발, 새로운 시작으로 삼아야 한다는 것만은 뚜렷하게 떠올랐다.

"이거 소라 아녜요?"

그녀는 수조 앞에 놓여 있는 플라스틱 함지를 들여다보며 생기 있게 말했다.

"그렇지. 소라도 한 마리씩 달라구 그럴까?"

나는 소라를 물에서 건져냈다. 소라의 속살이 안으로 깊이
움츠러들었다. 그녀는 함지 속의 다른 소라들을 톡톡 건드리
고는 그 움츠러드는 모양에 아이처럼 즐거워하고 있었다. 이
여자에게도 이와 같은 면모가 있었던가. 나는 꽤 오랫동안 같
이 살아온 여자가 아닌 다른 생소한 여자를 보는 느낌이었다.
그와 함께 소리가 새가 된다는 엉뚱한 어떤 이야기가 머릿속
에 떠올랐다. '소라고둥이 천 년이 지나면 파랑새가 된다'고 말
한 이는 정약전(鄭若銓)이라는 조선시대 사람이라고 했다. 과
학적으로 본다면 어처구니없는 관찰이었다. 소라가 새가 된다
는 것은 있을 수 없는 일이었다. 그러나, 나는 문득 생각했다.
천 년이란 세월이 꼭 천 년을 곧이곧대로 이르지 않고 무궁한
어떤 세월을 이르는 것이라면 소라가 새가 되지 못한다고 장
담할 수도 없는 일이었다. 진화론에서는 원숭이가 사람이 진
화했다고 하며, 또 더 길게 잡아 말하면 육지의 동물은 모두
물고기 같은 것에서부터 진화했다고도 했다. 이른바 시조새의
화석이란 것에는 새의 날개에 짐승 앞발과 같은 발톱이 날카
롭게 돋아 있었다. 그러니까 네발짐승의 앞다리가 날개가 된

216

것이었다. 쥐가 새가 된다고 하면 쉽게 믿기지 않을 것이다. 그러나 박쥐는 새가 아닌데도 새처럼 날아다닌다. 진화론의 입장에서는 몇억 년이 지나서 소라가 새가 되어 날아다닌다고 해서 이상할 것도 없는 것이다.

"소라가 오래되면 새가 된대."

음식이 날라져 왔을 때 나는 정색을 하고 말했다.

"새가요?"

"응."

"날개 달린 새 말이에요?"

"날개 안 달린 새도 있나?"

나는 비로소 웃음을 떠어주었다.

"그짓말."

그녀도 따라서 웃음을 머금었다.

"아냐, 거짓말이 아냐. 굼벵이가 매미가 된다는 걸 상상이나 할 수 있겠어?"

"굼벵이, 못 봤어요."

보고도 못 보았다고 할 수 있는 것이었다. 그녀가 동식물에 대해서는 거의 백지상태라는 것을 나는 알고 있었다. 언젠가 방 안으로 들어온 납작한 갑충을 보고 거북이 새끼라고 했던 그녀였다.

"굼벵일 못 봤다면, 그럼 올챙이가 개구리가 된다는 걸 상상해봐."

"거야 이상할 게 뭐 있어요. 당연한걸."

나는 더 이상 말을 이을 수가 없었다. 소라가 오래 묵으면 새가 된다는 것은 올챙이가 개구리가 되는 것과는 달랐다. 그리고 설령 아득한 미래에 어떤 망측한 생물학적 변이로 말미암아 소라가 새가 된다고 하더라도 그것은 우리와는 아무 상관도 없는 일이었다. 몇억 년은커녕 몇십 년 뒤면 우리는 이 세상 사람이 아닌 것이었다. 그래서 나는 밥을 한 숟가락 떠 입에 넣으면서 "아무튼 새가 된대, 파랑새가" 말하고는 우물우물 먹는 데만 열중했다. 실상 나는, 애초부터 그녀가 소라를 보고 "내 귀는 소라 껍데기, 바닷소리를 그리워합니다" 하는 투로 이야기를 전개시키지 않는 것만도 고마울 뿐이었다. 그런 간지러운 시구절로 우리의 헤어짐이 장식되어서는 안 되었다.

소라고둥이 천 년을 묵으면 파랑새가 된다.

내가 어처구니없는 이야기를 굳이 꺼냈던 것은 그녀의 상상력을 혼란시키려는 의도가 깃들어 있었다고 보아진다. 하지만 모든 것이 부질없는 짓이었다. 아득한 미래가 아니라 지금 당장 함지 안의 소라가 빨강새나 노랑새가 되어 퍼덕거리며 날아간다 한들 그것이 우리의 삶에 무엇이란 말인가. 다만 나로서 감당해야 할 것은 어떻게 하면 자연스럽게 일을 연출하느냐 하는 문제뿐이었다.

"소라는 똥이 맛있어."

나는 뱅뱅 돌려 나온 고깔 모양의 까만 부분을 집어 들었다.

"쓰지 않아요?"

"그럼. 고소해."

그러나 그녀의 젓가락은 생선회 쪽으로 갔다. 그 뒤로 우리는 이렇다 할 말을 나누지 않았다. 그나마 대화를 중단하자 식당 안은 선풍기 돌아가는 소리만 요란했다.

음식점을 나섰을 때는 날이 어느 결에 어두워져 있었다. 우리는 긴 둑 같은 그 길을 어슬렁거리며 산보하듯 걸어 여관으로 돌아왔다. 어둑어둑한 가운데 여관은 더욱 낡아 보였고, 아직 더위도 채 오지 않은 계절에 홀로 가을을 맞고 있는 것 같았다. 우리는 곧 쫓겨날 셋방으로 들어가는 사람들처럼 엉거주춤한 채 열쇠를 받아 들고 삐걱거리는 층계를 밟고 이층으로 올라갔다. 여관을 통틀어 손님이라곤 우리뿐인 듯싶었다.

"몇천 리 밖으로 온 것 같아요."

그녀가 방에 들어가 커튼을 젖히며 말했다. 나도 같은 감정이었다. 우리는 불과 댓 시간 버스를 달려왔을 뿐이며, 이 좁은 땅 덩어리에서 몇천 리 밖이란 아예 없는 것이었다. 그런데도 우리가 몇천 리 밖으로 왔다고 느끼고 있는 까닭은 무엇이었을까. 창밖에서 바다는 청대(靑黛) 빛으로 검푸르게 어둠에 물들어가고 있었고, 그 가장자리에서 파도가 희미하게 부서지고 있었다. 자, 이제부터는 진짜 이별 연습을 해야 하는 것인가. 나는 방에 붙어 있는 화장실로 서성거리듯 가서 욕조에 물을 틀었다. 수도꼭지에서 녹물이 조르르 흘러나왔다. 나는 주머니에 손을 넣고 망연히 서 있었다. 맑은 물이 나온다고 해도 욕조에 들어갈 생각은 처음부터 없었다. 그때 나는 담배가 떨어졌다는 사실을 비로소 알았다.

내가 허겁지겁 돌아서서 담배를 사오겠다고 말하자 그녀는 무슨 일이 일어났는지 어리둥절한 표정으로 내 얼굴을 살폈다. 잘못 들은 모양이었다.

"담밸 사와야겠어. 몇 개비밖에 없어."

나는 용서를 빌듯 말했다.

"아래층에 갖다놓은 거 없을까요?"

담뱃가게까지는 너무 멀다고 그녀는 말하고 있었다.

"있을 턱이 없지. 물도 제대루 안 나오는데. 제기랄."

나는 투덜거리면서 황망히 방문을 열고 나왔다. 하기는, 담배가 떨어지면 내가 불안해서 견디지 못하는 줄은 그녀도 잘 알고 있었다. 나는 밤 열두 시가 가까워서 곧 잠이 들 것이 분명해도 담뱃갑이 홀쭉하면 담뱃가게까지 뛰어갔다가 와야만 했다. 바깥으로 나오자 초여름 저녁바람이 상쾌했다. 나는 바삐 걸었다. 담배를 사는 것이 목적이었고, 담뱃가게까지 꽤 멀었지만, 나는 온몸이 무슨 억압에서 벗어난 듯 홀가분했다. 그녀가 있는 그 여관으로부터 벗어났다는 해방감이었다. 그 홀가분함에 나는 스스로 놀랐다. 알 수 없는 일이었다. 여태껏 느껴보지 못했던 감정이었다. 내가 이토록 그녀와 헤어지기를 간절히 바라고 있었던가 생각하니 우스꽝스러운 느낌마저 들었다. 나는 뛰다시피 여관에서 멀어져갔다.

어렸을 적 일이었다. 바닷가에서 자란 나는 우연히 이웃집 계집애와 함께 모래밭에서 놀고 있었다. 그날의 앞뒤 사정은 전혀 기억할 수 없지만, 그때 나는 어쩐 일로 그 애와 옷을 홀딱 벗고 물에 들어갔다가 나와서 모래장난으로 한나절을 보냈다. 심리학자들의 말에 따르면 누구나 어린 시절에 모래장난, 흙장난에 몰두하는 시기를 갖는다고 하는데, 아마 그런 시기였던 듯싶다. 물에 젖은 모래를 쌓아올렸다가 허물어뜨렸다가 하면서 우리는 시간 가는 줄을 몰랐다. 그때였다. 갑자기 그 애가 말했다. 해가 진다. 정말 둥그렇게 붉어진 해가 서산으로 넘어가고 있었다. 큰일 났다. 빨리 집에 가야지. 우리는 벌떡 일어났다. 그러나 어찌된 일일까. 옷을 숨겨놓은 곳을 찾을 수가 없었다. 처음에 물에 들어갈 때 모래로 파묻은 것이 잘못이었다. 하지만 분명히 도드라지게 표시를 해놓지 않았던가. 겁이 덜컥 났다. 그럴 만한 곳을 다 파헤쳤지만 옷은 나오지 않았다. 우리는 벌거벗고 울상이 되어 모래밭을 헤맸다. 헤매면 헤맬수록 옷을 파묻은 곳은 점점 더 묘연해졌다. 어둠이 짙어졌을 때는 누가 먼저랄 것도 없이 우리는 훌쩍훌쩍 울먹거렸다. 그래도 우리는 모래밭을 헤매기만 했다. 만약 어른들이 찾아오지 않았다면 우리는 아마 그렇게 밤을 꼬박 새웠을지도 몰랐다.

나는 그때를 회상하며 모래밭으로 걸어 내려갔다. 바다는 어둠 속에 가라앉아 둔중하게 기우뚱거리고 있는 것 같았다. 달도 뜨지 않으려는가, 희게 부서지던 파도도 어두운 고기의 지느러미처럼 언뜻언뜻 솟아 보일 뿐이었다. 전등불들이 멀리서 유아등(誘蛾燈)처럼 빛났다. 나는 어둠 속을 어정거렸다. 돌아보니 낡은 여관의 이층 방에서는 창백한 형광등 불빛이 외롭게 비쳐 나오고 있었다. 그 불빛은 먼 다른 세상에서 비쳐 나오고 있었다. 그와 함께 어떤 충동으로 나는 옷을 벗기 시작했다. 옛날 일을 회상했던 때문만도 아니었다. 완전히 옷을 벗은 나는 알몸으로 주위를 걸어다녔다. 어둠 속에서는 옷을 입은 것보다 벗은 게 더 안 보인다지. 나는 투명인간이라도 된 양 자유롭게 걸어다녔다. 모든 속박으로부터 벗어나서 한 사람의 진정한 자유인이 된 느낌이었다. 나는 아무도 없는 바닷가를 지금 막 물고기에서 진화된 무슨 짐승처럼 어슬렁거리며 돌아다녔다.

갑자기 파도 소리가 높아지며 하늘 가득히 새들이 날았다. 소라고둥이 변한 새들이었다. 새들은 별처럼 까마득히 눈을 반짝이며 날았다. 천 년을 묵어 탈바꿈을 한 소라들. 태풍으로 뒤집힌 바다 밑에서 곤두박질치며 하늘로 솟아 새가 된 소라들. 몇억 년을 묵은 소라들. 껍데기를 벗어던지고 대신 날개를 단 자유.

그 뒤 얼마 지나지 않아 그녀는 어떤 남자와 결혼했다. 얼마 지나지 않아서의 그 얼마를 구태여 따진다면 두 달 열흘이었다. 그렇다면 내가 그렇게 꿈꾸어왔듯이 그녀 또한 헤어짐을 꿈꾸어왔다는 말이 된다. 내가 그날 밤 경찰관에게 끌려, 아래만 겨우 어떻게 가리고, 여관으로 돌아갔을 때 그녀는 벽에 기대어 잠들어 있었다.

그리고 다시 얼마 뒤 나는 김춘수(金春洙) 선생의 〈누란(樓蘭)〉이라는 시를 읽을 기회가 있었는데, 그 시는 '과벽탄(戈璧灘)' '명사산(鳴沙山)' 같은 어려운 글들로 이루어져 있었다. 그 가운데 '명사산'에서 나는 멈추었다. 그 시에는 이런 구절이 있었다.

명사산 저쪽에는 십 년에 한 번 비가 오고, 비가 오면 돌밭 여기저기 양파의 하얀 꽃이 핀다. 언제 시들지도 모르는 양파의 하얀 꽃과 같은 나라 누란(樓蘭).

누란, 중국 발음 로우란. 서역 땅 그곳으로 아버지가 꼭 갔으리라는 보장은 없었다. 그러나 나는 서역 땅 그곳으로 가는 한 사내를 머릿속에 그렸다. 아울러 양파꽃과 파꽃이 어떻게 다른지는 알 수 없어도, 파를 그렇게 먹기 힘들어하던 그녀를 생각했고, 또 파꽃이 피어 있던 그 여관을 생각했다. 로우란은 서역 땅의, 폐허가 된 오아시스 나라였다. 그 여관도 지금쯤 흔적 없이 뜯겼을 것이다. 그 사랑은 끝났다. 나는 로우란 근처에서 발견된 미라를 머리에 떠올렸다. 그 미라를 덮고 있는 붉은 비단 조각에는 '천세불변(千世不變)'이라는 글자가 씌어 있었다. 언제까지나 변치 말자는 그 글자에 나는 가슴이 아팠다. 그러나 미라는 미라에 다름이 아닌 것이었다.

미라와 그리고 언제 시들지도 모르는 양파의 하얀 꽃이 피는 나라. 그것은 바로 우리의 만남인가. 세상 모든 만남이 그런 것인가. 아니, 폐허와 같은 사랑도 어떤 섭리의 밀명(密命)을 띠고 있는 것인가.

사랑의 돌사자

나는 그녀의 옆얼굴을 보았으나 그녀는 나를 보지 못했다. 우선 그것은 다행이었다. 내가 상대방을 알아본 반면 상대방은 나를 알아보지 못한 상황이란 그것이 어떤 상황이든, 절대적으로 내게 유리하게 되어 있었다. 그러나 과연 무엇이 유리하다는 것인지에 대해서는 미처 생각할 겨를도 없이 나는 그렇게 여기고 있었다. 그러므로 나는 '우선 그것은 다행'이라고 할 수밖에 없는 것이다.

그녀의 옆얼굴은 지쳐 보였는지도 모른다. 아니면 그녀 특유의 위장술로 전혀 무표정하게 보였는지도 모른다. 아니면 짐짓 기쁘게 보였는지도 모른다. 그녀의 옆얼굴을 확실히 보았음에도 불구하고 이렇듯 애매하기만 한데, 이 또한 모두 당연하게만 여겨지는 것도 이상했다. 어쨌든 틀림없는 그녀였다. 내가 그녀를 알아본 이상, 이제는 그녀가 어떤 얼굴을 하고 있건 그것은 하나의 얼굴일 수밖에 없었다. 저쪽 바깥의 어둠 속에서 번쩍이는 네온사인이나 명멸등의 불빛으로 그녀의 얼굴이 찰나의 변화를 가져왔다고 해도 그만이었다. 그녀는 그 삼류 여관의 시멘트 층계에 올라서서 내게 얼굴을 보인 것이었다. 나는 언제였던가 파꽃이 피어 있던 바닷가 여관을 떠올렸다. 그녀는 물론 남자와 함께였다. 그녀가 남편이든 누구든 남자를 동반했다고 해도 나와는 아무 관계도 없는 일에 지나지 않았다. 그녀 자신조차 이제 내게는 남에 지나지 않는 판국에 그녀가 동반한 남자가 무엇이란 말인가. 아무것도 아니었다. 하지만 나는 여관의 층계 위에 올라오는 그녀의 귓불에 빛나는 귀고리를 본 순간, 그 남자의 존재를 의식하고야 만 것이었다. 아니, 정확하게 말하면 귀고리 자체가 아니라 그 귀고리의 반짝임이었다. 그것은 아마도 어느 나이트클럽의 네온사인에서 비쳐 나온 불빛을 받은 반짝임이었을 것이다. 그 순간적인 작은 반짝임이 왜 그 남자를 강하게 의식하게 만들었는지는 알다가도 모를 일이었다. 귀고리의 용도에 대해 늘 머리를 갸우뚱해온 나는 그제야 뭔가 알 듯하다고 깨달았던 것 같기도

하다.

"방 있지요?"

잠시 뒤에 나는 그녀의 동행인 남자가 묻는 소리를 들었다. 그가 들여다보며 묻고 있는 작은 창구 속에는 젊은 여자 몇이 앉거나 서 있을 것이었다. 혹은 화투장을 들여다보며 새(鳥) 마릿수를 세고 있을 것이었다.

그녀가 남자와 동행이었듯이 나도 여자와 동행이었다. 그 남자가 물은 것처럼 나도 조금 전에 그렇게 물었다. 방 있지요? 내 말투는 안도감과 동시에 피로감에 젖어 있었다. "호텔은 비쌀 테니까 장급 여관에 들자구" 하고, 변변치 못한 주제나마 어떤 여유를 짐짓 나타내면서, 장급이라는 여관을 찾아헤맨 끝이었다. 빈방은 쉽게 없었다. 나로서도 실은 잘 설명할 길이 없기는 했다. 그전에 함께 누워 잠잘 방이 필요해서 깊은 밤에 두 마리 부나비처럼 여관 불빛을 향하고는 했으면서도, 무엇 때문에 여관이 그렇게 많아야 하는지조차 나는 알 수가 없었다. 우리 같은 남녀가 그렇게 많다고도, 실제로 여행자가 그렇게 많다고도, 아니면 그 방방마다에 어떤 끔찍한 흉계가 꾸며지고 있다고도 믿기지 않았다.

"전에 왔던 데, 저길 다시 갈 거야 없겠지. 시설도 신통찮고."

나는 온천마을 한가운데를 가로지르는 다리를 건너 성관(城館)처럼 서 있는 집을 가리켰다. 예전에 한 번 왔던 곳이었다. 그녀는 그 집도 마치 처음 본다는 얼굴이었다. 사실은 나 역시 땅거미 내리는 마을 어귀에 발을 디뎠을 때, 와봤다는 느낌을 전혀 가질 수가 없었더랬다. 거리는 휘황찬란하게 변해 있었고, 많은 사람들이 우왕좌왕하고들 있었다. 더덕을 구워 팔던 작은 목롯집은 카페라는 이름을 달고 있었는데, 그것도 간신히 더듬고 더듬어본 추측 장소에 지나지 않았다. 하지만 내가 그 성관 같은 여관을 모를 리는 없었다. 그곳도 '장급' 여관이었다. 저 여관을 찾아들 무렵 우리는 서로의 과거를 질투하면서 조심스럽게 앞날을 내다보았다. 개울물 소리를 배경으로 걸어 내려와 한 잔의 막걸리를 합환주로 나누어 마시며 그 막걸리 사발을 구리거울 삼아 미래를 들여다보았었다.

"아무 데나. 벌써 어두워지고 있는데."

그녀는 옛 여관을 한참 동안 보고 있었으나 시설이 신통찮다는 데는 동감의 몸짓을 해주었다. 나는 조금은 막연한 심정이 되어 이리저리 눈길을 돌리다가 붉은색의 벽돌집 쪽으로 발길을 옮겨놓았다. 언뜻 인도의 성채들은 거의가 저런 빛깔의 적사암(赤砂岩)이라는 돌로 쌓여 있다는 지식이 떠올랐고,

그와 함께 '아늑한 산속의 온천 휴양지'라고 홍보 책자에 써놓았으면서 거대한 성채를 연상시키도록 여관들을 마구잡이로 지어놓은 것이 걸맞지 않게 다가왔다.

"빈방 있습니까?"

성채의 문지기 같은 젊은 남자에게 나는 물었다. 그러나 그 것은 있느냐 없느냐는 물음이 아니라 방으로 선뜻 안내해달라는 뜻이었다. 그러자 그는 어딘가 아니꼽다는 기색으로 힐끗 눈자위를 보이며 우리를 곁눈질했다.

"없어요."

그리고 곧 퉁명스러운 대답이 돌아왔다. 나는 내 귀를 의심했다. 그것은 상상조차 못했던 대답이었다.

"네?"

"빈방이 없다니까요."

그는 이제 아예 쳐다보지도 않았다. 그 순간 나는 조금 전의 그의 눈길이 우리의 신분을 알아보려고 던진 눈길이었고, 그 눈길에 우리가 통과하지 못했다고 생각되었다. 그 눈길은 혹시 우리를 정사(情死)를 꿈꾸며 막다른 골목으로 찾아든 남녀로 보았을 수도 있었다. 아니면 지나치게 초라한 꼬락서니의 행려병자들로 보았을 수도 있었다.

"아무 방이면 되는데……"

그녀가 사정투로 말을 붙였다. 나는 공연히 울컥하는 심정
이었으나 "가, 어서" 하고 그녀의 옷자락을 잡아끌었다. 방이
과연 있든 없든 거절을 당한 이상 할 말이 없는 것이었다. 우
리를 막다른 골목에 이른 남녀 행려병자로 보았다면 어쩔 수
없는 노릇이었다. 그렇다면 우리의 어느 구석엔가 그런 요소
를 가지고 있을 가능성에 대해 뒤돌아볼 일이었다.

"많은데 뭘. 다른 델 가면 되지."

나는 부리나케 앞장을 섰다. 그로 하여금 더 이상 우리를 정
사케 해서는 안 된다. 행려병자로 헤매게 해서는 안 된다.

나이트클럽의 안내 표지가 울긋불긋한 한 '장급'에서는 장
구 소리가 요란하게 울려나오고 있었다. 어둠이 짙어가면서
불빛과 소리가 요란스러워지는 게 역력했다. 그곳은 '아늑한
산속의 온천 휴양지'이기는커녕 환락의 도시였다. 우왕좌왕
하는 사람들은 마치 저 세상의 고해를 용케 피해 왔으므로 이
제 조금이라도 더 악착같이 환락의 피를 빨아야 한다고 외치
고 있는 듯이 보였다. 이 나라는 어느새 변해 있었다. 내가 모
르는 사이에 엄청나게 변해 있었다. 아닌 게 아니라 시골에서
도 계를 해서 놀러 다닌다고 들었으나 이다지 극성스러울 줄

은 몰랐다. 금방 고추밭이나 깨밭에서 달려나온 듯한 중늙은이 아낙네들은 머리에 수건을 쓰고 "노세, 노세, 젊어서 놀아"를 외치고 있었다. "한 이삼십 명 합숙할 방은 있지요. 지하실에……" 또 하나의, 거무튀튀한 빛깔의 잿빛 성관에서는 말하고 있었다. 몇십 명이 어우러져 복닥거리게 하면서 그야말로 혼숙을 시켜야만 수지가 맞는다는 이야기인 듯했다. 제주행 도라지호인가 아리랑호인가의 삼등 객실이 연상되었다. 어느 해였던가. 중년 여자의 살 사이에 하는 수 없이 머리를 디밀다시피 하고 나는 제주로 갔었다. 중년 여자는 당연한 듯 다리를 벌려 내 머리를 눌 수 있게 해주었다. 그것은 선심이었다. 그 뒤로 나는 상당한 세월을 살았지만 여자의 살 사이에 머리를 뉘고 잠들 기회는 가질 수 없었다. 그러니까 인생에 있어서, 인생 자체가 단 한 번의 기회요 경험인 것처럼, 모든 일들이 단 한 번의 기회이자 단 한 번의 경험이라 해야 한다.

"저쪽에…… 좀 외지니까 빈방이 있을지 몰라. 있을 거야."

세 번째도, 네 번째도 방을 얻기에 실패한 나는 반대쪽 어둠 속을 가리켰다.

"있겠지요. 이 많은 여관 중에."

그녀는 아직도 낙관하고 있음이 분명했다. 그러나 체념이 빠르달까 눈치가 빠르달까 나는 이미 비관 쪽으로 기울어져 있었다. 그러므로 빈방이 있을지도 모른다고 희망적으로 말하는 내게 그녀가 '없으면 어쩌죠' 하고 근심 어린 태도를 보이기를 나는 기대하고 있었다. 이렇듯 그녀가 마음의 가장 속내에서부터, 무의식의 바닥에서부터 내 마음을 읽어주지 못하기 때문에 종종 화를 내는 나를 보는 것은 내게도 괴로운 일이었다. 사실 방 따위야 정작 없어도 그만이었다. 없으면 없는 대로 아무 집 처마 밑에서나 하룻밤 지새워 갈 수도 있는 노릇이었다. 때는 늦봄이었다.

네온사인 불빛 아래 남녀가 서로 목과 허리를 부둥켜안고 그들의 방으로 걸어가고 있었다. 그들을 뒤따라간 그 외진 여관에도 그러나 우리의 방은 없었다.

"방 있겠지요?"

나는 공손하게 물었다. 그러자 사내는 어디서 오셨느냐고 되물었다.

"그냥 온 사람입니다. 어디서라는 건…… 무슨 뜻인가요?"

그러자 사내는 바쁘다는 듯 고개를 돌렸다. 그와 함께 입구 쪽에 세워 붙여놓은 글씨가 보였다. 전국관광업연수회 수료 환영. 아마도 그쪽 사람들로 가득 차 있는 모양이었다. 사내의 대답도 채 듣지 못하고 우리는 밖으로 나왔다.

"없어. 없단 말야."

나는 퉁명스럽고도 씁쓸하게 내뱉었다. 나는 이미 예상하고 있었다. 그런데 아무 걱정 없이 있으리라고 어림하고 있는 그녀의 기대를 무너뜨렸다는 것에 순간적으로 '거봐' 하는 승리감이 일었는지는 몰라도 그것은 현실에 대한 패배감의 반작용에 지나지 않을 것이었다. 방이 없는 것은 그녀의 잘못이 아니었다. 잘못을 구태여 따지자면 무작정 집을 나선 내게 있었다.

"더 찾아봐요. 어딘가 있을 테죠."

그녀는 여전히 끈기를 보이고 있었다. 어딘가에 있을 수는 있었다. 그러나 몇 개 정도 남은 '장급'은 이제 더 이상 찾아다니고 싶지 않았다. 이 집 저 집의 종업원들이 무엇인가 손님의 주문에 응하느라고 메뚜기 한철이라는 듯 분주히 날뛰는 것만으로도 사정은 충분히 알 수 있었다.

"젠장, 이거 웬일들이야. 온통 몰려들 와서 놀자판이니, 요지경이군. 아냐, 아수라장이야."

나는 투덜거렸다. 이 산골까지 와서 방을 얻지 못한다고 생각하면 어이가 없었다. 문득 눈을 들어 마을 바깥쪽을 보니 거기에는 유난히 검고 동떨어진 어둠이 도사리고 있었다. 어둠으로 겹겹 휩싸인 가운데 붉게 번쩍거리는 네온사인 불빛은 마치 외로운 절규 같아만 보였다.

"그러고 보니 지금은 어버이날에 연휴가 겹쳤어요."

그녀가 큰 발견이라도 한 것처럼 말했다.

"그랬나."

나는 비로소 그 사실에 생각이 미쳤다. 그러나 비록 그렇다고 하더라도 나는 쉽게 납득이 되지 않았다. 어둠에 휩싸인 산골마을에 몰려온 사람들이 석기시대에 갑자기 과학문명을 맞은 것처럼 어리둥절하고 있는 몰골이라고나 해야 했다.

"아예 저쪽으로 가봐요. 길 건너 저쪽."

그녀가 네온사인도 없이 다만 드문드문 형광등을 밝힌 큰 건물을 바라보았다. 어쨌든 가보는 도리밖에 없었다. 오후 늦게 점심으로 어상천(魚上川)에서 잡힌다는 송어로 회덮밥을 먹었으나 어느덧 배 속은 비어 있었다. 잘 진행되었더라면 우리는 지금쯤 산채백반에 동동주라도 한 잔 기울이고 따뜻한 식염수 온천물 속에 몸을 담그고 있어야 했다. 그러나 방을 잡는 것이 먼젓일이었다. 우리는 길을 건너 어두컴컴한 골목길로 접어들었다.

"아늑한 산속의 온천 휴양지? 이건 난장판이야. 뭐? 여자들이 벌거벗고 쇼를 한다고? 미쳤군, 미쳤어."

어떤 휴양업소의 광고 문구에 비위까지 상한 나는 볼멘소리를 했다. 그러면서도 속으로는 줄곧 정말 방이 없다면 어찌 해야 좋을지 한심한 심정이 되어 있었다. 빠듯한 생활에 게으름마저 얹혀 실로 어려운 나들이였다. 이러한 우리의 실정을 조금이라도 안다면 방은 확실하고도 아늑하게 마련되어 있어야 마땅했다. 그런데 세상은 나를, 우리를 외면하고 제멋대로 돌아가고 있었다. 예전에 우리가 처음 왔던 때만 해도 제법 한적한 정취가 있었다. 그런데 불과 몇 년 만에 산골처녀는 반라(半裸)로 다리를 번쩍번쩍 치켜들고 있게 되었다. 시대의 변천이 어떻고 저떻고를 새삼스럽게 따질 것도 없었다. 시커먼 통 속을 무심코 들여다보자 요지경이며 만화경이 펼쳐 있다는 꼴이었다.

"집에 고이 처박혀 있을걸 공연히 사서 고생이야. 이런 난장판에 와서 좋을 게 뭐람."

나는 그녀에게 몰아붙였다. 한두 번쯤 그녀가 어디로든지 다녀왔으면 하는 눈치를 보였던 것이 빌미였다.

"누가 뭐랬나. 애꿎은 청첩장을 내세워 다짜고짜 나선 게 누군데."

그녀는 뾰로통하게 받았다. 할 말이 없었다. 하기야 실상은 먹고사는 일이며, 세상 돌아가는 행태며 도무지 피곤하기만 하여 내가 더 어디로든 다녀왔으면 하고 벼른 끝이었다. 여기에는 물론 충주에서 거행되는 한 결혼식의 청첩장이 계기가 되어주었다. 어두운 골목길을 더듬어 걸어야 하는 품새로 보아 그 건물은 여관과는 거리가 먼 곳이었다. 그래도 그녀는 확인해야만 하는 모양이었다.

"이건…… 무슨 연수원 건물이잖아. 애초에 여관 같아 보이질 않더니."

나는 지독히도 나쁜 내 근시안을 건물 쪽으로 향한 채 못마땅하게 중얼거렸다. 그제야 그녀도 섭섭한 기색이었다. 우리는 그 연수원 건물 앞의 어두운 골목길에 우두커니 서 있었다. 내가 여자를 인도해야 할 터이지만 나 역시 형편없이 무력한 존재에 지나지 않았다. 갑자기 무엇이 그리 만드는지, 이 세상에 잘못 태어나지나 않았나 하는 생각마저 도둑고양이처럼 뇌리를 스쳐갔다. 어둠 속의 막다른 골목이기 때문이라고 여기면서도 오줌을 누고 난 뒤끝처럼 몸이 으스스 떨리기까지 했다. 이 막다른 골목에 와서 어둠 속에 갈 길을 잃고 서 있는 우리는 과연 결단코 이렇게 만나야 했던 사람들임이 확실한가. 그러자 두려움이 들쥐의 이빨처럼 뾰족이 돋아났다. 어둠 때문일 것이다. 어둠 속에서 자기의 방을 못 가진 자들은 누구나 두려워할 것이다. 삶까지도 거추장스럽게 되새겨볼 것이다. 나는 곧 어디론가 다시 움직여야 된다고 생각했다. 어둠으로 하여금 사물에, 삶에 의문을 던지도록 여유를 주어서는 안 되었다.

"자, 가자구. 어서, 장급이구 뭐구 여인숙이라도 찾아보는 거야. 더 이상 헤매다가는 노숙해야 할 판이야."

나는 그녀의 팔뚝을 잡아끌었다. 그녀도 이제는 어떻게 되겠지 하는 공허한 낙관론을 버려야겠다고 주저앉는 눈치였다. 골목을 빠져나오자 우왕좌왕하던 발걸음들은 얼마간 뜸해져 있었고, 어둠 속 곳곳에서는 어딘지 제 것이 아닌 열락에 빠진 사람들의 땀냄새가 풍겨나왔다. 네온사인의 불빛도 "고기는 안에 있습니다"라고 밝힌 정육점의 붉은 형광등 불빛처럼 보였다.

"우리 처지는 장급이 아닌가봐. 여인숙, 하숙 그런 건가봐. 그것도 없을라."

사실이 그럴 것이었다. 돈도 돈이고, 또 이곳의 '장급'들이야 그렇지 않을 테지만, 물침대니 벽거울이니 비디오니 하는 것들은 불행하게도 다른 세계의 것들에 지나지 않았다. 나는 번

듯하고 즐비한 정육점들을 지나 밀도살 고기를 사러 가는 사람같이도 내게 비쳐졌다. 네온사인은커녕 우중충한 시멘트 블록을 끼고 백열등에 비친 간판이 눈에 들어왔다.

"진짜 여관이로군. 진짜답게 이름도 진짜야, 행복여관."

나는 자조를 머금고 신음소리처럼 중얼거렸다.

"아무 데면 어때요. 더구나 행복이라니, 후훗."

그녀는 정말 그렇게 여기는 모습이었다. 누가 '행복'이라고 말하면 행복에 대해 생각하고, '불행'이라고 말하면 불행에 대해 생각하는 성격이므로 그녀는 원천적으로 행복한 사람이라고 할 수 있었다. 그러나, 그럼에도 불구하고 나는 그녀를 향해 '행복'이라고 쉽사리 말하는 데 굉장히 서툴렀다. 그리고 인색했다. 왜 그런지는 알 수 없었으나, 다만 나는 나 자신에게도 인색한 편이었다. 그래서 그녀에게 나는 곧잘 핀잔을 주었다. 왜 사물을 손쉽게 받아들이지? 응? 왜 대상에 대해 다른 생각을 한 번쯤 안 하지? 응? 왜? 그럴 때면 그녀가 나를 받아들일 때 어떠한 태도였는지에 대해서도 의구심이 일었다. 왜 그렇게 쉽게 믿지? 응?

시멘트 블록 담이 끝나는 곳에 행복여관을 밝히는 외등이 매달려 있었다. 저곳에도 방이 없다면 하는 걱정스러움을 씻어주려는 듯 출입구에 서 있는 사람들 몇이 눈에 띄었다. 방은 틀림없이 있어 보였다. 우리는 행복여관이 글자 그대로 우리를 행복하게 해주리라는 기대와 환상을 품고 현관을 들어섰다. 온천의 '행복'여관답게 사람들이 타월을 행복처럼 휘감고 복도를 오가고 있었다.

"방 있습니까?"

방은 있는 게 틀림없었다. 그러기에 우리를 쳐다보는 여자 종업원의 눈초리도 다른 곳과는 달라 보였다.

"몇 분이세요?"

여자가 우리를 아래위로 훑어보았다. 몇 사람인지 묻는다기보다 우리의 관계를 캐는 듯한 말투였다.

"둘."

나는 옆얼굴로 내 동행을 가리켰다.

"글쎄요. 잠깐 기다려보세요."

여자는 애매하게 말했다. 나는 그 말뜻을 알 수가 없었다. 글쎄요라니? 방은 있거나 아니면 없거나 둘 중의 하나여야 했다.

"네? 방이 없습니까?"

나는 여자에게로 다가섰다. 방이 있으면서도 앞뒤를 재고 있음이 역력했다. 도대체 알다가도 모를 일이었다. 짜장 우리가 정사를 모의하는 사람같이 보였는지 행려병자에 가까워 보였는지 의아심과 함께 신경이 곤두섰으나, 여기서도 방을 얻지 못할지 모른다는 초조감이 뒤를 따랐다. 이제는 밤도 깊어가고 있었다.

"방이 있기는 있단 말입니까?"

나는 재우쳐 물었다. 그러나 여자는 이렇다 저렇다 대답도 없이 안쪽에 대고 "응, 응" 고개를 끄덕거리며 무엇인가 쑥덕거리고만 있었다. 우리는 멍하니 기다리는 수밖에 없었다. 규정 요금 말고도 웃돈을 더 주어야만 방이 나타날 것 같기도 했다. 그리고 보니 '장급'에서도 그런 거래를 해야만 했던가 싶었다. 자본주의니 뭐니를 따질 필요도 없이 돈으로 안 되는 게 없는 세상이라는 것은 삼척동자에게도 상식이었다. 그러자 여자가 우리를 향해 돌아섰다.

"따라오세요."

뭐가 뭔진 몰라도 드디어 방이 생길 모양이었다. 나는 겨우 몸의 긴장을 풀고 여자를 따라갔다. 복도가 오른쪽으로 꺾이고 여러 개의 방들 앞에 놓인 고무 슬리퍼가 눈에 들어왔다.

"방이 뭐가 어떻게 잘못됐습니까?"

방을 얻고야 말았다는 성취감을 확인하고자 하는 물음이었다.

"아뇨. 방이 딱 하나 있어요. 좀 전에 누가 와서 금방 다시 오겠다고 해서…… 괜찮아요. 먼저 들어가는 게 임자죠, 뭐."

'딱 하나'라는 말에 나는 긴장했다. 하지만 아무리 '딱 하나' 남아 있다고 하더라도 그 방은 우리 차지였다. 나는 금방 오겠다고 하고 나간 사람이 뒤쫓아오는 듯해서 한 발짝이라도 걸음을 빨리했다. 그들도 우리처럼 방을 찾아 헤매는 사람들이었다. 그리하여 서로 제각기 이 여관 저 여관으로 온 마을을 뛰어다닌 결과 한 사람이 이 여관의 방을 발견했던 것이다. 그리고 다른 한 사람을 부르기 위해 헐레벌떡 달려나갔다. 순간, 내가 비집고 들어온 참이었다.

"이 방이에요."

여자가 끝에서 세 번째 방의 문을 열었다. 다행히 금방 오겠다던 사람은 아직 오지 않았다. 우리는 서둘러 들어갔다. 그리고 여자의 지시대로 숙박계를 적고 요구하는 대로 대금을 지불했다. 절차가 끝나자 여자는 "그 사람들 오거든 먼저 예약했던 사람이라고 하심 돼요" 하고는 사라져버렸다.

"휴우, 겨우 여기까지 왔군. 다행이야. 금방 오겠다는 그 사람들에게 미안하지만 우리도 쉬어야지. 자, 다 왔어. 이젠 뭘로 배를 채워야지."

나는 방바닥에 다리를 뻗고 벽에 기대앉았다. 오래 헤매 다녀서 여간 피로하지 않았으나 방을 차지했다는 것이 마음을 흡족하게 했다.

"과연 행복여관이에요."

맞은편 벽에 기대어 역시 다리를 뻗고 앉은 그녀의 목소리는 감격에 젖어 있기까지 했다.

"맞어. 행, 복, 여, 관."

나는 입가에 비죽이 웃음마저 흘렸다. 곧이어 누군가가 이 행복여관으로 헐레벌떡 올 테지만 그들에게는 결코 행복여관이 될 수 없으리라. 세상에서는 같은 것을 쟁취하더라도 남보다 한발 먼저 쟁취해야 오롯한 행복이 되는 법이었다. 우리는 잠깐 동안 나른한 상태로 앉아 있었다.

"그런데 무슨 냄새가 나요."

나른한 상태의 행복감을 채 맛보기도 전에 그녀가 코를 킁킁거렸다. 나는 반사적으로 눈살을 찌푸렸다.

"냄새? 여기까지 와서 또 그놈의 냄새 타령."

그녀가 냄새에는 병적이다시피 유난히 민감한 것에 나 또한 병적이다시피 반응해왔었다. 그래서 냄새를 들먹일라치면 "코를 짤라, 코를" 하는 소리로 통박을 주기가 예사였다. 내게는 대수롭지 않은 냄새에도 그녀는 코를 싸쥐었다. 밥 타는 냄새, 종이 타는 냄새, 음식 썩는 냄새, 땀에 전 냄새, 먼지 냄새, 물이끼 냄새 등등 나쁜 냄새들은 말할 것도 없었다. 아카시아꽃이 만발한 산책길의 선정적인 냄새와, 밤 재배단지에서 나는 밤꽃의 정액 냄새도 그녀에게는 지나쳤었다. 게다가 안개비가 촉촉이 흩뿌리는 어느 날 아침, 창문으로 밀려드는 공기에서 느닷없이 바다표범의 비릿한 냄새가 난다는 데는 어이가 없었다. "바다표범? 바다표범이라구 그랬어?" 나는 그때 "코를 짤라, 코를" 소리가 나오지 않았다. 너무나 엉뚱했기 때문이었다. "바다표범 냄새, 지독해." 그녀는 안개비 내리는 아파트 단지를 내다보고 있었다. 바다표범이 빗속에 어슬렁거리기라도 한다는 표정이었다. 그러자 이상하게도 내 코도 그 바다표범 냄새를 맡고 있는 듯싶었다.

며칠 전에 갔던 가까운 서해안의 포구에서는 토토라는 이름을 가진 바다표범 한 마리가 횟집의 시멘트 수조에 길러지고 있었다. 손님을 끌기 위해서였다. 그 집에서 우리는 상여금으로 나올 몇 푼 가욋돈으로 가계부 걱정을 덜며 모둠회를 시켜 먹었다. 그런데 그 며칠 뒤의 아침 안개비 속에서 바다표범의 냄새가 묻어 나온다는 것이었다. 나는 축축하면서도 탄력으로 번들번들한 살갗을 가진 바다표범의 냄새를 꼬집어서 뭐라고 표현할 방법이 없었다. 그놈에게 코를 들이대고 냄새를 맡은 적도 없었다. 그놈은 '크'와 '흐'의 중간쯤 되는, 러시아어 발음부호로나 표기될 첫소리에, 프랑스어 콧소리 'ㅇ'으로 끝나는 뒷소리를 한데 모아 우리가 목구멍 깊숙이 들이마실 때나 나올 법한 소리를 내는 육식동물이었다. "구체적으로 말해봐. 바다표범 냄새가 어떤 거지? 안개비가 알싸한데…… 매연 냄새 아냐?" 나는 그 정체를 알고 싶어 그녀 모르게 안달을 했다. 횟집의 토토가 아파트까지 달려나왔을 리는 없었다. 설령그 한 마리가 횟집을 도망쳐 나와 어느 구석에 숨어 있다고 하더라도 온 아파트에 냄새가 밸 리도 없었다. 그렇다고 해서 매연 냄새 같지도 않았다. 아마도 나는 그녀의 말에 이끌려 환상의 냄새를 맡고 있는지도 모른다고 여겨졌다. 안타까웠다. "매연 냄새가 아니에요. 바다표범 냄새, 바다표범 냄새가 안개비에 가득해요. 그리고 아주 독해. 아, 정액 냄새."

간신히 차지한 행복여관의 방에서 무슨 불길한 냄새가 나서는 안 된다. 행복여관의 방은 행복한 곳이어야만 한다.

"퀴퀴해요. 저 이불자락 좀 봐요. 베갯잇하고."

그녀는 얼굴을 찡그렸다. 나는 비로소 방 안을 둘러보기 시작했다. 그 작은 방 안을 그제야 둘러볼 만큼 쫓기고 있었던 것이다.

샛노란 비닐장판이 깔린 방은 좁고 옹색했다. 비닐장판의 샛노란 빛깔에도 불구하고 불결했고 또 어딘가 음험해 보이기조차 했다. 수많은 비련의, 사련의, 불륜의, 불장난의 남녀가 구석구석에 음욕의 찌꺼기들을 버리고 간 결과이리라. 실제로 샛노란 비닐장판의 귀퉁이를 들쳐보면 거기에는 다른 싸구려 여관들에서처럼 껌종이에서부터 머리카락, 콘돔 포장지, 휴지 조각이 나올 가능성이 얼마든지 있었다. 그리고 가는 철사처럼 꼬불꼬불하게 버드러진 그 터럭들.

"여관 이불이 다 그렇지 뭐."

나는 아무렇지도 않게 대꾸하고 있었지만 불결한 것은 불결한 것이었다.

"빨아놓지도 않았어요."

그녀가 불쾌한 표정을 지었다. 그녀는 좋은 쪽이든 나쁜 쪽이든 따질 것 없이, 그리 평범한 여자는 아닌데도 청결함의 결벽증에 있어서는 보통의 평범한 여자들과 마찬가지였다. 다른 것이 있다면 손가락 끝에 묻은 먼지라도 털어내야겠다는 듯이 다섯 손가락을 재빠르게 폈다 오므렸다 폈다 오므렸다 한다는 점이었다. 그것은 재바른 도마뱀의 발가락을 연상시켰다.

방은 비좁고 더러웠으며, 만약의 사태에 대비해 홑청 속에 버적버적 소리 나는 비닐을 댄 요는 군데군데 녹슬기 시작하는 함석 같았다.

그녀는 '행복'의 환멸에 드디어 열 손가락을 재빠르게 움직였다. 그 손가락들은 이런 곳에서 어떻게 잠을 자요! 하고 항변하고 있었다. 방의 전모와 실상이 환해지자 내게서도 행복은 순식간에 멀어져갔다. 여기까지 허발나게 와서 겨우 차지한 것이 역전 매음굴에 다름없는 방이란 말이냐.

"무슨 방이 창문도 없고."

그녀는 노골적으로 불만스러워했다. 창문을 열고 바깥의 풍경을 내다보는 일은 그녀에게는 비중이 큰 일이었다. 어느 해 가을 저녁 무렵, 셋방을 옮겼다고 해서 얼마 뒤 찾아가보니 그녀는 창백한 얼굴로 방바닥에 누워 창밖을 내다보고 있었다. 우리들이 맺어지기 전이었다. 내가 왔다고 기신거리며 앉은 그녀는 먹을 게 떨어져 벌써 며칠째 굶었노라고 했다. 그럼 연락이라도 해야지 누워만 있으면 어떻게 하라는 말이냐고 다그치자 그녀는 "흰 구름이 쌀밥 같아 보여요"라면서 희미하게 웃었다. 그 뒤로 나는 어디를 가든 창문을 열어보는 그녀의 습성을 잘 이해하고 있었다. 창밖 하늘에는 쌀밥 같은 흰 구름도 있는 것이었다.

"건 있어봐야 오구잡탕만 보일 거야. 아까 봤잖아. 이놈의 휴양지."

자꾸만 형편없어져서 게딱지같아진 방에 창문마저 없으니 알쪼였다. 그녀를 그렇게밖에 위로할 수 없는 내게 스스로 울화가 치밀었다. 그러나 이곳은 우리가 마지막으로 찾아낸 이 세상의 마지막 방이고 그 이름은 변함없이 행복여관이었다.

"어쩌는 수 없지. 하룻밤 지내는 도리밖에. 자, 밖에 나가 뭘 먹자구."

나는 그녀를 달랬다. 그러자 그녀가 중요한 걸 발견한 듯 눈을 치떴다.

"그러고 보니 욕실마저 없어요."

그녀는 허탈하게 말했다. 그 말에는 나도 뜻밖이었다. "뭐 욕실마저?" 하고 두리번거려보았자 시설이라고는 이미 살핀 그것이 전부였다. 게딱지만 한 방 어디에도 욕실의 문은 보이지를 않았다. 아무리 허술한 여관이라도 온천의 '행복'여관에 설마 욕실이 딸리지 않았겠느냐고, "아니, 아예? 설마……" 하고도 염두에 두지 않은 결과, 방 안을 두리번거려 살폈으면서도 내 눈에는 잡히지 않은 사실이었다.

"이럴 순 없지. 우린 온천을 찾아 예까지 온 거야. 이건 안 돼. 온천은커녕 뒷간도 없잖아. 이럴 바엔 차라리 노숙을 하겠다!"

나는 얼굴이 벌겋게 되어 분통을 터뜨렸다. 일 년 열두 달 입에 풀칠이나 하겠다고 이리 뛰고 저리 뛰는 살림살이에 이 하룻밤이야말로 모처럼 부려보는 호기요 사치였다. 그런데 일은 엉망진창이 되어버린 것이었다. 온천에 온몸을 따뜻하게 데우고 포근한 이부자리 속에 나란히 들리라는 간지러운 꿈은 지저분한 실체가 되어 나타났다. 견딜 수 없는 일이었다. 나는 문을 열고 복도로 나갔다.

"아니, 여기, 무슨 방이 이렇소!"

나는 눈을 부릅떴다. 여자가 무슨 소리냐는 표정을 지었다. 나는 욕실이 없다고 목소리를 높여 항의했다.

"욕실이 왜 없어요. 저쪽 복도 끝으로 가면 언제든지 쓸 수 있어요. 이 여관에 든 사람은 누구나 무료예요."

여자는 사무적으로 뻣뻣하게 말하고는 뒤따르는 몇 사람을 데리고 내 옆을 지나쳐 갔다. "딱 하나 남은 방이에요" 하고 여자가 그들에게 말하는 소리가 들렸다.

"나가자구. 여기서 나가. 노숙을 하더라도 나가야겠어."

"돈을 훨씬 더 많이 받았어요."

망연자실 방 안에 앉아 있던 그녀의 입이 벌어졌다.

"알았어. 방이 없다구 순 바가지야. 딱 하나 남았다면서. 근
데 딱 하난 아직두 남았다구. 그게 바가지 수법이었어. 행복여
관? 오죽 행복하지 못하면 행복을 외쳐대겠어. 빌어먹을. 어쨌
든 이 소굴에서 빠져나가고 봐야겠어. 자, 어서."

나는 가방을 집어 들고 횡하니 복도로 나섰다. 그녀도 그 불
결함으로 기분이 몹시 상한 터에 돈까지 터무니없이 더 받아
먹었다는 사실에 기분이 상할 대로 상해 두말없이 뒤를 따랐
다. 이런저런 핑계를 대고 돈을 되돌려주지 않으면 어쩌나 하
는 걱정도 머리를 스쳐갔다. 나는 복도를 꺾어 작은 창구 앞에
서서 안쪽에 대고 "보세요!" 소리를 질렀다. 안에서는 젊은 여
자들 몇이 모이를 쪼는 닭들처럼 머리를 조아리고 화투장을
만지고 있었다.

"왜 그러세요?"

아까의 여자가 창구 안쪽에 얼굴을 나타냈다.

"우리 나가야겠어요. 돈 물러주실 수 있죠?"

나는 딱딱한 말투에 사정조를 섞으려고 노력했다.

"왜요?"

왜 행복을 스스로 마다하느냐는 뜻으로 들렸다. 여러 가지 불만들이 한꺼번에 쏟아져 나오려고 했고, 이어서 순간적으로 '창문이 없어서죠'라고 대답하려는 마음이 솟구쳤으나 나는 참기로 했다. 창문이 없다면 혹시 때가 다닥다닥 낀 비닐 창문을 단 방이라도 내줄지 몰랐다. 딸린 욕실이 없다면 시커멓게 썩은 물이 나오는 욕실의 방을 내줄지도 몰랐다. 아니, 이제 와서 아무리 훌륭한 방을 내준다 할지라도 행복여관에서 행복을 추구할 마음은 싹 가셔져버렸다. 이 경우를 위해 '덧정 없다'는 표현이 있었다.

"암튼 우린 오늘 밤 한데서 자야겠어요."

나는 단호하게 말했다.

"증말요? 다른 데 가도 방은 없어요."

"알아요. 그러니까 한데서 자겠다는 거지요."

나는 웃기까지 했다. 무엇이 어찌되든 한시라도 빨리 빠져나가는 것만이 문제였다. 그래서 나는 내 동행에게 "먼저 나가 있어" 하고는 현관을 손짓했다. 그녀가 걸어나갔다. 그 모양을 빤히 보고 있던 여자는 하는 수 없다는 듯이 따르릉 손금고를 열었다. 이곳을 나가면 도리 없이 한데 신세를 져야 한다는 걸 알아둬요 하고 여자는 속말을 하고 있었다.

나는 현관을 나서서 그 앞의 시멘트 층계를 내려갔다. 오늘 밤을 어쩌겠느냐는 걱정보다는 암흑가로부터 일단 발을 빼냈다는 후련함에 가슴이 시원했다. 사람을 꾀어 어느 외딴섬에 데려다놓고 부려먹는 일도 있었다. 말세를 전가의 보도처럼 휘둘러 사람을 옭죄는 사교집단도 있었다. 멀쩡한 사람을 높은 담장 안에 가두어놓고 몽둥이찜질을 하는 복지시설도 있었다. "잠깐만 좀 같이 갑시다"라는 모 기관원의 말과 함께 영원히 가는 사람도 있었다. 하기야 중국 이야기에서는 함정에 빠지면 만두소가 된다고도 했다. 지나친 연상작용에 나는 피식 웃었다. 그곳은 행복여관에 지나지 않았다. 나아가서 이름이 무엇이든 삼류 여관에 지나지 않았다. 여관 이름도 갖가지여서 원앙, 단꿈, 금침, 둘이, 애정 등등 낯간지러운 것들을 내걸어놓긴 했어도, 그럴수록 양대가리 내걸고 개고기 파는 격으로밖에 여겨지지 않는 것이었다. 아, 그런 중에 놀랍게도 연리지(連理枝)여관도 있었다. 두 나무의 가지가 맞닿아서 결이 서로 통한 것을 일컫는 연리지.

'돈황의 사랑'을 말했던 친구 녀석의 자취방이 있던 수유리의 4·19묘지 밑길, 방앗간과 맞붙어 있는 여관은 방앗간 간판과 엇갈려 가까이에서도 '방앗간여관'이라는 이름으로 읽혔다.

"아마도 세상에서 젤 솔직하고 화끈한 여관 이름일 거야. 방앗간여관, 여관 이름 경연대회가 있다면 일등은 따놓은 당상일걸. 맷돌여관보다 웃길이지? 낄낄낄." 그러면서 그 앞을 지날 때 종종 남자가 안 들어가겠다는 여자와 실랑이를 벌이는 꼴을 본다고 덧붙였다. 그에 대해 나는 그 이름이 실제로 방앗간여관이라고 해도 그걸 야릇하게만 볼 것이 아니지 않느냐, 동서고금을 통해서 방앗간, 특히 물방앗간은 젊은 남녀의 청순한 사랑의 보금자리가 아니었더냐, 그런 사랑이 웃음거리가 될 수 있느냐고 제법 그럴듯하게 말해주었다. 그 말에 그는 큰 발견이라도 한 듯 놀라워했다. 그리고 이에 관해 뭔가 괜찮은 연극을 한 편 만들겠다고 표명했다. "제목은 우선 '4·19묘지 밑의 방앗간여관'으로 해야겠어. 됐어. 괜찮지?" 그러나 그 연극은 아직까지도 구상 중인 모양이었다.

시멘트 층계를 거의 다 내려와서였다. 나는 언뜻 고개를 들었다. 남녀가 내 앞에 다가오는 소리가 난 때문이었다. 그리고 여자의 귀고리에 반짝 반사하는 불빛을 보았다고 느낀 순간 그늘 속으로 얼굴을 숨겼다. 그늘 속으로 얼굴을 숨기지 않았다손 치더라도 행복여관 앞 전등불빛을 등지고 있던 내 모습은 하나의 어두운 그림자에 지나지 않았을 것이다. 그리고 나는 남자를 향해 무슨 말인가 속삭이는 그녀의 옆얼굴을 보았던 것이다. 저런 얼굴이 누구의 얼굴이었을까 하는 순간, 나는 머뭇거리며 잠깐 동안 서 있었고, 그러는 사이에 그들은 내 옆을 지나가 층계까지 올라갔다. 내가 비록 그림자에 지나지 않을망정 그것은 그들 이외에는 전혀 관심이 없는 사람들의 행동이었다. 아니면 빠른 걸음으로 보아 그들 중의 하나가 아까 방을 보아두고 나갔던 사람인 듯도 싶었다. 어쨌든 그들도 우리처럼 방을 찾아서 온 마을을 뒤지다가 결국 오고야 마는 곳으로 온 것이리라. 옛 여자의 모습을 본 순간 나는 어질어질 현기증 같은 걸 느꼈다는 생각도 스며들었다. 아니다. 귀고리에서 반사된 감람석 같은 반짝임이 내 눈을 미세하게 찌른 데 지나지 않을 것이다. 예전보다 매혹적인 얼굴이었다.

"무슨 일이 있었어요?"

"아냐, 아무 일도. 한데서 잔다고 얘기한 것뿐야."

말하고 나자 꼼짝없이 한데로 나섰다는 두려움이 선뜻 다가왔다. 어서 대책을 마련하는 일이 시급했다.

"한데서 자죠, 뭐."

어디서 잔들 그보다 못하겠느냐고 그녀는 말하고 있었다.

"어딘가 길은 있겠지. 찾아봐야지. 정 안 되면 택시라도 잡아타고 되돌아가는 거야. 가다 가다 보면 방 하나 없을라구. 휴양지니 뭐니 하는 북새통이 아닌 곳에 말야."

되돌아간다는 것은 패배였다. 어이가 없었으나 마지막 방법은 그 수밖에 없다고 생각하자 난감했다.

"되돌아가요? 여기까지 와서. 건 억울해요. 그럴 바엔 차라리 더 가보죠."

그녀가 토라지는 시늉을 했다.

"차라리 더…… 가보자고?"

그녀는 아무렇지도 않게 던진 말인지 몰라도 나는 정신이 퍼뜩 들었다. 그렇다. 목적을 달성하지 못하고 되돌아가는 것은 초라하기 짝이 없는 패배다. 그러나 더 나아가는 것은 적어도 패배는 아니다. 그런데 그 길을 나는 전혀 생각지도 못하고 있었더랬다. 나는 나도 모르게 움츠러들었던 어깨가 저절로 펴졌다. 그리하여 내일 낮쯤 되돌아오는 길에 온천물 구경을 할 수 있으리라는 계산도 섰다. 어차피 다른 여관은 없을 게 뻔했으며, 행복여관을 나올 때는 되돌아가야 하는가 하는 어설픈 감정이었다.

"좋아. 더 가는 길을 찾는 거야. 살았어."

"살았다뇨? 그까짓 방 때문에 우리가 죽었었나요?"

그녀가 웃음을 흘렸다.

"좋아. 안 죽었어. 암 가야지. 길이 있는데 왜 헛물만 켜고 되돌아가?"

나는 힘을 내어 발걸음을 내디뎠다. 엉터리 토산품점을 지나고, 돼지기름 냄새가 진동하는 삼겹살집을 지나고, 전등알이 들어 있는 청사초롱을 내건 민속주점을 지나고, 연쇄잡화점을 지나고 우리는 큰길로 걸어나갔다. 아무 버스라도 버스만 오면 올라타고 다른 마을로 가는 것이었다. 하룻밤 잠을 청할 방이 있는 마을로 향해 가는 것이었다.

"지금 버스가 있을까요?"

담뱃가게 앞에 서 있는 중년 사내는 마을 사람의 차림새였다.

"어디 가는 버스 말이오?"

그가 별사람 다 보겠다는 눈길을 보냈다.

"아무 데나 말입니다. 이쪽으로 말고 저쪽으로 말입니다. 아무 데나……"

나는 되돌아가는 쪽과 나아가는 쪽 길을 번갈아 가리켰다. 그가 더욱 이상하다는 표정을 하며 담배를 뻑뻑 빨았다.

"없지, 아마. 여덟 시 십 분이 막찬데."

그는 건성으로 대답하며 어정어정 걸어가버렸다. 여덟 시십 분이라는 시각은 벌써 지나 있다는 사실을 알고 있었으므로 새삼스럽게 시계를 볼 필요는 없었다. 그러나 나는 시계를 들여다보았다. 버스는 끊어진 게 확실해 보였다. 앞으로 나아가는 길은 캄캄한 어둠에 묻혀 있었다. 나는 지나가는 사람에게 다시 한 번 버스가 끊어졌음을 확인했다. 택시라도 잡아야 했다. 저쪽 여관 앞에 택시 몇 대가 장거리 손님을 기다리며 비상등을 켠 채 머물러 있었다. 택시가 가지 않는다고 거절할 우려도 있었다. 우리는 택시 쪽으로 바삐 걸어갔다. 그리고 가타부타 말하기도 전에 뒷문을 열고 자리에 올랐다.

"어디로 가십니까?"

운전사가 미터기를 꺾으며 천천히 차를 움직였다.

"이쪽으로…… 우린 이쪽으로 갑니다."

그렇게밖에 말할 수 없다는 게 암담했다.

"네?"

"이쪽 말입니다. 이쪽으로 어디든지…… 잠잘 만한 데가 있으면 거기까지 갑니다."

마치 어둠 속을 더듬는 것 같다고 생각되었다. 운전사는 고개를 모로 잠깐 젖혔으나 거절하지는 않았다. 차는 내가 가리키는 쪽으로 머리를 돌리고 있었다.

"여기선 왜, 뭐가 잘못됐습니까?"

운전사가 물었다.

"글쎄…… 마음에 안 드는군요. 예전하곤 분위기가 달라요."

나는 그저 그래본다는 투로 말했다. 쓸데없는 약점을 잡힐 필요는 없었다.

"아, 예. 많이 달라졌죠. 그러면 어디든 잠잘 곳만 있으면 된다, 이 말씀입니까?"

차는 어느새 불빛 한 점 없는 산속 길로 접어들어 있었다.

"그렇죠, 뭐. 어디 가까이 그럴 만한 데가 있습니까? 이리 가면 어디가 됩니까?"

아무리 잠잘 곳만을 찾는다고는 해도 지금 어둠 속에 헤드라이트 불빛만큼씩 계속 길을 열며 가까워지고 있는 마을이 어떤 이름의 마을인지, 어떤 종류의 마을인지는 알아야 했다. 또한 미지의 길을 무작정 달려간다는 것에 얼마간 흥분과 두려움이 일지 않는다면 거짓말이었다.

"얼마 가면 미륵리가 됩니다. 물론 주무실 데도 있죠."

운전사는 처음과는 달리 기분이 매우 흥겨워져 있었다.

"온천 여관들마냥 그 모양들은 아니죠? 온통 아수라장이니 말이지요."

"아무렴요. 깨끗한 민박엘 드시죠."

그의 친절한 말이 두려움을 씻어주었고, 나는 바야흐로 이제 이번 여행이 길로 접어들었다는 안도감에 젖었다. "이것도 괜찮지, 응?" 하고 그녀의 의향을 묻자 그녀도 말없이 머리를 끄덕였다. 운전사의 '깨끗한'이라는 형용사에 우리는 민박에 드는 걸로 쉽게 합의했다.

"그런데 정확하게 뭐라 했지요? 마을 이름이?"

나는 미처 자세히 듣지 못한 그곳 이름을 다시 물었다.

"미륵리라고 합니다. 미, 륵, 리."

또박또박 발음했지만 여전히 생소하게만 들렸다. 그것은 쉽게 새길 만큼 쉬운 마을 이름이 아니었다.

"네? 미, 륵, 리요? 건 좀 색다르군요. 무슨 뜻입니까?"

감을 잡을 수도 없었고 또 그다지 큰 흥미도 없었으나 나는 캐물었다. 그 길을 대화 없이 달린다는 것도 뭣하리라는 생각이 들었던 것이다.

"거기에 큰 미륵이 있습니다. 돌로 만든 부처 아시지요? 옛날 절터도 있지요. 그래서 미륵리라고 부르는 모양입니다."

운전사는 알기 쉽게 설명해주었다. 그제야 나는 퍼뜩 그 이름이 머리에 들어와 박혔다.

"돌미륵이오? 그래서 미륵리?"

운전사는 내가 관심을 보이자 관광객이 꽤 온다는 둥 절터의 복원공사를 계획하고 있다는 둥 설명을 곁들였다.

"미륵이라는 건 말입니다. 지금은 하늘에서 살고 있는 부처님인데 먼 장래에 언젠가 세상에 나와서 이 세상을 좋은 세상으로 만들고 불쌍한 사람들, 죄지은 사람들을 구제한다고 합니다. 구제해서 하늘에 다시 태어나게 해준답니다."

아마도 운전을 하는 동안 여러 차례 접한 결과 저절로 안 지식일 성싶었다. 그의 말은 정확했다. 그의 말을 듣는 동안 알 수 없는 전율을 느끼며 나도 모르게 입속으로 '미륵리……' 하고 몇 번인가 되뇌었다.

경상남도 충무의 어두컴컴한 해저터널을 빠져나가면 닿는 섬이 미륵도이며, 그 섬을 이루는 그리 볼품은 없는 나지막한 산 이름이 미륵산인 것은 알았어도 미륵이 마을 이름으로 붙었다는 것은 남다른 느낌이었다. 절에 미륵암이니 미륵사니 하는 이름이 붙는 것은 당연했다. 왜냐하면 미륵이란 석가모니의 교화를 받고 운전사의 말마따나 현재 하늘나라에 살면서 하늘나라 사람들을 위해 설법을 하고 있는데, 먼 장래에 이 세상에 내려와 완전한 부처가 되어 못난 사람, 죄지은 사람들을 구제한다는 것이기 때문이다. 나는 한때 미륵을 열심히 섬겼던 어머니의 모습이 떠올랐다. 세상 사람들을 둘로 나누는 흑백논리의 방법이 횡행하고 있다. 있는 자와 없는 자, 백인종과 유색인종, 자본주의자와 공산주의자, 주류(主流)와 비주류(非主流), 프로와 아마추어 등등. 나는 이런 이분법을 싫어하는데, 가령 종교문제를 두고 말할 때는 분명히 종교적인 사람과 그렇지 않은 사람의 둘로 갈라진다고 분류하고 있다. 어머니가 종교적인 사람이 확실한 것은 젊어서부터 가톨릭에서 시작하여 불교의 여러 종파들을 순례하고 다시 또 어떤 종교가 없을까 갈급해하는 눈치인 면으로 잘 알 수 있었다. 어머니의 머리는 주기도문과 '남묘호렝겟꾜'와 대다라니(大陀羅尼)의 주문(呪文)을, 포장집의 작은 솥이 물오징어와 국수와 '오뎅'과 삶아 데치는 안주는 모두 함께 삶듯이, 잘 삶아내고 있었다고나 해야 할 것이다. 물론 산신님, 신령님을 노하게 하는 행동도 극구 삼갔다. 나와는 잘 맞지 않아 거의 왕래가 없이 살고 있는 데는 다른 까닭이 있으나, 어머니와 나는 종교적인 사람과 비종교적인 사람이라는 점에서 이미 다른 세계의 사람으로 구별된다 하겠다. 이에 사족을 달자면 "사람이 종교를 갖지 않을 수 있다면 얼마나 행복하겠어요?" 하던 김형석(金亨錫) 선생의 반어법이 떠오르기도 한다. 나는 종교를 갖지 않을 수 있음에도 그 문제에서 결코 행복하지 못한 것이다.

어쨌든 내가 미륵리…… 미륵……을 곱씹는 동안 차는 속력을 더해 차창에 헉헉 바람 소리를 내면서 달리고 있었다. 서울 변두리의 '총알택시'가 떠올랐다. 간혹 서울 시내에 나가 친구들과 술이라도 한잔 걸치다가 늦을라치면 '총알택시' 신세를 져야 한다. 서울에서 수도권 지역이라고 이름 붙여진 곳을 오가는 사람 치고 싫든 좋든 이 택시의 신세를 지지 않은 사람은 거의 없다고 해도 거짓말이 아니다. 쌩쌩 달리다 못해 핑핑 난다는 '총알택시'였다. 실제로 한밤에 이 택시의 앞자리에 앉아 있노라면 달린다는 표현보다 날아간다는 표현이 더 적절하다 싶기도 했다. 어둠 속에 길가의 가로수들이 쌩쌩 지나가고 앞에서 마치 우주비행체처럼 나타난 자동차가 눈 깜짝할 사이에 옆을 스쳐간다. 그런 순간순간 우주공상과학 영화의 한 장면이 연상되곤 했다. 어느 모퉁이를 돌자 깜깜한 어둠을 헤치고 두 개의 불빛이 나타남과 함께 나는 내가 우주 공간을 날아가고 있다는 환상에 빠지고 마는 것이다. 그 두 개의 불빛은 나타나자마자 빨려들듯 다가와 어느 결에 옆을 스쳐 뒤쪽 어둠 속으로 사라진다. 과연 무서운 속도가 실감난다. 저것은 도대체 어느 별을 향해 저렇게 무섭게 날아가는 것일까.

"이 길을 오가다 보면 하루에도 몇 번씩 사고현장을 목격합니다. 아무나 못 달리지요."

어느 날의 운전사는 승객들의 조마조마한 마음을 다소나마 누그러뜨려주겠다는 뜻인지 아니면 운전 솜씨를 자랑하겠다는 것인지, 한마디를 던졌다.

"정말 그래요. 어제는 자가용이 논바닥으로 굴러들어가 있더군요. 조금 천천히 갑시다."

누군가가 받았다.

"요새는 자가용 승용차가 모를 심는 모양이지요. 껄껄껄."

운전사의 농담에 승객들이 따라 웃었으나 변함없는 차의 속도에는 여전히 긴장하고 있었다. 그도 그럴 것이, 어느 누구나 그 속도에 목숨을 걸고 있다는 절박감을 쉽게 떨쳐버릴 수 없을 터였다. 그것이 뜻밖에 생소한 장소에서 재현된 것이다. 그녀도 여러 번 '총알택시'의 경험이 있는지라 운명을 맡겼다 하는 표정으로 오히려 편안해 보였다.

"지금 가고 있는 데가 미륵리래. 커다란 돌미륵이 있대. 미륵은 구제받지 못한 인간들을 구제하여 아름답고 평화로운 하늘나라인 도솔천에 다시 태어나게 한다고 들었어."

나는 그녀의 마음을 조금이라도 더 안정시키려는 뜻으로 이야기했다.

"도솔천? 그럼 지금 미륵이 우리 같은 사람들을 구제하려고 내려온 것 아닐까요?"

그녀 특유의 비논리적인, 아니 초논리적인 인자 탓이 아니면 역시 금방 잊어버리는 개인적 특성 탓이었다. 그녀는 어느 틈에 미륵의 존재를 받아들이고 있었다. 그러나 나는, 어머니가 미륵 신앙에 빠졌을 때 은근히 익혀두었던 사전적 지식들을 더듬더듬 주워섬기지는 않았다. 믿음에는 알고 믿는다는 것과 믿어서 안다는 두 가지 길이 있을 수 있다고 어디선가 들었던 것이다. 그러므로 책에 써 있는 대로 잘 계산해보면 오십몇억 년인가 세월이 흐른 뒤에야 미륵이 이 세상에 나타난다는 것, 그때 '좋은 세상'이 되면 사람은 팔만 년인지를 넘게 산다는 것, 그러고도 하늘나라에 다시 태어난다는 것 등을 더듬거리며 설명해서 그녀의 머리를 어지럽히고 싶지가 않았다. 그리고 오십몇억 년인가 세월이 흐른 뒤에 나타난다는 사실을 강조해서 굳이 그녀를 실망시키고 싶지도 않았다. 그녀가 한때의 어머니처럼 미륵신앙에 빠져드는 것을 싫다고 해도 지금 '총알택시'에서만은 '좋은 세상'을 가져오는 미륵의 존재를 믿게 해도 좋았다.

"아무튼 미륵리…… 돌미륵이 있는 곳으로 가니까……"

나는 나대로 무슨 생각엔가 잠겨 중얼거렸다.

"좋은 곳 같아요. 온천 대신에 도솔천."

엉뚱한 대꾸이기는 했으나 그녀는 목소리조차 도솔천 사람같이 맑게 가라앉아 있었다.

"그러게 말야. 샘 천(泉) 자고 하늘 천(天) 자고 간에 애초부터 여길 목표로 삼았어야 했던 건데. 아닌 게 아니라 그놈의 주지육림을 벗어나서 미륵리로 간다는 게 아비규환의 속세를 벗어나 극락으로 가는 것 같군. 아저씨, 안 그렇습니까?"

그녀에게 감염이 되었는지 나도 그럴싸한 소리를 했다.

"글쎄요. 잘은 모르지만 손님이 그러시다면 그렇겠죠. 허허허."

산길이 사라질 듯 나타나는 대로 운전사는 부지런히 핸들을 왼쪽 오른쪽으로 꺾으면서도 여유가 있었다.

"불교는 어려워요. 찰나니 영겁이니 인연이니……"

운전사의 '잘은 모르지만'이라는 말에서 유발된 말이리라. 그녀 자신도 한때 어떤 사교의 묘한 교리를 기웃거려본 적이 있다고는 했으나 비종교적인 사람이라는 점에서는 나에 필적한다고 나는 믿고 있었다. 무수한 종교 가운데 기독교와 불교만 놓고 볼 때, 아무리 기독교 신학교를 다녀도 불교적인 사람이 없을 수 없으며, 반대로 승가대학을 다녀도 기독교적인 사람이 없을 수 없다는 게 내 생각이기도 했다.

차가 급회전을 하자 찰나…… 영겁……이라는 낡고 흔한 낱말이 웬일인지 새롭게 느껴졌다. 이 찰나의 세상에서 저 영겁의 세상으로 가고 있는 우리들. 우주과학에 나오는 외계인이 아니라 심령과학에 나오는 외계인이 되어 어떤 인연의 끈을 따라 무한 허공을 까마득히 날아가는 우리들. 나는 잠시나마 밑도 끝도 없는 상념에 잠겼다. 그러면서 온천마을에 잠잘 방이 그렇게 없었던 것도 단순한 우연만은 아닌 성싶었다. 사람이란 자기최면을 걸고 또 그 최면에 걸리고 싶어 하는 속성이 있는 동물이어서, 거기에 맡겨본다면 돌미륵일망정 조화를 부려 어떤 세계를 열어 보여주려고 그러는가 하는 기대에 나는 몸이 떨렸다. 그와 함께 운전사가 "저어기 불빛이 보이는군요" 하는 소리가 들려왔다. 진펄 속같이 캄캄한 어둠 속에 과연 게 눈처럼 반짝이는 불빛이 있었다. 미륵리였다.

차가 멎자 기다렸다는 듯이 웬 아낙네가 달려나왔다. 운전사는 친절하게도 그 아낙네에게 방이 있느냐, 얼마냐를 물어 집을 정해주고 곧장 차를 돌려서 왔던 길로 멀어져갔다. 너무도 빨리 차가 어둠 속으로 사라져버렸으므로 나는 우리가 어떻게 여기까지 왔던가, 과연 어떤 택시를 타고 왔던가 믿지 못할 지경이었다. 사위를 분간 못할 어둠 속에 낮은 촉수의 전등 몇 개만으로 흐릿하게 밝혀져 있는 민박촌은 아닌 게 아니라 우주의 무한 허공에 떠 있는 마을 같은 착각이 들었다.

"이리 오세요."

아낙네가 앞장서서 우리에게 플래시 신호를 했다.

"집에 가면 뭘 먹을 수는 있습니까?"

배는 고픈 시간조차 지나 있었다. 민박이라면 보통 살림집의 방을 빌려 드는 형태라야 맞았다. 그러나 민박촌은 보통 가정집처럼 지어놓기는 했어도 잠자러 오는 사람들을 전문적으로 받는다는 점에서 숙박업소에 지나지 않았다. 다른 형태의 여관인 셈이었다. 더구나 때는 늦은 밤이었다.

"먹을 데가 없는데…… 여기도 너무 늦고…… 취사도구가 있음 여기서 라면 사갔구 끓이셔야……"

아낙네는 난색을 표시하며 작은 구멍가게를 가리켰다. 예상했던 대로였다. 이 궁리 저 궁리 해봐도 뾰족한 수는 없었다. 별 재주 없이 구멍가게에서 뭐라도 뒤지는 길밖에 없었다. 나는 미륵상회라는 상호가 붙은 구멍가게에 들어가 먼지 낀 널

빤지 진열대 위에 놓여 있는 빵이며 과자며 우유며를 되는 대로 골랐다. 이렇게 된 이상 적당히 한 끼 때워야 했다.

"미륵리엔 처음이시죠?"

구멍가게 집의 아들쯤으로 보이는, 진 바지를 입은 청년이 물었다.

"예. 그런데 밥은 어디서 먹을 수 있습니까?"

"지금 좀 늦어서요. 아침부터는 저 앞에 송어회로 요리를 하는 집이 하나 있고요. 저희 집에서도 밥을 합니다. 찬은 없지만."

청년은 서글서글했다.

"그래요? 그럼 낼 아침이나 먹는 수밖에 없군요. 여기도 관광진가요?

나는 주머니에서 돈을 꺼내주면서 인사치레로 물었다.

"네. 아직은 안 알려졌죠. 그래서 지금 여러 가지로 관광객 유치 계획을 세우고 있습니다. 사람들에게 널리 알려주십시오."

청년은 말하고 나서 대금을 계산했다. 그러나 나는 아직 거의 안 알려지다시피 한 이곳이 그대로 있는 편이 훨씬 좋다는 생각이 들었다.

"여기 있습니다. 이건 가서 참고로 읽어주십시오."

청년이 거스름돈과 함께 반으로 접은 흰 종이를 내밀었다.

"이게 뭡니까?"

나는 흰 종이를 받아 펼쳐보았다. 거기에는 무엇인가 가득히 적혀 있었다.

"예. 저희 청년들이 관광 진흥을 위해 만든 안내섭니다. 미륵리의 내력과 미륵이란 무엇인가를 적어보았습니다."

청년은 스스로 대견하다는 표정을 지었다.

"예. 고맙소. 읽어보지요. 그럼 낼 아침을 여기서 먹겠습니다."

나는 청년에게 머리를 까딱하고 나서 비닐봉지를 들고 밖으로 나왔다. 미륵리에서의 첫 한 끼가 비닐봉지의 내용물로 때워진다고 한들 더 이상의 미련은 없었다. 어쨌든 나는 이상한 미지의 세계, 미륵 동네에 와 있는 것이었다. 우리는 아낙네의 뒤를 따라 맨 뒤쪽의, 슬래브 지붕의 집으로 들어갔다. 아낙네는 부엌방으로 우리를 안내한 뒤 화장실의 위치를 가리켜주고는 "그럼 편히 쉬세요" 소리와 함께 다시 밖으로 달려나갔다. 나가서 우리 같은 다른 손님을 기다릴 모양이었다.

"드디어 왔군. 그놈의 요지경 온천에서 헤매던 게 먼 옛날 얘기 같애."

나는 비로소 올 데까지 왔다는 생각에 온몸이 나른해졌다. 그녀도 마찬가지 상태인 듯했다. 나는 우선 비닐봉지 속의 것

들을 꺼내놓고, 그녀와 함께 배고픈 김에 빵이고 뭐고 허겁지
겁 집어먹기 시작했다.

"할 수 없어. 저녁은 이렇게 때워야지. 너무 늦었어. 고생 끝
에 여기까지 와서 싸구려 빵으로…… 기구하군."

나는 실상 그녀의 비위를 엿보고 있었다. 싸구려 빵으로 때
워야 하는 저녁도 그녀는 잘 감수하는 중이었다.

"좋아요. 여길 오려구 떠났던가봐요. 피곤하긴 해두 좋아요."

그녀는 웃어 보였다.

"산골이라 방이 따뜻한 게 더 좋구만. 다 잘된 일이야. 이거
나마 어서 먹고 오늘은 일찍 자자구. 우리가 올빼밋과에 속해
서 그렇지 일찍도 아냐. 내일 돌미륵을 봐야지."

손목시계는 어느덧 열한 시를 가리키고 있었다. 나 역시 피
곤도 하려니와 무엇보다도 일찌감치 옛 절터의 커다란 돌미
륵을 보고 싶은 마음에 빨리 잠자리에 눕고 싶었다. 그 유명
한 관촉사(灌燭寺)의 은진(恩津)미륵도 가보지 못한 나는 미륵
불상이란 것 자체를 처음 보는 순간을 맞고 있었다. 어머니가
미륵신앙에 빠졌을 무렵 나는 꽤나 냉소적으로 바라보았었다.
미륵을 믿는다는 것을 어딘가 미련한 사람들의 일처럼 받아들
인 것이 첫째 이유였다. 나는 매우 감정적이고 표피적인 사람

으로서 단순히 미륵이라는 낱말과 미련하다는 낱말의 유사성 때문에 그랬다고밖에는 변명할 길이 없다. 그녀가 수건을 들고 화장실로 간 사이, 나는 이불 위에 누워 어머니와 미륵신앙과 미륵리와 미륵을 번갈아 떠올리다가 좀 전에 청년이 준 종이쪽에 생각이 미쳤다. 나는 비닐봉지를 뒤져 그 종이쪽지를 꺼냈다. 청년의 말대로 거기에는 미륵리의 내력과 '미륵이란 무엇인가'에 대해 꽤 상세히 적혀 있었다. '미륵이란 무엇인가'가 과연 미륵리의 관광 진흥에 도움을 줄지는 몰라도, 언뜻 지나치다 싶을 만큼 학구적으로 되어 있어서 나는 놀랐다. 그러자 구멍가겟집 청년의 태도에 어딘가 학구적인 냄새가 났었다고 여겨졌다. 청년이 관광 진흥에 열의를 보이는 것은 못다 한 학구열의 발산일 수도 있었다.

미륵(彌勒·마이트레야, 270?~350?)이란 대승보살 중의 하나로, 자씨보살(慈氏菩薩)이라고도 한다. 인도 대승불교 학파의 2대 학계 중 하나인 유가행(瑜伽行)의 시조로 예로부터 미륵보살로 신격화되고 있다. 전설의 미륵보살은 본래 남인도의 바라문에서 오랜 수도의 공으로 도솔천(兜率天)이라는 천상계에 태어나, 현재 천상에 있으

며 56억 7천만 년 후에는 이 세상에 다시 태어나서 석
존(釋尊)의 가르침에서 벗어난 사람들을 구제할 것으로
신앙되고 있다. 역사상의 미륵은 실재자로, 대승 초기
반야경(般若經) 이래의 공(空) 사상에 기초하여 해심밀
경(解心蜜經) 등에 의한 유식학설(唯識學說)을 수립하였
고 주저인 유가론 등에 의하여 특히 아뢰야식(阿賴耶識)
을 말했다. 우리나라에서는 신라시대에 미륵신앙이 성
행하였고, 또한 이에 바탕을 둔 설화가 전해진다. 미륵
리의 미륵사도 신라시대에 조성된 것으로 알려져 있다.

다 읽고 난 나는 알쏭달쏭한 철학적 문자들을 나열한 설명
에 혀를 내두르면서도 한편 어디서 열심히도 베꼈구나 하고
웃음마저 나오려고 했다. 아무렴, 시골 청년의 못다 한 학구열
의 발로였다. 하지만 그 정성에 감복되었는지 어렴풋하던 미
륵에 대해 좀 더 확연히 알 수 있을 것 같았고 아울러 미륵신
앙이 신라시대에 성행했다는 점, 미륵리의 옛 절이 신라시대
의 절이라는 점은 머리에 쏙 들어왔다. 그리고 예전에 배웠던
향가가 웬일인지 띄엄띄엄이나마 은은한 피리 소리처럼 되살
아났다.

얼마나 잤을까. 어디선가 무슨 소리에 퍼뜩 잠이 깼다. 아
직은 캄캄한 밤이었다. 그녀는 내 옆자리에서 얕은 콧소리를
내며 잠들어 있었다. 무슨 소리일까. 산골이므로 야행성의 무
슨 동물 소리일 수도 있었다. 잠결에 들은 소리라 신빙성이 없
었다. 언젠가 서울 생활을 청산한다고 우쭐대면서 시골 생활
을 꿈꾼 적이 있었다. 그때 그녀와도 헤어지리라 하고 얼마 동
안 시골을 돌아다녔었다. 이농으로 비어 있는 집에서 보낸 며
칠은 내게는 소리와의 싸움이었다. 낮은 낮대로 그렇다 치더
라도 밤에 홀로 누워 있으면 도시에선 들을 수 없던 온갖 소리
가 증폭되어 들려왔다. 밤새들은 낮새와는 다른 종류의 날짐
승 소리를 낸다. 낮새들의 소리가 노래하는 소리라면 밤새들
의 소리는 우는 소리였다. 서양에서는 새들이 노래한다고 하
고 우리는 새들이 운다고 하는 것은 서로가 새 일반을 낮새로
표상하느냐 밤새로 표상하느냐에 달려 있다는 것을 그때 깨달
았다. 끼룩끼룩, 쪽쪽쪽쪽쪽, 소쩍소쩍꿍…… 밤새의 울음소리
는 차라리 들짐승의 소리를 닮아 있었다. 어떤 새는 울다가 울
다가 허탈해져서 개액개애액 목 넘어가는 소리를 내기도 했
다. 그리고 족제비 소리, 두꺼비 소리, 들쥐 소리, 나방이가 문
에 와 떠는 소리, 어떤 절족류가 기어가는 소리, 낙숫물이 떨어

지면서 내는 개구리 소리, 바람에 불어오는 산 소리.

무슨 소리일까. 눈을 아슴푸레 뜨고 소리를 감별해내려고
귀를 기울이던 나는 그것이 바로 옆방에서 들리는 엉뚱한 소
리임을 잡아냈다. 정신이 맑아옴에 따라 소리는 귀를 바싹 기
울이면 거의 다 알아들을 만큼 또렷해졌다. 남녀가 어우러지
면서 내는 소리였다. 나는 어둠 속에서 웃었다. 아까의 소리가
한 고비였던가, 다시 불규칙한 숨소리가 높아가고 있었다. 진
흙 속에서 커다란 사족사(四足蛇)가 뒤척이는 소리. 인도의 황
야에서 죽은 소를 뜯어먹고자 개들과 맞서 싸우는 독수리들의
커다란 날갯죽지 소리. 견문을 넓힌답시고 외국에 나간 길에
인도를 지나게 됐을 때, 아그라에서 파테푸르 시크리라는 옛
성곽도시로 갔었다. 그때 사실 내 심신은 엉망인 상태였다. 광
주민주화운동이 일어나자 나는 극심한 위기의식으로 피가 끓
기도 하고 싸늘하게 식기도 하여 그만 견딜 수 없이 매일 술만
퍼마시다가 도망치다시피 나라를 빠져나온 길이었다. 장엄한
폐성으로 옛 영화의 무상함을 강조하고 있는 그 성을 향해 가
는 길의 황야에서 독수리들은 소의 주검에 덤비는 개들을 쫓
아 문짝만 한 잿빛 날갯죽지를 퍼덕이고 있었다. 아니, 남녀의
열락의 소리를 두고 그렇게 연상하는 것은 내 상상력의 빈곤

이다. 나는 끊어질듯 이어지는 어떤 악기의 명주실 금선(琴線)의 소리를 듣는 것이다. 발정 난 고양이의 소리? 흉측해요. 그 소리를 듣고 그녀는 몸을 떨었었다.

언젠가 시골 장터에 가서 고양이들을 보았다. 한 늙은이가 픽업 반트럭 옆에 서 있었다. 그러다가 자루 속에서 축 늘어진 고양이를 꺼내더니 가느다란 끈으로 발을 묶어 트럭 짐칸의 커버를 씌우는 버팀쇠에 매달았다. 그러고는 칼로 껍질을 벗겼다. 고양이의 껍질은 머리끝에서 발끝까지가 아니라 발끝에서 머리끝까지 벗기는 것이 순서였다. 고양이는 곧 매끄럽고 발그레한 속 몸통만 남긴 채 껍질은 다른 자루 속에 던져졌다. "껍질로? 북을 만들지. 북, 알지?" 늙은이는 말하고 다른 고양이 한 마리를 자루에 넣어 자루 밖에서 목을 노끈으로 친친 감았다. 자루 속에서 고양이는 몇 번 버둥거렸다. 늙은이가 담배 한 대 피울 사이도 없이 자루 속에서 축 늘어진 고양이를 꺼냈다. 고기는 신경통 환자의 약으로는 그만이라고 했다. 늙은이는 고양이 껍질을 벗겨주는 대가로 그 껍질을 가지고, 피 묻은 손을 마대에 쓱쓱 문지르고는 어디론가 사라져갔다. 나중에 그녀가 무료 장구 강습에 나가보겠다고 했을 때, 나는 그 시골 장터와 함께 그 고양이들이 떠올랐다. 그러나 장구는 고양이

가죽이 아니라 본디 왼쪽은 쇠가죽을, 오른쪽은 말가죽을 맨다고 했다. 고양이 가죽으로는 어떤 북을 만드는지 알아두지 못한 것이 후회되었다. 과거 속의 피 묻은 고양이 껍질은 영원히 피를 흘리겠지만 북은 영원히 소리를 낼 것이다.

옆방의 여자는 이른바 무아지경을 허우적거리는 모양이었다. 무거운 짐수레를 끌고 가파른 언덕을 올라가는 말의 콧소리? "안 돼요. 조금만 더……" 여자의 잠겨 끓는 목소리가 밤새소리처럼 들려왔다. 그러고는 곧 잇달아 피잉, 악기의 명주실 금선이 끊어졌는가, 여자의 몸뚱어리가 으스러지면서 골과 뼛속을 다 돌아 공명되어 터져나오는 외마디소리. 이불로 입을 틀어막는 것 같았다. 그리고 얼마의 짬을 두었다가 후우 숨을 내뱉는 소리가 들려왔다.

"온몸이 다 녹아버리는 것 같애."

쇠침대 위의 옛 여자도 그런 날이 없지 않았다. 그 눅눅하게 습기가 차고 채광이 되지 않는 방에서의 동서 생활이 기억 속에 짚였다. 그 육체의 유희는 폭염처럼 지나간 것이었다. 울부짖으며 끝난 다음에 그 여자가 흐느끼듯 하는 말은 "다 녹아버릴 것 같애"를 비롯하여 "미치겠어"와 "왜 이렇게 좋을까" 등 몇 가지가 있었다. 그녀가 엉덩이를 쳐들고 엎어져 있을 때보다 내 위에 말 타는 자세로 올라앉아 있을 때가 오히려 그녀를 말처럼 보이게 한다는 것은 야릇한 노릇이었다. 그녀가 위에 말 타는 자세로 올라앉았으면 내가 말로 여겨져야 마땅했다. 그녀가 기수고 내가 말이어야 마땅했다. 그러나 그녀가 여전히 말이었다. 그야 어쨌든 그녀가 내 위에 올라탄 모습이 기수처럼이든 말처럼이든 그녀는 마치 전기의자 위에 앉아 전기봉까지 깊숙이 꽂은 듯 온몸을 떨며 신음소리를 지르다가 어디론가 굴러떨어지고는 했다. 그러나 나는 그녀와 헤어져야 했던 어느 날의 돌발적인 일을 잘 기억하고 있었다.

여관 뜰 모퉁이의 파밭이 새삼스럽게 머리에 떠올랐다. 내가 경찰관에 이끌려 여관방에 돌아왔을 때 그녀는 벽에 기댄 채 잠들어 있었다. 소라가 오래되면 새가 된대. 그것이 내 이별의 말이었던가. 그러나 우리는 새가 된 소라를 한 마리도 못 보게 되고 만 것이었다.

잠을 제대로 이루지 못했는데도 나는 새벽녘에 눈을 떴다. '올빼밋과'에 속하는 늦잠꾸러기로서 아무래도 또 소리를 탓해야 할 것이다. 오래된 소라들인가, 새들의 지저귐 소리가 요란했다. 옆자리를 보니 그녀는 아직도 한밤중이었다. 나는 눈을 뜨면 하는 나쁜 버릇대로 담배부터 불을 붙여 물었다. 그리고 그녀가 깰세라 살그머니 밖으로 나왔다. 미륵리는 간밤에 그려보았던 대로 외진 산골마을이었다.

몇십 마리씩 떼 지어 앉은 아침새들 또한 시끄러웠다. 나는 민박촌을 어슬렁거리며 돌아다녔다.

"안녕하셨습니까? 일찍 일어나셨군요."

누군가 해서 돌아보니 구멍가게 청년이었다. 나도 알은체를 하며, 특히 미륵에 대해 잘 알 수 있었다고 웃음을 던졌다.

"미륵리만 보시고 그냥 가실 겁니까, 아니면 월악산까지 들어가실 겁니까?"

청년이 물었다.

"글쎄…… 별다른 계획이 없는데……"

나는 얼버무렸다. 본디는 미륵리도 계획했던 곳이 아니니 다른 무슨 계획이 있겠느냐는 말은 이 향토인에게 할 수가 없었다. 그리고 솔직히 말해 월악산은 아예 내 산(山) 사전에는 애초부터 들어 있지도 않았다.

"오신 김에 다 들르셔야죠. 요기서 조금 더 가면 물레방아 주막이라는 데가 나오는데 거기엔 사자빈신사(獅子頻迅寺) 터의 석탑이 있습니다. 그것도 보시고……"

청년은 과연 향토에 애착이 깊은 사람이었다.

"그래요……?"

미륵리만 해도 앞으로 더 나아온 상태인 나는 더 이상 앞으로 갈 의욕이 없었다. 돌미륵으로 충분했다. 그래서 건성으로 듣고 있던 나는 사자빈신사라는 이상한 이름의 절에 문득 궁금증이 일었다. 사자빈신사라니?

"네. 그리고 월악산에는 유명한 덕주사(德周寺)가 있지요. 옛날 신라의 마지막 태자인 마의태자의 누이인 덕주공주가 창건한 절이라고 합니다."

청년은 이 지방에 대해서라면 무엇이든 물어보라는 투였다.

"덕주사…… 마의태자…… 그런데 사자빈신사라는 건 무슨 뜻일까?"

나는 거기에 관심이 있음을 털어놓았다.

"아, 사자빈신사요? 그건…… 빈은 자주 빈 자이고 신은 빠를 신 자인데…… 글쎄요…… 사자가 자주 빠르게 능력을 나타내는 절이라고 해석해보았지요. 석탑밖에는 흔적이 남아 있지 않은데, 특이하게도 석탑에 네 마리의 사자가 조각되어 있습니다."

청년은 여러 가지 준비를 갖추고 있음에는 틀림없었지만 사자빈신사의 해석에서는 얼마쯤 자신감이 없어 보였다. 하지만 아무래도 좋았다. 그의 설명으로 나는 네 마리의 사자가 조각되어 있다는 석탑에 강한 호기심을 느꼈다. 그의 말대로라면 그곳은 '요기서 조금 더 가면' 되는 곳이었다.

새소리 때문에 잠에서 깬 것은 실로 오랜만의 일이었다. 그래서 바깥으로 나갔을 것이다. 그리고 돌아와서도 "어딜 갔다 오는 길이에요?" 하고 묻는 그녀에게 "새소리가 열어놓은 영혼의 길을 찾아갔다 왔지" 하는 대답으로 제법 멋까지 부려보려 했던 것이다. 새소리가 열어놓은 영혼의 길. 그러나 실상 나는 한 마리 작은 참새의 죽음을 회상했던 정도였다.

"어서 일어나라구. 우린 지금 이상한 나라에 와 있는 거야. 여긴 미륵의 나라라구. 서둘러야 돼."

그러나 그녀는 아직 이부자리 속에서 뒤척이고 있었다. 새소리는 아직도 요란했다. 마치 얼마 전에 죽은 한 마리 참새를 애도하기라도 하는 듯하다고 나는 생각했다. 그 작은 참새 새끼 한 마리를? 그러나 그 미지의 마을에서는 우리가 채 모를 일들이 벌어지고 있는 것만 같았다. 그렇게 새소리는 유난히 요란했다.

그 얼마 전 어느 비 오는 날, 별생각 없이 산책을 나갔다가 참새 새끼 한 마리를 잡았다. 잡았다기보다 주웠다는 쪽이 적합했다. 참새 새끼는 길옆 도랑에 빗물을 담뿍 머금은 채 나부죽이 엎드려 있었다. 조금 전까지 세차게 퍼붓던 폭우 탓이리라. 그러나 폭우가 아니더라도 참새 새끼는 혼자 창공을 마음껏 날아오르기에는 아직 어려 보였다. 둥지에서 멋모르고 뛰어나왔다가 그만 비를 만난 것으로 짐작되었다.

처음에 무엇인가가 움찔거린 듯해서 그곳을 긴장하고 살피기 시작한 나는, 혹시 뱀이 아닌가 싶었다. 이웃 광덕산(光德山)에 뱀이 많다고 했으므로 그보다는 깊지 않다고 하더라도 그와 맞보고 있는 가사미산에 뱀이 없지는 않을 것이었다. 광덕산 기슭에서 비닐하우스 농사를 짓고 있는 젊은이는 백사(白蛇)까지 몇 번 목격했다고 했다. 나는 영등포의 뱀장사한테서 들은 말이 떠올라서 왜 잡지 않았느냐고 따지듯 물었다. 뱀장사의 말에 따르면 백사는 에이·비·시·디의 네 등급으로 나뉘는데, 에이 등급은 몇천만 원을 내고도 줄을 서야만 산다는 것이었다. 뱀이 몸에 좋다고들 여러 사람이 이구동성으로 말하지만, 나는 늘 "글쎄……"라는 태도에서 더 나아갈 수 없었다. 대만 같은 데서는 코브라 이빨에서 독을 빼내어 팔기도 한다고 했다. 그곳을 여행하고 온 사람은 그 효험을 입에 침이

마르도록 늘어놓기도 했다. 뱀의 독을 마시고 힘을 낸다. 그 사람의 말대로 술도 많이 마시고 여자도 많이 즐겁게 해준다. 물론 매우 좋은 이야기이다. 나라고 해서 술을 많이 마실 수 있고 여자를 많이 즐겁게 해줄 수 있는 능력을 갖고 싶지 않으랴. 그러나 뱀의 독으로까지 그러고 싶지는 않은 것이다.

참새 새끼는 도랑 아래서 날개를 파닥거리고 있었으나 날지는 못했다. 순간적으로 뱀이 아님을 안 다음에도 두꺼비에서 매미까지 추측이 엇갈렸다. 빗발이 듣는 날씨에 도랑 아래 엎드려 있는 참새 새끼는 쉽사리 상상할 수가 없었다. 나는 조심스럽게 다가갔다. 그리고 참새 새끼임을 확인하고 손을 뻗쳐 들어올렸다. 날개를 펼치고 다리를 뻗쳤으나 일단 손아귀에 들어온 참새 새끼는 무력했다. 몇 번 몸을 버둥거려도 옴짝달싹못하게 되었음을 깨달은 참새 새끼는 가쁜 숨만 할딱할딱 몰아쉬었다.

나는 한 손으로는 참새 새끼를 거머잡고 한 손으로는 우산을 들고, 약간 경사진 그 길을 걸어 내려갔다. 나는 내 삶의 지난 몇십 년을 오로지 이 길을 걸어가기 위해 헤매 다녔던 것이라고도 생각했다. 도대체 삶이 무엇이기에 아무 목적 없이 헤매는 일로만 탕진했는지 아득한 일이었다. 언뜻 보니 딸기밭에서 누군가 몇이 열심히 일을 하고 있었다. 붉은 옷을 걸친 허수아비들이었다. 가는 빗발 아래서 그 허수아비들은 이곳 마을을 떠난 사람들의 영상 같았다. 딸기를 먹으러 오는 것은 날짐승일까, 들짐승일까. 며칠 전 저쪽 딸기밭에서는 원두막을 짓다가 두더지 두 마리를 잡았다고 했다. 그런데 그 두더지 두 마리의 다른 가족은 근처를 맴돌며 잃어버린 가족을 찾고 있는 눈치더라고 했다. 사로잡은 두 마리의 두더지는 아파트 공사장의 무슨 과장 두 사람이 각기 한 마리씩 가져가 허리 아픈 데 좋다며 고아먹었다는 것이었다.

허수아비들을 지나쳐 가자 왼쪽으로 채 철거되지 않은 민가가 나타났다. 이 집이 개를 기르는 집임을 나는 알고 있었다. 그러나 그 길에서 만나게 되는 이 집은 뒤꼍 쪽으로서, 전혀 다른 인상을 주었다. 아카시아숲은 이제 길을 완전히 뒤덮고 있었다.

"이제, 보신탕 합니까?"

나는 마당을 기웃거리며 청년에게 물었다. 보신탕에 관심이 없는 나로서는 아무 필요도 없는 물음이었다.

"아뇨. 아직, 며칠 있다가 할라고요."

청년은 그렇게 말하고 지금은 고기로만 팔고 있다고 덧붙였다. 청년은 개백정이었다. 보통은 개를 흉기로 치거나 찔러서 잡을 것으로 추측하겠지만 그렇지가 않았다. 우선 개의 주둥이를 고무줄로 친친 묶는다. 자연히 콧구멍도 묶여서 개는 숨통이 막히게 된다. 이 개를 서부영화에나 나옴 직한 교수대의 올가미에 달아맨다. 그러면 개는 순식간에 숨이 끊어지고 만다. 이 과정이 너무도 손쉽고 자연스러워서 개를 보살피는 어떤 과정쯤이 아닐까 착각을 일으키기도 하는 것이다. 나는 개장사 집을 뒤로하고 또다시 걷기 시작했다. 아래쪽으로 매립중인 늪지대가 나오고 길이 굽어졌다. 그리고 곧 멀리 산업도로로 질주하고 있는 차들의 행렬이 나타났다.

며칠 전인가 철물점에서 일을 보던 청년이 자동차 사고로 숨지고 말았다. 청년의 친구가 남의 봉고차를 훔쳐가지고 와서 타라는 바람에 얼결에 올라탄 그는 안양으로 가 디스코클럽에서 춤도 추고 놀았다고 했다. 그러고는 돌아오는 길에 그만 차가 가로수를 들이받고 말았다. 차에서 튕겨져 나온 청년은 길옆의 논바닥에 나가떨어졌고, 거기 잘박하게 괴어 있는 물에 얼굴을 처박아 그 충격과 질식으로 죽고 말았다고 했다. 청년은 고향의 홀어머니에게 봉급을 거의 모두 꼬박꼬박 보내며 밥은 얻어먹고 잠은 한뎃잠을 자다시피 했었다. 그런데 막상 장례식에는 그 홀어머니조차도 어찌된 셈인지 오지 않았다. 장례식은 동네의 포장마차 주인이 나서서 간신히 치렀고, 그 뼛가루는 야산에 뿌려지고 말았다. 청년은 나도 알고 있어서 그 돌연한 죽음이 믿기지 않았다. 그러나 이런 돌연한 죽음을 나는 잘 알고 있었다. 몇 해 전에 옛 친구가 바로 논바닥에 엎어져 죽어버렸던 것이다. 아무리 술을 마셨다 해도 그의 집이 부천 쪽이었는데 어떻게 김포가도의 논바닥에 가서 엎어졌는지 어림짐작조차 할 길이 없었다. 오래전에 그가 다니던 대학의 기숙사인 기원학사(祇園學舍)로 찾아가서 그와 사귀었던 일이, 가섭(迦葉)의 미소를 닮았음직한 그의 미소와 함께 아련하게 되살아났다. 그가 내게 남긴 것이라곤 그 미소밖에 없다는 생각이 들었다. 그렇다면 내가 이 세상의 다른 사람에게 남기고 가는 것은…… 여간 적막해지는 물음이 아닐 수 없었다. 어느새 아카시아나무들 밑으로 이어진 옛 마을길은 끝나고 있었다. 나는 손아귀 속에서 할딱이는 참새 새끼를 들여다보았다. 지쳤는지 체념했는지 아예 눈까지 내리감고 있었다가 그제야 눈까풀이 벗겨지고 까만 눈알이 보였다. 겁을 집어먹고 있는 눈이었다.

어서 이놈을 집으로 데려가 살려야 한다. 어렸을 때 두 번인가 참새 새끼를 주워 살린 적이 있었다. 한 번은 실에 다리를 묶어 지붕 위에 올려놓았고 한 번은 새장에 넣어 바깥마루에 두었었다. 두 번 다 어미새가 먹이를 물어다 먹였고 새는 잘 자랐다. 그러나 지금은 어미새를 불러줄 방법이 없었다. 하지만 어떻게든 살려봐야 한다. 나는 빠른 걸음으로 숲길을 벗어났다. 새의 깃털을 적시고 있는 빗물은 손의 온기로 조금씩 말라가고 있었으나, 그래도 새는 가끔 온몸을 부르르부르르 떨었다.

아파트로 급히 돌아온 나는 새장을 만들 궁리부터 했다. 새장을 마련할 때까지는, 마침 거실에 나와 있는 선풍기가 눈에 띄어 안전망을 열고 바람개비를 빼낸 다음 그 속에 가두었다. 선풍기는 훌륭한 임시 새장이었다. 그런 다음 이리저리 뒤진 끝에 스티로폼으로 된 생선상자와 철사를 구해 새장을 만들었다.

"참새를 키우려고요? 참새나 꿩 같은 건 여간해서 안 됩니다."

들어오는 길에 만난 동네 사람의 말이었다. 그러나 나는 그 말에 반증이라도 하려는 듯 열심히 새장을 만들었다. 이 새를 살리지 못하면 모든 생명을 향한 나의 애착도 거짓된 것에 지나지 않는다고 여겨졌다. 이 새를 살림으로써 내 삶 자체를 증명해 보여야 하는 것이었다. 참새 새끼는 선풍기 속에서 그 철망을 연한 발가락으로 꼭 움켜잡고 가끔 온몸을 부르르부르르 떨었다. 눈까풀을 닫았다가 열기도 했다.

"아직은 못 먹을 테니까 저녁에 좁쌀 좀 구해 오라고."

나는 그녀에게 말했다. 그리고 내가 생각해도 지나치리만큼 꼼꼼하게 새장을 만들었다.

이미 나이 서른을 넘은 사내가 먹고살 일도 걱정인 판국에 참새 새끼를 위해 새장을 만들고 있다는 것은 어딘가 아귀가 맞지 않았다. 세상에서는 개헌이니 민주화니 해서 많은 사람들이 큰일들에 몸을 바치고 있었다. 많은 사람들이 서로 쫓고 쫓기고도 있었다. 그런데 나는 할 바를 모르고 무엇 때문인가 늘 초조하고 불안해하다가 이제 겨우 참새 새끼를 위한 새장을 짓는 일을 붙들게 된 것이었다. 일가친척들과의 왕래도 끊겨버린 지 오래고 서울바닥에서도 물러나 앉은 외돌토리 신세로 이제 겨우…… 하지만 새장을 만드는 것만이 내가 할 수 있는 가장 구체적인 일임을 어찌하랴.

펜치로 철사를 잘라 스티로폼 상자 아구리에 간격을 맞춰 끼우고 나서 한쪽에 손이 드나들 만큼 작은 문을 냈다. 참새 새끼를 잘 키워서 훌륭한 어미새로 만들기에 부족함이 없는 보금자리였다.

"밭에 나갔다 올게요."

산 밑으로 새로운 택지를 닦은 자리에 여러 사람들이 푸성귀 밭을 일구어 재미 삼아 뜯어먹고 있었다. 그녀는 그곳에 가서 얼갈이배추며 상추, 쑥갓 따위를 뜯어 올 모양이었다.

"그러지. 오다가 좁쌀도 한 홉 사오고."

그녀는 밖으로 나갔다. 나는 완성된 새장을 거실 바닥에 내려놓고 선풍기 속의 새를 꺼냈다. 새는 처음 넣어두었던 그대로 앉아 있었다. 철망을 붙들고 있는 발톱의 힘이 의외로 세게 느껴져서 나는 풀뿌리를 뜯듯이 새를 철망으로부터 뜯어냈다. 이 새도 어떻게든 살려고 하는 것이었다. 새는 곧 그의 보금자리로 옮겨졌다. 새장 속에 둥지가 없어서인지 새는 맨바닥에 뒤뚱거리며 앉아 날갯죽지를 늘어뜨려 균형을 유지하려고 애썼다. 깃털의 빗물이 완전히 마르고 기운을 좀 차렸을 때 아쉬운 대로 가로막대를 하나 질러주면 되리라 싶었다. 갑자기 몸이 노곤해진 나는 새가 한두 번 파닥거리는 소리를 들으며 잠 속으로 빠져들어갔다.

잠 속에서 무슨 꿈을 꾸었는지는 확실치 않았다. 그러나 나는 무슨 꿈인가를 꾸었다. 그 무렵 술에 취하지 않고 잠든 때는 어김없이 밑도 끝도 없는 개꿈에 시달리게 마련이었다. 결코 사자 꿈이 아니었다. 가장 많이 꾸는 꿈은 쫓기는 꿈이었다. 가령 전쟁이 났을 때면 나는 더 많이 쫓겼다. 숨었다가 쫓기다가 간신히 살아나는 길은 꿈에서 깨는 수밖에 없었다. 그렇지 않고는 영락없이 죽게 되어 있었다. 모든 사람들이 나를 쫓았다. 모든 종류의 '이쪽' 사람들과 모든 종류의 '저쪽' 사람들이 다 나를 쫓았다. 전쟁 꿈이 아니더라도 언젠가 한 번은 어느 종교인지 알 수 없는 교도들이 성스러운 의관을 갖추고 무작정 나를 쫓는 것이었다. 그런데 그들은 무섭게 나를 쫓으면서도 하나같이 웃음 띤 얼굴을 하고 있었다. 내가 그들에게 무슨 잘못을 저질렀는지 아무리 따져도 확실치 않았다. 그때처럼 꿈이 무서운 적은 다시없었다. 나는 분명히 또 쫓기는 꿈에 시달린 것 같았다. 어쩌면 대학 시절에 어떤 과목 하나를 이수하지 못했는데도 실수로 졸업을 시켰다고 쫓아온 것인지도 모른다. 그 별 볼일 없는 졸업장 때문에 쫓기다니, 그렇다면 개꿈도 형편없는 개꿈일 터였다. 아니다. 이번에는 어떤 정체 모를 사람들에게 쫓겼다. 그들은 나를 사로잡아 다짜고짜 주둥이를 고무줄로 친친 동여매고 교수대의 올가미에 걸려고 하는 것이었다. 그리고 커다란 맹금류(猛禽類)를 끌고 와서 간을 쪼아먹게 하려는 것이었다. 나는 희미한 의식 속에 눈을 퍼뜩 떴다.

날은 흐렸으나 아직은 밝은 때였다. 갑자기 살고 싶다는 강렬한 욕구가 죽음의 공포와 함께 밀어닥쳤다. 이제 나는 누구로부터도 쫓길 필요가 없는 사람이다. 꿈에서만이 아니라 현실에서도 쫓기듯 하루하루 연명하고 있든 일상의 악순환에서 벗어나 건강하고 당당한 삶을 꾸며도 좋을 것이다. 그런데 웬일인지 공포가 밀어닥치는 것이었다.

나는 곧 새장 속으로 눈길을 던졌다. 어쩐 일로…… 새는 발랑 자빠져 배를 드러내고 있었다. 나는 소파에서 일어나 새장 가까이 다가갔다. 새가 치켜들고 있는 발은 반쯤 오그라져 있었다. 그 몸은 언뜻 살펴보아도 굳어 있다는 것을 짐작할 수 있었다. 나는 혼잣말로 중얼거렸다. 죽어 있는 새의 발가락이 넷임을 보고 나는 참새의 발가락이 넷이라는 사실을 비로소 알았다. 나는 문을 열고 죽은 새를 꺼냈다. 야윈 채 도드라져 있는 용골돌기가 손에 만져졌다. 깃털을 관찰한 결과, 꼬리의 깃털은 열한 개였고 날갯죽지 한쪽의 깃털은 열다섯 개였다. 나는 새의 주검을 새장 위에 놓아두고 밖으로 나갔다.

비가 온 뒤라 나무들의 잎사귀는 녹색이 더욱 짙어 보였다. 나는 새를 잡았던 도랑으로 가보았다. 물은 그새 말라 있었고, 눅눅한 검불이 흩어져 있을 뿐 아무것도 없었다. 그제야 나는 새가 죽어버린 것을 사실로 받아들였다. 없으므로 죽은 것이었다. 죽음이란 다름이 아니었다. 없어지는 것이었다. 새도 나처럼 쫓기다가 결국 죽어버린 것이었다. 쫓길 곳이 없어서 결국 죽어버린 것이리라. 새는 죽었지만 산과 나무의 영검은 조금도 쇠퇴하지 않은 듯했다. 이상한 일이었다. 그러고 보면 그 새는 산과 나무의 영검에 의해 죽게시리 되어 있었다고 해야 한다. 산과 나무가 그 새의 죽음길 사자로서 나를 그 길로 이끌었던 것이다. 그런 일을 하고 난 다음, 나무들의 잎사귀는 더욱 싱싱하게 영검의 빛을 발하고 있지 않은가. 그 영검의 가장 확실한 증거는 내가 아직도 살아 있다는 것이 아니고 무엇이랴.

나는 사경에 이르렀던 여러 번의 일들이 머리에 떠올랐다. 6·25전쟁 중에도 몇 번인가 죽어 없어질 뻔했다. 거창한 그런 사변의 소용돌이 속에서가 아니라 일상의 잔잔한 여울 속에서도 많은 위험이 있었다. 가장 평범하게, 가장 비겁하게 살아도 도처에서 누군가가 비수를 들고 나타난다. 저 자식 주는 것 없이 미운 자식이야. 건방진 자식, 죽어야 해. 그러기에 가섭의 미소로 웃을 줄 알던 친구를 죽음으로 끌고 가는 데는 겨우 발목을 찰랑이는 눈물 한 바가지면 족했던 것이다. 이 세상에서 가장 못할 짓이 쫓기는 노릇이었다. 바로 그 공포에서 벗어나야만 한다. 산과 나무의 영검을 믿어야 한다.

하릴없이 집으로 돌아온 나는 소파에 앉아 담배를 피워 물었다. 이제는 쫓기지 않는 잠을 이룰 수 있을지 그것만이 내 삶의 앙상한 잔해로 남아 있는 것 같았다. 나는 새장 안을 들여다보았다. 빈 새장은 아무짝에도 쓸모없는 것으로 남아 있었다. 나는 불과 몇 시간도 안 된 조금 전에 그 새장을 열심히 만들고 있었다. 내가 누구에겐가 쫓기지 않았다면 나는 그토록 정성 들여 새장을 만들지는 않았을 것이다. 그런데 새는 너무도 쉽게 죽어버렸다.

현관문이 찰칵 열리는 소리가 났다. 나는, 누구야, 소리도 하지 않고 그대로 앉아 있었다. 죽음의 사자라 할지라도 나는 그대로 앉아 있을 수밖에 없었을 것이다. 푸성귀를 담은 비닐봉지를 든 그녀의 모습이 나타났다. 나는 기운 없이 말했다.

"새가 죽었어."

"새가요? 그럼, 오히려 잡아와서 죽음을 재촉한 거 아녜요?"

"산신령의 영검이 그렇게 하도록 한 거라구."

나는 거의 들릴락 말락 하게 중얼거렸다. 나는 그녀에게 더 이상 이러쿵저러쿵 늘어놓을 자신도 없었고 또 필요도 느끼지 않았다. 자, 보라구. 난 이렇게 살아 있잖아. 그게 바로 산신령

의 영검이야. 그녀는 무슨 뚱딴지같은 소리를 하나 하고 괴물
을 대하듯 나를 바라볼 것이었다.

"새는 어딨어요?"

그녀가 선풍기를 바라보며 물었다.

"저기 새장 위에."

그러나 나는 새의 주검을 바라보지 않았다.

"좁쌀은 어떡하죠?"

"거야 뭐, 밥할 때 넣지."

나는 건성으로 대답했다.

"새에 벌써 벌레가 꾀요."

새에게로 다가갔던 그녀가 얼굴을 찡그렸다. 쉬파리가 날아
와 눈곱이라도 핥고 있는 모양이었다. 곧 쉬를 슬 것이다. 나는
마지못하여 소파에서 일어나 새의 날갯죽지를 엄지와 검지로
집어 올려 베란다의 난간 밑으로 가볍게 집어던졌다. 그것이
조금 전 내 손안에 쥐어져 따뜻한 온기를 나누어 가졌던 생명
의 실체였다. 집 안은 다시 조용해졌다. 빈 새장만이 한쪽 옆에
그대로 놓여 있었다. 나는 내가 텅 빈 새장을 가슴으로 가지고
있는, 어떤 초현실주의 그림에 나오는 사내 같다는 생각을 했
다. 서서히 어두워 오는 저녁 하늘 아래 나는 나무들이 무성히

자라고 있는 그 언덕을 바라보았다. 그리고 나는 비로소 깨달 았다. 여태껏 나무들이 자라온 나이만큼의 세월이 바로 오늘 하루에 흘러간 것 같았다. 그리하여 나는 빌고 있었다. 이젠 제 발 쫓김에서 벗어나게 해주시사. 새를 죽게 한 산신령의 영검 이라면 그쯤이야 어떻게 해줄 수 있지 않을까 하고 나는 생각 에 잠겼다.

민박촌의 새소리가 어느새 잦아진 사이 그녀가 부스스 일어 나 머리부터 매만졌다. 자, 이제 이 미지의 마을에서 어떤 일들 이 우리를 기다리고 있는가 알아봅시다 하는 투였다. 사실 그 마을까지 이르기 위해 우리가 치렀던 일들도 미지를 향한 발 걸음이었다. 그 과정을 더듬어보자면 먼저 뜻밖에 받았던 한 통의 청첩장을 말해야 하고, 그러자면 다시 지난 어느 날로 돌 아가야 한다.

나무들에서 꽃이 피어 달착지근한 향내가 대기를 떠돌던 지 난봄에 그녀와 나는 점심을 싸가지고 나왔었다. 바로 집 옆의 산이라고는 해도 점심 준비까지 해가지고 간다는 것은 내게 는 호사였다. 그만큼 각박한 세월을 살아왔다는 말도 되는 것 이다. 날씨는 맑았고, 벌들은 아카시아꽃을 빨려고 꽃나래마다 잉잉거렸다.

"이런 데 벌통 하나 놔두면 꿀은 마냥 따겠네."

나는 내가 언제라도 그럴 수 있다는 것처럼 말했으나, 그것은 아카시아꽃 아래의 소풍이라는 예측할 수 없던 일로 갑작스레 가정적인 사람의 허울을 쓰고 있는 내가 약간은 멋쩍은 감회 때문에 던진 말에 지나지 않았다. 이제까지 나라는 인간은 결코 가정적이 될 수 없다는 것이 내 판단이었다. 생판 낯모르는 남자와 여자가 만나 흔히 말하듯 '살을 섞으며' 산다는 것부터가 내게는 수상쩍은 사건이었다. 바닷가의 모래알처럼, 하늘의 별처럼 하고많은 사람 중에 왜 이 사람이 아니면 안 되는 것일까? 그런 법칙은 애초에 있지 않다. 제약된 경험의 결과 그렇게 되었을 뿐이다, 하고 어리석음을 지적받을지라도 나는 자꾸만 물음만을 던지며 살아왔었다.

그런데 나는 그녀와 함께 아카시아꽃 아래로 단란한 부부의 모형처럼 소풍을 가고 있었다. 몸 하나 편히 누일 집 한 칸을 마련하려고 주간 신문사나 회사 홍보실에 직장을 얻어 동분서주하며 이리 차이고 저리 차인 나날들을 뒤로하고 제법 소시민 티를 내고 있는 너는 누구냐? 짐짓 연출한 행복이 그런데도 진짜 행복처럼 여겨지려 해서 나는 속이 메슥거리기조차 했다.

"벌통? 진짜 그거 하나 놔요, 여기. 가짜 꿀 타령 안 하고 좀 좋아."

그녀는 다른 사람의 말뿐만 아니라 내 말에도 늘상 귀가 얇았다. 나는 속으로 혀를 쯧쯧 찼다. 내게 벌통을 놓는 재주가 있다고 믿는 것부터가 미련스러운 생각이었다. 그러나 그곳에 아카시아꽃이 유난히 많은 것만은 사실이었다.

"벌통은 나중에 좀 더 생각하기로 하고, 저기쯤 자리 어때?"

나는 적당히 말하며 앉을 만한 곳을 정했다. 우리는 어느덧 소나무숲 속을 지나 아카시아꽃이 주위에 온통 흐드러지게 피어 있는 한가운데 펑퍼짐한 풀밭에 도달해 있었다. 아마도 도시계획이 세워지기 전에 토박이들이 그 옆의 성황당 고개를 넘어다녔을 무렵에는 누군가 농사를 짓던 산밭이었던 듯 보이는 곳이었다.

무엇을 심었었을까, 하는 의문 끝에 나는 언뜻 양귀비꽃을 연상했다. 주위를 빙 둘러싸고 있는 아카시아나무 때문일 것이다.

아편의 원료가 되는 양귀비는 단속이 워낙 심해서 깊은 산속에 위장을 하고 심는다는 이야기를 예전에 들은 적이 있었다. 초등학교 때 살던 경기도 양주군 신산리 마을의 양귀비 꽃밭도 떠올랐다. 그 꽃은 마을의 후미진 집 뒤란에 있었다. 그 집에 잇닿은 흙벽돌집에 같은 반의 여자애가 있어서 나는 곧잘 그 근처를 헤매곤 했었다.

그 애는 날마다 학급에서 〈애국가〉를 부를 때면 앞에 나와 두 팔을 저어 박자를 맞추는 일을 도맡아 했다. 앞에 나온 그 애는 이상하게도 표정을 잃었고, 두 팔을 올렸다 내렸다 펼쳤다 하며 사분의 사박자의 기계적인 지휘 동작을 할 때면 마치 나무로 깎아 만든 인형처럼 보였다. 그러나 내가 흙벽돌집 앞을 헤매며 훔쳐보는 그 애의 얼굴은 뺨이 복사꽃처럼 발그레하고 눈동자가 반짝반짝 빛났다. 그 애가 두 모습을 가졌다는 사실처럼 내 마음을 혼란시키는 것은 없었다.

옛날 양귀비라는 예쁜 여자가 있었는데, 이 꽃이 너무 고와서 그 여자 이름을 그대로 따서 부른단다.

나는 어머니에게 그런 이야기를 듣곤 했다. 어머니는 내가 배가 아프다고 보채면 삶아주려고 양귀비 마른 대궁 한 단을 마루 밑에 넣어두곤 했던 것이다. 내가 그 애와 양귀비꽃을 늘 함께 생각한 것은 지극히 자연스러운 연상작용이었으리라. 왜냐하면 그 애는 종종 양귀비 꽃밭 옆에서 빨래를 하곤 했기 때문이었다. 습자지같이 얇고 붉은 양귀비 꽃잎들이 소리 없이 하르르하르르 떨어지던 한낮이었다. 누군가가 꽃잎이 벌어진 뒤에 담뱃대통처럼 커진 씨방의 겉껍질에 칼로 금을 그었다. 그러면 하얀 진액이 배어나와 검게 변하여 꾸덕꾸덕 굳어갔다. 물론 이것이 곧 아편임은 훨씬 나중에야 알았다. 그 애와 양귀비꽃의 연상작용은 불행하게도 여기서 끊어지고 말았다. 그 가을에 나는 그곳을 떠나 전학을 한 것이었다.

그 뒤로 나는 양귀비꽃을 본 적이 없었다. 집 안의 낡은 옷가지조차 다 가져다가 아편 주사 한 대와 바꾸고는 끝내 뼈만 남은 몰골이 되어 죽어가던 아편쟁이들이 예전에는 많았다. 그들을 황홀하게 이끌어 끝내 뼈만 남은 몰골로 죽어가게 하는 아리따운 여자의 이름을 가진 꽃.

하지만 내게는 아직도 그 애가 그 꽃밭 옆에서 빨래를 하는 모습이 보인다. 나중에 주간지에서 보고 안 저 양귀비. 전족으로 발을 꼬옥 죄어 당나라 현종 임금의 손바닥 위에 올라설 수도 있었다는 양귀비 같은 여자는 결코 아니었다. 그래도 그 애와 양귀비와 양귀비꽃은 동시에 내 머릿속에 떠오른다. 그곳을 떠난 몇 해 뒤에 중학생으로 다시 찾았던 나는 그 흙벽돌집이 흔적도 없이 헐리고 〈애국가〉를 지휘하던 그 애가 초등학교를 마치자마자 팔리다시피 산 너머 마을로 시집갔다는 소식을 들었다. 산 너머 마을로 가는 길은 멀리서 보아도 황토투성이의 길이었다. 그 애는 어떤 식으로든 내가 여태껏 만난 여자 중에 가장 어린 나이에 시집을 간 여자였다.

우리는 아카시아꽃 그날 산밭 옆에 야외용 비닐 돗자리를 펴고 음식을 벌여놓았다. 음식이라야 집에 있던 것일 뿐, 새로 장만한 것이라고는 상추쌈 정도였다. 김치와 오이지와 멸치조림과 소시지 몇 개. 그녀는 목이 마른지 슈퍼마켓에서 얻은 물통의 뚜껑을 열고 그대로 입을 댄 채 꼴깍꼴깍 물부터 마셨다.

즐겁고 뜻깊은 오찬이 시작되었다. 뒤늦게 집 한 칸을 마련한 쑥스러움과 아카시아꽃 향기가 또한 반찬이었다.

"웬만하면 자주 와야겠어. 집 가까이 이런 데가 있다는 건 혜택이야."

나는 쌈을 입에 넣고 우물거렸다. 그녀는 동의한다는 듯 눈을 껌벅이며 새삼스럽게 주의를 돌아다보았다. 때는 한낮, 날씨는 쾌청, 벌들은 꽃타래마다 잉잉거렸다. 그러나 웬일인지 우리가 그와 같은 시간을 또 가질 수 있을지는 의문이라는 생각이 어렴풋이 들었다. 꿈속에서 쫓기듯이, 나는 생활에서 여전히 쫓기고 있는 것이었다.

그때 나는 얼마 떨어지지 않은 곳에 웬 사내가 혼자 앉아 있는 것을 보았다. 그는 술을 마시고 있었다. 인적 없는 산속에 홀로 와서 러닝 차림으로 땅바닥에 퍼질러 앉아 술을 마시고 있는 사내의 모습에서는 어딘가 정상인 같지 않은 냄새가 났다. 그러자 문득 몇 해 전 일이 상기되었다.

그해 봄이 되면서 내 건강은 한층 악화되었다. 의사의 진단에 따르면 오랜 무절제와 과로로 인하여 몸의 온갖 기관이 지칠 대로 지쳐 제구실을 못하고 있다는 것이었다. "충분한 영양 섭취와 휴식이 무엇보다 중요해요. 그러지 않으면……" 그는 내 얼굴을 깊이 들여다보았다. 의사들은 늘 엄포를 잘 놓는단 말이야 하고 마음의 여유를 가졌던 적도 있었으나, 그때의 나는 전혀 그러지를 못했다. 내 건강이 넝마처럼 만신창이가 되어 있음을 스스로 잘 알고 있기 때문이었다.

마침 새 동네로 이사를 한 참에 나는 틈만 나면 집 뒤로 야트막한 야산으로 발길을 옮겼다. 제법 맑고 시원한 공기도 공기려니와 인적이 드문 능선의 오솔길을 걸으며 마음의 평온을 얻을 수 있기를 바랐던 것이다. 별 볼품은 없는 산이었지만 소나무와 오리나무나 조팝나무가 서로 어깨를 둥싯거리듯이 어우러졌고, 그 등성이로 가르마처럼 나 있는 오솔길은 어디까지든지 끝없이 이어져 있을 것만 같았다. 따뜻한 봄볕을 받으며 잔잔한 마음가짐으로 하루 또 하루를 살아가는 중에 은근하고도 거절할 수 없게 건강이 찾아와주기를 간절히 바라는 마음과는 달리 왠지 그것이 쉽지는 않으리라는 어두운 생각이 머리를 숙이지 않고 있었다.

진달래꽃이 한창 피어나는 무렵이었다. 그날은 나도 모르게 상쾌하고 날렵한 기분이 들어서 나는 오솔길을 꽤 멀리까지 걸어갔다. 워낙 느린 발걸음이기도 했지만 오솔길은 가도 가도 끝이 없었다. 한 굽이를 넘으면 또 한 굽이. 저기만 오르면 이제 사방이 확 트이겠지, 하는 기대로 몇 굽이를 넘었다. 오솔길은 자꾸만 계속되고 있었다. 환한 대낮에 가끔 새소리만 들려올 뿐, 주위는 고즈넉한 정밀에 빠져 이 세상의 어디가 아닌 듯한 착각이 들었다. 그러나 여전히 나뭇가지들은 하느작거렸고 풀잎들은 비비적거렸다.

다시 한 굽이를 넘자 길옆에 작은 팻말이 꽂혀 있는 것이 눈에 띄었다. '산불조심'이라는 빨간 글씨 밑에 '나무를 꺽지 말자'라고 까만 글씨가 적혀 있는 팻말이었다. "꺾이 꺽으로 되었군." 나는 틀린 맞춤법에 대해 흥얼흥얼 노래하듯 중얼거렸을 뿐, 예전 날카로운 눈으로 사물을 볼 때처럼 화를 내지는 않았다. 부드러운 마음가짐으로 사물을 대하고, 뭇사람들을 향해서도 모난 눈초리를 던져서는 안 되리라. 그것은 또한 내가 마음의 평온을 얻는 길이기도 했다.

내리막길을 조금 기우뚱거리며 내려가니 진달래꽃이 군데군데 화사하게 피어 있는 산비탈이 나왔다. 나는 꽃무더기를 무심히 바라보며, 산으로 들로 쏘다니면서 그 꽃잎을 따먹던 어린 시절을 회상해보고 있었다.

그때 한 작은 소녀가 꽃들 사이에서 고개를 들었다. 소녀는 진달래꽃을 꺾어 다발을 만들어 가지고 있었다. 나는 웃음을 지어 보냈다. 그러나 소녀는 내 웃음에 어떤 음흉한 저의라도 숨어 있는 게 아닌가 알아보려는 듯이 나를 빤히 바라보고만 있었다. 그다음에 내가 어떤 행동을 할 것인가를 두려운 마음으로 살피는 것도 같았다. 소녀를 해치지 않을 사람이라는 것을 믿게 할 만한 최소한의 징표도 가지고 있지 않다는 생각이 들었으므로 나는 그저 웃음밖에는 보여줄 것이 없었다. "애야, 넌 혼자로구나." 소녀는 진달래 꽃다발을 몸 뒤로 돌려 감추고 있었으나, 그 꽃을 감추기에는 워낙 작은 몸집이라 마치 몸 뒤에 진달래 꽃나무가 자라고 있는 듯한 모양이었다. "혼자서 이런 데 와서 꽃을 꺾고 있어두 무섭지 않나보구나." 나는 여전히 웃음을 띠고 부드러운 목소리로 말했다. 그제야 소녀는 몇 발짝 움직였다. "어디 가까운 데 사니?" 내가 다가서면서 말하자 소녀는 고개를 까닥거렸다. 마음을 좀 놓은 듯했다. "하지만 꽃을 함부로 꺾어서는 못써요." 나는 소녀로 하여금 내가 자상하게 타이르는 면도 있는 좋은 어른이라고 느낄 수 있도록 따뜻한 어조로 말했다. 그와 함께 자연을 사랑하는 마음을 갖게끔 하려는 뜻도 없지는 않았다. "진달래꽃 아래 문둥이가 숨어 있다가 아이들이 꽃을 꺾으러 오면 잡아먹는다." 나는 어렸을 때 어디선가 주워들은 이야기를 들려주었던 것이다. 그런데, 그 이야기를 듣자마자 갑자기 소녀가 울음을 터뜨렸다. 소녀는 진달래 꽃다발을 손에서 떨어뜨리고 본격적으로 울 태세였다. 나는 당황했다. "얘야, 왜 그러니? 난 나쁜 사람이 아냐. 울지 마렴." 소녀는 울음을 그치지 않았다. 나는 낭패감을 느끼며 한편으로는 그렇게 환심을 사려고 했어도 무위로 돌아갔다는 사실에 서글픔마저 밀려왔다. 나는 소녀에게 다가가 손을 잡고 끌었다. "안 되겠구나. 집으로 데려다주마. 자, 아저씨 따라와." 소녀는 울음을 그치지는 않았으나 내가 이끄는 대로 순순히 따라왔다. 내리막길은 아직도 계속되고 있었다.

얼마쯤 내려가자 오솔길은 거기서 막혔다. 사방을 둘러보아도 앞쪽의 허름한 나무대문밖에는 길이 통해 있지를 않았다. 나무대문은 오랜 비바람에 낡을 대로 낡아 있었고 따로 열리고 닫히지도 않은 양 기우뚱하게 기울어져 있었다. "여기가 너희 집이냐?" 나는 반신반의하면서 소녀를 향해 물었다. 소녀는 훌쩍훌쩍 코를 들이마시면서 그렇다는 시늉을 했다. 나는 삐거덕거리는 문을 흔들어보았다. "뉘시오?" 누가 대답을 하리라고는 미처 예기치도 못했지만 뜻밖에 사람 목소리는 가까운 데 있었다. "지나가던 사람입니다. 아이가 산에서 울고 있기에 데리고 왔습니다." 나는 공손한 말투로 말했다. 이윽고 한 사내가 모습을 나타냈다. "댁의 아이십니까?" 나는 물었다. 사내가 훌쩍거리는 소녀를 흘깃 쳐다보았다. "우리 앤 아닙니다만, 이웃집 애지요." "여긴 여러 가구가 사는군요." "뭐 어디 살 만한 곳이 있나요. 다들 싫어하니…… 음성 나환자들은 일반인과 다름없어요. 쉽게 말해 음성 나환자는 문둥이가 아니라는 거지요. 다만……" 나는 그의 얼굴을 뚫어지게 쳐다보았다.

그때의 나와 저 사내는 비슷한 모습일지도 모르겠다는 생각에 나는 다소 안도감을 가지려고 했다. 그러나 순간 러닝셔츠 차림의 사내가 어슬렁어슬렁 오고 있는 모습이 보였다. 사내는 웃음을 띠고 있었으나 땀이 번질번질한 얼굴은 어딘가 불안해 보였다. 게다가 한 손에는 소주병을, 한 손에는 술잔을 들고 있었다. 얼결에 나이를 먹은 나도 이리저리 기우뚱한 몸을 하고 있겠지만 사내의 모습은 어떤 짐승을 연상시켰다. 천천히 다가오는 코뿔소를 닮아 있다고나 할까. 나는 저절로 긴장이 되었다. 텔레비전의 〈동물의 왕국〉 같은 데서 본 코뿔소는 천천히 뒤뚱거리며 걷다가도 갑자기 무서운 속도로 돌진했다.

나 혼자라면 어떻게든 위기를 모면할 수 있을 것이다. 그러나 그녀가 있었다. 갑자기 몽둥이라도 들고 험악하게 나온다면 꼼짝없이 당하는 길이다…… 생각하기에도 끔찍했다. 이곳은 정리가 덜 된 개발지구라서 아닌 게 아니라 여러 가지 사고가 잦은 곳이었다. 누구든 밤중에 주머니를 털렸다고도 했고 누구는 흠씬 두들겨 맞았다고도 했다. 나이 든 노처녀가 뒤를 밟아 온 괴한에게 칼에 찔렸다고도 했다. "잠깐 앉아도 될까요? 죄송합니다. 두 분이 나오셨는데 이거 끼어들어서…… 몇 마디 하고 금방 가겠습니다." 그가 옆에 와서 쭈그리고 앉았다. 나는 말없이 응낙하는 표정을 지었지만 그의 틈입이 거북하고 불쾌했다. "화가 나셨습니까? 용서하십시오." 그는 지나치게 깍듯했다. "아, 아닙니다. 좋습니다." 나는 마지못해 적당히 대꾸했다. 공손하게 말하고 있지만 기분이 언짢아지면 돌변할지도 몰랐다. 그가 술잔에 술을 따라 홀짝 마시고 나서 거칠게 숨을 몰아쉬었다. 술을 그리 많이 마시지는 않은 상태 같은데 몹시 힘들어하고 있었다. "이거 드십시오. 뭐 안주가 마땅치 않군요." 나는 김치와 멸치조림을 조금 밀어놓았다. "괜찮습니다. 괜찮습니다." 그는 고사하면서도 손을 멸치조림으로 뻗었다.

입맛을 잃은 나는 그가 어서 가주기만을 바라는 심정이었다. 도대체 무슨 목적으로 왔는지조차 알 길이 없는 사내가 우리를 번갈아 살펴보고 있는 가운데 밥맛이 날 까닭이 없었다. 사내가 다시 술 한 잔을 따라 들이켰다. "아주머니도 예쁘시고…… 이렇게 나와서 식사하는 게 참 부럽습니다." 그가 그녀를 바라보았다. 그 말에 나는 적이 놀랐다. 그녀가 예쁘다는 말은 공치사라 할지라도 듣기에 여간 껄끄러운 말이 아니었다. 사실 나 자신 그녀가 예쁜 얼굴에 속하는지 미운 얼굴에 속하는지 어떠한 결론을 못 내리고 벌써 여러 해째 살고만 있는 중이었다. 늘 결론을 내리고 싶은 마음이 없지 않았지만 그것처럼 모호한 것도 또 없었다. 그런데 그가 예쁘다고 말하는 것은 난처한 일이었다. 경우에 따라서는 상당히 즐거운 말이 될 것이겠으나 결코 즐겁지가 않았다. 그는 우리를 희롱하고 있는지도 몰랐다. 난데없이 나타난 추레한 사내가 그녀를 예쁘다고 하다니 그것이 사실이라고 할지라도 결코…… 이 사내가 점차 본색을 드러내는가 하고 생각하자 불안한 마음이 일었다.

"더 이상 일도 못해먹겠고 속상해서 올라왔습니다. 아무 기술도 없는 개잡부라고 어린것들도 함부로 하고…… 아무리 노가다 판에서는 아래위 삼십 년을 맞먹는다고 해도 참말로 기가 찹니다. 개잡부 아시지요? 막일꾼 말입니다. 하루 종일 일해봐야 술 한잔하면 남는 것도 없고 참말로 개잡부지요. 저도 얼마 전까지는 시골서 농사지으며 좋은 여자하고 살림도 차리고 잘 살았습니다. 그런데 그만 여자가 죽어버렸어요. 병명도 알 수 없이 갑작스레 그리되었지요. 기가 맥힙니다. 원망스럽기도 하고…… 휴…… 그렇게 갈 줄 알았다면 좀 더 잘해줄걸 하고도 생각되고…… 그 뒤론 농사일도 손에 안 잡혀 못하겠습디다. 마음이 내 마음이 아니게 됐으니까요. 그래서 이 도시까지 왔지요. 그치만 이 일도 영 못해먹겠어서 그만둘라고 산에 올라온 겁니다. 용서하십시오. 죄송합니다."

그는 힘들여 말을 마치고 다시 술잔을 홀짝거렸다. 그제야 사내의 정체는 윤곽을 드러낸 셈이었다. 거짓말은 아닌 성싶었다. 아내와의 사별로 말미암아 방랑하는 사내로구나. 나는 긴장을 풀려고 노력했다. 나는 그를 동정해야 한다고 생각했다. 그러나 실제로 그렇게 하지는 못했다. 헤어진 여자 때문에 갈피를 잡지 못하고 만신창이로 비틀거린다는 사실이 싫었다. 머저리 같은 자식, 자기 자신을 극복하지 못해 몸부림치는 모든 삶마저 추하게 여겨졌다. 머저리 같은 자식. 나는 그를 매도하고 있었다.

그러나 그는 갈피를 못 잡고 있는 사내인 만큼 여전히 위험한 짐승이었다. 잘못 건드리면 어떻게 나올지 예측할 수 없는 일이었다. 설혹 위험하지 않다고 하더라도 한없이 늘어놓는 하소연을 듣고 있어야만 하는 수도 있었다.

"예……"

나는 관심이 없는 것도 아니고 있는 것도 아닌 어중간한 태도를 취했다.

"이젠 다시 고향에 내려가 농사를 지어야겠는데, 어쩌알지 모르겠습니다. 그다지도 쉽게 저세상으로 가다니……"

그가 고개를 가로저었다. 나는 아내를 잃은 사람을 몇 보았지만 중년 나이에 그렇게 드러내놓고 괴로워하는 사람은 처음이었다. 코뿔소 같은 사내의 어디에 그와 같은 순정이 깃들어 있는지 한편으로는 감탄의 마음이 일기도 했다. 그는 지금 괴로움을 털어놓음으로써 위안을 받고 싶어 하고 있다. 하지만 아무 소용도 없는 일이었다. 더 좋은 자리가 있다고 한들 그가 배겨낼 여력은 없어 보였다. 좋은 아내가 그의 넋을 벗 삼아 황천길을 더듬어갔기 때문이었다. "어쩔지 모르겠다"는 말에도 아무 대꾸가 없자 그는 쓸쓸한 표정을 지었다.

들고 있는 술병의 술도 다 비워져 있었다. 나는 은근히 그가 일어나주기를 바라는 기색을 내비쳤다. 그가 와 앉아 있는 동안 나는 밥을 먹는 둥 마는 둥 하고 있을 뿐이었다. 그것은 짜증나는 일이었다. 술도 다 떨어졌고 말을 해봐야 그 고통을 제대로 이해해주지 못한다고 느꼈는지 그는 드디어 몸을 느리게 일으켰다. 내 작전은 주효한 것이었다. 나는 만류하지 않았다. "안녕히 계십시오. 실례 많았습니다. 모처럼 야외에 나오셨는데 방해가 안 됐는지 모르겠습니다. 죄송합니다." 그는 연신 허리를 굽히고는 아쉬워 보이는 발길로 한 발짝 두 발짝 천천히 멀어져갔다.

나는 마침내 무거운 짐에서 벗어났다. "원 시시껄렁한 사람이 와서 다 망쳤네." 나는 투덜거렸다. 다시 즐거운 분위기로 되돌아가서 남은 밥이나마 맛있게 먹고 싶다는 소망은 부질없는 것이었다. 입맛은 이미 멀리 달아나 있었다. "제기랄, 틀렸어. 여기 있다간 저 사람이 또 올지 모르니깐 그만 가자구." 나는 부루퉁하게 말했다. 어디서 술 한 병을 또 꿰차고 다시 나타난다면 큰일이었다. "맞아요. 밥도 제대로 못 먹고 이게 뭐람." 그녀도 맞장구를 쳤다.

그리하여 모처럼 만에 시도된 야외에서의 오찬 행사는 아무것도 아니게 흐지부지되고 말았다. 첫번째 시도가 안 좋아서인지 우리는 그 뒤 다시 그와 같은 시도는 입 밖에도 내지 않았다.

그로부터 얼마 뒤 자정 가까이 밤거리로 나간 나는 우연히 한 포장마차에 들렀다. 나는 늦은 시각에도 간혹 밤거리로 나가는 일이 종종 있었다.

그날도 왠지 마음이 안정이 안 되어 방 안을 서성인 끝이었다. 무작정 걷던 나는 동네의 개울에 걸린 다리를 건너 발길을 옮겼다. 그리고 주황색 불빛이 훤한 포장마차를 보고 불현듯 찾아든 것이었다. 애초에 잠깐 찬 공기나 쐬고 들어갈 생각이었다. 그러나 어둠 속에 깃들인 주황색 불빛이 나를 유혹했다. 나는 불빛에 홀린 밤 날벌레처럼 거기로 향했다. 주머니를 뒤지니까 다행히 지폐 몇 장이 손에 만져졌던 것이다. 늦은 시각이라 포장마차 안에는 한 사람도 없었다. 내가 들어섬과 함께 나간 손님이 거의 마지막 손님인 모양이었다. 주인은 나이가 꽤 든 거의 중늙은이에 가까운 여자였다.

"영업합니까?"

나는 주머니에 손을 찌르고 엉거주춤 서서 물었다.

"예. 앉으세요."

여부가 있겠느냐는 듯한 대답이었다. 나는 소주 한 병에 생 선구이 안주를 시켰다.

"얘, 전어 좀 구워라."

주인 여자가 바깥의 누군가에게 소리쳤다. 나무상자로 불을 붙인 모닥불 가에 젊은 여자가 앉아 있었다. 주인 여자의 말에 여자는 주섬주섬 일어나 포장을 들치고 들어왔다. 그러고는 바깥으로 나간 주인 여자 대신에 전어를 석쇠에 얹었다.

스무 살을 갓 넘었을까. 젊다기보다 어린 여자였다. 그 행동 이 포장마차 일에는 전혀 어울리지 않아서 나는 색다른 눈길 로 여자를 주시했다. 여자는 전어를 얹은 석쇠를 옆의 연탄화 덕 위에 올려놓았다. 그러고는 허리를 잔뜩 굽히고 손에 든 젓 가락을 그리로 가져갔다. 나는 호기심이 일어 여자의 행동거 지를 요모조모 뜯어 살폈다. 그러던 어느 순간 나는 갑자기 명 치끝이 싸늘하게 찔려오는 듯한 충격을 받았다. 웬일인지 모를 일이었다.

나는 그 원인을 발견하려고 곰곰 생각에 빠져들었다. 물론 그러는 동안에도 여자에게서 눈을 떼지는 못하고 있었다. 나는 모호한 감정의 소용돌이 속으로 조금씩 밀려들어갔다. 한번 잘못 빠지면 자꾸만 빠지기만 한다는 수렁 속에 든 것 같기도 했다. 한없이 안타까운 느낌도 들었다. 갈증과 더불어 깊은 회한이 밀려왔다. 도대체 근원을 알 수 없는 그리움이었다. 쓸 데 없는 감상이라고 치부해도 쉽사리 물리쳐지지 않았다. 그러는 동안에 전어가 다 구워진 모양이었다. 여자가 쟁반에 올린 안주를 가져다놓고 술병의 마개를 땄다. 그때 나는 흠칫 놀랐다. 여자의 얼굴에는 언제 어디선가 보았던 모습이 어려 있었다. 바로 그랬다. 내가 어떤 형언하기 힘든 감정의 소용돌이에 휘말리게 된 것은 그것 때문이었다.

나는 다시 한 번 여자의 얼굴을 살펴보았다. 이목구비의 어디인지 꼭 집어낼 수는 없어도 그 얼굴에는 꽤 오래전에 헤어진 어떤 모습이 어려 있었다. 잘못 본 것이 분명 아니었다. 나는 전율마저 느꼈다. 물론 그 여자는 내가 아는 얼굴이 결코 아니었다. 그럼에도 불구하고 묘한 것은 그 얼굴 어디엔가는 오래전의 그 애, 도저히 기억 속에서도 흐리기만 한 얼굴의 그

애, 양귀비 꽃밭 가에서 빨래를 하던 〈애국가〉의 소녀가 깃들
어 있었다는 것이다.

나는 눈을 감았다.

내게 웬놈의 감상병이 도사리고 있다가 느닷없이 서글픈 꼬
락서니의 모가지를 빼고 있다고 생각되었다. 부인하려고 해도,
냉정하게 굳은 마음으로 되돌아가려고 해도 소용이 없었다.
내 상상의 바퀴는 외곬으로 굴러가기만 했다. 그에 자극받아
나는 연거푸 술잔을 기울였다.

"아가씬 이 일을 하는 사람 같지 않은데……"

나는 드디어 말을 건넸다.

"예."

그녀는 망설이지 않고 또렷하게 대답했다.

"그런데 왜 여기 있지요?"

나는 부드럽게 물었다. 자칫 잘못 말해 여자가 돌아서서 입
을 닫으면 안 되었다.

"고모 일을 거들고 있어요."

여자가 바깥쪽에서 무엇인가 하고 있는 주인 여자를 가리키
는 시늉을 했다.

"본래 여기 살았나요?"

보통 때 같았으면 지나치게 꼬치꼬치 캐묻는다 싶은 경계심이 들리라 느껴졌다. 포장마차 안에는 우리 둘뿐이었다. 그렇게 묻는 중에도 나는 여자의 모습에서 한 소녀의 모습을 떠올리고는 점점 더 애틋한 감정에 젖어갔다.

그것은 내 마음의 날고기에 소금을 치는 것처럼 쓰라린 감정이기도 했다.

"여기 온 건 며칠 안 됐어요."

여자는 숨김없이 말했다.

"그러면 혹시 양귀비꽃이나 애국가에 대해 특별히 생각나는 것 없나요?"

"예?"

여자는 조리가 없는 내 질문에 눈을 동그랗게 떴다. 사실 내 질문은 어림없는 것이었다. 나는 곧 말을 바꾸어 왜, 무슨 일로 왔느냐고 캐물었다. 그래도 여자는 싫다는 내색 없이 순순히 털어놓았다. 자기는 남쪽 도시의 고등학교를 졸업하고 집에서 놀고 있는 여자라는 것, 그러던 중 고모에게서 마땅한 혼처가 생겼다기에 남자를 만나보려고 올라왔다는 것, 그런데 남자를 보니 전혀 마땅한 혼처로 생각되지 않았다는 것, 이제 곧 집으로 내려가야 할 처지라는 것 등이었다.

"왜? 그 남자가 어때서요?"

나는 웃으면서 말했다.

"사람이야 괜찮은 거 같았어요. 그런데 조건이 안 맞아서…… 직장이……"

여자는 말꼬리를 더듬었다. 그런 정도로서도 나는 정확히 알아들었다. 여자는 그 선본 남자보다 좀 더 나은 일을 하는 다른 남자를 그리고 있는 것이었다. 그것은 내가 나서서 이래라저래라 할 문제가 아니었다. 나는 묵묵히 고개를 끄덕여 보이고 술잔을 들어올렸다. 그녀의 말을 들으면 들을수록 옛 방황의 모습이 또렷이 되살아나 머릿속을 파고들었다. 이미 나는 오래전에 잊었다. 나뿐만 아니라 누구도 그런 지난 일에 연연하고 있는 것을 각박한 현실은 용납하지 않는다. 그런데도…… 그럼에도 불구하고…… 나는 못 견딜 심정으로 다시 또 한 병의 술병을 비우기 시작했다.

그때 바깥에서 주인 여자와 누군가가 두런두런거리는 소리가 들려왔다. 나는 건성으로 귀를 기울였다.

"김씨, 이젠 안 돼요. 또 와서 달라면 어째요. 술이 아까워서라기보다 김씨가 살아얄 거 아니오. 맨날 술만 퍼먹구설랑 일도 잘 안 나가고, 듣기도 싫은 죽은 마누라 타령도 이제 그만

두라구요. 반피맨쿠로."

주인 여자의 말은 싸늘했다. 누군가 와서 술을 달라고 졸라대는 모양이었다.

"개잡부라고 아줌마도 괄실 하는 거요? 한 병만 주시오. 이번에 돈 받거들랑 싹 갚을 테니까요."

상당히 취한 목소리였다. 그러나 그 말을 듣고 있는 동안 나는 그 목소리의 주인공이 확연히 떠올랐다. 틀림없었다. 코뿔소! 나는 이것저것 따질 것 없이 콧날이 시큰해졌다. 며칠 전에 나는 그의 말과 행동에 역겨움을 느꼈다. 그러나 이제 와서 내 분위기는 결코 그럴 입장이 아니었다.

코뿔소는 아프리카 코뿔소와 인도 코뿔소의 두 가지 종류가 있다고 했다. 아프리카 코뿔소는 콧잔등의 뿔이 두 개이며 인도 코뿔소의 어떤 것들은 뿔이 하나뿐이라고 했다. 이것은 내가 '무소의 뿔처럼 홀로 가라'고 하는, 어떤 경전(經典) 속의 말이 무슨 뜻인지 나름대로 해석해보려는 과정에서 우연히 알게 된 지식이었다. 뿔이 하나인 짐승은 없는데 홀로 가라니, 무슨 소리일까, 하고 나는 의문을 품었던 것이다. 그런데 뿔이 하나뿐인 코뿔소가 있다는 것이었다.

코뿔소가 곧 무소였고, 그 말은 외뿔 무소의 외뿔처럼 의연히 네 삶의 길을 가라고 가르치는 것이라고 나는 해석했었다. 해석이 틀리고 어쨌고는 둘째 문제였다. 광야를 헤매는 무소의, 그 외뿔처럼 외로움을 떨치고 당당히 가라!

나는 어느덧 취한 몸을 비틀거리며 자리에서 일어났다. 여자가 의아한 눈초리로 바라보았다. 포장을 들치고 바깥으로 향한 나는 그 사내에게 느닷없이 소리쳤다.

"사자를 봐요. 그렇게 살아봐요!"

무소는 어느새 사자로 변한 것이었다. 그것은 알 수 없는 노릇이었다. 모두들 놀라서 나를 쳐다보았다. 좀 어떻게 되지 않았나 하고도 여기는 눈치였다. 나는 다시 한 번 그렇게 소리쳤다. 그러나 소리치는 순간 그것은 사내도, 그 누구도 아닌 나 스스로에게 지르는 소리로 내게 되돌아왔다. 그와 함께 나는 소금물에 절인 배추처럼 후줄근히 기세가 죽어버렸다. 그러고 나서 나는 이상한 부끄러움에 젖어 도망치다시피 집으로 되돌아오고 말았다.

그런데 일이 어떻게 진척되었는지 며칠 전에 나는 한 통의 결혼 청첩장을 받았는데, 직접 그것을 들고 온 사람은 뜻밖에도 그 사내였고, 더더구나 뜻밖인 것은 상대방이 바로 그 포장마차의 처녀였던 것이다. 결혼식을 충주에서 올린다는 계획이었다. 바로 그 청첩장이 우리를 미륵리까지 오게 한 것이었다.

"자, 굼벵이 각시님, 빨리 돌미륵을 보러 가자구. 또 딴 것도 볼 게 있을 테니까 서둘러야 돼."

나는 아침녘에는 도무지 기동성을 발휘하지 못하는 그녀를 잡아끌었다.

"커필 못 마셔서 그래요."

그녀는 입맛을 다시며 커피 타령을 했다. 언젠가는 터미널에 가다가 커피를 마셔야 한다며 자판기를 붙잡고 서 있는 통에 아차 하는 순간 차를 놓친 적도 있었다. 그녀는 맥 빠진 사람처럼 내 뒤를 따랐다.

민박촌을 좀 벗어난 언덕 위에서 관광버스 몇 대가 서 있는 곳이 내려다보였는데, 그곳이 절터임은 한눈에 드러났다. 우리는 그곳으로 터벅터벅 걸어 내려갔다.

절터는 허물어진 돌층계로부터 시작되었다. 주위에는 아름드리 돌기둥들이 자빠져 가로세로 누운 가운데 절은 폐허와 다름이 없었다. 아니, 깊은 늪 속에 잠겨 있는 듯하였다. 그러나 개울을 끼고 차츰차츰 위로 올라가면서 트럭 크기만 한 돌거북을 비롯하여 석탑, 석등이 그대로 자리를 잡고 있는 그 위쪽으로 거대한 돌미륵이 아래를 굽어보고 서 있었다. 십 미터가 넘는 크기였다. 우리는 언뜻 보기에도 장엄한 규모의 사찰 경내를 누구에겐가 이끌리는 듯 걸어 올라갔다. 그녀 쪽은 어쨌거나 나는 새삼스러운 감회에 가슴마저 뻐근했다. 그녀도 아무 말이 없고 약간 굳은 얼굴이었다. 저 위에 미륵은 석실처럼 만들어진 구조 가운데 '자씨보살'이라는 이름에 맞는 자비로운 웃음을 띠고 서 있었다. 오랜 세월 동안 비바람 속에 버려져 있던 절은 어디에서도 생기를 찾아볼 수 없이 황폐한 느낌뿐인데, 돌미륵의 주변에는 상서로운 기운이 감돌고 있었다. 그것이 예술적으로 정교하지 못하다거나, 은진미륵이 그렇듯이 두루뭉수리라거나 하는 것은 다른 문제였다. 그것은 미륵이었다. 종이쪽지에 씌었던 바, 정확하게는 56억 7천만 년이 지나 이 세상에 나타날 미륵.

나는 어머니를 생각했다. 그러나 어머니는 지금에 와서는 미륵의 세계를 떠났다. 나를 이 미륵의 세계로 인도하기 위해 어머니는 일찍이 미륵을 가르쳐주었던 것인지도 모른다는 생각이 들었다. 그렇지 않았다면 나는 간밤에 미륵리로 오면서도 '재수 더럽게 없군. 온천에서 온천물 구경도 못하고' 운운 투덜거리기만 했을 것이다. 그러나 미륵이 그 꼬부라진 심통

322

을 어루만져 극복하게 해준다고 믿고 싶었다. 미륵이 청년이
준 종이쪽지대로 그렇게 대단한지 어떤지는 별개의 문제였다.
그러기에 미륵은 거기에 있었다. 그 하룻밤을 미륵이 아수라의
세상으로부터 구제해주었다고 해도 좋았다. 고마운 일이었다.

이윽고 우리가 두근거리는 마음으로 다가간 미륵 나라의 절
은 황폐할 대로 황폐해져 있었다. 그런데, 그래도 누군가에 의
해, 아니, 관광객 유치를 위해 애쓰는 청년에 의해 절의 기능이
되살려지고 있는지 돌미륵 앞에는 촛대와 향로와 시주함까지
마련되어 있었다. 조화인데도 시들어버린 꽃이 놓여 있기도
했다. 그 돌미륵 앞에서 몇 사람이 차례로 합장하며 절을 올리
고 있었다. 돌미륵 앞에 선 그녀는 예기치도 않게 합장을 하고
허리를 깊이 숙였다. 종잡을 수 없는 게 그녀의 행동이었다. 나
는 그녀 옆으로 가서 옆구리를 쿡 찔렀다.

"언제부터 신도가 된 거야?"

나는 웃었으나 그녀는 자못 심각한 표정을 짓고 있었다.

"이게 미륵의 세상이잖아요. 좋은 세상이잖아요. 이날 이때
까지 다행히 굶어죽지 않고 이렇게 여기까지 올 수 있었다는
게 좋은 세상이 아니고 뭐예요?"

그녀는 진지하게 말했다. 그녀로서는 아무렇지도 않게 한 말이었을지라도 내게는 피부에 와 닿는 무엇이 있었다.

"그 합장은 언제 배운 거야? 아무래도 기독교 쪽에 더 기울어져 있다고 여겨지는데."

마음을 천평으로 달 수 있다면…… 그럴 것이다라고 나는 생각했다. 그러나 그녀는 달랐다.

"교회에 가면 교회식으로 기도하고, 절에 가면 절식으로 기도해야지요."

역시 그녀는 당연하다는 말투였다. 그것이 옳건 그르건 이 세상에 존재하는 것은 엄연한 존재였다. 그러므로 그녀의 종교관을 내가 이러쿵저러쿵 얘기할 계제는 아니었다. 하지만 지극히 소박한 종교관이 이럴 경우 한결 소중해 보여서 나는 다른 말은 하지 않았다.

"로마에 가면 잘 살겠군."

나는 적당히 얼버무리고 나서 그녀가 돌미륵의 얼굴을 하염없이 올려다보는 사이에 재빨리 엉거주춤 합장의 시늉을 했다.

경내에 흐트러진 무수한 돌들은 축대돌을 제외하고는 모두가 부처 머리, 연꽃 돌받침, 괴수, 해태 등등의 조각들이었다. 그 돌들은 해당화, 옥매화, 작약, 철쭉, 민들레, 쑥부쟁이 들이 피어 있는 경내에 반은 묻히고 반은 드러난 채로 나뒹굴고 있었다. 그곳은 둔황의 석굴처럼, 로우란의 폐허처럼 오랜 세월 동안 버려져, 잊혀져 있던 곳이었다. 그 돌들은 미륵이 숨겨놓은, 이 세상의 암호를 푸는 열쇠라는 생각도 들었다. 그것이 〈애국가〉를 지휘하던 소녀, 진달래를 꺾던 소녀, 포장마차 여자와 결혼한 코뿔소 사내 같은 사람들과 함께 다시 우리 모두에게로 가까이 다가오고 있었다. 나는 미륵이 이곳에 다시 태어나는 것이라고까지 견강부회하여 믿고 싶은 마음이었다.

"자, 이제 가자구. 이 돌미륵은 언제 다시 한 번 와서 며칠을 묵으며 자세히 봐야겠어. 갈 길이 바쁘다구. 또 다른 곳 어디 사자빈신사라는 데가 있대."

나는 벌써부터 둔황의 사자를 생각하고 있었다. 비단길에 있는 둔황 벽화에서 보았던 사자가 여기까지 왔구나 하고 말이다. 지난 저녁 청년으로부터 네 마리의 돌사자에 대해 들었을 때, 나는 이미 어떤 느낌에 몸을 떨었다. 나는 돌 하나하나까지 꼼꼼히 들여다보는 그녀를 뒤로 돌려세웠다.

"사자…… 빈신…… 사?"

"그렇지. 사자 네 마리가 받치고 있는 석탑이 있대."

나는 자꾸만 뒤를 돌아보는 그녀를 이끌고 경내를 걸어 내려갔다. 절 밖에 정류장 표시도 없이 버스가 서는 곳을 미리 보아두었던 것이다. 모든 일들에 끝장을 보고 싶어 하는 성격의 그녀는 미진한 마음이 가시자면 아직도 멀었다는 듯 발걸음이 더디었다. 그것은 나도 마찬가지였다. 그러나 나는, 어느 편이나 하면, 좀 전에 내 생전 처음 미륵 앞에 섰을 때의 울렁거리는 마음, 형언할 수 없이 벅찬 마음이 어머니에게 용서를 빌고 또 세상 살아가는 내 갈지자걸음에도 모두의 용서를 비는 마음으로 이어지고 있음을, 돌미륵으로부터 돌아섬으로써 더 올곧게 간직할 수 있다고 여기고 있었다.

찰나에 미륵을 보든 영겁에 미륵을 보든 미륵은 일단 보면 된다. 짧게 보거나 길게 보거나 반짝이는 눈동자와 곯아버린 눈동자는 따로 있는 것이었다. 그러므로 사랑의 완성은 단순히 시간의 힘에 의지하려는 것은 어리석다. 시간의 힘에 의지하려거든 시간에 사랑의 넋을 불어넣을 수 있는 자만이 그래야 하는 것이다.

우리는 미륵사의 경내를 벗어났다. 관광버스가 떠나고 또 닿고 하면서 흙먼지를 자욱하게 일으키고 있었다. 사자빈신사에 들러 석탑을 보고 점심을 먹고 어쩌고 하다 보면 집에 돌아갈 시간도 꽉 차리라 여겨졌다. 나는 버스가 서는 곳에 가서 걸음을 멈추었다.

그때, 나는 다시 흙먼지 속에 남자와 걸어오고 있는 여자를 보았다. 귀고리를 달고 온천마을의 삼류 여관 층계를 오르던 여자였다. 그녀도 어김없이 이 골짜기로 들어왔구나 싶었다. 나는 얼굴을 버스가 올 쪽으로 향하고도 자꾸만 그녀에게 신경이 쓰였다. 무슨 인연의 끄나풀로 매여 있기에 여기서도 맞닥뜨리게 된단 말인가. 나는 나도 모르게 흘낏흘낏 그녀의 동태를 살폈다. 그녀가 이리저리 두리번거리는 모습이 살펴졌다. 그것이 화장실을 찾는 행동임을 나는 쉽게 알았다. 한 모퉁이에 나무판자로 지어놓은 화장실 아닌 변소를 곧 발견한 그녀는 핸드백을 남자에게 맡기고는 그곳으로 걸어갔다.

"오줌이 마렵군."

나는 말하고 나서 급히 변소를 향해 걸어갔다. 두 칸짜리 변소는 한쪽은 '신사용'이었고 한쪽은 '숙녀용'이었다. 나는 안으로 들어갔다. 칸막이 위로 뚫려 있는 오른쪽의 '숙녀용' 칸에 그녀가 있음은 말할 나위도 없었다. 그러자 언제부터인지, 간밤에 옆방에 들었던 여자가 그녀라는 심증을 굳히고 있었다는 생각이 들었다. 온몸이 다 녹아버리는 것 같애.

"나야……"

나는 아직도 잊지 않고 있는 그녀의 이름을 불렀다. 대답은 들리지 않았다.

"나야. 여기서 만났군. 서울은 넓은데 우리나라는 좁아."

그녀와 함께 파밭이 있는 바닷가 여관으로 향해 갔던 날이 다시 기억되었다. 그녀를 여관방에 놔둔 채 밖으로 나왔던 것이 가슴 아프게 되살아났다. 나는 그 바닷가에서 벌거벗고 자유를 찾아 헤맸었고, 한때 사랑을 나누었던 우리는 그러고 마침내 헤어졌었다. 그 이야기를 시시콜콜 다시 캘 필요는 없을 것이었다. 다만 헤어짐, 이별이라는 실체만 확인하면 그만일 것이었다. 헤어진 뒤 우리는 한 번도 만날 기회가 없었다. 서울은 철저한 익명의 도시, 은닉의 도시였다.

아무 소리도 들리지 않았다. 그녀는 가만히 듣고만 있었다. 당황하고 있는 모양이었다.

"아무튼 오늘은 이상한 날이야. 여기는 먼 곳이고 우리는 드디어 만났으니."

나는 일인극 배우처럼 중얼거렸다.

"알아요. 저도 알고 있었어요."

그녀가 허탈하면서도 단호한 어투로 말했다. 나만이 그녀를 알아본 게 아니었다. 그러나 내가 그녀에게 굳이 그런 데까지 쫓아와서 말을 건 것은 케케묵은 과거를 들추고 무슨 꼬투리를 잡으려는 심보가 아니었다. 나는 사랑의 구제를 생각하고 있었던 것이다. 구제받지 못한 사람을 구제해주려고 미륵은 이 세상에 온다고 하였다. 우리가 어정쩡 헤어진 것에는 서로가 어딘지 구제받지 못할 구석이 있었다. 내 생각은 오로지 거기에만 쏠려 있었다.

"우린 사자빈신사로 갈 거야. 생각 있음 거기로 와서 같이, 서로들 모르는 사람인 체 네 마리 돌사자 석탑이나 보구 헤어져. 우린 이별 파티를 안 했잖아."

나는 급히 말하고 나서 밖으로 나왔다. 뒤에서 삐걱 판자문 열리는 소리가 났다. 금방 버스가 와 닿았다. 우리는 버스에 올랐다.

사자빈신사의 석탑은 탑 중간에서 네 마리의 사자가 바깥쪽을 향하여 앉아 그 윗쪽을 받치고 있었다. 그리고 그 사자들의 안쪽에는 왼쪽 둘째손가락을 뻗쳐 세우고 오른손으로 그 첫째 마디를 쥔 저 지권인(智拳印)의 비로자나불상이 안치되어 있었다. 밑층의 기단 가운데 돌에 고려 현종 13년인 1022년에 세웠다는 명문이 새겨져 있어 중요한 가치가 있다는 것이었다. 나는 비로소 사자를 자세히 보았다. 돌사자는 무서우나 온화

한 기품을 지나고 사방을 향하고 있었다. 그러자 인도의 사르나트 박물관에서 본 아소카왕의 네 마리 사자 기둥이 떠올랐다. 정확하게 표현하면 돌기둥 머리에 해당하는 것이었다. 일본 동경에서 올림픽이 열렸을 때 인도의 대표적인 미술품으로 전시되기도 했다는, 아름답게 조각된 그 네 마리의 사자는 사방을 바라보며 사랑과 평화를 지키고 있다는 느낌이 들었었다. 그리하여 그 사자를 보고 온 그 저녁, 나는 그녀에게 단 두 줄의 편지를 썼던 것이었다.

아소카왕의 네 마리 사자
그대에게 내 마음의 사랑과 평화를 전하네.

그러나 그것은 말하자면 희망사항이란 것에 지나지 않았다. 그 두 줄이 무슨 진언도 아닌 바에야 사랑이고 평화고는 여전히 내게도, 그녀에게도 없었다. 그리고 지금 헤어진 그녀의 한 쌍과 우리 한 쌍은 이제 폐사(廢寺)가 된 사자빈신사의 네 마리 사자 앞에서 이상한 인연으로, 서로를 모르는 체하며 만난 것이다. 십 년에 한 번 비가 오면 양파의 하얀 꽃이 핀다는 그 폐허에서 만난 듯한 느낌이었다.

"네 마리의 사자가 하나의 탑을 받치고 있군요. 인도 것은 그냥 하늘을 받치고 있는데……"

나는 모른 척 옛 여자에게 말을 걸기도 했는데, 그러자 그녀의 남자가 받는 것이었다.

"아, 아소카왕의 돌기둥에서는 그렇죠."

그 말에 나는 처음 들었다는 듯이 "그래요" 하고 대답하고 말았다.

그리하여 우리는 돌아왔다. 게다가 네 사람이 같은 버스를 타고서였다. 아소카왕의 돌기둥 머리에 얹혔던 네 마리의 돌사자는 사랑과 평화를 기원하고 있었다. 그것을 나는 그녀에게 전했었고, 다시 사자빈신사의 네 마리 사자를 통해 내게 돌아온 것이었다.

그리고 내 마음은 그 어느 때보다 사랑에 가득 차고 평화스러움을 나 자신이 속속들이 느낄 수 있었다. 아직도 사랑과 평화가 희망사항이어서는 안 된다. 그 자체여야 된다고 나는 속 깊이 말했다. 그리고, 그렇다면 그것은 옛 유적 속에 깃들어 있는 영원한 사랑의 덕택이라고 나는 믿고 싶었다. 우리들은 모두 네 사람의 개인이지만 마치 저 네 마리의 사자처럼 하나의 탑, 하나의 세계를 받들고 있다는 생각이 든 것도 소득 가운데 하나였다. 그것이야말로 이별 파티였다.

버스가 터미널에 멎고 우리는 서울의 거리에 내렸다. 그러자 먼저 내려 있던 그녀의 남자가 다가와 "사자석탑을 소개해 줘서 고맙습니다. 우리 맥주나 한 잔씩 하고 헤어질까요?" 하고 말했다. 그 제안에 나는 그저 덤덤히 "아뇨. 고맙습니다만 우린 또 여기서 멀리까지 가야 되니까요. 자칫하다가는 총알택시를 타야 돼요. 안녕히 가십시오" 하고 대답했다. 그는 알겠다는 듯이 선선히 "그럼 잘들 가십시오" 하고 말했다.

우리는 터미널 앞길에서 헤어졌다. 그들이 어두워 오는 서울의 저녁 거리를 걸어가는 것을 잠시 바라보던 나는 어디선가 돌사자들이 살아 움직인다는 생각을 하였다. 사자빈신사의 네 마리 사자는 살아 움직이고 있다. 서역의 사자, 신라의 사자, 나아가 탑들, 조각들의 모든 사자는 살아 움직이고 있다. 일찍이 서역 땅을 거쳐 우리나라 탈춤, 사자가 나오는 그 탈춤의 본고장인 봉산, 강령, 기린에 이른 사자, 그리고 모든 탑들의 돌사자.

둔황을 지났는가.

로우란을 지났는가.

돌사자의 생명은 영원한 생명이었다. 저 고대의 나라를 다

지나 지금 우리들에게로 와서 살아 숨 쉬고 있는 것이었다. 그렇지 않고서야 우리가 공교롭게도 이 시간, 이 공간 속에서 만나고 또 헤어지고, 나름대로의 의미를 가슴에 아로새겨 달뜨고 아파하는 것도 허구가 아닐까 하는 생각이었다. 그런 가운데 사랑들은 그 영원한 생명을 노래하고 있었다.

봉산이 예서 머오? 강령이 예서 머오? 기린이 예서 머오? 서울이 예서 머오?

돌사자들은 서울의 거리에도 살아 숨 쉬고 있다. 이 사실을 모르는 한 우리의 사랑도 헛된 장난에 지나지 않는다. 진실한 사랑에는 무엇보다도 생명이 중요한 것이며, 그것은 사자의 저 움직임, 나아가서는 몇십억 년을 기다려야 한다는 빛나는 미륵 세상까지도 연결되는 것이다. 그렇지 않고서야 사랑은 완성되지 않는다.

그런 생각에 젖어 있던 나는 그녀에게 "어디 가서 맥주나 한 잔씩 하고 가. 저쪽, 돌사자의 길로 해서 말야" 하고 말했다.

사막의 여자

둔황 공항은 사막의 가장자리에 있었다. 활주로 쪽에서 보면 창고 같은 황색 시멘트 공항 청사 위에 타오르듯 붉은 글씨 '敦煌'이 그 앞으로 펼쳐진 사막을 향해 무엇인가 외치듯 써붙여져 있고, 한여름의 폭염이 쏟아져 눈이 어릿어릿했다. 갑자기 사막 한가운데 불시착한 느낌에 외경감이 앞섰다. 조금만 바깥쪽으로 걸어가면 그만 광대무변의 사막 속으로 빨려들어가고 말 것만 같은 두려움이었다. 일찍이 법현(法顯)은 이곳을 지나서 나아가며 말했다.

　사하(沙河)에는 악귀(惡鬼)와 열풍이 심하여 이를 만나면 모두 죽고 한 사람 살아남지 못한다. 위로는 날아가

는 새도 없고 아래로는 달리는 짐승도 없다. 위로는 날
아가는 새도 없고 아래로는 달리는 짐승도 없다. 아무리
둘러보아도 막막하고 어디로 가야 할지 도무지 알 수가
없다. 언제 이 길을 가다가 죽었는지, 죽은 사람의 해골
만 길을 가리키는 표지가 된다.

　그러므로 나는 사막으로부터 자꾸만 도망치듯 뒷걸음치는
나를 볼 수 있었다. 언젠가 인도네시아의 수마트라 섬 오지로
갔을 때보다도, 인도의 무굴제국 폐허로 갔을 때보다도 더 먼
오지, 지구의 끝에 나 혼자 버려져 있는 느낌에 나는 몸을 떨
었다. 지금 나는 그래도 문명의 산물인 중국 서북 항공공사 비
행기에서 셴셴콜라(參參可樂)를 마시고 '당신의 유쾌한 여행
을 빕니다(祝您旅遊愉快)'라는 팻말이 붙은 관광지에 온 것이었
다. 이렇게 달래도 내 마음은 쉽게 진정되지 않았다. 사막으로
부터 이상하게 괴괴한 침묵이 아우성치며 내 몸을 휩싸고 있
지 않은가. 이곳 어디에서 비천상의 음악소리를 들을 수 있단
말인가. 이곳의 어디에서 찬란한 문명의 자취를 볼 수 있단 말
인가. 이렇게 나는 혜초의 뜻깊은 책《왕오천축국전》이 발견된
곳, 옛 비단길의 중심 도시, 구도자들의 눈물겨운 유적지에 발

을 디딘 것이었다.

사막이야말로 너무나 엄청난 침묵, 위대한 고독, 끝없는 절
대로서 내게 다가온다. 때문에 나는 무서운 외로움에 떨며, 타
오르는 그리움에 몸을 맡기고 사막에 당분간 서 있을 수밖에
없다고 고백하고 싶다. 즉, 새삼 말할 것도 없이 이 사막이야말
로 단순한 자연으로서의 경관이 아니라 내 마음의 헤맴이 와
닿은 고난과 해탈의 결집처이기도 한 것이다. 일 년에 비가 겨
우 몇십 밀리미터밖에 안 오는 사막에서도 오아시스는 경이롭
다. 사람이 사는 곳 가까이 일구어놓은 밭에는 옥수수가 시들
시들하나마 자라고 있었다. 그 밭가에 서서 나는 고향을 떠나
온 마음을 달랜다. 옥수수가 내 고향 강원도의 옥수수와 같은
모습으로 자라는 것이 왠지 눈물겹다.

돈황, 둔황.

나는 다시 한 번 입속으로 그 이름을 불러본다. 엄청난 역사
의 풍파를 견디며 외롭게 사막을 지키고 있는 읍내는 조용하
게 잦아 있었다. 그리고 길가의 화단에는 백일홍, 금잔화, 접시
꽃, 해바라기 들이 반갑게 피어 있었다.

돈(敦)은 크다는 뜻, 황(煌)은 찬란하다는 뜻.

시가지 중심의 네거리 한가운데 비천상(飛天像)이 서서 왼

쪽 어깨에 비파를 올려 뜯고 있다. 나는 사막 가운데서 문득 낭만을 생각한다. 이렇게 쓰고 있는 지금 나는 류(柳)샤오제라는 이름을 가진 처녀의 눈동자를 생각하는 것이다. 나는 지금까지 그렇게 내 눈동자를 깊이 들여다보는 여자를 만나지 못했다. 그녀는 나를 그야말로 뚫어지게 쳐다보았다. 서역지방이 자랑하는 야광 배의 암록색 광채가 서려 있는, 이국 처녀의 타는 듯한 눈동자.

그녀와 가까이 있게 된 것은 실로 우스꽝스러운 일의 결과였다. 1990년대 초의 어느 여름날, 나는 다른 사람이라곤 하나도 남지 않게 된 둔황 북대가(北大街)의 태양능호텔(太陽能賓館) 한 방에서 뜻하지 않게 그녀와 마주했다.

그러나 그 이야기는 잠깐 미룬다. 나는 지금 둔황 시가지를 버스로 가고 있을 뿐, 아직 그녀를 만나려면 얼마쯤 기다려야 한다. 비천호텔(飛天賓館), 명산호텔(鳴山賓館), 실크로드호텔(絲路賓館)을 지난다. 시가지며 집들이며 모두 사막빛이다. 호텔이라곤 하지만 베이징이나 상하이의 특급 호텔과 비교해서는 안 된다. 우리나라의 이른바 장급 여관과 비슷한 수준이라 여기면 좋을 것이다. 시가지는 잦아 있다고 이미 말했다. 어쩌면 사람들이 제대로 살지 않는 도시처럼 그곳은 정적이 감돈다. 어디론가 하나둘 떠나면서 빈집들이 늘어나고 있는 느낌이었다. 한낮의 폭염이 따갑게 내리쬐고는 있으나 어디엔가 청량한 기운이 감돌았다. 까닭 모를 긴장감에 나는 문득문득 주위를 두리번거려야 했다.

"여기에는 우리말 하는 가이드가 없어 제가 여기까지 따라왔습니다."

난주에서부터 따라온 조선족 안내인 처녀가 말했다. 그녀는 공산당 청년당 감숙성 선전부 소속이었다. 중국의 멀고 먼 서쪽 변방에 감돌고 있는 정적이 내게 주고 있는 긴장감은 여러 갈래로 설명될 수 있겠다. 그 역사만 보아도 이곳은 변방 지방이 겪는 갖가지 풍상을 다 겪었다. 괴괴한 정적 속으로 갑자기 사막 모래먼지가 가득히 일며 어지러운 말발굽 소리가 들려올 듯하다. 돈황이라는 이름은 사마천의 《사기(史記)》〈대완전(大宛傳)〉에 처음 나타나는 것을 비롯하여 대략 기원전 1세기 무렵부터 중국 역사와 서역 역사를 오르내린다. 이야기가 난 김에 조금만 들춰보면, 기원전 176년에 흉노의 목특선우(冒頓單于)가 한나라 황제 문제에게 보낸 글을 읽을 수 있다.

'하늘이 세운 흉노의 대선우는 삼가 묻노라. 황제는 별 탈 없는가.'

오만한 글은 계속된다.

'복된 하늘과 좋은 백성과 강한 말로써 월지를 궤멸시키고, 누란, 오손, 호게 등을 복속시켰노라.'

아닌 게 아니라 한나라에서는 흉노를 달래려고 공주를 흉노왕에게 연달아 시집보내야 했다. 이 흉노를 바깥으로 몰아낸 것은 한나라 무제였다.《한서》〈무제본기〉에는 흉노의 혼야왕(渾耶王)을 항복시켜 그 땅에 무위, 주천 두 군을 설치했으며, 그 뒤 여기에 장액, 돈황을 나누어 설치했음을 볼 수 있다.

한낮에 감도는 괴괴한 정적은 알고 보면 쉽게 납득할 그곳 사람들의 관습 때문이었다. 점심을 먹은 뒤 한 시간 반가량 잠자는 시간이었다.

엄청난 침묵, 위대한 고독, 끝없는 절대.

그런데 내게는 이 오아시스 마을 자체가 이국 처녀의 눈동자로서 저 사막을 바라보고 있는 것이다.

사막에서 돌아와 맞은 그해 가을, 나는 류샤오제의 모습이 웬일인지 자꾸만 눈에 밟혀서 하는 수 없이 국립박물관이나마 가보는 수밖에 없었다. 거기 사층에 중앙아시아실이 있었다. 나는 그곳에서 어느덧 돈황으로 날아가, 그때 사막의 오아시스 모래산 기슭에서처럼, 그녀의 비천(飛天)의 하늘하늘 나부끼는 옷자락에 내 얼굴을 파묻는 것이었다. 그녀의 몸에는 분명히 비단길을 건너온 먼 나라의 향훈이 어려 있었다.

중앙아시아실에서 볼 수 있는 둔황 것으로는 우선 중국 신화의 복희씨와 여와씨를 그린 붉은색, 푸른색의 두 그림이 있다. 두 인물의 상반신은 사실적인 초상화인데 하반신은 다리고 뭐고 뱀처럼 각기 한 몸통으로 생략되면서 서로 빙그르르 꼬여 있다. 그리고 그다음에는 머리에 둥근 차양이 달린 모자를 쓰고 등에는 책상자를 메고 발치에 호랑이를 거느린 구법승이 있다. 현장(玄奘)이나 혜초, 또 많은 구법승들이 그런 모습이었을 것이다. 현장법사도 그런 모습으로 나라의 법을 어기고 숨어서 천축으로 향했다. 그는 석반타(石槃陀)라는 서역 사람의 안내로 호로하(瓠瀘河)에 오동나무를 걸쳐놓고 나라를 빠져나갔던 것이다. 그가 천신만고와 파란만장의 여행 끝에 장안에 돌아와 머문 대자은사에 우람하게 서 있는 대안탑이 새삼 외경스럽다.

그런데, 서울 한복판의 우리 박물관에 중앙아시아의 귀중한 유물들이 어떤 까닭으로 와 있게 되었을까. 이 의문과 연관된 탐험 이야기들을 자세히 밝히자면 한이 없다. 그것은 좁게는 중앙아시아 탐험의 역사이며 넓게는 제국주의의 역사가 될 것이다. 그러므로 영국 스타인으로부터 프랑스의 펠리오, 일본의 오다니 고즈이(大谷光瑞), 세 사람의 이름만을 거론하면서 간단하게 줄여나가야 할 것이다. 스타인, 펠리오, 오다니를 중국에서는 중국 문화재의 3대 도둑으로 꼽기도 했다. 박물관의 중앙아시아실에는 오다니 탐험대가 낙타를 몰고 사막을 여행해 가는 행렬을 찍은 사진도 있다. 그가 탐험대를 조직해서 런던을 출발한 것은 이십오 세 때인 1902년 8월이었다. 그는 교토 서본원사(西本願寺)의 주지로서 탐험대원들 역시 모두 종교적 열정에 들뜬 승려들이기도 했다. 이 제1차 탐험은 키질 유적을 중심으로 하는 것이었으며, 이어 1908년에는 다치바나 즈이치요(橘瑞超) 등에 의해 투루판과 로우란을 중심으로 제2차 탐험이 이루어졌다. 일본 탐험대가 둔황에 이른 것은 1910년 이십 세 나이였던 다치바나의 제3차 탐험 때였다. 일본 탐험대를 통틀어 오다니 탐험대라고 하는데, 다른 서양 탐험대들과는 달리 오다니 개인에 의해 계획되고 조직된 것이었기 때문에, 마침내는 절의 살림마저 기울어지게 만들었다. 오다니는 책임을 지고 물러났다. 이로써 유물들의 일부는 중국의 여순(旅順)으로 옮겨지고 나머지는 그의 집과 함께 정치 거래꾼인 히사시하라 보노스케(久原房之助)에게 팔렸다. 이 정치 거래꾼은 유물들을, 마침 한반도를 집어삼켜 초대 총독으로 이 땅에 와 있던 고향 사람 데라우치 마사다케(寺內正毅)에게 기증하였다. 이렇게 하여 서역 유물은 당시의 총독부 박물관에 소장되었고, 그것이 지금까지 여기 있게 된 까닭이었다. 유물들로서는 참으로 기구한 운명이었으나, 역사의 장난이라고나 할까, 우리로서는 엉뚱한 횡재를 한 셈이었다.

이야기가 자꾸만 옆길로 흘러 류샤오제의 눈총을 받을 것만 같다. 그러나 나는 어차피 그 역사의 현장으로 갔으며, 그리하여 그녀를 만난 것이다. 처음 한낮에 둔황 읍내를 가로질러 호텔에 도착해서 금방 그녀의 모습을 보게 된 것은 아니었다. 말했다시피 낮잠 시간이었는지도 모른다.

"지금은 어디로도 움직일 수 없으니 적당히 방에 들어가 우선 쉬세요."

안내인의 말에 따라 삼층으로 올라갔으나 허술한 건물은 빈집처럼 썰렁했다. 아무도 없는 복도와 층계를 오르내리며 웬일인지 '이곳에 아주 살게 된다면?' 하는 생각이 들었고, 이상한 전율에 사로잡혔다. 모두가 버리고 간 사막의 빈 성채에 홀로 남아 있는 것 같은 두려움, 고적감이 온몸을 휩싸고 지나갔다. 이곳은 사막의 오아시스 도시, 꽃피었던 옛 문화는 폐허로 남아 있는데, 어느 날 '나'라는 한 나그네의 발길이 와 닿았다. 순간 나는 객체화되면서 사막의 길 없는 길에 누워 있는 해골의 모습이 떠올랐다. 그것은 흰 뼈로 누워서 이정표가 된다. 어찌해서 내가 여기 와서 길을 잃게 되었는가. 내가 과연 한국의 강원도 땅 대관령 밑에서 태어나 서울에서 학교를 마쳤으며, 인생에 무슨 의미가 있는지 몰라 왔다 갔다 하는 그 인간이 맞는가. 나는 누구를 위해 몇 걸음이나 더 길을 알려줄 이정표 노릇을 할 수 있겠는가. 아아아, 소리쳐도 그 공허한 울림은 빈 집으로 빠져나와 빈 거리를 돌아가 다시 백골의 주인의 목울대에 잠길 뿐인 듯했다.

나는 도망치듯 어두컴컴한 층계를 내려와 바깥으로 나갔다. 빛이 쏟아지는 거리는 아직도 괴괴했다. 길 양옆으로 늘어서 있는 우중충한 낮은 집들 안에 사람들이 살고 있는지조차 의심스러웠다. 길을 건너 뭔가 가게가 있는 곳으로 발걸음을 옮겨 무엇을 하는 가게인가 기웃거리니 머리를 만지는 곳이었다. 어디서 구했는지 예쁜 여자들의 헤어스타일을 보여주는 사진들이 다닥다닥 붙어 있다. 남자 손님을 맞아 여자가 머리를 자르고 다듬으면 남자가 감겨준다. 항주에서 왔다는 젊은 부부는 서너 평짜리 가게 한쪽을 천으로 막아 살림방을 꾸미고 살고 있었다. 다시 걸음을 옮겨 마침내 다른 가게로 머리를 들이민다. 문에 늘어뜨린 흰 천에 씌어 있는 글자가 나를 안내한다. 샤오치부(小吃部)는 중국 서민 동네 어디서나 볼 수 있는, 나무식탁 두어 개 놓은 간이음식점이었다.

"니하오마?"

나는 인사를 건넸다.

"니하오."

주인 부부가 맞이했다.

"피주(啤酒)."

때에 찌든 식탁을 앞에 하고 나는 맥주를 시켰고, 도저히 알 수 없는 안주도 아무거나 고개를 끄덕여 시켰다. 어차피 이름은 모르므로 '차이(菜)' 글자가 들어간 것이었다. 중국에서는 어김없이 돼지고기나 양고기에 양파니 피망이니 부추니 하는 채소를 섞어 썰어 넣고 무조건 기름에 볶으면 안주가 된다. 회족(回族)의 높은 코에 깊은 눈을 가진 소년이 곁눈질을 하며 기웃거린다. 식탁 위에는 젓가락통과 재떨이와 낡은 선풍기가 놓여 있고 벽에는 인민정부청사 사진이 찍혀 있는 달력이 붙어 있었다. 말은 통할 리 없고 나를 소개할 길도 없었다.

이 사람들과 지난날 이곳에 저 찬란한 종교문화를 꽃피웠던 사람들은 어떤 관계에 있을까. 그 역사의 단절, 전통의 단절은 무엇으로 설명될 수 있을까.

문득 유적지 동굴 앞에 서 있는 왕원록 도사의 모습을 찍은 사진이 떠올랐다. 노장(老莊)의 도(道)를 뒤따르는 도사라고 하지만 도사다운 풍모는 엿볼 수 없이 초췌한 모습이었다. 그는 그곳의 귀중한 유물들을 발견했지만 탐험대가 건네주는 몇 푼에 그것들을 넘겨줄 사람이었다.

스타인이 처음 왔을 때 도사가 있었다고 했다. 청나라 말기에 감숙과 신강 땅에 전란이 일어나자 그 원정군의 병졸로 이곳에 온 그는 현지에서 제대를 하고 할 일이 없어지자 도사가 된 사람이었다. 그에 의해 유물이 발견된 사실은 틀림없는데, 그 경위에 대해서는 약간 다른 이야기가 전해진다.

그 하나―1900년 5월 26일, 인부를 시켜 석굴을 수리하다 보니 입구 쪽 벽 아래가 갈라져 있었다. 그래서 모래를 걷어내자 이상한 소리와 함께 벽이 더 갈라졌다. 벽에 귀를 대고 두드리면 속이 빈 소리가 들려 마침내 벽을 헐었다. 안에 조그만 문이 달려 있었는데, 그것은 방대한 유물이 가득 차 있는 방이었다.

그 둘―1899년 어느 날, 왕도사 밑에서 경전을 베끼던 사람이 담배를 피우면서 일을 하고 있었다. 평소대로 그는 담배 연기를 벽 틈에다 후 불었다. 그러자 연기가 쭉 빨려들어가는 게 아닌가. 이상하게 여겨 벽을 두드리니 속에서 울리는 소리가 났다. 이윽고 왕도사가 그와 함께 벽을 헐어내자 진흙이 발라져 있는 조그만 문이 나왔다. 작은 통로가 나타나며 유물이 숨겨진 방도 모습을 드러냈다.

여기서 그 사람이 피우던 것이 그냥 담배가 아니라 아편이라는 둥, 아편 연기를 빨아마시려면 불을 붙여야 하는데 불붙이는 도구를 놓기 위해 벽을 파다가 동굴을 발견했다는 둥 여러 말들이 있었다. 어떤 것이 사실이든, 이미 익히 말했다시피 이렇게 옛 유물들은 세상에 알려졌다. 그러나 이것들이 가치를 인정받기 위해서는 그로부터 다시 몇 년을 기다려야 했다. 그리하여 소문을 듣고 1905년에 러시아의 오브루체프가 달려온 것을 시작으로 '세 도둑'과 그 밖에도 여러 탐험대가 이것들을 바깥으로 가져감으로써 세상을 깜짝 놀라게 했고, 드디어 그 연구는 '돈황학'이라는 이름까지 얻게 된 것이었다. 다만 왕도사는 글자를 제대로 읽지 못하는 무식 때문에, 오브루체프는 지질학자로서의 한계 때문에, '방황하는 호수' 로프노르를 발견한 스벤 헤딘은 단순한 탐험가로서의 한계 때문에, 그

가치를 스쳐 지나치고 말았다고 했다. 그런데 가치를 알아본 것이 스타인이었다. 왕도사와 스타인은 똑같이 현장법사의 숭배자였다. 왕도사는 나중까지 유물들을 빼돌리는 데에 이골이 났었고, 이를 안 정부의 노여움으로 극형에 처해지게 되었으나, 뇌물을 써서 간신히 목숨을 건졌다는 뒷얘기도 있다. 어쨌든 두 현장법사 숭배자를 비롯한 여러 '도둑'들에 의해 우리는 유물들이 발견된 동굴의 이름이 장경동(藏經洞)이 됨을 기억할 수 있게 된 것이었다.

애초에 나는 류샤오제와의 만남, 그녀의 매혹적인 모습에 대해서만 썼어야 옳았다. 그렇지 못한 것이 자꾸만 이렇게 샛길로 접어들게 된 까닭이다. 그녀는 오아시스의 물빛 같은 원피스를 입고 있었다. 그래서인지 나는 그녀에게서 사막의 물 냄새를 맡는다. 이곳에서 물을 보는 것은 분명 진귀한 경험이었다. 명사산의 모래언덕들 사이에 어찌된 셈인지 몇백 년, 몇천 년 동안 모래에 파묻히지 않고 파랗게 고여 있는 월아천(月牙泉)은 어떠했는가. 호수에 손을 담그는 류샤오제의 모습을 돌아보며 나는 지금 꿈속에서 쫓겨나온 느낌일 수밖에 없다. 그리고 어디론가 길을 돌아서, 옥수수밭을 지나올 때 수로를 퀄퀄 흐르던 맑은 물도 그녀의 빛깔로 떠오른다. 물이 부족한 이곳 사막 사람들은 천산의 눈 녹은 물을 끌어와 생명수로 쓰고 있었다. 관광호텔에서 여행자에게 물을 많이 쓰지 말아달라고 부탁하는 것은 웃을 일도 아니었다.

명사산에 오를라치면 낙타를 타고 월아천 기슭으로 나아간다. 그러다 보면 낙타는 마치 거기 물이 있기 때문에 찾아가고 있다는 생각이 든다. 누가 낙타를 사막의 배라고 했던가. 위에 올라앉아 있으면 그 흔들림으로 온몸이 이리 쏠리고 저리 쏠린다. 그놈을 타고 사막을 건넌다는 게 여간 힘든 일이 아님을 나는 그때 비로소 깨달았다. 낙타의 방울소리를 들으며 나는 다시금 사막을 바라본다. 대학 때 마르코 폴로의 《동방견문록》을 막연한 동경심으로 읽었었다. 그 책을 다시 펼친다.

이 사막지대에 많은 악령이 있다는 것은 유명한 사실로 확인되어 있으나 그 악령은 기장 기괴한 환영으로 여행자들을 어리둥절하고 파멸케 하는 것이다. (……) 그러는 동안 자기들이 가야 할 큰길을 잃고 아무리 해도 찾을 수가 없게 되어 드디어는 사막 가운데서 그대로 굶어 죽었다고 한다. 그중에서 전혀 믿을 수 없을 만큼 놀랄 만한 것은 사막의 악령들이 여러 가지 악기 소리를 내어 공중에 가득 차게 한다는 것이다. 또 때로는 북을 치며, 칼이 부딪치는 처참한 소리까지 들린다고 한다. 따라서 이러한 때에는 대상들은 할 수 없이 밀집해서 간다는 것이다. 또 그들은 밤중에 밖에서 자게 되면 잠들기 전에 다음 날 아침에 갈 방향에 지표를 세운다든지 또는 짐을 싣고 갈 동물이 헤매다가 없어지지 않도록 방울을 달 필요가 있는 것이다.

광막한 사막에 악령이 없다면 그게 도리어 이상한 노릇일 것이었다. 그래서 그곳 백마탑이라는 유적 옆에서 나는 낙타 방울을 하나 사서 내 목에 달았다. 류샤오제를 처음 대하고, 나는 방울부터 보여주었다. 그녀는 미소를 지었다. 백마탑은 옛날 동쪽으로 법을 전하러 가던 승려가 타고 온 말이 그만 죽어버려 이곳에 무덤을 만들고 세웠다는 탑이었다. 길 한옆에 철책으로 둘려 있는 둥근 탑은 저쪽 포플러나무들이 듬성듬성 서 있는 배경의 메마른 땅에 버려진 듯 세월을 말하고 있었다. 새로 담장이 세워지고, 옆으로는 좌판 위에 모자며 펜던트며 팔찌 따위를 파는 잡상들이 먼지를 뒤집어쓰고 있었다. 그 죽은 말의 주인을 구마라습이라고도 했다. 학교 때 언뜻 주워든기로 구마라습은 중국 불교에서 서양의 기독교로 치면 베드로에 비유할 수 있다고 사학자 민영규 선생이 말했다. 그러나 이것은 어디까지나 중국에서의 불교를 말한다. 중국에 온 쿠처(龜玆) 나라의 승려 구마라습은 그만큼 많은 경전을 번역했다. 백마탑을 세운 옛 승려가 누구였든 그는 이곳에 있었던 구도자였음에는 틀림이 없을 것이다. 나는 싸구려 낙타 방울이 함께 사막을 가는 말의 방울일 수도 있다고 생각했다. 얇은 놋쇠 소리는 탁한 편이나, 그래서 슬픈 낙타처럼 슬프다. 사막 사람들은 낙타를 부릴 때 사정없이 옆구리를 걷어차는 것이고, 그러면 낙타는 목쉰 듯한 슬픈 소리로 우짖으며 탁한 방울소리를 울렸다.

나는 그것을 류샤오제에게 보여주고 소리를 들려줌으로써 그녀를 만날 수 있게 되었고, 그러고 나서 사막의 냉수 한 잔을 청했었다.

"쉐이(水)."

목이 몹시 탔다. 그날 나는 낡고 찌든 샤오치부에서 홀로 맥주를 마시다가 시간이 늦어 부랴부랴 막고굴의 동굴유적으로 달려갔었다. 버스가 부릉부릉 나를 기다리고 있었던 것이다. 읍내에서 이십 킬로미터 정도, 버스는 새로 발굴하고 있는 옛 도시국가의 폐허 사이로 달려갔다. 회갈색의 밋밋한 땅에 옛 도시국가는 평면도의 청사진처럼 펼쳐져 있었다. 이윽고 바위산이 멀리 나타나고 버스는 멎었다. 정문 위에는 붉은 바탕에 금색 글자로 '莫高窟(막고굴)'이라 세로로 씌어 있고, 아래에는 파란 바탕에 금색 글자로 '石室寶藏(석실보장)'이라 가로로 씌어 있었다. 진시황의 흙 병정과 말 무덤에서도 그렇듯이 여기서도 카메라는 사용할 수 없이 아예 맡기게 되어 있었다.

중국 말로 모가오(莫高)가 무슨 뜻인지는 아무도 정확히 모른다고 했다. 아마도 산스크리트 말로 해탈을 뜻하는 모크사(moksa)에서 온 것이 아닐까 하는 사람까지 있었으나, 그 해석은 너무나 멀어 보였다.

나는 포플러가 앞을 가리고 있는 바위산을 바라보았다. 많은 바위굴을 뚫어 그 속에 신앙의 대상을 모시고 수행의 장소로 삼은 천불동은 그 밖에도 중앙아시아 여러 곳에 있다. 키질, 쿰투라, 코초, 베제크리크, 톱슉, 토육…… 그러나 뭐니 뭐니 해도 이곳의 천불동을 제일 먼저 꼽을 수밖에 없다. 게다가 우리에게 중요한 의미를 갖고 있는 혜초의 《왕오천축국전》이 오랜 세월 동안 비밀 동굴 속에 숨겨져 있었던 그곳인 것이었다.

나는 어느덧 잔뜩 주눅 든 몰골로 바위벽 아래로 다가갔다.

시가지의 정적과는 달리 그곳에는 꽤 많은 사람들이 몰려다니고 있었다. 삼각형의 비닐봉지에 든 싸구려 오렌지 물감 주스를 빨아 먹고 있는 소녀는 어디서 왔을까. 그 옆에 서서, 이런 걸 빨아 먹으면서 자란 옛 시절을 더듬기도 한다. 내가 중학교 때 숨을 할딱이며 경주 토함산을 올라가서 석굴 앞에 섰듯이 소년은 비단길의 석굴 앞에 서 있었다. 석굴사원을 이룩한 옛 사람들의 마음이 동방으로 전해져 내게까지 닿아 있다는 사실에 겸허해질 수밖에 없었다. 그러자 소 잃고 외양간 고친다는 말이 떠올랐다. 많은 유물들이 도둑맞았든 팔렸든 흩어진 뒤에 이제야 석굴사원에는 온통 높다란 철책이 둘러쳐져 있고, 석굴 하나하나마다 철문이 굳게 닫혀 있었다. 안내원이 그때마다 철문을 열고, 캄캄한 석굴 속을 플래시로 비춰 보여주고 있었다.

"이렇게 이 석굴사원은 명사산의 동쪽에 약 1.6킬로미터나 뻗어 있지요."

바라다보니 석굴들은 층층으로 수없이 뚫려 있었다. 그래서 어떤 글에 보면 벌집 같다고도 씌어 있다. 그리고 석굴마다 앞부분의 무덤 연도 같은 좁은 통로를 몇 걸음 들어가면 넓은 방이 나오는 구조였다. 그렇게 많이들 가져갔다고는 하지만 어두컴컴한 방 안에는 플래시를 비추는 대로 불상이며 벽화가 수없이 모습을 드러냈다. 이렇게 492개의 석굴이 운집돼 있는 것이었다. 천몇백 년 동안 석굴을 조성했던 구도자들의 모습이 그 속에 어른거리는 듯싶었다.

아직도 보호하고 보수하고 연구하는 일은 계속되고 있어서, 이곳의 중국 돈황 문물연구소가 하는 일은 많았다. 따라서 여행자가 석굴을 다 볼 수는 없게 통제되고 있었다. 석굴 밖의 백양나무 밑 벤치에 앉아서 그 안의 무수한 소상들을 생각한다. 거기에는 부처도 있고, 비천도 있고, 그리고 물론 사자들도 있다. 석굴들이 만들어지기 시작한 아득한 연대는 서기 366년부터라거나 353년부터라거나 하고 각기 주장이 다르므로 나로서는 그 사실조차 밝힐 방법이 없다. 수많은 불상과 벽화 들을 나열한 이유도 없다. 다만, 문화재 보호라는 측면에서 근세에 있었던 한 가지 기막힌 에피소드를 재미로나마 밝히고 넘어가기로 한다.

러시아에 혁명이 일어나 로마노프 왕조가 막을 내린 것은 1917년의 일이었다. 1992년에 마지막 황제 니콜라이와 가족이 총살당한 시체가 시베리아에서 발견됨으로써 그 일은 우리에게 다시 한 번 상기되기도 했었다. 그런데 혁명이 일어나자 붉은 군대에 쫓긴 일단의 황제 군대가 엉뚱하게 이 지역으로 도망쳐왔던 것이다. 우리가 백계 러시아인이라고 일컫는 이들이었다. 그리하여 그들은 겨울에는 따뜻하고 여름에는 시원한 석굴에 그들의 보금자리를 만들었다. 그런 결과 오늘날 제254굴에서 보는 것처럼 벽화가 연기로 그을려버린 것이었다. 이 석굴 벽화는 석가모니가 전생에 삿타 태자였을 때, 굶주린 호랑이에게 자기의 몸을 던졌다는 일화를 테마로 한 것이다. 오늘날 중국의 국보는 이렇게 러시아 혁명의 여파로 어처구니없이 손상되고 말았다. 사막에서 쫓기는 사람들에게 석굴들은 훌륭한 주거지일 수밖에 없었다. 그리하여 몇 년에 걸쳐 그들이 살았던 석굴은 예술이고 신앙이고 뭐고 밥 짓는 연기에 휩싸이고 말았던 것이다.

백양나무에서 매미가 기승을 부리며 울고 있었다. 여기는 명사산의 한쪽 기슭. 그 소리는 모래가 우는 소리처럼 들려오고 있었다. 명사산은 바람이 불 때마다 모래가 울어 붙여졌다는 이름인데, 다른 이름으로 신사산(神沙山)이라고도 한다. 여러 기록들에서 나는 다음과 같은 구절을 본다.

위로부터 모래가 흘러내리므로 산 모양이 매양 다르다.

모래언덕 산이 칼날 같고 올라가면 울리는 소리가 난다. 모래가 발에 밟혀 미끄러지곤 해도 바람이 불면 다시 본래대로 된다.

단오 때 이곳 사람들이 모두 산에 올라 미끄럼을 타는 풍습이 있는데, 그때 울려퍼지는 소리가 벼락같다.

산속에 그믐달 모양의 샘물이 있어서 월아천이라고 한다. 샘물은 차고 달며 옛날부터 모래에 결코 파묻히지 않는다. 이 샘물가에 절 몇 채가 있으며, 이 물이 바라보이는 낭하에서는 방문객이 차를 마시고 쉴 수가 있다.

나는 매미 소리를 들으며 산기슭을 올라가본다. 막고굴은 우리가 알 수 없는 땅에 아직도 숨겨진 채로 있다는 느낌이었다. 서역의 한 귀퉁이 작은 마을에서는 이제 옛 활기 같은 것을 찾을 수 없다는 아쉬움 때문일지도 모른다. 우리는 어느새 그들 구도자가 필요 없어지고 말았는가.

막고굴 관람은 한나절에 끝나지 않는다. 게다가 마침 비행기 사정이 여의치 않아 둔황을 다시 빠져나가는 스케줄조차 종잡기 어렵게 된 마당이었다.

그리고 명사산의 다른 쪽, 모래산이 나를 기다리고 있었다.

나는 저녁 무렵에 그곳으로 갈 것이었다. 앞에 인용했던 대로 모래산은 칼날 같은 등성이들로 이루어져 있었다. 등성이들이 어떻게 밋밋해지지 않고 몇천 년을 그다지도 날카롭게 솟구쳐 뻗어 있는지 아무도 알 수 없다는 것이었다.

"낙타를 타고 산 아래까지 갑니다."

여러 마리의 낙타가 앞뒤 무릎을 꺾고 앉아 되새김질을 하고 있었다. 안장 위에 올라타면 뒷무릎을 먼저 뻗어 일으키기 때문에 앞쪽으로 기우뚱하면서 몸이 쏟아진다. 그리고 이내 앞뒤로 심하게 꺼떡거린다. 간신히 버티고 있을 수밖에 없다. 뒤를 따라오는 낙타가 콧김을 히잉힝 불자 되새김질하던 사막의 건초가 싯누렇게 물기를 머금고 내 한쪽 가랑이에 뿌려졌다.

"저쪽에 월아천을 보세요."

모래산 사이에 사막 하늘을 닮은 파란 물의 호수가 나타난다. 많은 옛 사람들이 말했듯이, 어떻게 저 물은 모래에 파묻히지 않느냐고 되물을 수밖에 없는 노릇이었다. 바로 옆의 모래산은 가파르게 솟아 있고, 등성이를 타고 올라가보면 밀가루처럼 보드라운 모래가 미끄러지며 하염없이 흘러내렸다. 그런데도 모래산은 예나 제나 변함이 없다고 했다. 기록에 적혀 있는 그대로였다.

드디어 나는 둔황의 한구석, 명사산 위에 서 있는 것이었다. 앞의 기록에서 들춰보았듯이 단오 때면 이곳 사람들이 모두 이 산에 올라 미끄럼을 타는 풍습이 있다고 씌어 있다. 하지만 불행하게도 나는 단오 때의 풍습을 확인할 수 없었다. 한여름 인 것이다. 그런데 이상한 일이었다. 사람들이 '모두'는 아닐지 언정 수없이 산등성이로 오르고 있었다. 그것은 참으로 진기 한 풍경이었다. 해는 아직 모래산 위에 있는데 어디서부터인 지 수많은 사람들이 꾸역꾸역 올라오고 있었다. 자세히 보니 대부분 젊은 남녀들이었다. 그들은 왜 저녁에 사막의 모래산 을 저렇게 하염없이 올라오고 있는가.

모래산에는 아무것도 없다. 이제 해는 서쪽 하늘 위를 빨갛 게 물들이고 있었다. 그런데 젊은이들은 쉬지 않고 올라오고 있었다. 그리고 먼저 올라온 사람들은 산등성이 모래 위에 별 말도 없이 앉아 있었다. 아래쪽 저곳에 서 있는 나무들 사이 오아시스 마을을 내려다보고 있는가 했으나 그런 것 같지도 않았다. 그들은 다만 서쪽의 모래산 위에 앉아서 무언가를 기 다리고 있었다. 그러지 않으면 안 될 숭고한, 그러나 뜻을 도무 지 모를 그 무엇을 기다리고 있는 듯했다.

나는 그 모습에 그만 쫓기다시피 모래산을 내려왔다. 한 발 짝을 걸어도 몇 발짝을 건너뛰듯 미끄러지는 경사였다. 진정할 수 없이 가슴이 뛰었다. 아래까지 내려와 뒤돌아보니, 그들은 마치 수많은 소상(塑像)들처럼 산등성이에 줄지어 앉아 먼 곳을 바라보고 있었다.

마을 한복판으로 돌아온 나는 밤의 거리로 나갔다. 아직도 두근거리는 마음이었다. 비천상이 서 있는 네거리로 걸어나가자 한낮에 그토록 괴괴하던 곳은 눈을 의심할 만큼 붐비는 사교장으로 변해 있었다. 어찌된 일인지 어리둥절한 노릇이었다. 길에 의자들을 온통 발 디딜 틈도 없게 내놓고, 차를 마시거나 술을 마시거나 과일을 먹거나 고기를 먹는 사람들의 밤의 축제가 벌어져 있었다. 길가의 공회당 운동장에서는 장막을 쳐놓고 사교춤 무회(舞會)가 열렸다. 악단이 요란한 음악을 울려대면 서 있던 사람들이 시멘트 바닥으로 몰려나가 짝을 지어 스텝을 밟는다. 남녀뿐만 아니라 남자끼리도 있고 여자끼리도 있다. 여자 악사의 드럼 소리가 밤하늘을 울린다. 길거리는 사람의 물결로 어지러울 지경이었다. 조용한 오아시스 농경 마을이 갑작스러운 유목민의 내습으로 우왕좌왕하고 있는 것 같았다.

"솔라호텔의 아가씨…… 샤오제?"

길가의 의자에 앉아 맥주 한잔을 기울이고 있던 나는 문득 한 처녀를 발견했다. 솔라호텔이란 태양능호텔의 영어 명칭이었다. 그녀가 '그런데요' 하듯이 나를 바라보았다.

이렇게 하여 나는 서역에 사는 한 처녀를 만났다. 낮에 호텔의 복도에서 언뜻 보았다고 기억되어 말을 건넨 것이었다. 그러나 그때까지만 해도 나는 그녀를 정작 만났다고는 말할 수 없었다. 우리는 그렇게 목례를 나누었을 뿐이었다. 샤오제(小姐)는 이름이 아니라 '아가씨'라는 뜻이었다. 그녀와 내가 어쩔 수 없이 맞닥뜨리게 된 것은 다음 날 아침이었다.

이에 대해 설명하자면 내가 그날 밤 술을 많이 먹고 그만 다음 날 아침 제시간에 일어나지 못한 것부터 고백해야 한다. 그 오지에서 그것은 있을 수 없는 일이었다. 하지만 실제로 그런 일은 일어나고 말았다. 아침에 눈을 떠보니 호텔에는 아무도 없었다.

도대체 무슨 일이 일어났는가, 나는 당황하여 문밖으로 뛰쳐나가려 했다. 잠에서 깨어나 집 안에 아무도 없을 때의 느낌이 갑자기 엄습하여 나를 당황케 했던 것이다. 더군다나 내가 일어나 앉은 그곳은 멀고도 먼 사막의 한가운데였다. 다른 방에 아무도 없다는 사실이 어떻게 감지된 것인지 나로서는 알 수 없다. 눈을 뜬 순간, 홀로 떨어졌구나 하고 나는 퍼뜩 알아차렸다. 명색이 관광호텔이건만 로비에도 없는 전화가 방에 있을 리 없었다. 아니 전화가 왔다 한들 아무 소용이 없었다. 간밤에 나는 주천맥주를 몇 병인지 들이켰으며 거기에 사십도가 넘는 편주(汾酒)를 또 들이켰었다. 따져보면 낮에 샤오치부에서부터 알코올은 내 혈관에 저장되기 시작한 것이었다.

창밖을 내다보아도 사람 그림자 하나 없었다. 예삿일이 아니었다. 나는 모두가 떠나간 유목민의 빈 토루(土壘)에 홀로 남은 낙오자였다. 더위가 끼쳐 들며 갈증이 심해졌다. 말이 관광호텔이지 에어컨은 물론 냉장고도 없었다. 정 갈급하면 우리나라에서처럼 수돗물을 그대로 마실 수도 있겠으나 여행자들은 귀에 못이 박이도록 그것에 대한 주의를 듣는다. 어제 낮에 본 수로의 맑은 물이 떠올랐다. 꽤 넓고 깊은 시멘트 수로를 맑은 물이 그득히 넘쳐흐르고 있었다. 그러나 방에는 물 한 방울 없었다. 갈증과 당황으로 나는 방문을 열고 복도로 나갔다. 붉은 카펫이 깔린 복도는 유난히 컴컴했고, 과연 아무도 없었다. 모두가 떠나간 게 아니라 빈집에 내가 도둑처럼 들어온 것 같이 느껴졌다.

"누구 없어요?"

고비 사막의 끝, 타림 분지로 나아가는 옛 유적 마을에서 한국어를 쓰고 있다는 사실이 괴기스럽기조차 했다. 내가 나를 이해할 수 없었다. 타림 분지로 더 나아가면 지금은 완전히 폐허가 되어버린 또 하나의 도시국가 로우란이 있다. 거기 호수 로프노르에 흘러드는 물줄기가 바뀌어 호수 자체가 다른 곳으로 '방황'해 갔기 때문에, 물이 없어 사람들은 떠나가버렸다고도 했다.

"여보세요."

나는 목소리를 높이며 이쪽저쪽 두리번거렸다. 세계 어디든지 없는 곳 없다는 우리 민족인데 이 지역에는 한 사람도 없다고 했었다.

그때였다. 한쪽 방문이 찰칵 열리며 웬 여자의 얼굴이 나타났다. 놀랐으나 반가웠다.

"다들 어디 갔죠? 다들……"

말하면서 나는 여자가 전혀 알아듣지도 못할 한국말을 하고 있구나 하고 깨닫고는 그만 입을 다물었다. 여자는 웬일인지 생긋 미소 지었다. 여느 때 같으면 나는 그만 마음이 팔렸을 것이다. 그 미소가 말할 수 없이 고혹적이었다고 말하는 것은 훨씬 뒤에 그때 일을 돌이켜보고서였다.

"저…… 물 좀…… 워터…… 쉐이……"

나는 물 마시는 시늉을 했다. 목의 갈증도 갈증이지만 우선 마음도 달래야 했다. 여자가 알았다는 시늉을 했다. 나는 내 방을 손가락질해 가르쳐주고 거기서 기다리겠다고 손짓 발짓을 했다. 방으로 돌아온 나는 침대 모서리에 걸터앉았다. 창밖에는 폭양이 쏟아지고 있었다. 무슨 생각엔가 사로잡혀 있는 것 같기도 하고 전혀 아무 생각도 하지 않은 것 같기도 한 상황에서 나는 기다렸다. 외국의 다른 도시에 갔을 때 홀로 버려지는 피치 못할 상황을 내심 꿈꿔보기도 했었다. 어떤 운명 중에는 사막의 카라반(隊商)으로부터 버려지는 운명도 또한 있을 것이었다. 그런데 지금 이 사막에 나를 버리고 카라반은 어디로 가고 있을까?

내려다보니 서로 교차해 꼬고 있는 양쪽 다리 아래로 맨발이 드러났다. 경황 중에 나는 맨발인 채로 복도로 뛰쳐나갔던 것이다. 도무지 모든 것이 뒤죽박죽되어 있는 느낌이었다. 그러나 그런 중에도 X자로 정강이께를 꼬고 있는 내 모습을 보며 엉뚱하게 막고굴의 석굴사원 속에 있는 불상이 떠올라서 피식 웃을 수밖에 없었다.

얼마를 기다렸을까, 노크 소리도 없이 문이 열리더니 물병을 손에 든 여자의 모습이 나타났다. 그런데 아까의 그 여자가 아니었다. 나는 일어났다.

"아……"

내 입에서 고마움과 반가움의 소리가 새어나왔다. 반가움이란, 그 여자가 바로 어젯밤 네거리에서 만나 인사를 나누었던 그녀인 때문이었다. 어젯밤에 그녀는 차 한잔 마시겠느냐는 내 제안에 그냥 웃음만을 남기고 지나쳐가버렸었다. 이름을 잊은 그곳 차는 들큼한 향내가 나는, 속이 빈 마른 열매를 띄운 것이었다. 내가 일어나 물병을 받아들자 그녀는 뒤돌아 나가려고 했다.

"잠깐, 잠깐만요…… 자스트 모멘트……"

그녀를 그냥 보내서는 안 되었다. 호텔 규율이 어떻게 되어 있는지 알 수 없기는 했다. 여관에 같이 투숙하려면 부부증명서가 있어야 한다는 나라였다. 그녀가 호텔 종업원이기에 망정이지 그렇게 같은 방에 있다는 것은 나로서도 은근히 켕기는 노릇이었다. 여자와 호텔에 들어와 수작을 잘못 부리다가는 여권에 '호색한'이라는 붉은 도장이 찍히게 된다고도 했다. 그러나 무엇보다도 '나'라는 중년 사내가 앳된 이국 처녀와 머나먼 사막 한가운데 오아시스 도시의 빈 호텔 방에서 단둘이 얼굴을 맞대고 있다는 사실, 그 사실만으로도 나는 긴장되지 않을 수 없었다. 내가 '호색한'의 마음으로 그녀를 붙잡으려 한 것은 결코 아님을 믿어주리라 믿는다. 나는 그녀를 붙잡고 늘어질 수밖에 없었다. 어쩔 도리가 없는 것이었다. 그런데 문제는 도무지 말이 통하지 않는다는 점이었다. 지극히 다급할 때 몇 마디 튀어나오게 되는 내 엉터리 영어도 여기서는 아무 쓸모가 없었다. 하는 수 없이 나는 주머니를 주섬주섬 뒤져서 종이쪽지와 볼펜을 꺼냈다. 한자를 몇 자라도 적어서 의사를 통하는 수밖에 없다는 생각이었다. 그녀는 단정히 잠자코 서 있었다. 내가 '호색한'으로서 그녀를 붙잡고 있지 않다는 것을 충분히 받아들일 수 있다는 분위기였다. 나는 의자에 앉아서 투숙객 안내서를 밑에 받치고 적기 시작했다.

"我韓國人 旅行者, 職業 小說家······(나는 한국인 여행자로 직업은 소설가요······)"

이런 식이었다. 그리고 그녀를 쳐다보면서 "두 유 노우?" 하고 물었다. 그러나 그녀는 알 듯 모를 듯한 얼굴이었다. 오늘날 중국에서는 글자를 약자로 많이 만들어 옛 글자를 배우지 않기 때문에, 어려운 점이 있기도 했으나 어쩔 수 없었다. 가령,

화장실은 위생소(衛生所)라고 하는데, 衛는 卫로 변했으며, 직업의 業은 业으로 되어 있었다. 어쨌든 나는 되든 안 되든 생각나는 대로 적고 그때마다 "두 유 노우?"를 덧붙였다.

"我著小說, 其題 敦煌之愛……(내가 쓴 소설에 〈둔황의 사랑〉이란 게 있어요……)"

그러면서도 그녀가 아는지 모르는지 조바심이 나서 빤히 얼굴을 쳐다보곤 했다.

"칭부동."

그때마다 나는 그런 대답을 들을 수 있었다. 모른다는 뜻인 것 같았다. 하지만 나는 그녀를 놓아줄 수 없었다. 이렇게 이야기는 어렵사리 풀려나갔다. 그리고 머잖아 백마탑에서 산 낙타 방울을 흔들어 그녀를 웃기기에 이르렀고, 또다시 더 많은 냉수를 청했고, 그녀를 내 옆 의자에 가까이 앉히기에도 이르렀던 것이다. 필담 끝에 내 일행의 일정이 바뀌어 포도밭 구경을 갔다는 것도 알아냈다. 새삼스럽게 곁눈질해 보니 사막의 오아시스 물빛 원피스를 입은 그녀는 갸름한 얼굴에 비천상처럼 날렵한 몸매였다.

"두 유 노우?"

"칭부동."

나는 많은 필담을 나누었다. 홀로 남은 건 행운이었다. 여기에는 분명히 여행자라는 특권이 작용했다. 중국 여인들은 우리네들보다 훨씬 나그네에게 동정심이 많다고도 여겨졌다.

그날 저녁 무렵, 나는 그녀와 함께 명사산 아래로 향했다. 나는 이제 단순한 여행자가 아니었다. 호텔 방에서 나는 몇 번인가 낙타 방울을 흔들었으며 그런 끝에 나중에는 모래산 위에 앉아 있던 남녀들에 대해 이야기하기에 이르렀다. 어제 본 모습이 더욱 또렷하게 눈에 어른거렸던 것이다. 그 풍경은 어찌 보면 극지의 어떤 섬에 새들이 내려와 앉은 것 같았다.

해는 서쪽 사막 끝으로 떨어지고 있었다. 멀리서 보니 역시 명사산의 모래 능선 위에는 많은 남녀들이 붙박인 듯 앉아 있었다. 몇천 년, 몇만 년 전부터 그렇게 있어온 형상처럼 보였다. '처럼 보였다'가 아니라 실제로 그들은 몇천 년, 몇만 년을 그렇게 있어온 것이 틀림없을 것이었다. 한 사람 한 사람의 개인은 늙어가서 등성이를 오르지 않게 되더라도 또 다른 젊음이 그 뒤를 이었을 것이다. 그리하여 사막의 칼날 같은 이상한 등성이는 늘 젊은이들의 영역으로서, 막막한 소멸과 망각의 땅에서도 삶의, 그 수유(須臾)의 환희의 노래로 찬양되었을 것이다. 그래서 사막도 젊음으로서 늘 생명을 충일시키고 있다는 사실을 나는 새삼스럽게 깨닫는 마음이었다.

그렇게 사막은 살아 있었다. 사막에 생명을 불어넣는 것은 뿌리도 거의 없이 바람에 불려다니는 다육질의 낙타풀도 아니요, 뜨거운 모래 위에 거짓말처럼 살아서 바삐 달아나는 작은 갑충도 아니요, 옛 구도자의 희미한 발자국은 더더구나 아니요, 그곳에 역사가 있은 이래 계속되어온 젊음의 모습인 것이었다. 나는 긴장되고 흥분된 가슴을 가라앉히느라 애쓰면서 그녀와 함께 능선을 올라갔다. 사막을 걸을 때는 다른 사람이 밟아놓은 발자국을 밟아가는 것이 무엇보다도 중요하다. 그렇지 않고서는 곧 지쳐버린다.

모래산 한쪽 밑자락에 둔황의 마을 끝이 닿아 있고 휘둘러보면 끝간 데 모를 사막이었다. 전혀 예기치 않게 여자와 함께 명사산에 오른다는 것이 도무지 믿기지 않았다. 나는 이곳에 오기 위해, 아직 국교가 없다는 장애 때문에 일본을 거쳐야 했고, 수많은 도시를 지나와야 하지 않았던가. 그런데 내 옆에서 모래산을 오르는 여자는 여기서 일상을 살고 있었다. 너무도 당연한 사실이 믿기지 않아서 자꾸만 내 발걸음을 멈추게 했다. 호텔 방에서부터 산 아래에 이르기까지 우리는 여러 가지 이야기를 많이 나누었다. 어색한 필담이 그녀에게 얼마만큼 정확하게 내 뜻을 전달했는지는 알 수가 없었다. 그러나 나는 어쨌든 이국 여자와 동행하는 데 성공했던 것이다. 그렇건만 산 아래에서 다시 낙타를 타고 사막으로 얼마쯤 나아가 능선을 걸어 올라가기 시작하고부터 필담을 나눌 수 없게 된 나는 그녀가 나와 아무런 상관이 없는 여자라는 사실에 불안하기 짝이 없었다. 내가 왜 그곳에 그렇게 있게 되었는지조차 모를 지경이었다.

저 여자는 누구이며, 나는 누구인가.

도무지 알 수 없다는 생각이 들었다. 지금 사막의 모래산을 오르는 나라는 존재와, 그 존재에 대해 생각하는 나라는 존재조차 서로 엄연히 동떨어져 있었다. 이렇게 서로 다른 나를 느끼는 나는 그럼 누구란 말인가. 아무도 모르게 이곳에 남아 살아가는 내 모습도 외롭게 떠올랐다. 하기야 혜초도 고향에 집착해서 다음과 같은 구절을 남겼을 것이다.

누가 고향으로 가는 길 알고 있는가.
빈 하늘에 흰 구름만 돌아가네.

그런데 그녀와 비스듬히 서서 모래산을 오르는 동안 나는 차츰 지금 하고 있는 행위가 내 삶의 일상이라는 착각에 빠져들고 있는 것을 느꼈다. 그것은 야릇한 유혹이기도 했다. 내 인간의 본질 속에는 아무도 모르는 곳에 철저하게 버려지고 싶다는 욕구가 은밀히 자리 잡고 있었다. 그것은 세상으로부터 버림받고 싶다는 일종의 병리현상인지도 몰랐다. 이런 마음은 옆에서 능선을 오르고 있는 여자 때문에 촉발되었을 수도 있었다. 구도가 어떻고 탐험이 어떻고 하는 현장에서 하루하루 일상을 살고 있는 여자가 거기 있었다. 내 관념 속에서 그곳에 살고 있는 여자란 어쨌거나 비천상의 모습에 상정될 수밖에 없었다. 그녀가 매우 일상적인 현실의 여자가 틀림없을지라도 그 풍토와 환경은 그녀에게 비천상의 요인을 깃들이게 하였음을 부인할 수 없을 것이다. 상원사 동종의 비천상, 세종문화회관 바깥 면에 새겨진 비천상의 원류가 내 옆에 있다고 나는 생각하고 싶었다. 왼쪽 아래로 월아천의 물빛이 저녁빛에 어둡게 내려다보이고, 우리는 어느새 모래산의 정상에 다다라 있었다.

그녀와 필담을 나누면서 기뻤던 것은 그녀가 생각보다는 지역 역사에 대해 나름대로 깊은 관심을 기울이고 있다는 점이었다. 직업 때문일 수도 있었다. 불행하게도 혜초의 이름을 알지는 못했지만 많은 사람들과 유적들을 알고 있었다. 물론 그래서, 프랑스의 펠리오가 가져간 둔황 유물 가운데 우리나라 혜초의 책이 있었다는 사실을 알려주기 위해 나는 시간을 꽤 할애했다.

비단길 언저리의 탐험이 전개될 무렵, 이십팔 세의 젊은 펠리오는 프랑스 식민지였던 베트남의 하노이에 있던 극동고고박물학원의 교수로 있었다. 프랑스 정부로부터 중앙아시아를 탐험하라는 명령을 받은 그는 시베리아로 해서 페르가나를 거쳐 카슈가르에 나아가 다시 쿠처에 이르렀다. 쿠처의 음악은 우리나라 옛 음악의 한 뿌리라는 점에서 특별히 기억되어야 한다. 중국의 서쪽 지방으로 가면 길거리에서 몇 사람씩 모여 깡깡이를 타며 여가를 즐기는 모습이 흔히 눈에 띈다. 그 음악이 비단길을 따라 한반도에 이르고, 다시 일본으로 건너갔다. 쿠처의 음악은 고구려 음악으로 이어지며, 사자탈춤은 신라사자춤으로 이어졌던 것이다. 쿠처에는 키질, 쿰투라, 키리시 등 중요한 유적들이 즐비한데, 펠리오는 이들 유적들을 조사하고 투루판에 머물다가 스타인이 둔황에서 옛 유물들을 발견했다는 말을 듣고 서둘러 길을 떠났다. 그리하여 1908년 하미에서 엄동설한의 고비 사막을 지나 둔황에 이르렀고, 열쇠를 못 찾

겠다고 뒤로 빼는 왕도사를 일주일 동안 구슬려 장경동 안의
비밀문을 열었던 것이다.

나는 이 명절날에 열 시간 내내 서적이 가득 쌓여 있는
동굴 서고에 있었다. 사방이 열 자 크기인 이 방은 세 벽
이 두세 겹 산더미 같은 책이다. 매우 피로하지만 나는
결코 이날을 후회하지 않는다.

그는 이렇게 일기에 쓴 대로 열심히 옛 문헌들을 뒤진 끝에
이십여 일 뒤에 삼분의 일에 해당하는 오천여 점을 골라냈다.
학문에 뜻이 깊었고 중국어에도 능통했던 그는 귀중한 것들을
추려서 용의주도하게 우선 본국으로 빼돌렸다. 그러고 나서
중국을 여행하고 하노이로 돌아왔다. 이듬해 다시 북경으로
간 그는 일부 둔황 문서 몇 점을 중국인 학자들에게 내보였다.
그때 고증학에 몰두하고 있던 중국 학자들은 보도 듣도 못하
던 고색창연한 고전을 보고 경악해 마지않았다. 큰 반향을 일
으키고 프랑스로 돌아온 그를 맞기 위해 소르본 대학에서 열
린 환영회에는 사천 명이 넘는 청중이 모여들었다.
  물론 이와 같은 사실을 내가 류샤오제에게 꼬치꼬치 설명할

수 있었던 것은 아니다. 어림없는 일이었다. 그러나 나는 펠리오의 수집품에 혜초의 《왕오천축국전》이 들어 있었으며, 혜초가 한국인임은 분명히 전달했다.

그런데 알 수 없는 일이었다. 그녀와 함께 명사산 정상에 오른 나는 불현듯 그곳을 고향 삼아 살아가는 나를 떠올리고 있었다. 고향을 멀리 떠나 그리워하며 살아가는 마음이 되어 있었다.

이 이국 여자와 머나먼 변방 땅에서 살림을 차리리라.

오아시스 가에 양파밭을 일구고 낙타 고삐를 끌며 외롭게 숨어 살리라.

올라오는 동안 누군가 밟아놓은 발자국을 즈려밟으려 노력했지만 밀가루처럼 고운 모래에 발은 곧잘 파묻히곤 했다. 그것처럼 나는 그 모래 속에 내 영혼의 발목이 빠지곤 하는 것을 느낄 수 있었다. 그리하여 정상에 올랐고, 그녀는 내가 손을 뻗치면 닿을 거리에 동그마니 앉아 있었다. 도대체 어떻게 하여 이런 일이 일어났는지 나는 그저 아득하기만 했다.

머나먼 나라에 대해 들어봤어요?

나는 이런 물음이 얼마나 쓰잘 데 없는지 잘 알고 있었다. 그러나 나는 그녀에게 묻고 싶었다. 저 멀리 이미 태양은 사막

밑으로 가라앉아버리고 땅거미가 내리고 있을 때, 누구나 머나먼 곳을 그려보지 않을 수 없을 것이다. 그것은 두렵지만 간절한 그리움의 세계였다. 그리움이란 멀리 있는 존재를 가까이 하려 함이다. 멀리 있는 존재 속에서 자기를 확인하기 위하여.

산 아래 오아시스 마을에서 저녁 불빛이 몇 개 밝혀지고 있었다. 낙타의 방울소리가 바람결에 들려왔다. 그곳은 내가 헤맸던 세계의 어떤 곳보다도 가장 머나먼 곳이었다. 어둠이 베이지색 모래산을 안개처럼 감싸며 나 자신을 한없이 머나먼 곳으로 데려가건만, 그곳이 또한 이곳이 되고 있는 곳, 사막의 모래산 위에 우리는 말없이 앉아 있었다. 여기저기 앉아 있던 사람들도 모두 사막의 한 부분으로 멀어져간다. 나 자신 어디론가 멀어져간다. 그리하여 내 옆에 있는 어떤 존재에게로 나는 손을 뻗친다. 가장 머나먼 존재를 가장 가까이 느끼기 위하여, 그리하여 나 자신을 확인하기 위하여. 저쪽에서 기다렸다는 듯 내 손을 갈퀴지어 잡았다.

그날 나는 사막에서 밤을 맞고 있었다. 둔황의 석굴사원으로부터 옛 벽화의 세계는 재현되고 세상의 모든 사람들은 구도자가 되어 있었다.

나무 한 그루 없는 사막에서 밤하늘에 총총한 별을 본 적이 있는가. 엄청난 침묵, 위대한 고독, 끝없는 절대 속에서 별하늘을 본 적이 있는가. 지구에 홀로 남아 우주를 바라본 적이 있는가. 가장 멀리 가서 가장 머나먼 자기 자신을 본 적이 있는가.

난 한국에서 둔황에 대한 소설을 썼다오. 돌아가면 보내주리다. 저 별 중의 하나에도 우리처럼 만난 사람들이 있겠지요. ……언젠가 다시…… 언젠가 다시…… 짜이지엔(再見)……

우리는 손을 맞잡은 것뿐이었다. 그녀가 이제는 가야 되는 듯 몸을 일으켰을 때, 나는 명사산의 남녀들이 사랑을 나누기 위해 올라왔다는 사실을 확인했다. 중국에서는 사랑을 나눌 장소가 마땅치 않았다. 여관도 부부증명서라는 게 있어야 들어갈 수 있다고 했다. 하지만 그처럼 마땅한 장소가 세상에 또 어디 있을 것인가. 남녀들은 모래산의 경사면에 누워 있거나 포개져 있었다. 그들은 극지의 섬새들처럼 거기서 사랑을 나누고 있었다.

산 아래 마을의 낙타 마구간에서는 지독한 낙타 똥오줌 냄새가 코에 확 끼쳤다. 냄새에 정신이 퍼뜩 들고서야 나는 여태껏 그녀와 손을 맞잡고 있음을 깨달았다. 너무나 꼭 잡고 있어서 그런 줄도 몰랐던 것이다. 낙타의 똥오줌 냄새는 명사산 기슭 사막을 온통 진동시키고 있었다. 나는 비로소 그녀의 손을

놓고 사막을 뒤돌아보았다. 내 삶이 어디쯤 와 있는지 정신이
어릿어릿해졌다.

비단길이 어디인가.

내가 있는 곳이 어디인가.

그러나 낙타의 똥오줌 냄새는 나로 하여금 내가 지금 사막
가운데 정말로 '있음'을 절감케 해주었다.

나는 비로소 사막에서 풍겨오는 바람의 냄새를 맡는다. 그
냄새에는 낙타의 똥오줌 냄새에다 옛 구도자들의 땀 냄새, 옛
구도자들의 해골 냄새도 섞여 있었다. 백마탑이 있고, 대안탑
이 있고, 사자빈신사의 네 마리 사자석탑과 함께 탑탑안행(塔
塔雁行)의 기러기처럼 많은 우리나라 탑들이 있다. 모든 탑들
은 하늘을 향해 기도를 올린다. 사자는 명사산 저쪽의 양파밭
을 지나 사막을 아득히 걷고 있을 것이었다. 그리하여 동쪽 끝
머나먼 나라로 가서 영원히 돌사자로 살아날 것이었다.

당신 고향이 예서 머오?

내 고향은 먼 한국 땅. 사막 저쪽에 저물어 있는 것이다. 사
막 저쪽은 어둠속에 묻혀 있으므로 한국 땅도 역시 그럴 것이
었다. 그리고 나는 오랜 세월 헤매어온 내 삶을 절감했다. 진정
한 사랑의 흔적을 남겨놓지 않으면 안 된다는 생각이 현기증

처럼 내 머리를 스쳤다. 그리하여, 나는 문득 깨달은 것이었다. 폐허가 기도를 올리고 있는 한 그것은 폐허가 아니었다. 숭고하지만 뜻 모를 그 무엇이란 바로 기도를 통해서만이 밝혀지는 진리이리라. 그것이 사랑의 완성이리라.

한국이 예서 머오? 서울이 예서 머오?

나는 하늘을 우러러본다. 그러므로, 사랑한다는 것은 자기 자신의 존재를 확인하는 일에서부터 출발한다. 엄청난 침묵, 위대한 고독, 끝없는 절대 속에서 태어나는 기도가 그 길을 열 수 있을 것이었다. 그리하여, 나는 이 세상의 모든 둔황, 모든 로우란을 거쳐, 그 찬란한 폐허를 거쳐, 하나의 탑을 내 존재 위에 세울 것이었다.

어두운 사막으로 별빛이 내려와 알알이 박히고 있었다.

쿠처의 사랑

여기가 둔황?

나는 주위를 두리번거렸다. 열차가 둔황까지 가리라고는 생각하지 못했었다. 나는 방금 내린 열차를 뒤돌아보았다. 내가 방금 내린 것이 협궤열차였나? 그럴 리가 없었다. 그러나 나를 그곳에 내려주고 떠나려는 열차가 협궤열차라는 생각이 문득 밀려왔다. 그곳은 비단길의 둔황역(敦煌驛)이었다.

"일 딸라, 일 원!"

구두닦이 소년이 앞에 막아서다시피 했다.

"일 원? 일 유엔?"

나는 둘째손가락을 치켜들어 우리말 '일'을 확인했다. 소년은 그렇다는 시늉을 했다. 여기는 둔황이 분명한데, 나는 소년과 손쉽게 뜻을 나누고 있었다. 여기까지 와서 길거리에서 구두를 닦는다는 것도 예상치 못한 일이긴 했다. 구두를 닦기 위해 의자에 앉아 구두닦이 통에 한쪽 발을 올려놓고 얼굴을 들면 건너편으로 둔황역 앞의 움직임까지 정면으로 바짝 다가와 보였다. 이십 년도 넘은 그해 처음 비로소 그곳으로 가서 비행장에서 바라본 풍경이 불타오르듯 강렬하게 머리에 남아 있는데, 열차역은 너무나 친근한 모습이었다. 그래서 내 마음은 그리운 협궤열차를 끌어왔는지도 모른다. 아니, 안산 시절에 나는 실크로드로 떠나는 그 열차를 꿈꾸어온 게 사실이었다. 하기야 서울에서 열차를 타고 시베리아를 거쳐 유럽까지 가는 여행도 나의 계획에 들어 있었다. 이른바 '버킷 리스트'에 들어 있는 것이었다.

열차를 타고 온 비단길, 둔황.

일찍이 혜초의 자취가 어린 그 길이 내 길처럼 여겨졌다. 을유문고의 《왕오천축국전》은 물론 일본 고단샤의 《세계의 역사》를 가까이하기 시작하면서, 나는 그 길을 헤맸다. 둔황에서 더 나아가면 페르시아를 지나 터키에 이르기도 하고, 중앙아시아의 키르기스스탄을 거쳐 터키에 이르기도 했다. 내가 내다보는 머나먼 길은 이 길로서 구체적으로 세계를 향해 있었다.

여러 번 말했던 바, 삼십 대 중반부터 실크로드는 오랫동안 나의 화두였다. 지금까지 나는 그 길을 가고 있다는 생각이 든다. 돌이켜보면 지난해에 경주와 이스탄불을 잇는 야심찬 '실크로드 프로젝트'의 일환으로 경주 현대호텔에서 '세계 인문학 대회'가 열렸을 때, '실크로드의 문학'을 강연 제목으로 삼아 발표했던 것도 내게는 중요한 역정이었다.

둔황 행을 열차를 타고 갔다는 것은 내가 칠 년 동안 온갖 주태와 방황으로 점철된 안산 생활을 접고 새로운 세계를 향하게 되었음을 말하려는 뜻에 역점이 있다. 내게는 이제 과거의 정리가 필요했다. 나는 과거를 딛고 새로운 질서 속으로 나아가야 했다. 드디어 나는 실재의 열차를 타고 과거에서 미래로 떠난 것이었다. 조금만 상상을 더하면 손쉽게 열차는 협궤 열차로 변형되었다.

"실크로드에 관해 관심을 가졌던 까닭은 뭐였죠?"

오랫동안 내게 던져져오는 물음이었다. 내 대답은 간단했다. 답답한 '테두리'에 가두어진 삶에 어떻게든 바깥으로의 문을 열지 않으면 안 된다. 삶의 무대를 넓힘과 동시에 생각을 세계화하지 않으면 안 된다. 그러자면 근본적이고 핵심적인 문제를 파고들어가는 데서부터 시작해야 한다. 눈앞에 펼쳐진 어두운 현실을 타파하려면 투쟁에 앞서서 '나'를 확립해야 한다. 나는 누구이며 어디에 있는가. 여기에 좀 더 집요해져야 한다는 게 내 생각이었다. 그럴 때면 나는 자못 진지했다.

나는 늘 내 삶의 원류(源流)를 붙잡고자 했다. 현실은 원류의 그림자였다. 나의 삶이 우리 역사와 함께 원류로 향하는 길은 어디에 있을까. 소설가가 되기 전부터 붙들고 있었던 이 화두는 실크로드를 발견함으로써 해결의 실마리를 내게 던졌다. 따라서 실크로드는 동서교역로로서 충분히 중요하다는 범위를 떠나서 내게는 우리들 삶의 원류인 알타이 세계로 나아가는 길이었다. 또한 갇혀 있는 테두리 속 삶, 필연적으로 바깥 세계와 연결되지 않으면 안 되는 우리의 눈을 열어주는 길이었다. 필연적으로 바깥 세계와 연결되어 있는 길을 발견하기 어렵다 하더라도, 나는 그 길에 서 있을 수밖에 없는 것이었다.

"돈황…… 현지음으로 둔황…… 거길 가본 게 언제였지요?"

폐쇄적이었던 우리 사회를 지금은 상상하지 못한다. 여행은 금지되어 있었다. 그곳을 입에 올린 지 십 년을 지나서 나는 겨우겨우 실크로드를 밟을 수 있었다. 둔황 하나의 이름을 앞세워 말하고 있지만, 그것에는 로우란과 쿠처의 이름도 아울러야 한다.

"여러분은 여기 온 세 번째 한국인입니다. 첫 번째는 신라의 혜초, 두 번째는 북한의 학자들, 그리고 세 번째……"

안내자는 자신 있게 말해주지 않았던가. 실크로드가 관광지가 되기 전, 우리나라가 중국과 수교를 하기 전의 일이 아니었던가.

얼마 전에 이인 화가가 와서 그곳을 여행하며 내가 그 시절에 로우란을 거론했다는 사실을 새삼 이야기에 올렸다고 말해주어서, 나는 실크로드를 자료로나마 헤매던 시절을 스스로 고마워했다. 두 번째 여행길에 둔황 행 열차를 타고 센센 근처를 지나며 나는 그곳의 옛 이름 로우란을 떠올렸다. 그리고 어느 식당에 들어가 '樓欄葡萄酒(누란포도주)' 병을 기울였을 때, 메마른 땅에 주렁주렁 달려 있던 청포도 알알이 내 한글 글이 씌어져 있는 듯이 감회에 속이 울렁거렸던 어느 날을 되돌아보았다.

비단길 기슭에서

원숭이를 만나

로우란으로 간다

포도주 병 속에

새 길이 열린다

　나는 식당에서 메모지를 얻어 시도 뭣도 아닌 글을 끄적거
렸었다. 그때 기를 쓰고 구해서 가져온 '樓欄葡萄酒' 병을 나
는 내 그림 캔버스에 굳이 그대로 넣어 남기기도 했다.
　'서울이 예서 머오?'
　그리고 어김없이 물었다. 나는 서울을 떠나면 함경도 사투
리로 누구에겐가 묻곤 했다. 누구에게일까. 그 물음은 서울에
서도 나를 따라다녔다. 그렇다면 그건 내가 사는 이 서울이 여
기서 먼 것처럼 느껴지는 거리감을 이겨내려는 몸부림이었는
지도 모른다. 함경도 사투리란 나를 키워준 아버지의 고향 말
로서 이 또한 내 혈육과의 거리감을 이겨내려는 방법론으로
동원된 말투였으리라. 아버지의 고향 함경남도 북청은 북청
사자무가 추어지던 이상한 곳이기도 했다. 사자무는 서역에서
온 문화이니, 실크로드와 이어지는 살아 있는 움직임이었다.
서울이 여기서 멉니까? 오래전 카자흐스탄의 알마티에 머물면
서도 그랬다. 공항에 나가 우루무치로 떠나는 비행기들을 나
는 얼마나 동경했던가. 실크로드로 직접 가 닿는 항로였다. 벽
에 붙어 있던 항공편에서 우루무치를 찾으며 나는 언젠가 직

접 그 땅에 발을 밟을 날을 그려보았다. 그 언젠가가 지금 내게 와 있는 것이었다. 그리하여 나는 서울의 한복판 광화문에 나를 붙들어 세운 비천상과 직접 만나러 왔다고 느꼈다.

서울이 예서 머오?

서울 한복판에서 내게 던지는 물음은 여전하다. 실크로드는 그것만으로 화두가 되지는 않는다. 그렇다는 명제 자체가 화두이다. 어릴 적부터 온갖 간난신고를 거치며 부지해온 삶의 발걸음을 멈추고 겨우 묻는다. 나는 얼마나 많은 길을 걸어 고개를 넘고 내를 건너 나를 여기까지 끌고 왔던가. 단지 살아남기 위해서 걸어온 길이었다. 전쟁과 혁명의 땅을 지나서, 끼니를 걱정하면서 하루하루 연명하는 데 골을 싸매고 걸어온 길. 그리하여 묻는 물음. 서울이 여기서 머냐고 묻고 물으며 살아온 삶이었다. 그런데 어느 날 실제로 나는 서울을 떠나 실크로드의 기슭에 있었다. 우리들의 여행길에는 우루무치까지 적혀 있었다. 그러나 나는 거기서 더 나아가 쿠처를 바라보았다. 오늘날 그 도시의 이름은 웬일인지 '庫車'라고 쓰고 쿠처라고 읽고 있었다. 그러나 나는 예전에 이혜구 박사가 쓴 대로 '龜玆'라고 쓴다. 내 첫 소설을 쓰면서 '고구려 음악은 구자 음악'이라는 그의 글귀를 옮겨 쓴 이래 내 뇌리에 깊이 박혀 있는 이름, 구자였고 쿠처였다. 나는 언제쯤 그곳에 발을 딛을 것인가. 그리고 텔레비전에서 본 그곳 거리 악사들의 모습을 볼 것인가. 얼마 전 진은숙 작곡가가 서울 무대에 올린 〈생황과 오케스트라를 위한 '슈'〉라는 작품 연주회를 보면서도 나는 그곳을 떠올렸었다. 또 다시 쿠처가 예서 머냐고 물을 차례였다.

세종문화회관의 정면 돋을새김이 나타난다. 한쪽은 생황을 불고 있고 한쪽은 피리를 불고 있는 모습의 비천상이다. 서울의 무대에서 생황 연주를 보고 듣다니? 머나먼 실크로드를 걸어 사막가시풀처럼 뒹굴어온 다음 내게 나타난 비천상. 오대산의 범종에도 에밀레종에도 또 수많은 우리의 범종에도 새겨져 있는 비천상. 〈생황과 오케스트라를 위한 '슈'〉의 연주자 또한 비천상이었다.

서울이 예서 머오?

화두가 가슴에 꽂힌다. 그리고 내가 겨우 얻어들은 말꼬투리는, 물음의 답은 비천상이 가르쳐주리라는 것이었다. 이 비밀을 알아내려고 나는 실크로드로 갔던 것인가. 그럴 것이었다. 그러자 수많은 범종이 울릴 때마다 비천상들이 데엥데엥, 우웡우웡 알려주고 있었다. 나는 그 소리를 알아들으려고 귀를 쫑긋 기울였다. 눈도 멀고 귀도 먼 채 타박타박 걸어온 '서역 삼만 리'였던가. 귀촉도의 피 토하는 울음소리 역시 비천상의 소리가 틀림없었다. 그 답이 내 발길 앞에 부적 같은 글자를 뿌려놓는다. 문장을 만들면 다음과 같다.

너는 멀리 너 자신을 떠나 있구나.

이윽고 나는 둔황까지 타고 갔던 협궤열차를 서해안 그곳에 갖다놓는다. 궤도가 없어져 움직일 수 없을지라도 그러지 않으면 더 엉망이 되기 때문이다. 그리고 예전처럼 새우잡이 배를 맞아들인다. 〈새우젓〉이라는 한 편의 시가 있었다.

새우젓의 새우 두 눈알
까맣게 맑아
하이얀 몸통에 바알간 꼬리
옛 어느 하루 맑게 돋아나게 하네
달밤이면 흰 새우, 그믐밤이면 붉은 새우
그게 새우잡이라고 배운 안산 사리포구
멀리 맑게 보이네
세상의 어떤 눈알보다도 까매서

무색한 죽음

지금은 사라진 사리포구

삶에 질려 아득히 하늘만 바라보던

사람의 까만 두 눈

옛 어느 하루 맑게 돋아나네

그게 사랑의 뜻이라고 하네

　둔황으로 향하던 무렵의 내가 한 보시기 새우젓을 안주로 놓고 소주를 마시고 있다. 새우가 까만 두 눈알로 나를 바라보고 있다. 새우젓에는 죽은 새우의 눈알물음이 버무려져 있다. 바다가 예서 머오?

　그게 사랑이라고 대답하기까지 나는 먼 길을 다녀왔다. 떠나간 모든 것을 그림자로 남기며, 엉겅퀴가 걷듯이 먼 길이었다. 그러나 언제부턴가 오래전부터 꼭 붙잡겠다던 실크로드는 아직도 멀리 있다. 협궤열차를 몰고 그곳으로 다녀왔지만 로우란 포도알이 여전히 물음을 던지고 있다. 포도알이 새우눈알이 되어 입을 벌린다. 실크로드가 예서 머오? 아니, 아직도? 짐짓 놀란 표정을 짓지만 나는 미리 알고 있었다. 나는 다만 길 위에 있는 것이다. 그리고 아직도 쿠처를 바라보고 있는 것이다.

어느 날 황량한 벌판 가운데 위구르족의 귀족 무덤에 이르렀다. 지하로 내려가는 어둑신한 연도를 지키는 커다란 등신대 새는 사람 옷을 입고 신장처럼 꼿꼿이 서서 나를 노려보았다. 나는 그가 묻는 말을 못 들은 체했다. 더 가야 하는 길만이 내 앞에 있다는 믿음이 내게는 중요했다. 모든 것은 길의 순간에 담겨 있다고 배워야 했다. 순간의 극대화만이 사랑을 말할 권리를 갖는다고 배워야 했다. 우리가 누리는 것은 순간이기 때문이다. 그런 순간만이 나의 공간임을 배우려고 머나먼 실크로드를 다녀와야 했다.

"약시무시즈!"

나는 뒤돌아서서 위구르 말로 인사를 한다. 모든 길은 그 무덤 속 연도와 같은데, 그래서 아름다움에 목이 멘다. 실크로드는 경주에서 로마를 잇는 길만으로 완성되지 않는다. 길에 순간을 묻는 공간이 마련되는 그때 나는 실크로드를 본다. 내가 공간을 기억하는 것은 떠남을 기록해야 하기 때문이다. 즉, 떠나 있는 나를 내게로 부를 수 있을까 하는 근거를 마련해야 하기 때문에, 그렇다. 그러자 세종문화회관의 비천상이 날아오른다. 그리고 모든 떠나간 것들의 그림자 속에서 나로 하여금 나도 모르게 거듭 말하게 하는 것이다.

사랑이, 사랑이 예서 머오?

그리고 오래전에 써서 컴퓨터에 저장했던 한 편의 글을 꺼
내 읽는다.

쿠처(龜玆)의 사랑

둔황, 로우란, 쿠처.

이 실크로드의 세 도시에 대해 씀으로써 나는 나의 한 시대
를 마무리하려고 했다. 그러나 웬일인지 쿠처는 차일피일 미
뤄져서 쓸 기회가 오지 않았다. 그 뒤 세상은 확 바뀌기 시작
하여 자본주의와 공산주의의 대결 구도 자체도 무너진 지 오
래. 그런 가운데 어쩌다 세월이 이렇게 흐르고야 말았다. 물론
세상이 바뀐 것과 내가 쿠처에 대해 쓰지 않은 것과는 아무런
연관이 없다. 그동안에도 쿠처는 불쑥불쑥 머릿속에 떠올라
내게 '마무리'를 독촉하곤 했다.

왜 나는 미뤄왔는가.

나로서는 딱히 할 말이 없었다. 그러나 어디 그뿐이랴, 내
인생에서 미뤄온 것은 한두 가지가 아니었다. 그러다 눈을 감
는다면, 그것으로 끝이었다. 제길, 나는 '눈을 감는다'는 말을

함부로 쓸 만큼 나이를 먹은 것이었다. 그러므로 이제는 더 미룰 시간이 없다는 심정으로 먼 길, 실크로드를 다시 바라보지 않을 수 없었다.

그럼으로써 둔황에서부터 시작한 내 실크로드 이야기를 어떻게든 마무리할 수밖에 없었다. 실패하더라도, 오래전의 내 약속을 이제 서둘러 지키지 않을 수 없는 것이다.

"그곳엔 다녀오셨더랬습니까?"

실크로드를 처음 썼을 때 사람들은 물었었다. 나는 물론 다녀오지 못했었다. 그때까지 그곳에 대한 내 정보는 삼성출판사에서 낸 세계사 책과 일본 소설가 이노우에 야스시의 소설 《둔황》정도가 전부였다. 해외여행은 특별한 절차를 걸치지 않는 한 금지되어 있던 시절이었다. 더군다나 그곳은 우리와는 체제가 다른 중국 땅으로서, 어림도 없는 일이었다. 그러므로 내가 '둔황'이니 '로우란'이니 들먹여봤자 그것은 이곳에서 그곳을 바라보며 동경의 눈길을 보내는 것에 머물러 있을 수밖에 없었다. 하기야 갈 길이 열려 있다고 하더라도 여비를 마련할 만큼의 여유가 없기는 했다. 여유는커녕 하루하루 밥 끓여 먹는 데도 쫓기는 몸이었다. 그러니까 그곳에 가볼 꿈도 꾸지 못한 채 자료만 뒤적일 수밖에 없었던 것이다.

그러던 십 년 뒤, 어느새 해외여행도 얼마쯤 자유로워지고 또 중국도 문을 열기 시작하여, 나는 드디어 그곳을 향해 떠날 수가 있었다. 다른 데서 쓴 이야기라 할지라도 되풀이할 수밖에 없겠는데, 그때만 해도 그만큼 워낙 어렵고 가슴 벅찬 일이었으므로 너그러이 보아주기만 바랄 뿐이다. 벼르고 벼른 떠남이었고, 내 주머니 사정이 어느 정도 나아졌다는 말도 될 수 있겠다. 그러나 그 무렵은 아직 중국의 문이 오늘날처럼 활짝 열려 있는 게 아니었다. 비행기든 배든 직접 갈 방법은 없고, 일본을 거쳐야만 되었다. 말하자면 중국과 우리는 서로 인정하지 않는 사이의 나라인 것이었다. 거기에 일본을 거쳐서 갈 수 있는 편법이 있었다. 나중에 안 사실이지만, 미국 사람들이 쿠바로 가자면 멕시코로 해서 둘러 간다는 것과 같은 이치였다. 나는 일행과 함께 일본의 후쿠오카로 가서 일본 비행기에 옮겨 타고서야 중국의 상하이로 들어갈 수 있었다. 다시 베이징, 시안, 란저우로, 그리고 드디어 둔황으로 이어지는 먼 우회로였다. 지금은 시안까지, 아니 둔황까지도 직접 날아가서 그날로 발 마사지를 받는다고도 들었다.

그 과정은 짧게 생략해야만 한다. 둔황에서의 일도 가볍게 다루고 넘어가야 한다. 나는 이미 두 번째 그곳에 발을 디딘 것이었다. 게다가 내 눈길은 지금 어디까지나 쿠처로 향하고 있는 것이다.

둔황에 도착한 것은 땡볕이 내리꽂히는 여름날 한낮이었다. 나는 그 사막의 오아시스 도시를 일행을 따라다녔다. 이름난 막고굴이며 명사산이며 월아천이며 내게는 모두 정해진 일정에 따라 움직였다. 이제 나는 환상에 가득 찬 그곳을 또 다른 눈으로 보고 있었다. 무수한 구도자들이 오갔으며 동서양 문물이 교류한 중심지로서의 옛 영화로움을 건성으로 보는 것은 아니었다. 나는 벽화며 불상 들이 신비롭게 들어차 있는 막고굴의 동굴들을 둘러본 뒤, 명사산 아래 모래언덕에서 낙타를 타고 월아천을 굽어보며 '여기가 바로 둔황!'이라고 몇 번을 되뇌었는지 모른다. 돌이켜보면 나는 오랜 방황 끝에 내가 그토록 원했던 마지막 땅에 다시 와 있는 것이었다. 나는 일찍이 그곳에 가보지도 않고 그곳을 소재로 소설을 써서 소설가로서의 작은 입지나마 마련할 수 있었던 나 자신을 돌아보았다. 그리고 황홀한 문화의 흔적을 바라보았다. 비록 폐허로 변했을지라도 그 유적은 눈물겨운 것이었다. 과거, 현재, 미래가 하나로 뭉쳐 있는 세계 속에 파묻히는 시간이었다. 거기에 펀주(芬酒)라는 독한 술이 있었다. 과연 역한 향료 냄새가 나지 않는 고량주였다. 나는 정신없이 들이켰다. 나는 예전 언젠가 그랬듯이 위구르인의 샤오치부에 들어가 마시기를 얼마나 원했던가. 나는 이제 위구르인의 땅 쿠처로 가야 한다. 그렇게 실크로드 이야기를 마무리하지 않으면 안 된다. 나는 지금 작고 허름한 샤오치부에 앉아 술잔을 기울이며, 타고 갈 낙타가 오기를 기다린다고 해도 좋았다. 그러는 동안 《학원대백과사전》을 펼쳐 다음과 같은 항목을 읽고 있다고 해도 좋았다.

쿠처; 중국 신장 위구르 자치구에 있는 오아시스의 하나. 지금은 쇠미해졌으나, 당나라 말기에는 퀘이츠 혹은 취즈(屈支)라고 부르는 유력한 오아시스 국가였다. 톈산(天山) 산맥에서 광물을 채굴하여 경제적 기반을 굳혔고, 산맥 남쪽 기슭을 동서로 연결하는 실크로드의 주요 중계시장으로 번영하였다. 고대의 주민은 아리아계에 속하는 퀘이츠어(語)라고 하는 독자적인 언어를 사용하며 조로아스터교(敎) 신앙의 기반 위에 인도에서 들어온 불교를 많이 믿었다. 근래 석굴사원이 발견되고 그 벽화가 소개되어 주목을 받고 있다.

별다른 내용은 없었다. 지도를 보니 그곳은 둔황에서 로우란을 거치고 카라샤르를 거쳐서 자리잡고 있는 곳이었다. 말하자면 톈산북로(北路)에 자리 잡고 있는 도시였다. 그런데 위쪽에 실려 있는 사진이 눈에 들어왔다. 설명은 '쿠처 주민들이 그늘에 모여 앉아 그들의 독특한 악기로 퀘이츠악(龜玆樂)이라는 민속음악을 연주하고 있다'는 것이었다. 네 명의 악사들은 위구르족이 쓰는 작은 모자를 뒷머리 쪽으로 비껴 얹고, 만돌린 비슷한 악기를 뜯고 있었다. 언젠가 중앙아시아를 돌아올 때, 나도 그런 모자를 머리에 얹은 채 김포공항에 내려서 웃음을 샀었다.

아아, 그랬었지.

그러자 '구자악'이라는 글자가 다가들었다. 중국과 오늘날처럼 교류가 없었던 예전에는 퀘이츠니 뭐니 현지 발음은 거의 소용도 없는 것이었다. 그래서 한자를 우리 식으로 읽어 그것은 '구자악'이 되었다. 나는 그 음악에 대해서 몇 마디 얻어들었던 무렵의 일들이 눈앞에 어른거렸다.

아아, 그랬었지.

그 무렵 나는 한국 음악에 대해 취재를 한 글을 신문에 싣고 있었다. 그 일로 원로 음악학자 이혜구 박사를 찾아간 날은 그 무렵 종종 나를 따라나서던 그녀와 함께였었다. 공식적인 일에 구태여 그녀를 대동한 것이 무엇 때문인지는 모를 일이었다. 온돌방에 안내되어 우리는 박사와 마주 앉았다. 앞뒤의 사정은 까무룩 잊혔는데, 그 자리에서 알게 된 것이 '구자악'이라는 것만은 두고두고 또렷했다. 박사가 쓴 《한국음악통설》에도 나와 있듯이 우리 고대음악의 뿌리는 '구자악'이라는 그 말, 이미 내가 써놓은 그 말이었다.

"구자악이라니요? 그게 뭔가요?"

나는 일을 떠나서 흥미를 보였다.

"서역(西域)이라구 있지. 거기에 있는 나라의 음악이지. 그러니까 넓게 보면 서역악이라고 할까."

"서역……"

나는 그곳을 알고 있었다.

"서정주 선생의 〈귀촉도(歸蜀途)〉라는 시에……"

"그렇지. 자네가 그걸 아는구먼. 그 서역이지."

"아, 예. '눈물 아롱아롱/피리 불고 가신 님의 밟으신 길은/진달래 꽃비 오는 서역 삼만리/흰 옷깃 여며 여며 가옵신 님의/다시 오진 못 하는 서역 삼만리'라고 되어 있지요." 나는 읊었다. 그 무렵 나는 서정주 선생의 시에 빠져 있었던 터라 술

400

술 윌 수 있었다. "음…… 그렇지…… 그게……"

박사는 눈을 반쯤 감고 무언가 더듬는 듯했다. 거기에 분명 '서역'이 있었고, 그 시를 읽으며 나는 '서역'이 '천축(天竺)'이라는 곳임을 알았다. 그런데 박사는 더듬고 있었다. 순간 나는 서역은 어디이며, 천축은 어디이며, 구자는 어디일까, 막연히 '아롱'거리는 느낌이 들었다. 시인이 읊은 서역이 박사가 말하는 서역과 같은 곳이라고 말하기 어렵다고도 다가왔다. 그래서 박사는 더듬는 것일까. 나 또한 서역에도 진달래가 핀다고는 여겨지지 않았다. 여러 정황으로 보아, 시인은 다만 심정적으로 먼 어떤 땅의 정서를, 어쩌면 서방정토(西方淨土)의 뜻과 엇섞어 서역이라고 빙의(憑依)한 것은 아니었을까. 내가 뭐라고 해석하든 상관없을 터였다. 다만, 거기에 '서역'이 있었다. 박사와의 만남은 그것이 다였다. 그런데 그로부터 몇십 년 지나도록 나는 그날을 기억하고 있었다.

그 뒤 나는 을유문고에 들어 있는, 신라 스님 혜초의 《왕오천축국전》을 읽으며 '천축국'이 북인도의 나라로서 그곳도 서역에 든다는 사실도 알았고, 중국 스님 현장이 그곳을 다녀와서 쓴 《대당서역기(大唐西域記)》도 알게 되었다. 현장스님의 발자취에서 소설 《서유기》가 엮어져 나온 것은 잘 알려진 바였다. 얼마 전 중국의 시안에 다시 갈 기회가 있었는데, 우연히 한국의 여성 작가 일행과 마주쳤었다. 그때 내가 느닷없이 대자은사(大慈恩寺)의 대안탑(大雁塔)을 보았느냐고 물은 것도 여기에 까닭을 두고 있었다. 현장스님이 인도에서 많은 불교 책들을 가져와서 그 책들을 넣어두고 번역하고, 그 일을 기리기 위해 지은 탑이 대안탑인 것이었다. 혜초도 그곳에 있었다. 한국의 날치기 여행사들이 시안에 뻔질나게 여행객들을 실어 나르면서 흔히 대안탑을 여행 코스에서 빼버리는 것은 여간 잘못된 일이 아니었다. 뜻도 큰 뜻이려니와, 그 자체도 시안 시가지에서 가장 우뚝한 장관인 대안탑이었다. 그곳에서 찍은 사진을 작은 액자에 넣어 책상에 놓아두기도 했다.

"구자악…… 서역악…… 그게 우리 음악의 뿌리라는 근거는 어디 있나요?"

그날 박사와 헤어지기 전, 그녀가 박사에게 짐짓 도발적으로 물음을 던졌다.

"음, 그게 말일세."

박사는 책꽂이에서 책 한 권을 꺼내 펼쳤다.

"구자악은 먼저 중국의 역사책인 《수서(隋書)》에 구자기(伎)로 나오네. 이걸 보게."

박사는 구절을 읽어주었다. 나와 그녀는 아는 듯 모르는 듯 그저 듣고 있을 뿐이었다. 나중에 그 책을 베껴서 옮겨놓은 내 글에는 다음과 같은 구절이 있었다.

중국 문헌인 《수서》에 구자기로 나오는 음악은 수공후(竪箜篌), 비파(琵琶), 오현(五絃), 생(笙), 소(簫), 필률(篳篥), 적(笛), 패(貝), 동고(銅鼓), 요고(腰鼓), 모원고(毛貟鼓), 도담고(都曇鼓), 답랍고(答臘鼓), 갈고(羯鼓), 계루고(鷄婁鼓) 등 15종의 악기가 쓰였다.

박사에 의하면 이 음악들이 우리나라로 들어오게 되었다는 것이었다. 여러 음악들을 종류를 살펴보니 아닌 게 아니라 '필률'도 있었다. 필률은 피리니까, 서정주 시인이 '피리 불고 가신 님'이라고 읊으면서 그것을 말하고 있었는지도 모른다는 생각이 들었다. 무서운 형상의 사람탈을 쓰고 춤을 추는 처용무(處容舞)도, 사자탈을 쓰고 추는 춤인 산예(狻猊)도 서역에서 들어온 것이라고 박사는 거듭 말했다.

"실크로드라는 말이 있는데, 그 길로 비단만 들어온 게 아냐. 되레, 그건 중요치 않아. 문화가 들어왔다는 게야."

박사의 말을 들으며 나는 연신 '서역……'과 '구자……'를 머릿속에 되뇌고 있었다. 서역은 그렇게 쿠처를 통해, 음악을 통해 내게 다시금 각인되었다. 세월이 흘러, 내가 둔황의 샤오치부에 들어가 맥주를 마시며 떠올렸던 것이 그것이었다. 나는 이미 서역 땅으로 들어섰으며 내가 듣는 음악은 쿠처의 음악, '구자악'인 것이었다. 소년이 틀어준 라디오에서 흘러나오는 음악이 그것이었다.

박사를 방문하고 돌아온 다음부터 나는 〈처용무〉는 물론 아득한 고조선 때 지어졌다는 〈공후인(箜篌引)〉 노래도 달리 받아들였다. 공후는 실크로드를 타고 동쪽으로 우리나라에 왔을 뿐만 아니라 서쪽으로 가서는 서양의 하프가 되고, 하프는 다시 하프시코드로, 피아노로 발전하고 있었다. 그 공후를 뜯으며 고조선 여인은 노래하고 있었다.

음악을 잘 모르는 나로서도 서역의 음악이 실크로드를 통해 우리나라까지 이르렀다는 것에 뭔가 가슴이 울렁거리고 있었다. 나는 그 사실을 내 동료 여자에게 말했으나, 그녀는 시큰둥하기만 했다.

"머리하는 걸 배워볼까, 아님, 스킨케어? 누군 사주책에다 카운셀링까지 배워 족집게 도사가 됐다나."

"공후나 생황을 배워보지 그래."

"건 뭐하게?"

"뭘 하려고 하는 게 아냐. 자기 인생 때문이지."

"가르칠 사람이나 있대?"

말꼬리를 무는 유희는 공후 이야기만큼 공허했다. 둔황의 샤오치부에서 차이(菜) 안주를 시켜놓고 맥주를 마시면서 내가 더듬어간 공허한 사랑의 흔적은 바로 그것이었다. 나는 사막에 홀로 있었다. 공허한 사랑도 사막에 남아 있는 유적처럼 흔적을 남긴다. 공허한 사랑이 남겨놓은 허물어진 모래성(城)을 바라보면, 외로운 그림자가 늘 뒤를 따른다. 그렇다면 참사랑이란 과연 무엇일까. 모든 사랑의 미래는 공허하다. 우리는 공허를 향해 모래성을 쌓는다. 사막의 모래성에 꽃 한 송이를 꽂는다…… 술 한 잔이 들어가면 곧바로 유치해지는 상상을 나는 즐겼다.

어느 봄날, 그녀와 함께 이웃 동네로 산책을 간 적이 있었다. 재개발이라는 명목으로 주민들이 모두 떠나간 마을이었다. 작은 등성이 하나를 겨우 넘었을 뿐인데, 그곳은 전혀 다른 풍경이었다. 집들은 군데군데 허물어져 있었고, 멀쩡한 집들도 창살이 부러져 나갔거나 차양이 뜯겨져 나갔거나 방구들이 꺼

져 있었다. 그런 풍경 속에서 마을 한 귀퉁이의 텃밭에는 장다
리꽃이 유난히 노랗게 피어 있었다. 배추 봄똥이 피운 꽃이었
다. 흰 블라우스를 입은 그녀는 마치 연극에서 커다란 배추흰
나비로 분장한 배우 같아 보였다.

"여기 와서 살까?"

나는 진심으로 말했다. 집주인이 방세를 올리겠다고 으름장
을 놓은 것도 벌써 여러 번째이긴 했으나, 꼭 그 때문은 아니
었다. 아니, '꼭'이 아니라 '결코'라고 말해야 한다. 버려진 땅에
피어난 배추꽃에 내 마음은 순간적으로 무너지고 있었다. 나
는 매사에 그 모양이었다. 그런 점은 그녀도 나보다 더하면 더
했지 못하지 않았다. 우리가 서로 헤어지기를 꿈꾸면서도 무
슨 악연으로 끈질기게 얽혀 있는 것은 그래서라고, 나는 오래
전에 깨달았었다. 어디선가 멀리서 심수봉의 노랫소리가 가늘
게 바람에 실려 왔다. 청와대의 안가에서 대통령이 죽던 날 불
렀다던 노래였다.

"여기 와서 살면, 못 헤어져."

나는 누군가 또 다른 사람이 옆에 있는가 했다. 하지만 그녀
였다. 그녀가 장다리꽃을 꺾으며 작게, 그러나 또렷하게 한 말
이었다. 뜻밖이었다. 그녀는 기진맥진 사막을 날아 건너온 나

비처럼 금방이라도 툭 하고 땅에 떨어질 것만 같아 보였다. 순간 나는 아무 대꾸도 못 하고 입을 다물고 말았다. 무엇 때문에 그렇게 된다는 것인지, 실제로는 납득할 만한 근거라곤 어디에도 없었다. 살 수가 있느냐가 문제지, 그곳에서 산다고 뭐 특별히 달라질 게 있을 리 없었다. 그럼에도 불구하고 그녀의 말은 내게 날아와 표창(鏢槍)처럼 꽂혔다. 그녀가 장다리꽃을 몇 줄기 더 꺾어 들기를 기다려, 나는 되돌아오는 길로 접어들었다. 갑자기 머리가 휑했다. 우리는 돌아오는 길로 발걸음을 향했다. 내가 생각해도 우리의 발걸음은 빨랐다. 그렇다고 해서 우리가 헤어지기 위해 서두른 것은 아님을 나는 잘 알고 있었다. 실상 우리는 헤어짐도, 못 헤어짐도 두려워하고 있음에 어김없었다. 그날 밤 우리는 어느 때보다도 격렬히 몸을 나누고 잠들었다.

세월은 흘렀다. 그동안 나는 살 데 못 살 데 가릴 것 없이 온갖 곳을 돌아다니며 살았다. '라면박사'라는 이름의 라면이 나옴으로써 흐지부지되었지만, 나 자신 라면을 하도 먹어 라면박사라는 별칭으로 불리기도 했었다. 여자도 몇 만났다가 갈라섰다. 매일이 아슬아슬한 줄타기와도 같은 생활이었다. 먹고 살기도 바쁜데 실크로드를 다녀온 것은 워낙 그곳을 바라보는 염원이 큰 결과라고밖에는 할 수 없었다. 다녀오지 않으면 더 이상 삶을 이끌어가기 어려울 듯싶었다. 그곳에 가려고 나는 알량한 예금통장이나마 털어내고 말지 않았던가.

여기서 다시 서정주 시인의 〈귀촉도〉를 끌어들인다. '신이나 삼아줄걸 슬픈 사연의/올올이 아로새긴 육날 메투리/은장도 푸른 날로 이냥 베혀서/부질없는 이 머리털 엮어드릴걸'이라는 구절인 것이다. 이 시의 화자는 여인으로 되어 있다. 여인은 '서역 삼만리'로 님을 떠나보내면서 머리털을 베어 메투리, 즉 신발이나 만들어줄 걸 그랬노라고 후회하고 있다. 나는 서역으로 떠나며 여인을 머리에 그렸었다. 머리털 메투리가 아니라 짚신이라도 감지덕지였다. 간당간당한 생활에, 술 푸넘에 여자들은 하나같이 사라져가고 내 옆에는 아무도 남아 있지 않았다. 모두가 내 탓이었다. 나는 이무기처럼 슬펐다. 나 자신을 이무기에 견준다는 것도 어림없는 노릇임을 모르고 있지 않았다. 그렇다 하더라도 이무기를 내게 견주지 않으면 안 되는 나를 동정해주기 바란다.

그녀와 헤어진 지 삼십 년도 넘은 세월이 흘러 있었다. 우리나라에서는 대통령이 몇 명이나 바뀌었고, 세계 질서도 재편

된 세월이었다. 그런데 그녀가 아프다는 소식이 전해져온 것이었다. 그냥 아픈 게 아니라 심각하다는 것이었다. 한번 헤어지면 영원히 모르는 채로 살아가는 것이 우리네 삶이었다. 그렇건만 그야말로 바람에 실린 그녀 소식이 내 귀에 들어오곤 했다. 아무래도 인연은 인연인 모양이었다. 그녀가 이혼하고 혼자 살고 있다는 소식을 들은 것도 꽤 여러 해 전의 일이었다. 이혼하고 혼자 사는 여자가 한둘이 아닌 바에야 뭐 대수로울 건 없었다. 그러나 심각하다는 말에 나는 흠칫했다. 소식을 전한 친구는, 서울 변두리 수도권 도시의 삼패동(三牌洞)이라는 동네에 그녀가 누워 있다고 전해주었다.

"뭐라고? 동네 이름이 뭐 그래?"

동네 이름을 듣자마자 언뜻 짚이는 게 있었다. 그럴 리가? 했으나 역시 삼패(三牌)가 맞았다. 언젠가 춘천으로 시외버스를 타고 갈 때 표시판을 본 기억도 아슴푸레 살아났다. 만나야 한다. 나는 결심했다. 만나서 뭘 어떻게 하겠다는 복안은 없었다. 단지 그 얼굴을 보는 것만이 목적이었다. 삶에 목적이 정말 있는 걸까. 세월이 나로 하여금 질문을 던지게 하곤 했었다. 삶이란 목적이 아니라 과정이었다. 과정이 목적이 되는, 일종의 뫼비우스의 띠였다. 나는 그녀를 만나기 훨씬 전에 내가 쓴 시에 〈삼패 노래〉가 있었다는 우연성 앞에 또 한 번 놀랐다. 우연이 겹치면 필연이라고들 했었다.

    이 밤이 멀쩡한 내 눈에
    담즙(膽汁)을 붓네
    가슴을 짓누르는 무쇠 덩어리
    무거운 이 밤의 안녕
    글을 읽네

    이렇게 전개되고 있는 〈삼패 노래〉는 삼패에 대한 정보라곤 하나도 없는 시였다. 삼패란 예전에 '노는 계집'의 한 종류를 일컫는 말이라고 사전에 씌어 있었다. 삼패는 이패보다 아래였고, 이패는 또 일패보다 아래였다고 했다. 그러니까 삼패는 '노는 계집' 가운데 가장 아랫길 종류였다. 하필이면 동네 이름이 그게 뭐람. 나는 혀를 찼다. '노는 계집'과 그녀의 모습은 도무지 어울리지 않았다. 내 시도 '노는 계집'을 읊고 있지 않았다. 적어도 '글을 읽는 계집'이었다. 그 불균형을 설명할 길은 당장은 없어 보였다. 그래서 둘 사이의 간극을 나는 이해하지 않으면 안 된다고, 무조건 받아들이는 게 삶이라고 말하고 싶었다.

나는 삼패동으로 향한다. 청량리에서 버스를 타고 망우리를 넘어가는 길이다. 동네 입구로 접어들었을 때, 나는 이곳은 언젠가 와본 곳이라는 착각에 사로잡힌다. 가끔 있는 일이긴 하다. 데자뷔(deja vu), 기시감이라는 것이다. 생기 없이 먼지를 뒤집어쓰고 있는 집들과 비닐하우스들이 을씨년스럽다. 언젠가는 밭이었을 빈 땅은 그냥 놀고 있는 데가 많다. 여기가 어디였더라? 그녀가 장다리꽃을 꺾던 빈 마을 같기도 하다. 문득 실크로드의 한 모퉁이 같다고도 여긴다. 그녀와 헤어질 무렵 함께 갔던 바닷가 같기도 하다. 그러나 눈을 비비고 자세히 살펴보면 그 어느 곳하고도 비슷한 구석은 없다. 장다리꽃도 없고, 사막도 아니다. 더군다나 바다는 멀고 멀다. 만나서 건넬 첫마디 말은 자꾸만 달라진다. 잘 있었어? 좀 어때? 괜찮아? 어쩌다가? 아무리 되씹어봐도 못마땅하다. 말은 겉돈다. 말로써 표현하지 못할 무엇이 있다.

나는 그녀에게로 향한다. 샤오치부에서 바깥으로 나와 낙타를 타고 가고 있는 중이다. 낙타가 푸르르푸르르 콧바람을 분다. 어디선가 음악소리가 바람결에 묻어온다. 심수봉의 노래도 아니다. 들어본 적 없지만 '삼패 노래'도 아니다. 그녀가 늘 웅얼거리던 '렛 잇 비'도 아니다. 그럼? 가물가물하다. 그렇지, '구자악'이지! 한순간, 나는 하마터면 실성한 듯 소리를 칠 뻔한다.

나는 우리가 함께 살고 있는 방으로 향한다. 그곳은 사막을 건너고 바다를 건너고, 더 이상 갈 곳 없이 머나먼 하늘 아래에 있다. 포도나무 밑에서 공후를 타고 있었어. 그녀의 목소리가 들려온다. 놀라서 고개를 든다. 쉐이, 아니 물, 물 좀 줘. 목이 타. 나는 그녀에게 말할 첫마디를 결정한다.

얼마 전, 화가들이 실크로드를 다녀와서 전시회를 연다고 해서 갔다가, 최석운 화가의 나귀 그림을 만났다. 나무 아래 한 마리 나귀를 그린 그림이었다. 그곳의 풍경이라고 했다. 그런 풍경을 나도 알고 있었다. 거리 악사들이 연주를 하고 있는 장터를 지나 나귀가 서 있었다. 거리를 울리는 그 음악이 구자악이리라, 나는 먼 옛일들을 회상했다. 가까운 먼 옛일이 아니었다. 아주 아주 먼 옛일, 내가 태어나기도 전의 먼 옛일인 듯했다. 나귀 뒤의 반짝이는 작은 잎사귀들의 나무는 대추야자일까. 잎사귀 사이에 나는 몸을 누이고 먼 구자악을 듣고 있었다. 어디선가 듣던 소리들, 피리와 생황이 울고 여러 고(鼓)들이 두드려졌다. 나귀는 날벌레를 쫓고 있는지 큰 귀를 움찔였다. 날벌레가 아니었다. 녀석도 나와 함께 구자악을 듣는 것이리라.

나귀를 타고 나는 쿠처의 거리를 가고 있었다. 어디선가 쟁

과리가 울리고 북이 둥둥거렸다. 다음은 태평소 소리인가. 사막 쪽으로 대추야자가 땡볕에 마르는 듯 익어가고 있었다. 그러고 보면 강릉의 단오굿에서 듣던 음악소리라고도 여겨졌다. 그런 가운데 한 여자가 나와 생황을 불었다. 생황에 언제 어우러졌는지 오케스트라가 울려퍼졌다. 서울 세종문화회관의 무대와 똑같았다. 나귀야, 나는 아무도 들리지 않게 나귀를 불렀다. 전생이라는 게 있다면 아마 나는 지금 전생을 사는 것일 게야. 너는 알겠지? 순간, 나귀는 머리를 끄덕였다. 날벌레를 쫓으려는 행동은 아님이 분명하다고 나는 믿었다.

그 나귀 그림은 지금 우리 집에 와서 내 곁에 있다. 나는 나귀와 함께 구자악을 들으며 아주 아주 먼 옛일, 전생의 어느 날을 살고 있음이 분명하다고 여길 때가 많다. '올올이 아로새긴 육날 메투리'는 없을지라도 '눈물 아롱아롱/피리 불고 가신 님의 밟으신 길은/진달래 꽃비 오는 서역 삼만리/흰 옷깃 여며 여며 가옵신 님의/다시 오진 못 하는 서역 삼만리'는 여기에 있다고 믿을 때가 많다. 내가 세상에서 사라진 다음에야 할 말인 듯 모두가 아주 먼 옛일이지만, 아주 아주 먼 옛일이지만, 그 모두가 그러함이라고 나귀처럼 머리를 끄덕거릴 때가 많다.

비밀의 글자들

　이것은 내 첫 번째 소설집이다. 소설가로 나선 지 오 년째 되던 1983년의 일이었는데, 그 전에 시인이었던 때부터 만약 소설가가 된다면 꼭 써보리라 별렀던 소재로 쓰인 소설들을 묶은 것이었다. 이번에 전집을 내면서 또 얼마를 추가하여 여기에 이르렀으니, 처음 책을 내고도 몇십 년을 나는 그 길을 걷는 셈이다. 세계의 어디를 가든 나는 그 길을 거쳐 간다. 다른 길을 가더라도 결국은 여기에 닿아 있을 수밖에 없다. 목적지는 어디일까.

　목적지가 완성을 뜻한다면 아마도 나는 애초에 이 길에 접어들지도 않았을 것이다. 내게 완성이란 없다. 그러므로 계속 걸어갈 수밖에 없다. 그래서? 뭐가 그래서 어떻다는 것인지 나는 달리 대답하지 못한다. 나는 다만 그 길이 이 길이 되는, 길 찾기를 해왔던 게 아닌가 말해본다. 완성이 있는지 없는지도 문제를 벗어난 말일 것이다. 다만 나는 한 권의 책을 갖게 되었다고, 그 떨림의 순간을 내 삶에 있게 했다고, 말한다.

이렇게 되고 보니, 둔황이 실재하는 공간이라고 규정짓기도 망설여진다. 아무에게도 말하기 싫은 그 어떤 곳이라는 비밀을 만들었다는 느낌이어야 하기 때문이다. 그러나 그 길이 이 길이 된다는 건 바로 여기에 있는 공간임을 말하리라.

비밀을 글자로 써놓을 수 있을까. 이것이 오랜 화두였다. 쨍쨍 내리쬐는 햇빛 아래 반짝이는 나뭇잎 한 장 같은 세상을 펼치고 거기에 과거, 현재, 미래의 삼세를 적는 일 같은 것일까. 옛 마을에 발길을 끌고 도착한 한 나그네가 이 몸이 내가 맞느냐고 물음을 던진다.

2016년 여름
윤후명

작가 연보

1946년 강원도 강릉에서 태어났다.

1967년 《경향신문》 신춘문예에 시 〈빙하(氷河)의 새〉가 당선되며 시인으로 입신했다. 그로부터 신춘문예 당선 시인들의 모임인 《신춘시》에 작품을 발표하다가 시 동인지 《70년대》의 창간 동인으로 활동하면서 시인에의 길에 본격적으로 들어섰다.

1977년 그동안 여러 출판사들을 전전하며 써 모은 시들을 엮어 시집 《명궁(名弓)》을 문학과지성사에서 펴냈다. 개인적으로 문학적 성과이기도 한 이 시집은, 동시에 문학적 갈증을 유발시켰고, 그 무렵 밀어닥친 가정사의 문제와 뒤엉켜 소설에의 길을 모색하는 계기가 되었다.

1979년 《한국일보》 신춘문예에 단편소설 〈산역(山役)〉이 당선되며 소설가가 되었고, 이듬해에 다니던 출판사를 그만두고 소설가로서의 삶만을 살기로 결심했다.

1980년 소설 동인지 《작가》의 창간 동인이 되었다.

1983년 거제도 체류. 중편소설 〈돈황(敦煌)의 사랑〉으로 녹원문학상을 수상했고, 동명의 표제작으로 첫 소설집을 문학과지성사에서 펴냈다.

1984년 단편소설 〈누란(樓蘭)〉(뒤에 〈누란의 사랑〉으로 개작)으로 소설문학 작품상을 수상했다.

1985년 단편소설 〈엉겅퀴꽃〉과 〈투구게〉를 중편소설 〈섬〉으로 개작, 한국일보 문학상을 수상했다. 소설집 《부활하는 새》를 문학과지성사에서 펴냈다.

1986년 단편소설 〈팔색조〉(소설집에는 〈새의 초상〉으로 수록), MBC 베스트극장에서 드라마 방영.

1987년 산문집 《내 빛깔 내 소리로》를 작가정신에서, 중편소설 문고 《모든 별들은 음악소리를 낸다》를 고려원에서 펴냈다.

1988년 중편소설 〈높새의 집〉이 국제 펜 대회 기념 《한국 소설집》에 번역(서지

문 옮김), 수록되었고, 〈모든 별들은 음악소리를 낸다〉가 무용가 김삼
진에 의해 호암아트홀에서 공연되었다.

1989년 소설집《원숭이는 없다》를 민음사에서 펴냈다.

1990년 장편소설《별까지 우리가》를 도서출판 둥지에서, 산문집《이 몹쓸 그
립은 것아》를 동서문학사에서, 장편소설《약속 없는 세대》를 세계사에
서, 문학선집《알함브라궁전의 추억》을 도서출판 나남에서 펴냈다.

1992년 장편소설《협궤열차》를 도서출판 창에서, 장편동화《너도밤나무 나도
밤나무》와 시집《홀로 등불을 상처 위에 켜다》를 민음사에서 펴냈다.

1993년 《돈황의 사랑》이 프랑스 출판사 악트 쉬드(Actes Sud)에서 번역(최윤 옮
김)되어 나왔다.

1994년 중편소설 〈별을 사랑하는 마음으로〉로 현대문학상을 수상했다.

1995년 중편소설 〈하얀 배〉로 이상문학상을 수상했다. 한국소설가협회 기
획분과위원회 위원장에 선임되었다. 연세대학교, 동국대학교 국문학
과 강사(~1997년).

1997년 소설집《여우 사냥》을 문학과지성사에서, 산문집《곰취처럼 살고 싶
다》를 민족사에서 펴냈고, 한국소설학당을 설립했다.

1998년 추계예술대학교 강사(~2000년).

1999년 단편소설 〈원숭이는 없다〉가 독일에서 나온《한국 소설집》에 번역(안
소현 옮김), 수록되었다.

2000년 민족문학작가회의 이사로 선임되었다.

2001년 추계예술대학교 문예창작과 겸임교수가 되고(~2003년), 소설집《가장
멀리 있는 나》를 문학과지성사에서 펴냈다. 한국소설가협회 이사, PEN
클럽 기획위원회 위원으로 선임되었다.

2002년 단편소설 〈나비의 전설〉로 이수문학상을 수상했다. 산문집《그래도
사랑이다》를 늘푸른소나무 출판사에서 펴냈다. 중편 〈여우 사냥〉이 일
본의 이와나미문고에서 나온《현대한국단편선》에 번역(三枝壽勝 옮김),
수록되었다. 대한매일신보 명예논설위원, 연세대학교 동문회 상임이
사(문화예술분과)로 위촉되었다.

2003년 산문집 《꽃》을 문학동네에서 펴냈다.

2004년 소설가협회 중앙위원이 되고, 2005년 독일 프랑크푸르트 도서박람회 주빈국(한국) 출품 도서 '한국의 책 100선'에 《돈황의 사랑》이 우리 소설 16편 중 하나로 선정되었다. 동화 《두부 도둑》을 자유지성사에서 펴냈다.

2005년 장편소설 《삼국유사 읽는 호텔》을 랜덤하우스중앙에서 펴냄과 함께 《돈황의 사랑》을 《둔황의 사랑》으로(문학과지성사), 《이별의 노래》를 《무지개를 오르는 발걸음》으로(일송북) 제목을 바꾸고 여러 곳 손을 보아 다시 펴냈다. 프랑크푸르트 도서전을 계기로 독일 순회 낭송회에 참가, 본 대학과 뒤셀도르프 영화박물관에서 작품을 낭송하고 해설하는 행사를 가졌다. 《The love of Dunhuang(둔황의 사랑)》(김경년 옮김)이 미국 CCC출판사에서 나왔다. 서울디지털대학교 초빙교수.

2006년 《敦煌之愛(둔황의 사랑)》(왕책우 옮김)이 중국에서 나왔다. 국민대학교 문예창작대학원 겸임교수(~현재). 시와 소설 그림집 《사랑의 마음, 등불 하나》를 랜덤하우스중앙에서 펴냈다.

2007년 단편소설 〈촛불 랩소디〉로 제12회 현대불교문학상을 수상했다. 소설집 《새의 말을 듣다》를 문학과지성사에서 펴내고, 이 책으로 제10회 동리문학상을 수상했다.

2008년 《21세기문학》 편집위원.

　　　미술: 「티베트의 길, 자유의 길 전」(헤이리 '마음등불')에 참여했다.

2009년 중국 베이징 주중 한국문화원 개원 2주년 기념행사 '한중작가 사인회(장편 《인민을 위해 복무하라》의 중국작가 옌롄커(閻連科)와 미국 LA 한인문인협회 세미나에 참가(강연)했다. 문학 그림집 《지심도, 사랑을 품다》를 펴내고(교보문고), 전시회와 낭독회(거제도)를 가졌다.

　　　미술: 「독도 전」(전국순회전), 「어머니 전」(미술관 가는 길), 「구보, 청계천을 읽다 전」(청계천 광장, 부남미술관).

2010년 한국소설가협회 부이사장이 되고, 중국 난징(난징대학)과 타이완 타이베이(정치대학) '한국문학포럼'에 참가. 산문집 《나에게 꽃을 다오 시간이 흘린 눈물을 다오》를 중앙북스에서 펴냈다. 중편소설 〈하얀 배〉 〈모든 별들은 음악소리를 낸다〉 고등학교 교과서에 수록.

미술; '문인 자화상 전'(신세계갤러리), '한국의 길—제주 올레 전'(제주현대미술관, 포스터 채택), '이상, 그 이상을 그리다 전'(교보문고, 부남미술관선유도), '조국의 산하전'(헤이리 '마음등불'), '한국, 중국, 오스트리아 교류전'(헤이리 아트팩토리).

2011년 《한국소설》 편집주간을 겸임하고, '한국작가총서 문학나무 이 한 권의 책 001 《사랑의 방법》을 '문학나무'에서 펴내고 문학교육센터(남산도서관)에서 낭독회를 열었다.

미술; 한일교류전(헤이리 한길아트), '아트로드77'전(헤이리 리앤박 갤러리), 조국의 산하전(광화문 '광' 갤러리)

2012년 육필시집 《먼지 같은 사랑》을 지식을만드는지식에서, 시집 《쇠물닭의 책》을 서정시학에서 펴냄. 제1회 부산 가마골소극장 문학콘서트를 열고, 소설집 《꽃의 말을 듣다》를 문학과지성사에서 펴냄과 함께 첫 개인 그림전시회 '꽃의 말을 듣다'(서울 인사아트센터) 개최. 장편소설 《협궤열차》를 다시 펴내고(책만드는집), 《둔황의 사랑》이 러시아에서 출간됨(박미하일 옮김). 제1회 고양행주문학상 수상.

2013년 세계인문문화축제 '실크로드 위의 인문학, 어제와 오늘'(교육부, 경상북도 주최)에서 '실크로드의 문학' 발표. 시집 《쇠물닭의 책》으로 제4회 만해님시인상 작품상 수상.

2014년 미술; 개인 초대전 '엉겅퀴 상자'(길담서원 갤러리).

2015년 서울대통일평화원 인권소설집 《국경을 넘는 그림자》에 단편 〈핀란드역의 소녀〉 발표. PEN 세계한글작가대회 강연, 강릉 문화작은도서관 명예관장, 토지문학제 명예대회장, 몽블랑 문화예술후원자상 심사위원, 수림문학상 심사위원장, 이상문학상, 산악문학상 외 각종 문학상 심사.

현재 문학비단길, 문학나무 고문, 강릉문화작은도서관 명예관장.

윤후명 소설전집 02

둔황의 사랑

1판 1쇄 인쇄 2016년 8월 31일
1판 1쇄 발행 2016년 9월 7일

지은이 · 윤후명
펴낸이 · 주연선

책임편집 · 강건모
편집 · 이진희 심하은 백다흠 이경란 윤이든 강승현
디자인 · 이승욱 김서영 권예진
마케팅 · 장병수 김한밀 정재은 김진영
관리 · 김두만 유효정 신민영

(주)은행나무

04035 서울특별시 마포구 양화로11길 54
전화 · 02)3143-0651~3 | 팩스 · 02)3143-0654
신고번호 · 제 1997-000168호(1997. 12. 12)
www.ehbook.co.kr
ehbook@ehbook.co.kr

잘못된 책은 바꿔드립니다.

ISBN 978-89-5660-604-0 04810
ISBN 978-89-5660-996-6 (세트)